JN133802

びっくりさせてよ

Astonish Me

Maggie Shipstead

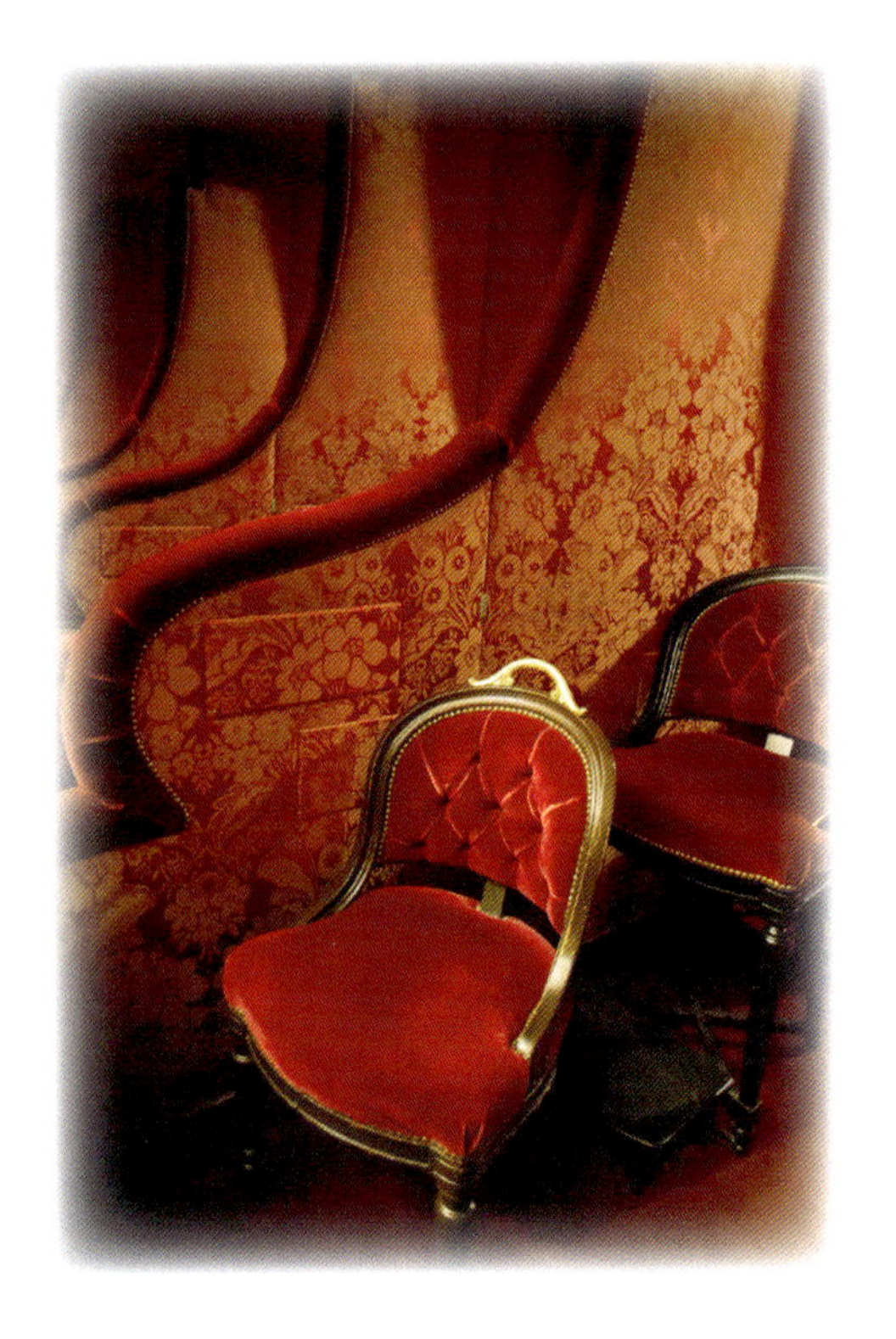

マギー・シプステッド

秋月鶴子 訳

TCHAIKO

本扉の写真
パリ・オペラ座ガルニエ宮ロージュ席の椅子

芸術と人生が出会う場所を知っているニコラス、
私とバレエを観に行ってくれるミッシェル、
愛する友人ふたりにこの本を捧げます。

表１の写真　©Alamy/PPS 通信社
表４の写真　©Issey Hattori/PPS 通信社
本扉の写真　©AGE/PPS 通信社
装幀　錦明印刷デザイン室

びっくりさせてよ

＊本文中、（　　）のなかに二行割で記されている文章は訳者による「注」です。

1977年9月——ニューヨークシティ

舞台袖に設置された金属製の棚に、ケーブルの束や、シルク地で作った花輪、第一幕で使い終えた弦無しのリュート（ナシ形の胴と長いフレット付き指板を持つ撥弦楽器）などが詰め込まれている。棚の後ろに置かれたバスケットのなかで、二匹の黒いダックスフントが寝そべっている。目を開けたままじっとして、笑顔で袖に飛び込んで来ては腰に手を当て上体を前に曲げたり、競争馬のように苦しそうに息を荒げているダンサーたちを、つぶらな瞳で不安げに見上げている。彼女たちは、照明装置に粘着テープで貼り付けてあるボックスからティッシュを鷲掴みして、顔や胸を拭いている。汗が床に滴り落ちる。その周辺を裏方がアンモニア臭のするモップで拭いて回る。舞台ではパ・ド・ドゥ（男女二人組の踊り）が始まり、亡命ロシア人のスターダンサー二人がライトを浴びている。鈍く光る黒い氷のようなフロアの表面に、松脂が粉雪のような跡をつけている。

コール・ド・バレエ（ソリスト以外の、群舞や大人数の情景を担当するダンサーたちをひとまとめに指していう。略して「コール・ド」とも呼ばれる）の他のダンサーたちは犬には目もくれないが、ジョアン・ジョイスはしゃがみ込んで胴長の背中をさすってあげる。ベルベットのような耳に触れ、小さな頭を撫でる。二匹がバスケットのなかで身を縮めているのに構わず愛撫し続ける。他のダンサーたちは暗がりで身を寄せ合いながら出番を待っている。衣装のチュチュ（バレリーナが着けるスカートで、チュールなど薄くて張りのある生地を重ねて作る）が重なり合い、硬いラベンダーの花を敷き詰めたみたいに見える。

「ジョアン、何してるの?」一人が小声で話しかけてくる。「触らないほうがいいわよ」

ジョアンのルームメイトでソリストのイレイン・コスタスは背中を壁に付けて座り、ストレッチをしている。トウシューズのソールを左右ぴったり向き合わせ、お祈りをするみたいに掌を合わせたまま上体を曲げ、顔を甲に押し付けている。衣装は黄色で、ボディス（バストからウエストにかけて紐締めにして着る胴着）には金糸で刺繍が施されている。イレインが顔を上げ、ジョアンに注意をしたダンサーに言う。「犬に触ったからってルドミラがジョアンを殺すんなら、とっくの昔に殺してるわよ」

一匹がジョアンの手首に前足を置いて突っ張ったので、漆黒の硬い爪が肌に食い込む。ジョアンはその犬にキスをする。相手は嬉しそうに両耳をぴんと立てるが、我に返って元に戻し、ジョアンに対する好奇心を引っ込める。今夜のジョアンはこれまでにないほど上手に踊っている。コール・ドの一員だが、自分が全体の一部分、そして全体そのものにもなりきっているのだ。子宮壁の内膜に着床している目に見えない微小な細胞のことは誰にも内緒だが、それが蛍みたいに半透明に光り輝いているのを感じている。

アースラン・ルサコフとルドミラ・イェデムスカヤが舞台袖の黒い幕と幕のあいだの延長線上にある明るい場所に登場し、ポーズをする。二人の肌が汗と白い照明で耀いている。愛が満ち溢れているような顔をして、アースランが両掌でルドミラのウエストを回す。バレエで表現される愛はもちろん虚構にすぎないが、ダンサーが踊りながら愛の喜びに震える仕草をすると突然、その愛が本物に見えてくる。だが踊り終えて袖に引っ込むと、あるいは幕が下りると、さっきまで愛の化身だったダンサーが悪鬼のような顔をして、体の痛みに耐えかね悶え苦しむのだ。

イレインはたまにアパートで、愛に満ちたアースランの顔真似をしながら気取って踊り、次に冷たい目をして歯をむき出し、彼の愛に応えて微笑むルドミラの仕草をしてみせる。ジョアンは吹き出して、もっとやってと囃し立てるものの、そんなたわいないおふざけにも心が痛む。アースランはジョアンの元恋人

で、彼の亡命を手伝ったのもジョアンだったのだ。
キーロフ・バレエ団にいたときから仲の良かったアースランとルドミラは、もうすぐ結婚することになっている。『白鳥の湖』の公演が終わると、二人はバレエ団の全員にシャンパンを振る舞い、婚約発表をした。ルドミラは白い羽の頭飾りをつけたままだった。ジョアンとアースランの関係はルドミラが入団してくる前に終わっていたが、それでも小柄で黄色い髪をしたこのロシア人を見るたびに、ジョアンは自分が愚弄され、恋人を奪われた哀れな存在に思えてくる。

拍手喝采が聞こえ、ルドミラが袖にさっと飛び込んでくる。アースランのヴァリエーション（ソロの踊り）の曲が始まる。ジョアンが撫で続けているのに、犬たちは女主人を見ようと長い首をさらに伸ばす。「その子たちはいい子じゃないから」しばらくしてルドミラが言う。抑揚のない、喉の奥から出しているような、重い石みたいな喋り方だ。「触らない方がいいわよ」

カーテンコールに備えてルドミラがウォームアップを始めると、その足元で、ダックスフントは蹴飛ばされないようにしながらうろうろし始める。構ってもあげないくせに、ルドミラはペットを団員クラスやリハーサル、衣装合わせ、通常の公演やガラ（特別バレエ公演。大勢のスターダンサーが競演する）にまで連れてくる。レニングラードで飼っていたダックスフントを亡命のために置いてきたので、その代わりにと、ニューヨークに到着したときにアースランから贈られたものだからだ。犬たちは痩せてしょぼんとした顔でいつもルドミラを見つめている。観客たちの目もいつもルドミラに向けられている。シンバルの音がしても、舞台係がスモークポンプで幻想的な霧や湖面の情景を作っているときも、犬たちは吠えない。

「この子たちはおとなしいわ」ジョアンが言う。

ティッシュで頬を軽く押さえながら、面白がっている悪戯（いたずら）っぽい表情で、ルドミラがジョアンを見る。

「噛みつかれるわよ」

「そんなことないわ」

「わたしの犬なのよ、あなたにわかるはずないでしょ。噛みつかれたいなら、勝手にすれば」

勝手にすれば、というのはジョアンの口癖で、アースランが真似してよく使っている。ジョアンが彼に教えたのを、ルドミラが真似しているのだ。ジョアンはこれが最後にと犬たちをもう一度撫でてあげる。一匹が、小さな尖った白い歯を剝く。飼い主に似て、優美に人を威嚇する。ジョアンは立ち上がる。ルドミラは舞台のほうを見ている。アースランがセンターでピルエット（体を片脚で支え、それを軸に、そのままの位置でこまのように体を回転させること）をしているのだ——彼は王子役で、ちょうど結婚式の場面！　音楽がアップテンポになるにつれ、アースランの髪から汗が飛び散る。音のなかにできるだけ多くのピルエットを入れ込もうとしている。指揮者と競争しているみたいだ。うまく踊り終えたら、観客は満足して大喝采を送る。お決まりなのだ。ただでさえアースランは大喝采に値する、桁外れのダンサーだ。観客はその才能ゆえに、そして祖国を捨てアメリカで踊ってくれているがゆえに、アースラン・ルサコフを愛している。

　音楽が終わる。アースランは一拍遅れて最後のピルエットをねじ込む。客席前方からうねりのような喝采が沸き起こり、それが爆風のように客席後部まで一気に伝わる。頭を軽く下げてアースランが一度、二度とお辞儀をする。ルドミラが立ち上がり、両腕を頭の上に持っていきながら、袖から勢いよく飛び出していく。彼女のヴァリエーションが始まる。でもジョアンは見ようとしない。

　妊娠したことのあるダンサーはこのバレエ団にも大勢いる。だが、出産まで至ったのはほんの一握りで、産んでからバレエ団に復帰したのはたった一人——数ヵ月の出産休暇を許され、時間をかけて体型を戻した花形プリンシパル（バレエ団のトップの階級にいるダンサー）だ。ジョアンの知る限り、おおかたのダンサーには子供を持つこと

など考えられない。でも物理的な体はそうはいかない。体は正直なのだ。まだ八週目ぐらいだから見た目にはわからないが、誰にも見破られていないとは驚きだ。ダンサーは常に互いを監視し合い、弱みを摑んだら上層部に告げ口をする。イレインはお見通しかもしれないが、彼女は問い質したり、告げ口をするようなタイプではない。朝のクラスに出かける前、いつも二人で一本のバナナをシェアしていたのに、最近のジョアンは吐き気がしているにもかかわらず、常に空腹で、トーストした冷凍ワッフルにピーナツバターを塗ったのが食べたくてたまらない。イレインはバナナ半分を口にしながら、ジョアンがワッフルにピーナツバターを塗るのを見ても何も言わない。幸い、不思議なことに、朝のクラスの間、ジョアンの吐き気はどこかに行ってしまう。嘔吐を我慢する必要がないのだ。

七月、あの停電の日のあと、ジョアンは捻挫をしたと偽って休暇をとり、シカゴに住んでいるジェイコブに会いに行った。彼は恋人ではない。ハイスクールが同じ親友で、絆はあるけどプラトニックな関係。その辺にごろごろいるホルモン過多の長続きしない連中とは違う、クールで都会的な付き合いなのだ、とジョアンは自負していた。それ以上の関係をジェイコブが望んでいるのはわかっていたが、彼は思い切った行動に出るには臆病で自尊心が強すぎた。

大学に入学する少し前、ジェイコブはジョアンに一度だけキスをした。他のことを期待しているようなキスだった。押しのけられて腹を立てた彼をジョアンはからかい、知らんぷりをした。その後、彼は街を出て、二人は当たり障りのない内容の手紙をやり取りする仲になった。

アースランと付き合っていた間、そしてアースランに振られた心の痛手から立ち直ろうとしていた頃、ジェイコブとの連絡を絶っていたが、ずっと、いまでも、彼は一番の親友——絆は休眠していただけ、いつだって復活できる——彼のことをないがしろにしていたとは認めず、ジョアンはそういう風に思いたい

のだ。いずれにしてもジェイコブは許すタイプ、慰めてくれるタイプ、忍耐強い性格なのだ。

シカゴでのジェイコブはハイスクール時代のように気さくな態度で振る舞い、騒々しくて臭いのするバーに連れていってくれた。付き合っている女性がいることをほのめかし、ジョアンに酒をおごらせたりもした。「恐るべきアースラン様はどうしてるんだい？」ジェイコブは兄貴気取りで皮肉を言った。でもその場の雰囲気を変えるのは簡単だった。ジョアンは飲みながらジェイコブの腕に触れ、凭れかかり、彼のアパートに歩いていく間にも体をわざとぶつけたりした。そして寝酒を飲みながら、会いたかったと口にした。「ほんとうに？」ジェイコブは半信半疑で訊いてきた。二人が座っているソファーは背もたれが湾曲していた。

「あなたが会いたいと書いてきたとき、わたしもそう思っていたの」

「何？」

「もしかしたら、わたし」

ジョアンは怖くてジェイコブの顔をまともに見ることができなかった。「ただ、その、もしかしたら」

その夜は二人とも遠慮がちに相手の様子を窺ったり、懐かしがったり、ためらったりしながら、一晩中喋っているのだろうとジョアンは想像していた。それなのにジェイコブは、おもむろに眼鏡をはずし、がらくたみたいなコーヒーテーブルにそっと置き、ティーンエイジャーの時にしたようにジョアンの上にのしかかってきた。思わず彼女は笑い声を上げた。

「どうかした？」ジェイコブが体を離した。

「なんでもない。ごめんね、ちょっと神経的なものよ」ジョアンはそう説明した。

ピルやコンドームの話はしなかった。それを口にしたら、ようやく叶えられようとしていることに水を

差しかねないとジェイコブは考えている、とジョアンは察していた。

ルドミラが物凄いスピードのシェネ（鎖、連鎖の意で、速い速度で身体を連続的に回転させること）で舞台を斜めに突っ切っていく。音楽がヴァリエーションの最後に向かって高まっていく。ラベンダー色のチュチュを着けたコール・ドのダンサーたちが脚をシェイクしながら出番待ちをしている。拍手を抑えることができないほど観客が感動しているのがわかる。皆、両手を磁気で引き離されているみたいな恰好をして、拍手一歩手前の構えで待っている。そんな客席の緊張感を一身に浴びながら、ルドミラはくるくる回っていく。お腹が目立ってきたら、ジョアンは自分のしたことを後悔し、悲嘆に暮れ、パニックに陥るかもしれない――でもいまは、目標に向けての興奮が、今夜のバレエの第二幕に出てくる狩りの角笛のようにジョアンを奮い立たせる。聞こえてくる笛の音の強さに圧倒される。

拍手の嵐。他のダンサーたちに交じり、ジョアンも舞台のライトのなかに入っていく。

その年の夏は長く、暑く、世の中は大混乱していた。文明社会は脆（もろ）い。停電が起きた七月の夜には、何千もの人間が略奪に走り、放火事件が多発した。デビッド・バーコウィッツ（一九七六年から一九七七年にかけて、ニューヨークを恐怖のどん底に陥れた連続殺人犯）はすでに逮捕されていたが、無差別殺人の恐怖はまだ収まっていなかった。

イレインは街じゅうの酒場やナイトクラブの用心棒たちと顔見知りで、ジョアンを誘っては、着飾ったりコスプレした人たち――クレオパトラやユニコーン、ディオニソスなど――がフロアを滑るようにピボット（片足を軸足にして踏み替えながら回るステップ）しながら動き回り、どう上手く踊るかではなく、ただ楽しんで踊っている、でも立ち込める煙草の煙と点滅する照明で彼らの姿がぼんやりとしか見えないような場所に出入りしていた。

ホットスポット。情熱の捌け口。まるで火山の噴火口だわ、とジョアンは思う。体が触れ合うような人混みは嫌いだが、薄ら馬鹿みたいな笑いを浮かべているコカイン中毒者を「スタジオ54」で観察したり、「プラトンの閨（Plato's Retreat　一九七七年、マンハッタンにオープンしたナイトクラブ。夜な夜な見知らぬ相手とのスワッピングが行われていたが、八〇年代初頭の世界的な「エイズ・パニック」でフリーセックスのムーブメントが下火になり、閉店に追い込まれた）」の乱交部屋に通じている入り口を開けて覗いてみたり、知り合いの、そのまた知り合いの男から紹介されたという男の案内で、繁華街の寂びれた区域を抜け、秘密の階段を登り、洞窟のようなロフトで開かれている不法パーティーに連れて行ってもらったこともある。外で遊んでいるときのイレインは、およそバレリーナには見えない。クラブのダンスフロアではセクシーで奔放な女に変身し、目の前で恰好つけてステップを踏んでいる男に合わせて体を動かす。片やジョアンはお堅く、打ち解けない、まじめ人間で、ドラッグをやってみたことはあるが、期待しすぎるので体がこわばり、何を試しても店の長椅子でへたってしまうか、トイレの椅子に屈み込むのが落ちだ。

　イレインは常習的にコカインをやっているが、抑制しながらなので外見にはわからない。肝心なのはコントロールよ、と嘯く。コントロールがすべてなのだと。イレインにとってコカインはある種の規律、厳しい訓練なのだ。公演で出番直前に自信をつけるために一発、くたびれているときにはインターミッションでもう一発。吸い込むのは白い線一本か二本――二本以上は絶対やらない――外では週一回か二回（二回以上はやらない）、体重をちょっと落としたいときにはランチ替わりにやる。ハイになるためではなく、気分を高揚させたいだけなのだ。お金がなかったり、売人が見つからないときには、全然やらなくても平気。ノープロブレム。そういうのが日常化していて、一番大切なもの、つまりバレエにドラッグが弊害になることはない。

　イレインにはいつも男がいるが、愛しているのは、彼女同様自己に厳しい芸術監督のミスターKだけだ。

二人の愛はコントロールが利いている。イレインにとって、物事は常にそうでなければならないのだ。アースランと関係を持ち、支離滅裂な虚しい思いをしていたときに、イレインが優しくしてくれたのでジョアンはびっくりした。亡命の手助けをしなくてはならない緊張感から、こうしたらどうなる、実現したらどうなる、万事うまくいってアースランの永遠の愛を確かめるときの告白はどうすべきか、などと取り留めもなく頭で考えているジョアンの話を、イレインは辛抱強く聞いてくれた。アースラン！　これまで誰にも愛を誓ったことのない男。ジョアンのことも愛していたとは思えない男。もしかしたらイレインは、コントロールの利かない愛が育っていくのを、他人がコントロールを失っていく様子を、あら、まあ、と面白がっていたのかもしれない。そういう対象を必要としているのかもしれない、でなければあんな風な夜遊びの仕方はしないだろう。イレインは――もう気付いているかもしれないが――わたしの妊娠についてどう思うだろう、とジョアンは知りたくなる。

　掃除係が塵取りをがちゃがちゃいわせて劇場内を動き回っている。観客たちが、いかに感動的なステージだったかと口々に話しながら、コロンバス通りに出て来る。アースランとルドミラはすでに楽屋口から抜け出していた。明日はまたバレエ団のクラスから始まる。クラスはほぼ毎日行われる。さぼるダンサーは体の線が崩れるし、故障を起こす。夜には疲れ果てているジョアンには、朝のクラスでストレッチをしたり、優雅にお上品に体を動かすエネルギーはない。ピアノのカタカタいう音。セーターの袖を首に結んだミスターKがバーに付いている団員たちに話しかける声。**ワン、アンド・ツー、アンド・アゲイン、脚を伸ばして上げて、そのまま、ステイ、ステイ。ノー、駄目です。こんな風にしてください。**

　眠る時間があるときに眠らなければならないのはわかっているが、ジョアンはまだアパートに帰る気がしない。ベッドはシングルで、小さなリビングルームの長い方の壁を頭にして置いてある。プライバシー

のために、柄物のインド綿の布地をベッド幅サイズにして、壁の上のほうで画鋲止めしてベッドの足もとまで垂らしているが、そのために部屋がむさ苦しく、だらしなく見える。まあ、もともとそんな感じの部屋だから仕方ない。アパートはクラスと公演のあいだの休憩所、あるいは男から次の男に移行するまでの寝ぐら、ナイトクラブで遊び疲れた体を癒す場所にすぎない。

ソリストたちの楽屋でイレインを見つけたので、ジョアンはドアから覗いて誘う。

「出かけない？」

タオルにくるまり、黒いカーテンみたいな髪をブラッシングしながら、イレインは横長の化粧台の鏡を見つめている。カウンターにはプラスチックのワインカップ、色とりどりのアイシャドウが詰まったパレット、何本ものブラシ、パンケーキ、ケースからはみ出てふわふわしている付け睫毛(まつげ)などが並んでいる。夜のワインはイレインの気持ちを鎮めてくれる。二杯以上は飲まない。

「もちろんよ。どこにする？」

「わからないわ。あなたが決めるんでしょ？」

入りなさいよ、とイレインが手招きする。「もう入ってるわね」

他にもソリストたちが数名残っている。コットンボールでまぶたを拭いたり、素っ裸でヘアドライをしている。バッグを肩にかけ、すれ違いざまジョアンの肩を親しげに軽く叩いて出ていく者もいる。衣装部のアシスタントはダンサーたちが脱いだタイツを洗濯するために集めて回り、衣装をハンガーに掛け、それを回転ラックに収めたりしている。ジョアンは部屋にそっと入り、テーブルに腰をかける。

「他に着る物持ってないの？」イレインが訊く。

ジョアンは着ているジーンズ、厚底サンダル、ストライプのタンクトップを見つめる。「ないわ」

「だったら、まずアパートに戻らなくちゃ」

「いいのよ、これで。イレイン、お願い、一度戻ったら外出する気がなくなっちゃう。大袈裟にしないで、どこかで一杯飲むだけでいいんだから。アパートに戻る気分じゃないの」

「それならそれでいいわよ」イレインがテーブルの下からダンスバッグを引き出し、中をかき回して、丸まった紫のブラウスをジョアンに押しつける。「ほら、これを着て」ジョアンはその薄手でローネックのブラウスを広げ、着ていたタンクトップを脱ぎ、裸の上に羽織る。

「おっぱいが透けて見えるかしら?」そう言ってから後悔する。大きくなってきている乳房に気付かれてしまう。

イレインの目は瞳が緑色で、眼光鋭く、細長い鼻筋に寄っている。見たところ、その目に何の変化も表われていない。「そんなことないわ」そう応えてから、イレインは素っ裸でドライヤーを手にしているダンサーを振り返る。「イベット、何か、外出用の洋服、持ってない?」

「露出度高いのならあるわよ」

それは確かに肌が剥き出しになるワンピースだが、黄色で、イレインにぴったりだ。彼女はなんでも似合う。「一緒にパーティー行かない?」イレインがイベットを誘う。

イベットは、もう一着持っていた、やはり露出度の高いワンピースに着替えてジッパーを上げながら、行くかどうか考えているようで、人形みたいにゆっくり無表情に瞬きをしてから、「行くわ」と返事をする。「楽しそうだし」ジョアンは、風変りで無邪気なイベットが好きだが、がっかりする。フランス生まれのイベットは幼稚園のときからニューヨークで暮らしているのに英語にフランス語訛りがあり、ヨーロッパ人によくある内気な性格をしている。でもジョアンとしては、自分はもうすぐバレエ人生に終止符を

打つので落ち込んでいるし、どのクラブに行ってもどうせイレインはすぐにふけてしまうにせよ、今夜は思い出を分かつために二人だけで出かけたい。パーティー会場に到着するなり、イレインがすぐさまどんちゃん騒ぎに吸い込まれて姿が見えなくなるのはいつものことだから、それは仕方ない。

外に出て、三人はタクシーを拾い、繁華街に向かう。生ごみとガソリン臭を含んだ都会の夏の風が、否応なしに窓から入ってくる。生暖かい空気に包まれながら座席に身を沈め、三人は口数少なく、疲れ切ってはいるが、舞台で踊って血管が浄化されたようで、血の巡りが良くなり、エネルギーが漲ってきている。ジーンズと、イレインから借りたブラウスを着ているジョアンは暑くてたまらない。汚れたビニールシートが素脚に張り付いているだろうが、肌剥き出しのワンピース姿の二人が羨ましい。ミラーを見ている運転手の銀縁の眼鏡に、信号機の赤や緑の点滅が映っている。肉付きのよい手で、丁寧に、用心深くハンドルを操作している。舞台が跳ねてダンサーたちがこぞって繰り出すとき、ほとんどのタクシー運転手が、どこそこに行くといいだの、彼女たち美人だね、などと話しかけてくるのに、この運転手は違う。フェンスの向こうを覗いているみたいに、ミラーを見つめている。

今夜のパーティー会場は、アスター・プレイスに近い、壁の黄色いペンキが剝げ、非常階段が錆び付いた、レンガ造りの建物の中にある。いつもイレインが行くけばけばしい、いかがわしい、ドラッグが行き交うようなところではなく、気だるい様子の男女が大勢たむろしている、湿っぽくて煙草臭いアパートの中だ。ステレオからエディット・ピアフの震える歌声が流れてくる。ジョアンがイベットのことを気にする必要はなかった。フランスの音楽に気を良くしたのか、見知らぬ連中を横目に見ながら小声でボンジュールと挨拶しながら、飲み物が置いてある遠く離れたテーブルの方に一人で歩いていく。

「何か飲む?」イレインが訊く。

「いらない、体重を落とさないと」

イレインがハンドバッグから煙草を取り出す。「吸う？」

「いらないわ」

火をつけながら唇をすぼめ、眉毛を上げるイレインの表情は、どこか垢抜けている。

ジョアンがイベットのことを口にする。「あの子、どうしていまだにフランス人みたいに振る舞うのかしら」

「フランス人の振りをするまでもなくフランス人なのよ。でも見てよ、様になってるじゃないの。嫌らしいと思うべきかもしれないけど、嫌らしくは見えないわよ」

二人して周りの人間たちを観察する。仮設バーでイベットが背の高い、とてもハンサムな黒人男性に微笑んでいる。流し目をしながら口角を上げて何やら話す彼女に、男は上体を倒して耳を寄せている。

「何か飲み物を取ってくるわ」イレインが歩きだす。「願わくば、すごく背の高い男もね」

ジョアンがイレインの腕を摑む。「だめ、行かないで。探せなくなっちゃうから。いつもどっかに消えちゃうじゃない」

「ここは狭いから大丈夫よ」

「いつもの手口でいなくなるに決まってる」

「だったら一緒に来なさいよ。あっちの方に五歩進むわよ。心配なら、互いをロープで繋ぐ？」

ジョアンは後についていく。「このパーティー、どうして知ったの？」

「二ヵ月前、ここに住んでる男の子と仲良くなってお泊りしたの。その子に先日の夜、ばったり会って、パーティーやるからと言われて。来る気はなかったんだけど、あなたが出かけようと言うもんで……彼、

どこにいるのかしら？　あら、あそこにいるわ」イレインは人混みの中にいる、淡い色の金髪、血の気のない唇、薄いブルーの小さな目をした若者を指差している。そばにいる女性の赤いカーリーヘアに隠れてよく見えないが、慣れた感じで女性にうなずき、ずるそうな笑みを浮かべている。女はいつも喜ばせてもらいたがっている生物、と決めつけている男がそういう微笑み方をする。

「美男子じゃないの」

「でしょう？　私もそう思う」イレインがマグにバーボンを注ぎ、そのボトルをジョアンに差し出す。

「本当にいらないの？」

ジョアンは頭を横に振る。「あなたの男たちはハンサムばかりだわね」

「彼は私の男じゃないわ。えーっと、名前は……クリストファーだったたっけ？　忘れちゃった。この前ばったり出会ったときに訊けばよかったけど、それって失礼よね。彼にばれないように、ここにいる誰かから教えてもらうわ」

「そういえば、ミスターKはハンサムじゃないわね」

「ミスターKはハンサムである必要がないのよ。天才なんだから。あなたにはわかるわよね。アースランだってハンサムじゃないでしょ」

「アースランはハンサムよ」

「違うわよ、アースランはセクシーなの。でも、彼はミスターKみたいな天才じゃないわ。ミスターKは**創造する人**。ミスターKはバレエのすべてを変えた人よ」

「ねえ、あなたのボーイフレンドはどうしてるの？　前の、ゲイの人」

イレインが空のワインボトルに煙草の灰を落とす。ジョアンの言ったことに全然動じない。「ゲイなど

とレッテルを貼って男を分類するのは意味ないわ。男を所有しようとするのもね。あの男が何であるか、私が知っていればそれでよし」

「あ～ぁ」長い抑揚をつけてジョアンが声を出す。「気にしないって、すごく自由なのよね。今夜、アースランがルドミラと一緒に楽屋口から出ていくのを見てたんだけど、死にたいなんて思わなかった。やっとわたしは癒されたんだわ。天国にいるみたいな気分よ」

「ふ～ん」イレインは吸い終わった煙草をワインボトルに入れる。「ねえ、あなた、妊娠してるでしょ」

足元を見つめたままジョアンは微笑み、爪先でリノリュウムのフロアに孤を描く。「ワッフルをたくさん食べるから？」

「最近、なんだか私にいつもお別れを言っているように思えるのよ。もうバスに乗る時間だから、みたいな感じでね」イレインはジョアンを探るように見ている。「ジェイコブには話したの？」

「まだよ」ジョアンはそう言って、イレインが仮にクリストファーと名付けた男がピッチャーを手に、周囲の男女のグラスやマグに赤ワインを注いで回るのを眺めている。妊娠のことを話すのは、妊婦用のビタミン剤を処方してくれた医者を除けば、イレインが初めてだ。今、ジェイコブの名前がジョアンの肩に、突然現れた重苦しい未来のようにのしかかっている。

ハイスクール時代、自分がジェイコブに抱いている軽い性的関心は、その年頃にありがちな好奇心からくる生理的副産物、とジョアンは決めつけていた。ジェイコブは年下だし、そのこと自体が全然セクシーじゃなかったし、小さなメタルフレームの眼鏡をかけていたのは何だか特別な感じがあってよかったが、ジョアンに恋しているのが馬鹿丸出しに見え見えでセクシーから程遠く、勉強ができて頭がいいけどおどおどしているのがこれまたセクシーじゃなかった。それに引き換えジョアンには、バレエを習っている女

の子というだけで神秘的な雰囲気があり、小柄でしなやかな体つき、もの心つく頃にはレッスンで育(はぐく)まれた優雅な身のこなしが板に付いていた。大勢の男子がデートをしたがり、そういう子たちとは気楽に付き合ったが、ジェイコブとのデートはそうはいかなかった。

　二人で映画を観たり、ジョアンの母親の留守中にソファーでテレビを見ながら口もきかず、顔も合わせずにいる時に、ジェイコブが身動きひとつしないで固まっているので、この人、自分を抑えているんだわ、ちょっとでも体を動かしたら欲望を見破られて、女の子のなかに潜んでいる感じやすい部分が動きだし、探りを入れてきて、いろいろと詮索を始めるのではないかと警戒しているんだわ、とジョアンは想像していた。

「わざと妊娠したの？」イレインが訊く。

「そんなわけないわよ」

「アースランのことを忘れるためだったら、とんでもないわよ」

　そういえば、妊娠してからというもの、アースランの名前を耳にしてもショックをあまり感じなくなった。弱電流の電線がショートしているみたいな、おぼろげなしびれ程度の感覚しかない。「そうじゃないって。ほんとうよ。そりゃ、いろんなものから逃げたいわよ。でもわたしだって前に進まなくちゃ。何か別のものを見つけなくてはならないのよ。あなたはバレエで成功する。わたしはそうじゃないから」

「わざと妊娠したでしょ」

「そうじゃないって言ってるでしょ！」

「もういいわよ。できちゃったんだから。でもね、産まなくたって……つまり、わかるでしょ、ただバレエ団を辞めるだけでいいじゃない。赤ちゃんは産まないでも、仕事を見つけて。何か別のことをするの

よ」

　ジョアンは真剣な顔つきになって頭を横に振る。「中絶の決心はできなかったのよ。考えてはみたわ。でもわたし、臆病だから。踊らないならもうこの街にいる必要ないし、他にいくところもないし。それに、何をすればいいのかもわからないし」

「それでなんでもかんでもジェイコブにおんぶに抱っこっていうわけね。計画的過ぎるわよ、ジョアン。ジェイコブが可哀そう。この瞬間にもあの人は、自分が目を付けられたとは露知らず、シカゴを歩き回っているのね」

「あの人は欲しがっていたものを手に入れようとしているのよ」

「あら、そうなの？」イレインは箱から煙草をもう一本取り出す。「それで、ジョアン、あなたは善きサマリア人（新約聖書のルカ福音書に、半死半生で倒れているユダヤ人の旅人を、彼らから敵視されている異邦人であるサマリア人が助けたという話が出てくる）というわけね、苦しんでる人に惜しみない援助と同情を与える」

「一本ちょうだい」

「吸っちゃだめでしょ」

「わかってる。これが最後の一本、そしてやめる。なんでもやめる。そしたら全てが変る」

「必然的にそうなるわね」

　話すことがなくなり、二人は周りで霧のようにふわふわと蠢（うごめ）いている人間に興味があるかのような振りをする。ジョアンは数人の男たちと目を合わせる。いま自分と話している女の肩越しに次の相手を物色しているような男たち。イレインが言っていた、この会場のホスト、淡い色の金髪男の頭が見える。ペイズリー織のジャンプスーツを着た、しきりに口を動かしているブロンドの話を聞こうと体を傾けている。

ジョアンがイレインに言う。「クリストファーに紹介してくれない？」

ジョアンはベッドで目が覚める。横で男が眠っている。鼾さえも上品で規則正しい男だ。名前はクリストファーではなく、トム。ニューヨーク大学の古代・中世英語の准教授だ。クリストファーというのは、この美男子のトムと一緒にイレインの夜の世界を徘徊していた別の男なのだろう。トムのベッドは、自由奔放な生き方をしている独身男にしては驚くほど清潔で、いい香りがする。トムは、わたしがもう二度と寝ることのない二人目の男になるんだわ、とジョアンは物思いにふける。

月の光が差し込み、その窓のかたちの四角い影を青白いシーツに映している。おそらく古代・中世英語なのだろう、トムが耳障りな声を発して寝言を言っている。細胞は増殖し続けている。チューリップの球根のように植え付けられた生命の、その正確な位置を見極めようと、ジョアンはお腹に手を置いてみる。見知らぬ男とベッドにいると――そんなに何回も経験したわけではないが――ついさっき知り合って体を探り合い、いまはもう遠い存在になって眠っている、不可解な男の体が傍にあるという事実で頭が一杯になり、眠るどころではない。トムがジョアンに興味を持っていないのは確かだ。お腹を撫でながら、いま何時だろうと考える。腕時計をしているトムの手首は枕の下になっているし、この部屋には他に時計がない。夜が明けたら、アパートに帰り、それから団員のクラスに行く。あと何回クラスに行くことになるだろう。自分などいなくなっても地球が回り続けるように、日曜を除いてクラスは続く。ピアノが鳴り響き、鍵盤がカタカタと音を立て、ミスターKが、**ねえ、きみ、そうではありません、こうです**、とジョアンではないダンサーに注意をする。ジョアンがいつも付いていたバーの場所は、すぐに埋まってしまうだろう。

でも、あと数日、できれば一週間か二週間はクラスに出ていたい。この細胞には、ピアノの音、ミスターKの手拍子、彼のワン、パパパ、トゥ、パパパ、アンド、アップ、パパパ、それと母親のバットマン（第5ポジションから動脚を前・横・後ろに上げ、軸脚へ戻す動作）のリズムを知って育ってもらいたいのだ。いままでは揃いの衣装を着けた二十人のダンサーたちと組んで踊っていてもジョアンはいつも孤独だったが、このお腹のなかの細胞は自分に一体感をもたらしてくれる。ドロップアウトすることなんか怖くない、この解放感が至福に思える——生れて初めてジョアンはそう感じている。

1978年11月——シカゴ

雪が新しく積もった中庭をジェイコブはすり足で横切りながら自宅に向かっていたが、バーに寄って行きたいという抑えがたい衝動に駆られる。ジョアンと赤ん坊の顔を見たくないわけではない。独り静かにビールを飲むことに罪悪感があるわけでもない。突然（それも、言い方によっては、こちらの準備ができてもいないのに）妻子持ちの男になってしまった大きな義務感で、自分が変わらなければならないと思いはするのだが、自分の置かれたこの状況に苦痛を覚え、そのたびにそんな自己中心的な自分が恥ずかしくなってしまうのだ。できる限りジョアンを幸せにし、喜ばせたい。ハリーの良き父親でありたい、と切に願っている。ビールぐらい飲んでもいいじゃないか、たまには独りになってもいいじゃないか——などとはジェイコブは考えないのだ。彼のなかで、自由という概念が間違いなく過去のものになってしまっている。

これまでも、自由であることに拘（こだわ）ったことはない。もの心ついた頃から、義務と責任を果たす性格で、現在、若干二十四歳で大学院の博士課程の四年目に入っているのはそのおかげなのだ。同じく二十四歳にしてすでに男の子の父親で、モノにしたいと初めて思った女性と結婚もしているのだから、そもそもこの状況は自分が意図したものではないとしても、ハリーの受精に積極的に参加したわけではないとしても、ジョアンと結婚したかったわけではないとしても、これは思い描いていた結婚のかたちからはかけ離れているなどと、口に出して言えるはずがない。ハイスクールの頃から沈着冷静に物事に対処してきたジェイ

コブなのだから。
雪は、今年一番の降りになってきている。落葉した木々の枝に積もり、ゴシック建築の窓の狭間飾り（トレーサリー）に白いレース模様を作りながら降りしきる。夏になると、グリーンホールの正面はボストンアイビーで覆われ、ジェイコブのオフィスの窓辺は緑のリースで囲まれるので、差し込む陽の光も青々とした植物色に染まり、まるで森のなかのツリーハウスにいる気分になる。でも今は十一月下旬で、蔦は枯れ、側枝の絡まりが壁に張り付いているだけだ。ジェイコブはジョアンとハリーが待つ我が家の狭いアパートには直行せず、いつもの帰り道を逸れ、お気に入りの湿っぽい地下バーに向かう。アパートに帰れば、悪魔のようなラジエーターが消そうとすると抵抗するような甲高い音を発し、部屋に充満している赤ん坊臭い空気を掻き回すので、ジェイコブの髪は逆立ち、肌が痒くなる。寒がりのジョアンはそのラジエーターを気に入っていて、夫が管理人に連絡しようとするのを嫌がり、まるで爬虫類のようにその悪魔のそばに身を寄せ、天辺の銀色の塗りが剝がれたコイルに手をかざすのだ。

樽栓からビールを注ぎ終えたバーテンダーが、「オールドスタイル」の店名が入ったそのマグをジェイコブに渡す。ほとんど泡ばかりだが、有無を言わせぬバーテンダーの目つきに、文句を言う気持ちも萎える。それでも、ビニールカバーが破れているスツールにこうして座り、汚れてぎとぎとしたカウンターに肘をつき、ぽつぽつと穴の空いたダートボードや、ベアーズとカブスの試合の片鱗を想像させるグッズなどを眺めていられるこの時間は何物にも代えがたい。バーの後ろにはテレビが置いてあるが、バーテンしか見られないアングルになっている。棚に並んだ酒瓶が照明に輝いている。

このバーは、昔のガールフレンドに教えてもらった。ジョアンが突然訪ねてきたあの運命の日以前から付き合っていた女性で、正直、ジョアンと関係していた間もしばらく交際を続けていた。リーゼルという

名で、博士課程で化学を専攻していた大学院生だった。バーには男性客がもう一人いる。三十がらみの、口髭をたくわえた、がっしりした体格で、ウィスキーをちびちび飲んでいる。

「この店、いいでしょう?」話しかけてみる。失われた時に思いを巡らし、そのことがジェイコブを快活に、有頂天にさせている。

「そうですね、これぞ隠れ家という感じで」男が応える。強いシカゴ訛りで、人好きのする肉付きのよい顔をしているが、インチキ話は御免だ、と語っているようだ。

「別れた彼女とよく来たんですよ」

「それはそれは」

「いわば彼女のテリトリーで、別れてからは来ていませんでした」

「まずい別れだったのですか?」

「良くはなかったですね」ジェイコブはそう口にしてから、ことを明確にするために「僕がバレエダンサーと結婚したせいで」と付け加える。

バレエダンサーという言葉に惹かれたのだろう、男の顔に笑みが浮かぶ。「へえ、つまり、プロのダンサーですか?」

ジェイコブがうなずく。「そうなんです」

ジョアンがバレエダンサーであるという事実に、殆どの男たちは感動する。女性の場合は嫉妬のような感情を抱く。本当は「ダンサーだった」と言うべきだが、現役ではないことを教えるつもりはない。妊娠を知った時、出産後には復帰するだろうとジェイコブは思ったが、そのつもりはない、とジョアンはきっぱり否定した。ダンサーとしてのキャリアは終わった、バレエ教師にはなるかもしれないが、舞台にはも

う立たない、と。ハリーが生れるだいぶ前に、イレインがジョフリー・バレエ団のチケットを送ってくれた。帰りの地下鉄で、ジョアンはか細い腕で自分のお腹を抱いて泣きじゃくった。バレエ人生が終わったわけじゃないと慰めても、首を横に振り、あなたにはわからないのよ、どうせわたしは優秀なダンサーじゃなかったし、続ける努力をするだけ無駄なのよ、と言うのだった。

口にはしないが、そんなジョアンの決断にジェイコブは失望している。幼馴染のジョアンは、ダンサーであり一般人でもあるという二重生活をしてきた特別な存在だったのに、現役を退くことで本質的な価値が下がってしまう。舞台の前面に登場し、暗い客席に向かって踊る美しい姿を眺めることもできないし、レッスンやリハーサルで他の美しい女性たちと踊り、男性ダンサーの手に触れられているジョアンは謎めいているが、そんな想像をする楽しみもなくなってしまう。ジェイコブにとって、軽い嫉妬は心身に効く活性剤、快感を呼ぶ収斂剤なのだ。

しかし嫉妬の効能にも限界がある。ジョアンがアースラン・ルサコフに夢中になっていた数ヵ月間、ジェイコブは苦悩のドン底にいた。ハイスクール時代にもジョアンの男友達にはイライラさせられ、不満を感じていたが、拷問のような苦しみではなかった。ジョアンが彼らに本気だったことはないし、ましてや愛してなどいなかった。ところがルサコフは彼女を虜にした。愛のない、興味本位の快楽が燃え尽きれば、いずれ二人の関係は終わるというジェイコブの信念は揺らぎ始めた。ジョアンを嫌っていた母親が、ジョアンとルサコフの写真が雑誌や新聞に載っていると長距離電話をかけてくると、自分の目で確かめるためにニューススタンドに行き、ぎこちない手つきでページをめくっては二人の写真を見つめ、業を煮やしたスタンドの男に、**よお、あんた、立ち読みしたけりゃあっちに図書館があるよ**、と憎まれ口を叩かれたりもした。ジョアンの手紙には思わせぶりなことしか書かれておらず、それがかえって彼をイラつかせた。

口髭の男がお代わりの合図をしたので、ふいをつかれたバーテンは早速仕事にとりかかる。男がジェイコブに質問をする。「彼女とはどこで出会ったのですか？」

「ハイスクールが同じだったんですよ、バージニア州ですがね」

ジェイコブには姉が二人いて、子供たちは三人ともＩＱが高く、転勤が多かった父親は子供のことを教育ママの妻に任せっきりで、妻がどの子も十二歳でハイスクールに、十六歳で大学に飛び級させることを容認していた。幸いジェイコブは体の成長が早く（しかし途中で止まってしまったので背はそんなに高くない）、まあまあハンサムで、礼儀正しく、野球と陸上競技が得意だったので、年上の同級生たちから苛められることもなかった。ハイスクールの一年生のあいだ、ジョアンのロッカーが斜め向かいだったので、小柄で小鹿のようにおどおどして愛らしい彼女を見かけるたびに、年齢も若ければもっといいのに、と片思いをしていた。

ハイスクール一年目の始業日、ジェイコブがロッカーに教科書やノートを入れていると、ジョアンがそばに来て「すいません、39号室はどこでしょうか？」と訊いてきた。襟付きの赤と青の格子のワンピースに赤いベルトをして、生真面目そうな顔が不安げだった。見知らぬ土地で道を尋ねている観光客のようだった。

「知ってるよ」ジェイコブは応えた。「僕が行く方向だから、教えてあげる」

「あなた、二年生なの？」歩きながらジョアンが訊いた。「どうして知っているの？」

「去年、ひとつだけクラスを取っていたんだ」わけしり顔でジェイコブは説明した。「だからどこがどうなっているかわかるんだ」

「助かるわ」上級生たちのグループをよけながらジョアンはほっとした表情を見せた。「週末、下見に来

るつもりだったけど、休みの日に学校に来てるのを見られたら、馬鹿と思われそうでやめたの。あなただって馬鹿だと思うでしょ？　なんだか、わたし、うまくやっていけそうもないわ」

「何が？」

「全部よ。このハイスクール生活」

「大丈夫だよ。ここは自分の居場所と思って行動すればいいんだよ」ジェイコブは姉のマリオンが今朝教えてくれたことを真似て言った。「みんな似たり寄ったりだからさ。ところで君、何歳？」調子に乗って訊いてみた。

「十月で十四歳になるわ。遅生まれなの。あなたの誕生日はいつ？」

「三月」誕生日が来たらやっと十三歳になる、とは言わなかった。

「どうして年齢を訊くの？」

「どうかなと思って。君、若く見えるから」

「ずっとそうあって欲しいわ」予想外に真剣な口調の反応だった。「わたしバレエをやっているの。背はあまり高くならないほうがいいし、年だって取りたくない」

自分は身長が伸びても年齢を重ねても一向にかまわないけど、と思いながらジェイコブは言った。「年を取るのは仕方ないよ」

「わかってるわ」ジョアンがきっぱりと応えた。第一印象とは違い、全然控えめじゃない。彼女のそんなところが気に入った。「外見こそが重要よ」

「そんなことないよ」そう反論したものの、一瞬間を置いてから付け加えた。「人生全体から見ればね」

彼女の考えに反対しているとか、常識人ぶっていると思われるのではと心配になったのだ。ジョアンが

顔をしかめた。「バレエの世界ではという意味よ。わたしにとってバレエが人生だから」

小柄で可愛くて付き合いやすいジョアンには取り巻きが多く、二人が同じ友だちグループになることはなかったが、ロッカーのところで立ち話をしたり、廊下で挨拶をする間柄にはなった。家が近かったので、一緒に歩いて帰ることもあった。バレエスタジオがジェイコブの家の手前にあったので、野球をしない日はダンスバッグを持ってあげた。中までは入らず、通りに面した飾り気のない小さな建物を眺めながら、スタジオはさぞや厳粛で不可思議な儀式が行われている浮世離れした場所なのだろうと想像していた。正面の窓にかかった薄い白いカーテン越しに、黒いレオタードの少女たちの姿がぼんやりと見えていた。

「あの人、あなたの弟なの？」ジェイコブは、ランチルームでジョアンが友だちからそう訊かれているところに居合わせたことがある。

「そういう感じ」ジョアンはそう応えていた。ジェイコブは光栄に思うと同時に侮辱された気分になった。

ジョアンは言動が横柄だが、きちんとした性格で、ジェイコブはそういうところに惹かれ、自分が彼女を守ってあげるのだと、大人っぽく男らしい、いままでにはなかった感情を抱くようになった。姉が二人いるので、女性から口やかましく言われるのには慣れていたが、ジョアンはそういうタイプではなく、ジェイコブのことを自立している男子、必要に応じて助けてくれる、頼れる人と思っているように見えた。悪くない役回りだ、とジェイコブは納得していた。ジョアンの母親はシングルマザーのワーキングウーマンで、バレエのことも、自分の娘のことも理解しようとしなかった。ジョアンのバレエ教師、マダム・チシュコフは威厳と厳格を絵に描いたような女性で、揺るぎない冷淡さと、人を失望させる絶え間ない冷酷さでやる気を失くさせる存在以外の何ものでもなかった。ジョアンの学校友達はただのカワイ子ちゃんの集まりで、一緒に群れるだけの仲間、いわば付属品で、信頼できる親友ではなかった。

寂しかったり、落ち込んだとき、ジョアンが電話するのはいつもジェイコブだった。彼は顔をしかめている母親から電話機をとり、食品貯蔵室に入り、コードが挟まるのも構わず薄っぺらなドアを閉め、スープの缶詰やクラッカーの箱を見つめながらジョアンの話を聞いてあげた。バレエのない日には、学校が終わってから一緒にテレビを見ようとジョアンがジェイコブを家に誘い、宿題を手伝わせた。ジョアンの家のなかはいつも薄暗く、家具も少ないので、まるで隠れ家にいるようだった。ジェイコブの母親は、息子がテレビを見に行くのを良しとせず、親の目が届かないジョアンを問題児扱いし、男女の友情はあり得ないと考えていたので、ジェイコブは放課後も学校にいたのだと嘘の言い訳をした。

ジョアンはそんなジェイコブを信頼し、母親のペッサリーを浴室で見つけたことや、母親がペッサリーは生理日の夜に使うのだと言っていたので、強迫観念にかられて浴室の引き出しにペッサリーが入っているかを確認し続けたら、盗み見した母親の手帳に書いてあった生理日にペッサリーが引き出しに入っていることが時々あったという、暗い秘密を打ち明けたりもした。

ある日、ジョアンはジェイコブを浴室に連れて行き、エジプト王朝の墓でも暴くかのように、もったいぶった様子で引き出しを開けた。「ほら、見てよ」引き出しにはコットンボール、光沢のあるコンパクト、爪やすり、取っ手が鳥のかたちをした爪切りが入っているだけだった。「ペッサリーがなくなっているでしょ」

「そうだね」ジョアンの怒りとペッサリーの意味がわからず、ジェイコブはとりあえずそう応えた。

「やってるのよ！」泣きべそ状態でジョアンが大声を出した。**「あの男！　リックっていうやつと！　同じ職場の男なのよ」**

ジェイコブにとって、そんな話はいま問題にして喚かなくても、後でゆっくり考えればいいことだった。

ジョアンの母親は痩せた、無愛想な女性で、いつも小ぎれいなスーツを着て、どうやって仕上げるのかわからないやり方で髪を丹念に結い上げていた。

「心配することないよ」ジェイコブはそう言って引き出しを閉めた。ジョアンは暗い顔をして、白塗りの引き出しに付いている薔薇の蕾のかたちをした陶製のつまみを睨んでいた。「気にすることないさ」

もっと気の利いたこと、助けになることを言えればとジェイコブは思ったが、ジョアンはうなずき、腕組みをした。「あなたには見せておきたかったの。誰にも内緒よ」

そんなことを気にしていたのか。ジェイコブはジョアンの肩を叩いて約束した。「言わないよ」

ほっそりとした猫のような顔、さらさらの髪、小さなお尻、アヒルのような歩き方、タイツを穿いたときに際立つ太股（ふともも）の筋肉、小さな骨っぽい手。ジェイコブはそんなジョアンのすべてが好きだった。姉のマリオンが母親に内緒で車を出してくれるときには、ジョアンの発表会を観に行った。堂々と舞台に立ち、観られることを臆さない彼女を眺めるのが好きだった。

二年生のとき、ジェイコブは三月にやっと十四歳になったので、自分の年齢をジョアンに打ち明けた。そのせいで二人の仲がおかしくなるということはなかったが、ジョアンの話し方が、特にバレエの合間を縫ってデートした——いくところまではいってないらしい——相手のことを話すときには、自分を年下扱いする口調に変わったとジェイコブは感じた。いずれにしても、ジョアンの場合、デートといっても相手と深い関係になるのではなく、学校で人気のある運動選手と付き合って皆の羨望の的になりたいだけのようだった。

「あなたには何でも打ち明けるわね」ジョアンはよくそう口にした。好意からではなく、**お前は我が家の誇りになるんだぞ、**と事あるごとにジェイコブに説教をした父親のような、押しつけがましい言い方だっ

た。

ジョアンが何でもあっけらかんと話してくれるので悪い気はしなかったが、それは親密さの証しというより、二人のあいだに煙幕を張るためなのかもしれない、とジェイコブは感じていた。

とにかくジョアンはよく喋った。バリー・サワーランドという男子から冬のスクールパーティーに誘われたけど、実は本命ではないのだと言われてひどく傷ついたとか、フロイド・ビショップから冷たい女呼ばわりされたとか――ジェイコブを信頼して打ち明けたのだろうが、そんな話はどうでもいいと彼が思っていることなどお構いなしだった。

ジェイコブは、冷淡で厳格な自分の父親のこと、頭が固くて一緒にいると息が詰まりそうな母親のこと、そんな両親の無味乾燥で愛のない夫婦関係、一旦ねじが狂うとものすごい喧嘩になる、というようなことをジョアンに話して聞かせた。付き合っている女の子たちがいて、免許証がないことがばれないように車を持ってないと言い訳してダンスや映画に出かけていることは秘密にした。

もうすぐハイスクール卒業というとき、ジョアンは足の靭帯(じんたい)を損傷した。ニューヨークで行われる学生バレエパフォーマンスに出演して、地元のバレエ団や、サンフランシスコ、シカゴ、その他全米各地のバレエ団の理事たちに見てもらう絶好のチャンスだったのに、それがご破算になり、ギブスをはめて家で寝ているしかなかったので、もう治らないかもしれない、バレエ人生は終わってしまうのかも、と本人は意気消沈していた。

「ビーチに行こうよ」無性に暑いある土曜日、ジェイコブはジョアンを誘ってみた。そのとき彼女はギブスの足を枕に載せ、ソファーに寝そべり、彼はその傍で床に座り、薄汚れて毛羽だったオリーブ色の絨毯を指でいじくりながら、一緒にテレビで「アメリカン・バンドスタンド（一九五二年に始まった音楽番組で、多数の新人シンガーを生み出しスターにするとともに、十代の

若者たちにロックンロールという新しい音楽を教えた）」を見ていた。「これ、全然面白くないからさ」

もうやるべきことはやった――ジョージタウン大学に進学することが決まり、卒業生総代にもなり、人生で初めてリラックスした気分を味わっていたとき、ジョアンの家の薄暗い小さな部屋で召使いのように彼女に奉仕するのをジェイコブは最大の喜びとしていた。当初は長時間、誰にも邪魔されずに室内で二人きりでいられるのは至福だったが、ジョアンが毎日むっつりしているので、そのうち口説くチャンスがくるだろうと期待するのは、退屈しのぎにはなるとしても無理なように思えてきた。だからジョアンが食べもしないサンドイッチを作ったり、言われるままグラスに氷を入れてタブ（TaB　一九六二年に登場したコカ・コーラ社初のコーラ風味飲料）を注いだり、テレビのチャンネルを替えたりして、見たこともない彼女の靭帯の繊維組織が元通りになるのを待つしかなかった。こうなると、リックという愛人の後釜と週末旅行に出かけたジョアンの母親のほうが、ジェイコブよりも人生を謳歌しているように思えてきた。

「ビーチなんかに行けるはずないでしょ」ギブスを指差してジョアンがピシャッと言った。「わからない？」

「水に入らなくてもいいさ。とにかく出かけよう。ママが車を貸してくれるよ。もうすぐ僕がいなくなるから機嫌がいいんだ」

「ギブスのなかに砂が入るでしょ」

「袋かなんかを被せればいいよ」咄嗟のアイデアだった。「僕が君を運んであげるよ」

ジョアンが疑い深い目つきをした。

「タオルを敷いてあげるから、君はそこに寝転がればいい。一日中ソファーに寝そべっているのと同じぐらい気持ちいいよ。気に入るさ」

「わたしを抱える力はないでしょ」

「君なんて軽いもんだよ」本音を言うと、車からビーチまで抱いて運ぶ自信はなかったが、やってみたかったのだ。怪我のせいで、なんとなく彼女に近づきやすくなっている気がしていた。いままでだって別に怖がっていたわけじゃない。バリアというか、ジョアンが纏っている、とげとげした磁場のようなものが邪魔していたのだ。だが、不自由な足を持て余して横たわり、ソーダの入ったプラスチックカップを握りしめているジョアンを見下ろしながら、ジェイコブは勇気を出して宣言した。「さあ、立つんだ」

　その威厳のある口調に彼女は驚いたようだった。飲み物を絨毯の上に置き、両脚をもぞもぞさせ、差し出された手を取り、素足とギブスの足でよろけながら立ち上がった。ジェイコブは腕を彼女の膝に回し、もう片方の腕で背中を支え、抱きかかえてからすっくと立ち上がった。いとも簡単に抱きかかえられる彼女を見て、そうされるのに慣れているのだとジェイコブは思い当った。

　ジョアンのパ・ド・ドゥの相手には会ったことがある。スタジオ唯一の男子、ロシアから移住してきた科学者夫妻の息子で、青白い、ニキビだらけの顔をして、アメリカのハイスクールの荒んだ環境を避けて家庭教師の教育を受けていたグレゴリーだ。女々しい感じなのに、ジョアンを易々と頭上にリフトしていた。彼女の太股やウエストを持ち、意のままに空中を移動させるのはどんな感じだろう、とジェイコブは想像してみたものだ。そんなことを思い出していたら、ジョアンが彼の顔を見つめてようやく承諾した。二人の顔が接近していた。「いいわ。ビーチに行きましょう」

　ジェイコブの母親は、大した詮索もせず、ランブラーワゴンのキーを貸してくれた。フロントシートが長いので、二人のあいだには十分スペースがあり、べとつくクリーム色のビニールが初夏の温かい日差しに輝いていた。ジョアンは陽の光を浴び、手足を無造作に投げ出していた——短パンから出ている針金の

ような脚、お臍のところで思わせぶりなアーチを描いているビキニの紐、開かれた窓のほうに向けられた顔。窓が大きく、ロングベンチのランブラーは、後部の絨毯敷の広い荷台ががっちりしていて子育てママさん向きとされているが、あのときはカーセックスの可能性を秘めた格好の場所だった。こうなるまでの数週間、ジョアンをモノにしたいとジェイコブはしゃかりきになっていた。友だち関係をないがしろにするつもりはないが、このままずっと友だちでいることは不自然に思えたのだ——僕は聖人でも子どもでもない。宮廷に仕える宦官でもない。ジョアンがボーイフレンドに僕のことを従弟だと説明していたのを耳にしたこともあるが、とんでもない。彼女に拒否されるかもしれない、多分拒否される、でもこの際、はっきりさせておく必要がある。ハイスクールでの目的はクリアしたし、その成果を得て卒業したのだから、僕は脱皮しなければならない——ジェイコブはジョアンと別れたいと思っていたのではなく、ジョージタウンで自分を待っているもの、そこで自分がどういう人間になれるかということに関心が向いていたのだ。

二人は本通りを外れ、遊泳者の多い海岸から離れたいつもの場所を目指し、砂だらけの道をバウンドしながら進んだ。家を出る前にジョアンは台所を片足立ちで動き回り、魔法瓶にフルーツポンチと母親のウォッカを入れて持参していた。ジェイコブは車を止めるとまずタオルとアイスボックスを持ち、背の低い尖った草の砂地を横切り、乾燥した砂の上にタオルを広げ、それから車に戻った。ジョアンは利き足で立ち、ランブラーに寄りかかっていた。

「おんぶしてもらうのが一番だと思うわ」ジェイコブが近づいていくと彼女が提案した。「長い距離を移動するのだから」

ジェイコブは想像した。両腕で抱きかかえることはもうしたが、背負うのはまた違った経験だ。「いいよ。ボスは君だ」そう言ってジェイコブは背を向けて屈んだ。ギブスをはめているわりには敏捷な動きで

ジョアンは背中におぶさった。ジェイコブは砂の上を歩きながら目の前に続く大地を見つめていたが、全神経を働かせて彼女の体を探っていた。両手で太股の後ろ側を抱えていたので、薄っすらと汗ばんだ指に強靱な筋肉が感じられた。ギブスのざらざらした石膏が時々、左ふくらはぎを擦った。ジョアンの両腕が首に巻きつき、尖った顎が肩に、小さな乳首が背中に当たっていた。腰に押し付けられた彼女の短パンの股の部分を想像しただけで興奮した。眼鏡が鼻からずり落ちるので、押し上げようと、馬みたいに頭を振り上げた。屈んでジョアンを青白ストライプのタオルに下ろすまで、二人はひと言も口を利かなかった。

「すごいサービスね」腰を下ろすと、戸惑った顔で微笑みながらジェイコブを見上げてジョアンが言った。彼女もその気になっていた。ジェイコブにはわかっていた。

二人並んで座った。ジョアンは前方に目をやり、打ち寄せてはねばっこい山になり、やがてヘタって白い襞のように砕け散る波を見つめていた。ジェイコブは恐怖と生理的欲求でむらむらしていた。そのときジョアンが何もなかったかのように言った。「怪我をして最悪だったのは、わたしのママは何に対しても気取った態度をとる女なんだと思い知らされたことよ」

ジェイコブは陽の光が眩しくて目を閉じた。「へえ、そうなの？」

ジョアンがうなずいた。「この前、タイピングスクールの生徒募集広告を丸で囲んで、わたしの枕の上に置いてったのよ。ぶん殴ってやろうと思ったわ」

「それはやめたほうがいいよ」ジェイコブはアイスボックスから氷を取り出し、忙(せわ)しなくウォッカパンチをカップに注いだ。

「ぶん殴るのを？」

「タイプのほうだよ」

ジョアンが悲しげに微笑んだ。「ママにはわたしの人生ってものがわかっていないのよ。娘が本当に大切なことに命を捧げているというのに、秘書になればいいなんて思っているわけ。そりゃあ、バレエで生きていけるかどうか、わたしにもわからないけど、やれると信じなければ意味ないでしょ」

「少なくとも君は、自分が何になりたいか自分の頭で考えてわかっているよ」いまはそんなことに関わっている場合ではないが、とりあえず目先の問題を片付けよう、彼女の良き友人として振る舞おうとジェイコブは考えていた。「僕なんか、両親から善良な市民になれと洗脳されてきたものだから、いまの僕になったんだ」

「どういう意味？　あなた、ジョージタウン大学に行きたくないの？」

「いや、行きたいよ。僕が言いたいのは、飛び級や、余計な授業を受けたりしたのが、自分のやりたかったことなのか、わからないんだ。でも、もう済んでしまったことだ。早めに家を離れられるのだから、それは嬉しいよ」

「わたし、時々思うんだけど」パンチで口のなかを真っ赤にしてジョアンが続けた。「自分が感じていることが本当に自分の感じていることだとどうしてわかるの？　つまり、他の人が見ている色が自分の見ている色と同じだなんて、どうやってわかるわけ？　皆が皆、同じ気持ちで〝幸せ〟を感じているわけ？」

ジェイコブは肩をすくめた。

「バレエでも」彼女は話し続けた。「美しければ美しいと感じるけど、それでわたし自身が幸せとか悲しいとか、そういうのはない。ただ感じるだけ。鳥肌が立つような、その感じが好きなの」ややあって、ジョアンは溜め息を吐き、うつ伏せになって両腕に額を置いた。「踊れなくなっても、死にはしないとわかってる、でも死ぬような感じがするのよ」

ジェイコブもうつ伏せになった。「うまくいくさ」

ジョアンが顔をこちらに向けたので、二人は見つめ合うかたちになった。「わたしのことを思ってくれているのはジェイコブだけよ。わたしが気付いてないと思っているでしょうけど、わかっているのよ」パンチで赤くなった唇が真紅のベルベットみたいに蠱惑的だった。

後で考えてもなぜそうしたのか自分でも信じられなかったが、あのときジェイコブはタオルの上をさっと動いてその赤い唇に自分の唇を重ね、ジョアンに突進していた。欲望が純粋すぎて躊躇する間もなかった。半ば強制的に彼女を仰向けにしていた。自分にそんなことができるとは思いもよらなかった。ジョアンは両腕をジェイコブの首筋に上げていたが、その両手で頭の後ろをピシャッと叩かれたので、彼女の上で大の字になってしまった。数秒後、気付くとジョアンの両手で胸を押さえられていた。仕方なく彼はゆっくりと顔を上げた。

ジョアンはショックでうろたえているようだった。「できない」と彼女はつぶやいた。

欲求不満状態のジェイコブは、自分が不当な扱いを受けたと思い込んで突然怒りを爆発させた。「できないとはどういうことなんだ?」詰問調になっていた。「できるに決まってるだろ」

ジョアンは頭を振り、口を開いたが、何も言わなかった。

自分をコントロールできず、ジェイコブは大声を出した。「君は自分勝手で手がかかる。もううんざりだ」

ジョアンは体を起こした。小さな顔がよそよそしく、狡猾そうに見えた。「あっ、そう。あなたはわたしの親友じゃないのね。これまでずっと、何かもらえると期待していただけなのね。他にすることはないわけ? 他に追い回す相手はいないの? まったく、あなたはまだネンネなのよ」

「僕ほど君のことを思っている奴は他にいないよ」ジェイコブが言い返した。自分の内側から怒りが冷めてきて、恐ろしいほどの後悔の念にかられていた。「君の世話をしているのは僕だよ。そう君が言ってたじゃないか。でも僕は何のためにそうしてるんだ？　何の報いもないのに」

「僕は何のためにそうしてるんだ？」ジョアンが鸚鵡返しでからかった。「何がもらえると思ってたの、ジェイコブちゃん？」彼女はバタンと仰向けになり、両脚をのろのろと広げた。「さあ、いいわよ。大きなご褒美よ。立ち食いセルフサービスの食堂がオープンよ。食べなさいよ、さあ！」

ジェイコブはじっとジョアンを見つめていたが、もう一度キスしたいという思いしか浮かんでこなかった。でもそうはせず、両腕を頭の後ろに回し、両膝を胸に抱いて背中を丸めた。もっと幼かった頃、彼女にキスする自分を想像するたび、考えられる結末は、自分が屈辱を受けて終わるというものだった。おどおどしたファーストキス、困惑してためらう彼女、そしてばつの悪い思いをする僕——そんな分相応のシナリオだ。キスをしたら、さらに彼女への欲望に火がついて、がつがつとエンジンを急発進させてしまうなどとは考えもしなかった。「僕のどこが悪いの？」ジョアンは応えなかった。ジェイコブは彼女をじっと見つめた。「正直、僕の何が気に入らないの？　他の男とはやってるじゃないか。君があんな連中より僕を好きなのはわかってるんだ。なのにあいつらにはキスさせて」

「あなたは何も悪くないわよ」ジョアンはそう言ってから、「これまではね」と皮肉った。これで、さっきジェイコブに手がかかると言われた負い目が帳消しになった。立場が逆転した。ジェイコブに、彼を愛せない理由を説明する義務はなくなったのだ。「今日のことは忘れましょう。帰りましょう」

「僕が悪かった」ジェイコブが謝った。「ごめん」

「いいのよ、なかったことにしましょう」ジョアンはそう言って、立ち上がるのを助けようとジェイコブ

が差し出したその手を振り払った。

「ギブスに砂が入るからさ」

「そんなの、ビーチに誘ったあなたのせいでしょ」そう嫌味を言ってジョアンは砂の上を歩き始めた。

それでもその夏、頻繁ではないが二人は会い続けた。ジェイコブは自分を抑えて行動した。大学に行ったらガールフレンドがわんさか群がってくるわよ、などとジョアンは冗談を口にした。ジョージタウン大学は前年度から共学になったからだ。そんなわざとらしい親愛の情には悪意が感じられたが、八月にはジョアンから離れ、もっと開かれた生活に入るのだと自分に言い聞かせ、ジェイコブはじっと我慢した。それはすごい解放感に違いない。そこにいままでの友情が入り込む余地はない。これまでの二人は、互いに異なるもの、実体があってないようなものの周りを警戒しながら回っていただけなのだ。

そうしてジェイコブは去り、ジョアンからは何の音沙汰もなく、二人の関係は、それがどんな関係だったにせよ、とりあえず終了したように見えた。ジョアンが懐かしかったが、彼女を卒業したことに満足感を覚え、ジェイコブは自分を祝福したい気分だった。ラケットボールもできるようになったし、ビールを飲めるようにもなった。医学の道を歩んでもらいたいと願った母親の意に反し、心理学を専攻した。サラという名のガールフレンドができ、その娘に童貞を捧げた。そうして万事がうまくいき始めていた頃、ある晩遅く、酒に酔った勢いで彼はジョアンに初めての手紙を書いたのだった。


ドアが開き、寒気とともに女性が一人バーに入ってくる。肩に雪が積もったシープスキンのジャケットを着込み、紫のスカーフをしている。耳覆いの付いた木こり帽が眉毛のところまで下げられている。そ

して急に立ち止まったかと思うと、騎士が鎧兜の隙間から覗き見ているかのように、帽子とスカーフの間からジェイコブを見つめ、「やだ、信じられない」と叫ぶ。

「リーゼル？」ジェイコブが声をかける。「顔がわからないけど、君なの？」

　返事のかわりに女性がスカーフを外すと、幅広で賢そうな乳搾り女のような顔が現れ、「だ、だーん」と言っておどける。何が何だかわからないでいると、彼女はジェイコブの隣にいる口髭の男の唇にキスをする。男がジェイコブにグラスを挙げる。

　リーゼルが筋骨逞しいその男の胸を叩く。「こちらは私のボーイフレンドのレイよ」

「へい」ジェイコブが応える。

「レイ、こちらは私の元ボーイフレンドのジェイコブ」

「やあ」レイが挨拶をよこす。「そうだと思ったよ」

「ほんと？　どうしてわかったの？」リーゼルが二人の男を見比べる。

「バレエダンサーと結婚していると話してくれたからだよ」

「あなた、誰にでもその話をしているの？」リーゼルが嘲笑を込めてからかう。「だったらカードにそれを印刷して、地下鉄の乗客の膝に置いて配れば？　それにしても、ここは私のテリトリーなんだけど」

「僕はビールを一杯飲みたかっただけだよ」ジェイコブが言い訳をする。「歩いてると寒くてね」

　リーゼルと別れてから一年余り、ほとんど話す機会はなかった。ジョアンの妊娠のことを打ち明けてもリーゼルが別れようとしないので、仕方なくジェイコブの方が彼女を捨てるしかなかったのだ。リーゼルがジャケットを脱ぎ、裏返しにして、スツールに掛ける。雪が溶けて床に滴っている。バーテンダーが彼女の前にビールを置く。

リーゼルは最近、あまり考えもせずに髪を顎までの長さにカットしたようで、猫毛っぽいブロンドが頭にぐたっとへばりついている。寒さで赤く火照った頬と唇がセックスを思わせる。刺激に反応する実験室の動物のように欲情してしまう自分をジェイコブはたしなめる。息子のハリーが生れてから、ジョアンはセックスへの興味をなくしているが、赤ん坊の否応なしの頑然とした存在は、常にジェイコブに肉体、肌、裸体、それに自分自身の成熟と生殖能力への関心につながってしまう。それもとんでもない状況下、例えばボーイフレンドの前で酔っぱらっている昔の恋人を見て興奮してしまうのだ。

リーゼルにはジョアンほどの魅力は感じないが、風貌は好きだ。健康的で、気取りがない。ジェイコブに捨てられたのは自分の外見のせいだと彼女が暗に口にしたことがある。あら、ごめんなさ～い、私がバ～レリ～ナじゃなくて。わざと長く節をつけて当てこすりのようにバ～レリ～ナ、と発音した。

「レイ、君の仕事は？」ジェイコブが訊ねる。

「警官だよ」レイが微笑む。

リーゼルがもたれかかると、レイはその腰に腕をまわし、彼女のジャケットのポケットに手をねじ込む。

「私、学者タイプの男は自惚れだし、頼りなくて、もう御免なの」彼女が皮肉る。

「ごもっともだ」ジェイコブが応じる。

「それにしても、いったいどうして独りで飲み歩いているわけ？」リーゼルが追い打ちをかける。

ただ飲みたかっただけ、それも独りで、我が家でじゃなく、としか答えようがない。でもそれを言ってしまうと、自分がいまの生活に不満があることがばれてしまう。いまの生活が自ら選んだものでないと知られるのをジェイコブは最も恐れているのだ。無意識下で自分はリーゼルにばったり出会いたいと望んでいたのだろうか？　そうかもしれない。でもそれは、いまの彼女をダシに、自分がどんなに幸せなのかを

確認するためなのだ。「職場の同僚と待ち合わせしてるんだけど、どうやらすっぽかされたみたいだ」

「どーりょう」リーゼルがジェイコブの気取った言い方を真似る。「それはお気の毒」

そろそろ潮時だ、とジェイコブは頭を働かせる。「もう行かなくちゃ」

「たまたまだけど会えてよかったわ」リーゼルがにんまり微笑む。「それも私の大好きなこのバーで。なんていう偶然かしら」

帰ろうとしてジェイコブがバーのドアを開けるなり、入り口に積もっていた雪がなだれ込む。「すごいなあ!」バーテンが叫ぶ。どうしようもない。ドアを後ろ手にできるだけしっかりと閉め、ジェイコブは這うようにして凍てつく寒さに身を置く。階段は雪に埋もれてなだらかなスロープにしか見えない。一段一段足で探りながら、凍った手すりを握りしめ、注意して昇る。上までたどり着き、街灯の柔らかいオレンジ色の輪のなかに立ち、重石のように体にのしかかる寒さを堪能する。それから家路へと向かう。

ドアを開くなりむっとする熱気に包まれて、キーをノブに差し込んだままジェイコブはコートを脱ぐ。ジョアンはシューシュー音を立てるラジエーターに背を向け床に座り込み、ハリーはおむつをしてシカゴ大学のTシャツを着た格好で、補助なしで背を真っ直ぐにして毛布の上でお座りをし、ぷくぷくした脚のまわりに散らばった、ガチャガチャ音の出る玩具をいじっている。ジョアンはその毛布に対して脚をVの字に開いて座っている。母と息子が揃ってジェイコブに顔を向ける。ジョアンは赤ん坊と一緒にいるときに浮かべる、可愛くてたまらないといった特別な笑みを浮かべ、ハリーはためらうような気難しい顔をしてから、二本の下の歯を見せながら口を開けて嬉しそうな表情になる。

「やあ、愛すべきお二人さん」セーターを頭の上からかぶると同時に、ブーツを踵で押さえて脱ぎながらジェイコブが声をかける。

ジョアンの頬にキスをしようと身をかがめたすきに、彼女のシャツの胸元から手を滑り込ませる。ジョアンはバレエを辞めるのと同じ唐突さできっぱりと授乳を止めた。医者に続けるよう言われても断固としていた。単純に嫌いなのだろう、とジェイコブは思っている。昔に比べればジョアンの乳房は大きいが、ハリーを身籠り出産した時期ほどではなく、かすかな膨らみがあるだけで、揺れもしないし垂れてもいない。

ジョアンがジェイコブを見上げる。感じている様子はなく、ちょっと驚いている。乳首をつまんでみる。

「やめてよ、痛いじゃないの」

「僕たち何回セックスしたかな」彼が訊く。「これまでに」

「数えたことないわ」

「三十六回。君が僕を訪ねてきたときに八回。妊娠中に二十一回。出産後に七回」そう言ってジェイコブがジョアンの足元に肩肘をついて床に寝そべったので、三角形の柵に囲まれたようになったハリーが、父親を見ようと首を回した途端、ころんとひっくり返る。

「あらら」四本のオールのように手足で宙を掻いている赤ん坊にジョアンが声をかける。

ジェイコブがハリーの蜘蛛の糸のように細い髪を撫でる。「回数としては多くない、という意味だよ」

「急ぐことないわ。やり飽きるほどたっぷり時間はあるんだから」

「飽きたりしないさ」

「それに」ジョアンが続ける。「調子がまだ戻ってない感じなの。体の内側がね。妊娠中もそんな感じだ

った。自分じゃないみたい。興奮しないの。変な感じ」

ジェイコブは自然に体が求めることを素直に行うタイプの人間だ。食べて、酒を飲み、眠り、ウォーキングやジョギング、たまに水泳もするし、やりたくなればセックスをする。特別な技巧、優雅さ、厳格さを要求されることは一切しない。かたやジョアンにとっての最優先事項は自分の肉体、すなわち彼女自身から切り離された、感情を備えた、実体としての肉体なのだ。ジェイコブは、わたしの身も心もあなたを欲しがっている、死ぬまでずっとあなたとだけセックスしたい、とジョアンに言ってもらいたい。だがそう言ってくれと懇願するのはみっともない、男らしくない。ささやかに、控えめに感情を迸らせるぐらいにしておこう、それなら自分を許せる。ジョアンの父親は彼女が赤ん坊のときに家を出て、それっきり帰ってこなかったというが、ジェイコブが思うに、それなら心理分析的にみても、ジョアンは自分がジェイコブに捨てられる、いつか彼が出ていくかもしれないと恐れて然るべきだ。ところがジョアンにそんな気配はない。それどころか、長年ずっとジョアンを見てきたが、こうして家で赤ん坊と過ごしている彼女は、いままでの人生で一番リラックスしているように見える。

ハリーが爪先を内側に丸め、ふたつの杓子みたいに叩き合わせている。

「この子がそうやって足で意思表示するのを見ているのは面白いね」ジェイコブはセックスの話をするのをやめて、息子のことに話題を移す。「僕もやってみようかな。相槌を打つときに足を振ったりして」

ハリーは両脚を伸ばしたかと思うと、横に転がり、くるりとお座りの姿勢になる。嬉しくて手足をパタパタさせている。ジョアンが優しくその手を取ると、上半身を上げ下げしてから両脚を曲げ、突然、驚くほど真っ直ぐな姿勢になって立ち上がる。オムツを揺らしながらバランスをとっている。この一連の動作がここ一週間続いているのだ。生後七ヵ月で立つのは早すぎる——乳児に詳しいわけではないが、そのく

らいのことはジェイコブも知っている。自分の博士論文のテーマは天才児の識別についてだが、我が子が天才かもしれないと思い込んだり、故意にではないにせよハリーに重圧をかけたり、逆に失望させるようなことをしてはならないと、父親として気を使っている。

「パパに見せてあげようか？　何ができるか見せてあげようね？」そう言って母親が手を離すと、ほんの一瞬だが赤ん坊は自力でバランスをとり、サーファーのように両足を広げて踏ん張り立つ。それから胴体を脚の付け根で折って尻餅をつく。

ジェイコブはハリーの背後から両脇を持って抱き上げ、自分のほうに向けて我が子の顔をまじまじと見つめて話しかける。「君のことは気を付けて見守っていかなくてはならないな」

赤ん坊の名前についてはジョアンから全権限を与えられ頼まれたので、彼女が妊娠初期の頃に亡くなった自分の祖父の名前からハロルドを取り、ジェイコブが名付けた（ハリーはハロルドの別称）。

ジョアンが立ち上がり、小さなキッチンの片隅で粉ミルクを温め始める。ゆったりしたハーレムパンツに厚手のソックス、それにさっきジェイコブが手を差し入れた薄地の柔らかいシャツを着ている。「食べる物あるの？」ジェイコブが訊く。

「粉ミルク、バナナ、シリアルならあるわ」

「買い物に行かなかったの？」

「寒すぎるもの」

ジェイコブは寛いで寝そべり、ハリーを胸に乗せ、話しかける。「ママは自分がバナナだけで生きて行けるから、僕らもそれで十分だと思ってるんだよ」立つことに興味を失ったハリーは両手で父親のシャツを摑んだまま目を細めてうとうとしている。ジェイコブは、研究対象でもあるから赤ん坊には愛着を抱い

ているが、自分の息子となると、言い古された表現ではあるが、それはある種のエピファニー、つまり突然そこに自分自身が父親として顕示されているわけで、打ち消せないその事実にショックを覚える。息子の小さな指が自分のシャツをしっかり摑んで離さないのを見ていると、独身時代があまりにもあっけなく終わってしまったことが惜しまれる。昨夏、ジョアンが会いに来て、いとも簡単にベッドを共にした時、彼女のなかでの自分への評価はそのうちに上がるというハイスクール時代から抱いてきた信念がやっと実を結んだ、と確信した。やっと裸のジョアンを抱くことができて、愛と慈しみに心が満たされた。同時に、大地に種まく男としての性的な満足感を得て、征服者としての原初的な喜びを味わった。

「意外な人に会ったよ」うとうとしているハリーを起こさないように、ジェイコブが声を低めて言う。

「誰？」

「リーゼルだよ」

手首に哺乳瓶のミルクを垂らして舐めながらジョアンがキッチンから出てくる。「ほんと？」

「ああ」

ジョアンがハリーを抱き上げたので、赤ん坊が顔を押しつけていたジェイコブのシャツの部分に小さな汗沁みが残る。「それにしても、この部屋暑いね。五百度以上はあるよ」

「うーん、そうかも」相槌を打ちながらジョアンはソファーの上で胡坐(あぐら)を組み、肩にタオルを載せ、赤ん坊を自分のほうに向けて抱き直す。ジェイコブは床のガラガラをいじくりながら、妻を見つめ、こっちを向いてくれ、と願う。妻の心の安らぎは完全に息子と共にあり、自分に向けられることはもうないのでは、と不安になる。

ジェイコブは立ち上がり、期待はせずに夕食になるものはないかと探し始める。結局、このところ毎晩

そうなのだが、コーンフレークを器に入れる。残っていた牛乳が少なすぎてひたひたにならない。「明日は買い出しに行けそう？」ジョアンの横に座り、洗ってない汚れたスプーンをシャツで拭いながら話しかける。「ステーキが食べたいわけじゃないよ。スープとか、温めて食べるものが欲しい」

「いいわよ」赤ん坊を見つめ、哺乳瓶に吸いついているその口の形を真似しながら、ジョアンが眉毛をひくひくさせる。

「いいよ、気にしないで。僕が自分で買いに行くから」

「好きにして」

妻の体をつねって、ハリーを取り上げ、何かびっくりするようなことを言ってやろうと思うが、さりげない風を装い、ジェイコブはこう口にする。「リーゼルはまだ僕に気があるみたいだよ」

「ほんと？　どうして？」

「そんな不思議がることじゃないだろ。僕はもてるんだ、っていうか、もてたんだ」

「そうじゃなくて、なぜ彼女がまだあなたに気があると思うわけ？」

「うーん、何ていうか――わかるんだよ」

ようやく彼の方を向いた妻の顔がきょとんとしている。「ジェイコブ、あなた、わたしを嫉妬させようとしているわけ？」

ジェイコブは、哺乳瓶を小さな両手で押さえながらミルクを飲んでいるハリーを見つめている。「そう、そうだよ。ごめん。僕が馬鹿だった」

「馬鹿じゃないわ」彼女が言う。「そんな必要ないのよ」

「ほら、ハリーを僕によこして」

ジョアンは赤ん坊の口に哺乳瓶を差し込んだままジェイコブに渡し、タオルを彼の肩に置く。彼女には、僕たち父と息子を一枚の写真として、一体化している存在として見てもらいたい、とジェイコブは願っている。「長いこと思い続けた君が、魔法みたいにふいに僕のものになって、現実じゃないみたいで信じられない、いまの僕はそんな心境なんだよ」彼は言い訳をする。

神経質になっているときにそうなるのだが、ぱっと輝くような笑みを浮かべてジョアンがジェイコブを見る。昔のような、そんな恥ずかしがっている様子を見ると、何も言わなくても彼女が何を考えているかジェイコブにはわかる。「あなたは何かわくわくする対象が欲しいのね」ジョアンが核心を衝く。「こんな漫然とした生き方をしているから、わたしは期待外れだわね。刺激的じゃない、赤ちゃんがいるだけ」

「期待外れなんかじゃないよ」ジェイコブは粉っぽいハリーの頬を指で撫でる。「君のことを思っているだけより、こうやって一緒にいられるんだから」

ジョアンの妊娠については、どうしてそうなったのかわからない部分があって、それが時折ジェイコブの心を乱す。ピルを飲んでいると言っていたのになぜ妊娠したのかと訊いたら、あなたに会いに来る直前に胃にくるインフルエンザに罹（かか）って薬を飲み、吐いたりしていた、もしかしたら嘔吐はピルを効かなくさせるのかもしれない、などと説明していた。ジョアンが意図的に妊娠しなければならない必然性もない。

ジェイコブは話し続ける。「でも、君が幸せじゃないかもと心配になるんだ。もしかしたら君は逃亡者で、何かから隠れるためにここにいる、あるいは君は裁判の証人保護プログラムに置かれているのかもしれない、などと想像してしまうんだ。帰宅すると、書置きが残されているとかね。ある意味、それは新しい刺激だよ」

温もりを求めているみたいにジョアンの足がジェイコブの股の下に入ってくる。「わたしは幸せよ」

その言葉を信じていいものか、ジェイコブにはわからない。「そうか」妻の足首の辺りを軽く叩きながら言い添える。「それなら僕は嬉しいよ」

1970年12月10日

親愛なるジョアン、

このところ僕は飲んでます。すぐそう伝えるべきだったかもしれない。今夜はガールフレンドとパーティーに行き（そう、付き合っている子がいます）、川べりを歩き、気分が悪くなったと彼女に言って、部屋に戻ってきました。気分が悪くなったのは本当のことだけど、実は早く君に手紙を書きたかったのです。クリスマスには実家に帰るけど、会えるだろうか？　いまはどこですか？　この手紙は君のママのところに送るけど、君がそこに来るかどうかもわからない。どこにいようと、踊っているよね。タイプの講習なんか受けてるんだったら、すぐに辞めるように。

ジョアン、ビーチでのことだけど、ごめん。僕が馬鹿だった。僕が言ったこと、君にキスをする権利があると思ってあんな振る舞いをしたことを後悔している。僕が君に抱いている友情にキスは関係ない、と誓って言うよ。でも、キスしたことは後悔していない。ずっと君にキスしたかったんだ。それは君も知っていたはずだ。自分の気持ちを抑えずに、もっと早く話すべきだった。

ジョアン、僕らの仲はもう終わりなのかもしれない。僕のこと、気が変だと思う？　僕のことが怖い？　あのとき最初、ほんの一瞬だったけど君はキスを返してくれた。それをどうして途中で止めたのか、説明してくれなかったよね。それにしても僕は馬鹿だった。あの日、キスの前に、君は人生で何をやりたいのかがはっきりしていて羨ましい、僕にはそれがない、と話したよね。でもあれは真実じゃな

い。あとで気付いたんだけど、君が欲しい、というのは僕自身が決めたことだ。僕が君にふさわしいかどうか、考えてくれないだろうか？　考えるだけでいい。いま決めなくてもいい。もしかしたら永遠に考えているだけかもしれないね。それでも、気持ちが決まるまでは考えて。
　あと少しウィスキーを飲んでから、この手紙を投函しに行きます。朝が来たら全部後悔するだろうけど、そのときはもう手遅れだよね。

愛を込めて
ジェイコブより

１９７１年１月20日
親愛なるジェイコブ、
　返信が遅くなってごめんなさい。もうわかっていると思うけど、わたし、クリスマスには家に帰らなかったの。サンフランシスコにいました――それはママから聞いた？　マダム・チシュコフがここのバレエ団の研修生のポストを斡旋してくれたの。ホッとしたわ。足は基本的には良くなっているし、この街は美しい。踊りも上手になっている、と思います。そうであって欲しい。そんなこんなで、あなたの手紙を受け取るのが遅かったの。それに、どう返事を書けばいいのかわからなくて。いまでもわからない。でも何とか書きます。要するに、わたしはあなたをリスペクトしているってこと。あなたがわたしのことを気にかけてくれていることはわかってる、と言いましたよね。あの時、そのことを感謝していると伝えたか覚えていないけど、わたしはあなたに感謝しています。でも、本当のことを言うと、ロマンチックな感情を抱いたことはないの。あなたの感情がわたしとは違っているのは知っていました。知

っていながら二人の関係を成り行きに任せていたのは自分勝手だったかもしれません。そのことをあなたが持ち出すんじゃないか、あるいは何か違うことを言い出すんじゃないかと怖かった。で、ああいうことになって、どうしていいのかわからなくなって。前もってどうするか決めていたんだろうとあなたは思ったかもしれないけど、そんなことはない。実際そうなってみて、これは耐えられないと思った。わたしへの欲求が大きすぎた。わたしの言っていることわかる？　あなたのように自分の考えをうまく言葉にできないのだけど、わたしは混乱していた、と言えばわかってもらえるかしら？　もしかしたら事態は変わるかもしれない。人によっては自分のことが分かっているみたいだけど、わたしは自分のことが分かっていないみたい。

でも、自分勝手かもしれないけど、手紙のやり取りは続けたいと思います。あなたを懐かしく思っています。ずっといつまでもあなたは一番の親友です。それでもいい？　相手に何も求めない関係があればと願っています。もうわたしの住所がわかったのだから、お返事ください。あなたがどんなに優秀な学生なのか、ジョージタウンの皆があなたのことをどう思っているのか、書いてね。（ガールフレンドのことも、きっとよ）

たくさんの愛を込めて
ジョアンより

1982年6月――南カリフォルニア

機体が降下し始めたので、窓のカーテンを除けて大地を見下ろす。砂漠がアンテナの立ち並ぶ低木に覆われた山々へと移行し、山々が階段状のリーフに縁どられた小高い丘へと変っていく。やがて駐車場、鋼青色のプール、ゴルフコース、ハイウェイが現れ、機体が弧を描いて下降していくその先は海だ。ジョアンはそわそわして、肘掛けの灰皿を開け閉めする。嫌な臭いのする吸い殻やミントガムの甘い香りがバレエ団時代のツアーを思い出させる。他の乗客は眠っていたり、ストレッチをしたり、後部に煙草を吸いに行ったり、通路を行きつ戻りつし、機内はまるでカクテルパーティーの会場のようだ。

眼下の大地のどこかにジェイコブがいる。州政府の潤沢な予算を受けた教育地区が、天才児プログラムを拡張するので彼を雇用したのだ。天才児と認定された子供たちは少人数制のクラスに入り、特別に訓練された教師の長期研究対象となり、データを記録される。ジェイコブはこの分野に於ける優秀かつ革新的な若い研究者として認められ、いよいよ何かを成し遂げることができる、と希望に燃えている。ここの研究システムで前途有望な天才児たちを見落とすようなことがあってはならない。だからこそ妻子を置いて単身この地に飛び、見分けのつかない同じような住宅がパッチワークのように延々と海岸線沿いに建ち並ぶカリフォルニアの新興住宅地、ヴァル・デ・ロス・トロスに前もって家を買った。

「本当だよ」キッチン用品の荷解きをしながらジェイコブがジョアンに話して聞かせる。「連中は郊外居住者の生活様式をハイソサエティ風に格上げし、中間層を失くしてしまったんだ」新聞紙で包んだ陶器類

のダンボールを空にし、インクや埃が付いていることなど気にもせず、ジェイコブはマグカップを食器棚に適当に並べながら話し続ける。「人間は名前が付いた場所に住みたがるから、不動産業者は郊外の地価の安い地域を区切っては嘘っぽいスペイン語の名札を付けていく。そうすれば、我々は由緒あるちゃんとした街に住んでいる気分になる――つまり**ホームタウン**があって、健全でこぢんまりした街で生活していると感じることができる。でも有り体に言えば、僕たちは不動産会社が作った巨大ソーセージのなかに詰まっている豚の鼻の小さな肉片にすぎないというわけだ」

「美味しそうだわ」

「そのうち慣れるよ。考え過ぎないことだよ。こんなに気候がいいと、考えることさえしなくなるけどね」

ジョアンは埃だらけのマグが収納された食器棚の扉を閉める。「あら、わたしが何を考え過ぎてるって言うの？　何も考えてないわよ」

「おいおい、別に君のことを言ったわけじゃないよ。カリフォルニアのせこさをおちょくっただけだよ」

「でもあなたの言ったことは正しいかも。わたしはもう踊ってない。だから考えることぐらいしないとね」

「どうかしたの？　なぜ僕に突っかかるんだよ？」

ジェイコブに当たったり、憎まれ口を叩いたりしてはいけない。彼は何も悪くないのだ。「ごめんなさい」ジョアンが謝る。話題を変えようとキッチンを見て回る。「この食器棚が埋まるほどの食器は我が家にはないわね。なんだか、仮住まいしているみたい」

ジェイコブが眼鏡を外し、シャツで拭き、また掛け直す。「時々君は子供みたいになるよね」

「ごめんなさいって言ったじゃない」ジョアンの口調が、そのつもりはないのに横柄になっている。楯突くつもりはない。夫の優しい言葉のなかに、事実を見透かした、痛烈な皮肉がやんわりと込められているような気がして、怖いのだ。沈黙の時間が流れる。

「ここでわたしは何をしてればいいのかしら」溜め息を吐いて窓越しに中庭を見やる。芝生が伸びすぎている。そこでハリーが遊んでいる。

「したいことをすればいいよ。バレエを教えるとか。しなくてもいい。何もしたくなければそれでもいい」

　ジョアンはずっと窓の外を眺めている。

　ジェイコブがなおも話し続ける。「僕がどんな助けになれるかわからない。厳密な意味ではね。何をしてやれるのかわからないんだ。何をしてもらいたいかを言ってくれないか」

「わからない。別に何も」ジョアンはハリーを見つめている。「まったく新しい状況なんだもの。再出発だと自分に言い聞かせるわ、そしたら落ち着くと思う」

「落ち着ければそれでいいよ。君に満足してもらいたいんだ。僕は他に何も望んでない」ジェイコブは言い淀み、暫く黙ってから続ける。「いまの君はほとんどいつも僕と一緒だ――本当に傍にいて、付いて来てくれる、始めの頃とは違う――だから思うんだ、良かった、ジョアンは僕に心を開いてくれている、結婚している者同士が分かり合うように彼女を理解できるようになった。でも時々感じるんだ、本当の君は誰かに連れ去られて、ここにいるのは偽物なんじゃないかと。君はいつもひとつの所にいないで動き続けているように見える」

　ジョアンは窓から外を眺めている。ハリーがタンポポを摘み、四、五本手にして、ほっぺたを膨らませ

ては綿毛を吹き飛ばしている。**動き続けている。**ジョアンは幼い時から動き続ける訓練を受けてきた。ひとつひとつの動きを完璧に、同じことを繰り返し、文章を言葉で綴るように、暗号を数字で構成するように、動きを次の動きに繋げてひとつの流れを作る。「わたし、努力しているのよ」ジョアンは泣いている。ジェイコブが傍に来て、腰に腕を回す。「わかってるよ。でもそんなに無理に努力しなくてもいいんだよ」

ジョアンが夫の肩に頭を預け、夫婦の会話が終わり、安らぎの時間が訪れたので二人ともほっとする。ジョアンにはわかっている、愛している、と彼は言ってもらいたいのだ。自分が失望や欲求不満を口にしてしまった後には、愛しているわ、と言葉をかけてもらいたいのだ。怖いから、慰めてもらいたいのだ。でもジョアンは言葉になどしたくない。そんなとき彼女はバーに摑まり、脚を上げてひたすらバットマンの練習をしたくなる。

金柑の実をサンディ・ウィーロックが裏庭でもいでは、子供の砂遊び用のバケツにそのオレンジ色の小さな果実を放り込んでいる。娘のクロエが「中庭で女の人が変なことしてる」と言いながらキッチンに走り込んできたので、とにかく裏庭に出てみたのだ。

「女の人って?」

「隣の人よ」

「変なことって?」

「お腹を曲げてる!」

「足を動かしてる！」

クロエの説明が要領を得ないので、自分の目で確かめようと裏庭に出て、金柑をもぎながらフェンス越しに覗くと、トウシューズを履き、Ｔシャツに、薄地で伸縮性のある奇妙な黒いオーバーオールタイツ姿の、ほっそりした若い女性が見える。髪をポニーテールにして、リノリュウムマットの上で、バー代わりの金属製の椅子の背もたれに踵を載せ、額を膝に押し付けている。それから両足の踵と踵を１８０度に合わせた立ポーズから爪先立ちになり、片脚を上げたので、ピンクサテンのシューズが易々と頭の高さを超えてしまう。草ぼうぼうの庭で、クロエと同年齢ぐらいの小さな男の子がタンポポや松ぼっくりで遊ぶのに夢中になっている。

クロエは飛んだり跳ねたりしながら動き回っている。静かにしなさいと注意しても、遊びに我を忘れ、人形や縫いぐるみを相手に歌ったり喋ったりするときの可笑しな嗄れ声で騒ぎ始める。フェンスの向こうのバレエ女と小さな息子が顔を上げる。

「こんにちは！」サンディが声を掛ける。

上がっていた脚がゆっくり、鳥が羽を休めるかのように下がり始め、曲線的な体の動きとは無関係に、バレエ女は何か珍しいものを窺うような目つきでこちらを見る。小さな歯を見せた笑顔は明るいが、神経質そうだ。屈んでピンクのリボンを解き、シューズをゴムマットの上に置いて、芝生を横切りこちらに歩いてくる。その素足の爪先には白テープが巻かれている。見知らぬこの女性は、ジョアン・ビンツ、小さな息子はハリーだと自己紹介をする。

「あたしはサンディ、娘はクロエよ。お隣に越してきたのがご家族だったとは知りませんでしたわ」サンディが言う。「男の方だけお見かけしていたものですから」その男性が、夕日を浴びながら、ジョアンが

バーとして使っていた椅子に座って読書をしているのをサンディは何度か見かけていた。ハンサムで、学者っぽく、きちんとしていて、浅黒い肌をした細面にメタルフレームの眼鏡をかけている。こんなしなやかな体をした、庭でバレエをするような女性と結婚して、松ぼっくりで嬉しそうに遊ぶ息子がいるとは、ちょっと癪だわ、とサンディは思う。自分の体重はクロエを産んでからも一向に減らない。フェンスに隠れているのをいいことに、サンディは自分のお腹に手をやって確かめる。遠目にはジョアンは二十代初めに見えたが、こうして近くで見ると三十に近いようだ。サンディより二、三歳若い。痩せているので美しく見える。華奢で角ばった顎、すっと細い鼻、黒目勝ちの目は大きく、用心深い印象だ。でも泣いていたみたい、とサンディは詮索する。

「先にジェイコブだけがこちらに来て家を探したんです」ジョアンが説明する。「ハリーとわたしは後で来ましたの。家のなかはまだ目茶目茶。荷解きするのが大変で」ぶっきらぼうに、震える声で言ってから、もう一度微笑む。

「わかるわ。我が家のガレージにはまだダンボールが残っているのよ、四年前に越してきたっていうのに」そう言ってサンディは金柑が入ったバケツをフェンス越しに見せる。「お食べになる？　うちの金柑の木はもうシーズンは終わったというのにまだ実をつけるの」

　気取った感じでジョアンは二本の指をバケツに入れ、小さな果実をひとつ摘まむ。「皮をむいて食べるの？」

「いいえ、皮ごとよ」

　ジョアンは金柑を親指と人差し指で持ったまま、ウズラの卵を吟味しているかのように眺め、それからおもむろに口を開けて舌の上に乗せる。咀嚼しながら考えている。この人は食べるときにはいつもこんな

大層ぶるのだろうか、とサンディは訝る。

「面白い味ね」口に含んだものをようやく飲み込んでジョアンが感想を述べる。「人形の家のオレンジみたい」

「さあ、これバケツごと持ってって」サンディは金柑がさほど好きではない。噛むと口のなかに広がる強い風味の果汁はいいが、外皮のワックスと苦い油分がだめなのだ。ゲアリーは金柑が好きで、ボウルに入れてキッチンカウンターに置いておくと、ナツメでも食べるようにまとめて摑んでは口に入れている。

「うちにはたくさんあるから遠慮しないでね」

ジョアンが微笑む――初めて見せる自然な笑み――そしてバケツに手を伸ばす。「それはご親切に」

口外はしないが、体のスタイルをキープしている母親は、太ってぶよぶよの母親より自己献身的ではない、というのがサンディの持論だ。さらに言えば、これはまだ生半可な考えで、良識をわきまえたサンディは心の奥にしまっているのだが、痩せて未婚のように見える母親は新しい男を作る傾向があり、あたしみたいに子供に自分を捧げていない、とサンディは推測している。このバレエ女は母親にしては痩せ過ぎだ――それに明らかに何かにとても傷ついている――でも金柑に対するお礼の言葉で印象が変わったので、サンディはつい言ってしまう。「余計なお世話かもしれないけれど、あなた、大丈夫?」

ジョアンは目を見張り、それから顔を伏せてフェンスの後ろに隠れる。彼女は美人というには額が出過ぎて丸く張り過ぎている。その不完全さにサンディは満足する。「ちょっとホームシックで」ジョアンが応える。

「何処に対して?」

「別に何処というわけじゃないけど。根無し草みたいに感じるの。でも大丈夫。慣れると思う」

「引っ越しはストレスになるのよ」サンディが慰める。「あなた、疲れてるのよ。当然だわ。うちに来てお茶でもいかが？　テキーラでもやる？」

それよりも、ジョアンは庭で踊っているクロエに気を取られている。「クロエはいくつなの？」

クロエは片足でホップして円を描きながら、両腕をジェットコースターに乗っているときのように万歳している。ジョアンが何に興味を持ったのか知るために、サンディも娘の方を見るが、彼女にはただ遊んでいるようにしか見えない。「四歳よ」

「ハリーも四歳、なったばかりだけど。クロエはダンスのレッスン受けてるの？」

「いいえ、タンブリングを習ってるわ」

ジョアンはポニーテールをいじりながら眉をひそめる。サンディは、ジョアンのトウシューズや、椅子を使ってのエクササイズ、夫を喜ばせているだろう柔軟な体のことなどを話題にしたくない。それで「ご主人は何をなさっているの？」と訊いてみる。

ジョアンの説明にサンディは心を弾ませる。彼女も夫のゲアリーも我が子には優れた才能があると信じているからだ。間違いない、とゲアリーはいつも言っている。うちの娘はよその子より観察力がある、学習速度が速い。自分がそうだった、そのことに誰かが早くに気付いてくれるべきだった、ずば抜けた知能を持つ優秀な子供だったが、ハイスクールで勉強が嫌いになり、熱意を失くしてしまった、誰かが後押ししてくれていたら、とゲアリーはいまだに残念がっている。「ふつう、教師がやる気を駆り立ててくれるべきだろう？」というのが口癖だ。「俺の先生たちは誰もそれをしてくれなかった」父親は鈍感な人間だったし、野球のコーチはゲアリーを嫌っていた。ほんのちょっとでも励まし、ほんの少しでも認めてくれていたら、ゲアリーは持てる才能をどんなにか伸ばしていただろう？　いまの仕事でも力を発揮している

が、子供のときにわずかでもチャンスを与えられていたら、ショッピングモールにある賃貸斡旋事務所の支配人として手腕を見せる以外の、何かもっと意義のある職業に付いていたかもしれない。メジャーリーグで華々しい活躍をしているとか、教授になっているとか、医者になっていたかもしれない。サンディ自身は勉強が苦手で、妊娠したとき、自分の平凡な遺伝子がゲアリーの優秀な遺伝子を薄めてしまうのではないかと心配したほどだ。しかしゲアリーは赤ん坊のクロエの振る舞いを見て、機敏で手際の良い子だと気付いた。だからサンディはすぐにでも我が子にテストを受けさせて、知能の高い子供というお墨付きを貰いたいと考えている。そうすれば安心できる。

「どうぞ、いらして」サンディはもう一度ジョアンを誘う。「何か飲みましょうよ。息子さんも一緒に」

ジョアンが自分の家のほうを振り返り、次に脱ぎ捨てたトウシューズに目をやる。「片づけを終わらせないと」

「そんなこと言わないで」サンディがなおも誘う。「少しずつやればいいのよ」

数分後、ジョアンは爪先に白いテープを巻いた、肉刺（まめ）や胼胝（たこ）だらけのごつごつした足にゴムサンダルを履き、息子の手を引いて、気温二十七度の暑さだというのにレオタードにカーディガンを羽織って、隣家のドアの前に立つ。サンディは感じている。これ、こうしてこの母子を我が家に招き入れることで何かが始まるのだ、と。こうしてジョアンとサンディは今後の人生を互いに寄り添いながら、そして二人の子供たちはそれぞれが協力し合って生きていくことになる。痩せっぽちで、警戒心の強いこのバレエ女をサンディはまだ本当には好きになれないが、友だちになろうと思う。お隣さんなのだから。

「ようこそ！」ジェイコブがウィーロック家の家族のためにドアを開ける。「風に吹き飛ばされる前に早く入って」十月、サンタ・アナ地方に自然界が猛威を振るっている——乾いた、秋特有の嫌な季節風が木々を叩き、家々の窓を打ち、排水溝に溜まった葉っぱをカサコソ鳴らし転がして、庭の隅々に吹き飛ばす。勤務先の学校から車で帰宅する途中、ジェイコブは本物のタンブルウィード（風で地上部が切れ、球状になって飛ばされ転がっていく草）が交差点を球状になって転がっていくのを目撃する。カリフォルニアの人々はこの強風を季節の大イベントとして厳粛に受け止めている。風が吹き荒れる日には、物知り顔の職場の同僚たちが、もったいぶった口調で、まるでサハラ砂漠を渡るベドウィン族のように目を細めて水平線を眺めながら、この強風について蘊蓄（うんちく）を傾ける。ロサンゼルス郡北部のどこかで山火事が発生したため、夕刻の空が曇ったオレンジ色がかった灰色に染まっている。

玄関口に立ったウィーロック夫妻は、緊張して、よそ行きの表情をしていたが、中に入って挨拶を交わしてもまだかしこまっている。無理ない、とジェイコブは思う。彼自身、いまだにサンディやゲアリーと波長を合わせることができない。でもジョアンに友だちができて、子供たちが仲良しになったのは喜ばしい。ハリーはジェイコブの脚に、クロエはゲアリーの脚にもたれかかっている。子供たちはもうすぐ一緒に遊べる時間がくるのが分かっていて、厳粛な面持ちで、真面目腐った顔で見つめ合っている。サンディとゲアリーがジェイコブに気を遣っているのはクロエのためだ。ジョアンによると、サンディは自分の娘がいかに特別な能力の持ち主であるかを話したがり、実際ジェイコブもハリーを隣家に迎えに行ったり、ゴミ出しのときにゲアリーと顔を合わせるたびに、小さな娘について大袈裟な話をうんざりするほど聞かされる。しかしどうみてもクロエの知能は並みの部類なので、クロエが来年受けるテストに自分は拘わらないようにしようとジェイコブは決めている。

サンディはアルミホイルで蓋をした長方形の器を手にしている。三十歳の誕生日を迎えたジョアンのために焼いたケーキだ。「ダブルファッジよ！」サンディが言う。

オイルをたっぷり使っているに違いない、とジェイコブは推測する。ジョアンが、サンディにもっと食べろとしつこく勧められて困ると言っていた。確かに気を付けて見ていると、いつもサンディはまるでジョアンをフォアグラにしようと企んでいるみたいに食べ物を押しつけている。ゲアリーが「うちにカベルネがあったので」と言って、ラベルを見えるようにしてワインボトルの首を握って立っている。

ジェイコブは覗き込むようにしてラベルを見て納得したかのようにうなずく。相手にはそれがお愛想だと伝わっているだろう。「あなたがワイン通だということはジョアンから聞いています」

ゲアリーが手を振る。「それほどではありませんよ」

ゲアリーは長身で、それを自慢するかのように、ジェイコブが話すときにはいつも少し身をかがめ、そうしないとジェイコブの言っていることが高い所にある彼の耳には届かないとでもいうような仕草をする。頭が小さく、狐のような三角顔で、細い狡猾そうな目をしている。週末や平日の夜には、卑猥とも思えるほど痩せて筋張った体の線が丸見えの、光沢のある緑色のウェアでめかし込み、雄羊の角みたいにカーブしているロードバイクのハンドルに覆い被さるようにして何時間もサイクリングをする。髪はいつも横分けで、額にふんわりと前髪がかかるように念入りに櫛を入れている。仕事に行く時の服装は、証券取引所で働いているのかと思えるような縞柄サスペンダーに、襟と袖口に白をあしらった青いワイシャツ姿で、とてもショッピングモールの賃貸斡旋事務所で働いている男には見えない。ジョアンの誕生日の夕食には、ヨットマン・ファッションを選んだようで、白いイゾッドのスポーツシャツの襟を立て、チノパンツに、ソックスなしでローファーを履いている。ジーンズ姿のジェイコブはこの客人をからかってやりたいと思

うが、やめておく。相手はユーモアを解さないのだ。

ワインボトルを受け取り、リビングと他の部屋を繋いでいる廊下のカーペットへとお客を誘導しながらジェイコブが言う。「バースデーガールはキッチンにいますよ」ウィーロック家の家屋は部屋のインテリアは違うが作りもサイズも間取りもビンツ家と同じなので、隣家を訪問するたびにジェイコブは、唯一無比の素晴らしい生活を営んでいる自分たち家族がこのお隣さんと一緒くたにされているみたいで気が滅入る。子供たちは遊ぶために我先にと階段を上がっていく。ジェイコブはサンディとゲアリーにジョアンの舞台写真を拡大プリントして壁に飾ってあるのを見せたくて、ゆっくりした足取りで進んでいく。チュチュを着て宙に浮くジャンプをしていたり、レオタード姿でモダンなキレのあるポーズをとっていたりする印象的な写真だ。ジェイコブが自分で選んで額に入れた。ジョアン自身が選んだのが一点あり、その写真ではアースラン・ルサコフの腕に対して弓なりに反り返っている。ルサコフの顔は違う方向を見ている。彼女の喉の線がぴんと張り、じっとレンズを見つめている。ジェイコブはこの写真が嫌いで、これを見ると不安な気持ちになるのだが、ジョアンはこれがないと他の写真の意味が薄れると言い張った。

サンディが自分の焼いたケーキを持ってさっさと歩いていくのに、ゲアリーは一点一点じろじろと、顔を近づけて写真に見入っている。そういうことになるだろうとジェイコブは想定していたが、鼻面を近づけてジョアンのレオタード姿を舐めるように無言で見つめているのが気に障るので「キッチンに、さあ、どうぞ」と追い立てる。「ボトルを開けましょう」

ワインは腐っていた。ジョアンへの乾杯が済むと、ゲアリーがまず試飲をするが、すぐにせき込んで大きな声で「吐き出せ！　吐き出すんだ。こりゃ、しょんべんだ」と喚くので、全員びっくりしてしまう。

サンディとジェイコブはワインを口に含んだまま静止している――いずれにせよ、ちょっと酸っぱいだ

けで、そんなにひどくはない、毒ではないのだし――でもジョアンはどきっとして口からグラスに戻してしまう。

「皆さんに美味しいものを持ってきたつもりがこのざまだ」ゲアリーが言い訳をする。

「たいしたことないですよ」ジェイコブが取り繕う。「うちにもワインはありますから」

「いや、楽しみが台無しになってしまった。私はビールをいただきます」ゲアリーは流し台に行き、ボトルをひっくり返して中身を捨てる。紫色の液体が排水溝へと流れていく。

　全員が夕食の席についたところで、ゲアリーがジェイコブを、ごまかされませんよ、という厳しい目つきで見つめ、どの子供に特別な能力があり、どの子供には無いとどうやって見極めるのか、と質問する。

「お宅の仕事にケチをつけるわけじゃないですが」ゲアリーは続ける。「テストなんかで何が証明できるのですか？　才能のある子がテストを受けるのを嫌がることだってありますよね。ご存じの通り、子供によっては型に嵌められるのを嫌い、すぐ飽きてしまいます。あなたたちが探している天才児は、そういう子供たちのなかにもいるのではないですか？」

　ハリーとクロエはテーブルの下に潜りこんで犬になったつもりでいる――ハロウィーンで二人は犬に扮装することになっているのだ。ジェイコブはどの子にともつかずチキンを一切れ差し入れる。指だろうか歯だろうか、その肉片が咥えられる。

「そうですね」ジェイコブがゲアリーを見つめる。「五歳児が飽きたり反抗的であるのは大きな問題ではありません。でも五歳の段階で標準テストを受けるのをものすごく嫌がるとすれば、その子はいずれにせよ英才児プログラムには向いていないでしょう。ゲアリー、あなたはなかなかいいところを突いてます。なぜなら人間はその人生の過程において、異なるテストを、異なる日に受けているのですから。それに、

知能にはさまざまな形がある、というのがハワード・ガードナー（米国の心理学者でハーバード大学教授。「多重知能理論」を提唱した。１９４３〜）の見解です。ＩＱがすべて、ＩＱありき、と考えられがちですが、そうじゃないのです」

「しかし知能はＩＱで計られるんじゃないですか？　お宅の、その英才児プログラムでも」

「子供たちを特別クラスに組み分けするのにいまのところは計量心理学（心理的・精神的特性や能力、また心理的プロセスを測定することを目指す学問）が一番の方法なのです」ジェイコブが応える。

　隣に座っているジョアンがウィーロック夫妻のフォーク運びを緊張の面持ちで見ている。自分の皿には手をつけていない。事前に自分の料理の下手さを皆に謝ってはいるが、どんな褒め方をされてもジョアンは納得しない。何に対しての賞賛も受け付けないのだ。結婚生活においてジェイコブが目指している目標のひとつは、ジョアンに完璧主義を止めさせることだ。ハリーが二歳になると、ある種の衝動が彼女のなかに起こり、固ゆで卵とヨーグルト以外の食べ物を用意することにようやく目覚めたようだ。初めて作った料理はめちゃめちゃだったが、ジェイコブは無理に褒めようとはしなかった——ジョアンはお世辞に敏感なのだ——あれから二年が経ち、以前に比べれば料理の腕は上がったものの、簡単な料理の作り方にさえ頭が混乱し、何か危ない呪文を唱えているかのように説明書きを口のなかでつぶやいている。

「ジョアン、あなたったら、ハンガーストライキをしている鳥みたいだわ、もっと食べないと」サンディが促す。渋々、ジョアンはサラダをちょっとだけ食べる。

「奥さんを困らせるなよ」ゲアリーが口を挟み、ジョアンに謝るかのようにうなずくので、彼女は絶望的な表情を返しながらナイフとフォークを皿の上でさまよわせている。ゲアリーはジョアンに気があるのだろうか、とジェイコブは何となく思うが、それはないだろうと考えを振り切る。素晴らしいスタイルの持ち主、自分の妻よりも洗練された女性として崇めているのだろう。ダンサー独特の体つき、その作られた

完璧性は、見る人の目を釘付けにし、何か言わないではいられないようにしてしまう。

サンディはうろたえて、ジェイコブに話しかける。「それで、あれはどういう意味なの？　人間は異なった面で才能を発揮することができるというのは」

「言うなれば、旧来の高等教育でうまくいかない人でも、他の素質を持っているかもしれないということです。例えば音楽や宇宙関係など。あるいは対人関係において能力を発揮するとか」

「それはおまえのことだよ、ハニー」ゲアリーが妻の機嫌をとるような調子で口を挟む。

「肉体的能力が優れている人の場合もあります——ガードナーはこれを身体感覚知能と呼んでいます——抜きんでたアスリートや、ジョアンのようなダンサーなどがあげられます」ジェイコブはテーブルの下で妻の脚を撫でようとするが、子供たちがいることを思い出して止める。

ゲアリーが口を開く。「私は子供のときにＩＱテストを受けてＡの評価をもらったことがあるんです。抜群の成績だったようです」

ＩＱテストで〝一番〟になることもありえますね、と言うように、ジェイコブは儀礼的にうなずく。抜群であろうがなかろうが、誰もが自分のＩＱについて話したがる。飛行機で乗り合わせる赤ら顔の男たちの集団などによくあることだ。あんまり低いんで、俺は家畜小屋に入れられるところだったんだ、ところがどっこい自分でビジネスを始めて数年もしたら、ご覧の通りの俺さまというわけだ、それであんたらに言いたいのはだな、ＩＱテストなんて屁みたいなものということさ。なんでもないということさ。

「クロエのことで私が心配なのは」ゲアリーが続ける。「あの子はそれにふさわしいサポートを受けられないかもしれないということなんですよ」

「ゲアリー自身がそうだったからよ」サンディが追い打ちをかける。「誰もこの人に挑戦させなかったか

ら」

「文句を言っているわけじゃない、でもクロエにはあらゆる機会を与えたい」ゲアリーは口元を拭いて、ナプキンを再び膝に戻し、首を振る。「あらゆる機会をです」

「僕の経験で言うと」自分の話し方に説教臭さがあるのを気にしながらジェイコブが説明する。「大切なのは、夢中になれるものを子供たち自身に見つけさせることです」

「お宅はいまおいくつですか?」ゲアリーが訊く。

「二十八歳」言い終える前にジェイコブは付け加える。「と六ヵ月です」

ゲアリーが浮かべた笑みには抑えてはいるが侮辱が込められている。「奥さんより年下なんですね」とジョアンの方を見て言う。

テーブルの下でキャンキャンという声がする。「あら、子犬ちゃんかしら?」サンディがからかう。「下にいるのは子犬なの?」

鳴き声がワンワンに変わり、それから尾を引く遠吠えになる。

サンディが椅子を横にずらし、テーブルクロスを捲り、下をのぞき込む。「どういう子犬ちゃんかしら?」

「子犬は二匹いるんだよ!」ハリーが宣言する。「一匹はビッチなんだ!」

ゲアリーが魚を追いかけるアザラシのようにテーブルの下に潜りこむ。「こらこら、いまなんて言った?」

ジェイコブは自分の膝に息子の小さな手の感触を覚える。屈んで、テーブルの下の薄暗い狭いスペースを覗き込むと、背を丸めている子供たちの小さな体と、サンディとゲアリーの大きなけばけばしい顔が目

に入る。「パパ」ハリーが囁く。「ビッチは女の犬なんだよ。クロエは女の子だからね。ぼくたちふたりで犬ごっこしてるんだ」

「そうだね」ジェイコブが息子に話しかける。「でもね、ビッチというのは他人を軽蔑する意味もあるんだよ。だからこれからその言葉は使わない方がいい」そう教えてから起き上がり座り直す。ウィーロック夫妻も体を起こす。

ジョアンが抑えきれずにくすくす笑いだす。他の三人が黙って見ている中、顔を背けてかなり長い間笑い続ける。緊張のあまり止まらないのだとジェイコブにはわかっている。ハイスクールの授業中、誰かが叱られると、彼女は笑いだしていたものだ。ようやく笑いが収まってきて向き直るが、目が真っ赤で涙ぐんでいる。「すみません」ゲアリーとサンディに謝るが、無理しているので顔が歪んでしまう。「この子はそんな言葉をいつ覚えたのかしら」

「クロエに謝ってもらいたいですね」ゲアリーは憮然としている。

「息子は知識としての単語を口にしただけですよ」ジェイコブが反論する。「これを問題視すると、かえって子供たちの気を引いてしまいます」

ジョアンは椅子に座ったまま身を震わせている。涙が頬をつたっている。それを見てジェイコブまで笑い始めてしまう。

ゲアリーは舌を前歯に当てて口を閉じ、ゴリラ顔をしている。「子育てのレッスンをどうも。しかしクロエには自分が敬愛に値する人間だということを教えたい」

「息子は女性蔑視をしているわけじゃありませんよ。二人は子犬ごっこをしていたんです」

「それにしてもそんなに笑うほどおかしいですかね?」

ジョアンがテーブルの上に両肘をつき、両手で顔を覆ったので、食器がガチャガチャ音を立てる。ジェイコブは綱のようなもので彼女に絡めとられた気分になる。必死に笑うまいとして、喉を絞められたような声を出してしまい、それで思わずまた吹き出す。妻に寄りかかり、その肩に顔を埋める。笑いで体を震わせているジョアンが夫のほうに体を傾け、手を彼の頭の天辺にもっていき、髪をまさぐる。「すみません」喘ぐような声でジェイコブが謝る。「本当に申し訳ない。笑いが伝染するんです」

するとと、幸か不幸か、この伝染病はサンディにも広がっていく。ジェイコブには幸いなことだが、おそらくサンディには不幸に違いない。ゲアリーが自分の妻に怒りに満ちた暴力的な視線を送っているのだ。子供たちもテーブルの下で笑い始める。全員が笑いの渦に巻き込まれるが、必然的に、唐突にその場の空気が元に戻る。皆が顔を真っ赤にして、力の抜けたような様子で、ちょっと恥ずかしそうにして座り直す。「ようやく収まったようですね?」ゲアリーが口を開く。酔っ払いばかりのこの部屋で品位を保っているのは素面の自分だけだと言わんばかりの言い草だ。

「ごめんなさいね」ジョアンが謝る。「わたし、どうかしちゃったのよ」

サンディが手を振る。「あんなに笑って気分爽快だわよ」

ゲアリーの細い目が素早く自分に向けられたので、サンディは身を縮める。ジェイコブはまだ笑いの興奮冷めやらぬ状態にありながらも、サンディが叱られた動物のように背中を丸め、歯をむき出し、顔を歪めていることに気づく。

「さっきまで何の話をしてたんでしたっけ?」サンディがジェイコブに問いかける。「興味深い話だったわ」

「さあ、憶えていませんが」ジェイコブは失われた思考の糸を辿ってみる。さっきまでの感情の病的な高

揚状態が薄れていく。

「夢中になるものとか、だったでしょ」

「ああ、そうでした。それで、僕が言わんとしているのは、人間は何か好きなことがあると、自分で成功のチャンスを作っていくということです。ジョアンがそうです。彼女は四歳のときに雑誌でマーゴ・フォンテイン（英国の伝説的バレリーナ。王室からディム爵士に叙せられた。1919〜1991）の写真を見て、『わたしはこれがしたいの』と言ったのです」

話の腰を折るようにゲアリーが訊ねる。「じゃあ、お宅は四歳で心理学者になりたいと思ったのですか？」

ジョアンはもう一度ナプキンで目尻をそっと叩いてから立ち上がり、食器を片付け始める。ジョアンがバレエダンサーだった事実をこの隣人夫妻が認めようとしないことにジェイコブは気付いている。そのことをジョアンに言うと、そっけない返事で、自分はもうダンサーじゃないのだから、人がどう思おうと気にしないとかわされてしまった。「いや、四歳でそんなことはありませんでしたよ」ジェイコブは、じゃあ、あなたは子供のときにすでにショッピングモールの賃貸事務所で働きたいと思っていたのかと訊きたいのを我慢しながら応える。「でも小さい時から人間に関心があり、人間の心がどうなっているのかに興味がありました」そう付け加えて椅子の向きを変えてジョアンのいる方を見る。彼女は何をするにしても、この田舎者夫婦の食べ散らかした食器を片付けるときでさえエレガントだ。「ジョアン、お二人に、マーゴの写真を目にしたときの感動を話してさしあげたら？」

「わたし、まだ小さかったから」

キッチンから戻っておいで、と言いたげにジェイコブは妻の方に両手を差し伸べる。「話してあげれば」

ジョアンが自信のなさそうな、幼い小鹿のような表情でこちらにやってくる。さっきの笑い過ぎで頬が

まだ赤らんでいる。そうやって数歩歩いてくる様子からしてダンサーだったということは明らかだ。股関節が開いた独特な歩き方をする。姿勢が真っ直ぐで、悠々としている。長い首が頭をしっかりと支えている。

「馬鹿げているけど」ジョアンが話し始める。「マーゴが単純に好きだったの。会ったこともないのに好きになってしまったの。彼女が何者で、なぜ爪先立ちしているのかもわからなかった。説明してもらいたかったわ。その写真が何を意味しているのか知る必要があったのよ」

ウィーロック夫妻が顔を見合わせている。ゲアリーがちょっと半信半疑な感じで眉毛を上げる。「さて、もう遅いからお暇しよう」

サンディが夫の腕に手を載せる。「まだよ、ジョアンがケーキを食べてないでしょ」

「食べたいか聞いたのかい？」

「美味しそうだわ」ジョアンが言う。

「ジョアンはアースラン・ルサコフの亡命を手伝ったんですよ」ルサコフの名前を出したことに妻が驚いた顔をしているのを見ないようにして、ジェイコブが爆弾発言を続ける。「そのこと彼女から聞きました？　逃走車を運転したのは僕の妻なんです。アースランのことはご存じですか？」

「新聞は毎日読んでますよ」ゲアリーが応じる。「彼のことはもちろん聞いたことがある」

キッチンに戻って行くジョアンの後姿をサンディが凝視する。「ジョアンったら、いままで隠してたでしょ」

「大昔のことですもの」ジョアンの声がキッチンから聞こえてくる。「別にわたしじゃなくてもよかったんだし。知らない誰かさんに頼まれたことをただやっただけよ。ねえ、このキャンドルに火をつければい

いの？」

「自分の誕生日ケーキのキャンドルに自分で火をつけちゃだめよ」サンディが慌てて言う。


ベッドで横向きに寝そべって胸元で腕組みをしたまま「どの家庭にも神話がある」とジェイコブが話し始める。眼鏡が枕に押しつけられて、おかしな角度で顔から外れている。夫が寛ぐときの姿勢がいつも奇妙で、これでは却って寛げないのではないかとジョアンは思うのだが、このいまの恰好はその典型だ。ミイラが横向きにひっくり返っているみたいに見える。

「どういうこと？」

「つまりだね、どんな人にも役割があり、添え名があり、どういう過程を経て今の自分になったかについてのストーリーを持っているということだよ」

「添え名って？」

「例えば、知られざる天才ゲアリー、とかね」

「ふ〜ん」ジョアンは考え込む。ジェイコブのこういう理屈っぽい論説を聞くのは楽しい。ゲームか謎解きみたいなのだ。彼女は仰向けになり、両腕を前方に伸ばし、両手の指先が触れるか触れないかのポーズで楕円形を作り、両肘、両手首のカーブを念入りに調べている。腕はまだ十分に細いが、精彩が失われつつある。腕を下ろし、「完璧主義者のジョアン」と自分で言って、ジェイコブが異論を唱える前に、彼の鼻先を指差して付け足す。「それがあなたの思っているわたしの添え名ね」

「じゃあ、僕のは何だろう？」

二人はじっと見つめ合う。このゲームでどこまで本音を言っていいのか、互いに探り合っている。「優しいジェイコブ」とジョアンが言う。

「間抜けのジェイコブ」本人の案だ。

「だったら、優しくて間抜けなジェイコブ、かしら?」ジョアンが訂正する。

夫が微笑んでいる。自分でぴったりの添え名を知っているくせに、ジェイコブがそれを口にしないのをジョアンは知っている。誇り高きジェイコブ、ノーミステイクのジェイコブ。アースランの名前をゲアリーの前で持ち出すとはさぞ勇気がいったことだろう。ジェイコブが言う。「君についてまず思い浮かぶのは完璧主義者ではないよ」声の調子は穏やかだが、ゲームは危険な領域に入ってくる。

「違うの?　じゃあ何?」

ジェイコブは仰向けになり、天井を見つめる。ジョアンが好きな夫の横顔。刈り込まれた濃い髭を蓄えた逞しい顎、鼻梁の先が隆起している長い鼻。「モノにできないジョアン」

「まあ、ジェイコブったら。もうあなたのモノになっているじゃないの」

眼鏡の奥で夫の目がしばらく閉じている。「言ってる意味、わかるだろう。その名残があるということだよ」

ジョアンは夫の上に体を重ねてキスしようとするが、ありきたりの仕草だと思われると考えてしまう。結婚したいと思ったのはあなただけよ、あなたへの愛は日に日に大きくなっているのよ、洞窟の天井から滴り落ちる水分に含まれている、目に見えない無機化合物が岩をも形成するのに似て、ゆっくりと、でも確実に育っているのよ、と教えてあげたい。本当のことだから。でもジェイコブがジョアンに求めているのは不可能なこと——これまで起きたすべての出来事を彼なりの正しい順序に並べ替え、過去を変えてし

まいたいのだ。二人が同等の愛で愛し合うようになりたい。それなのに、現実に二人が同じくらい愛し合ったら、一体どんなことになるか、と恐れている。

「あんなに笑ったのは久しぶりだわ」ジョアンは昔を思い出す。「わたし、ハイスクールで誰かが困った状態に陥ると笑いが止まらなくて。覚えてるでしょ？　バレエでもそうだった。チシュコフ先生が誰かをめちゃくちゃ怒っていると、くすくす笑いが始まって。自分が化け物に思えたわ。可哀想なその女の子がぼろぼろになるくらい叱られているのに、あんまり笑うものだから部屋を出なくちゃならなくて。これっていったい何なのかしら？」

「君は精神医学でいうところの社会病質人格だよ。他人に対する共感がない」

「あら、そうなの。診断が下って嬉しいわ」ややあってジョアンが続ける。「ねえ、わかる？　十四歳のときのわたしがあなたの思い通りにあなたを愛していたら、わたしはそのうち飽きられて、いまみたいに一緒にはいないのよ。つまりわたしには全体を見通しての計画があったというわけ。それにあなたが引っ掛かったのよ」

ジェイコブが振り返って妻を見る。「要するに僕は騙されたんだ」

ジョアンはシーツの上を横滑りして、片方の脚をジェイコブの体に掛け、上半身を起こして彼のお腹の上にまたがる。それから両手を彼の胸に置き、夫を見下ろす。セックスのいい点は言葉が不要、ということよ、といつだったかイレインが言っていた。ジェイコブの両手が這い上がってきてジョアンの太股をぎゅっと抱きしめる。顎が上向き、目尻が垂れ下がっている。欲望は高まりかけると、一旦引き潮のように薄らぐものだ。夫婦して二人でセックスを上手に楽しんでいる。アースランとは、恐怖心のせいで貪るようなセックスをした。怠惰で機械的な彼の愛撫にさえジョアンは燃えた。どんな愛撫でも、それはアース

ランがそばにいることの証しだったのだ。言うなりになって、したくないこともしてあげた。ジェイコブとのセックスにはぞくぞくする感覚がないが、安心と喜び、それに信頼がもたらす解放感がある。

ジェイコブが体位を変える。両手が彼女のヒップに移動する。「もうひとり子供が欲しいと思わない？」

ジョアンが気分を害したと感じたのだろう、ジェイコブの手の動きが止まり、目から夢心地の表情が消える。「思うわよ」ジョアンが応える。

「本心じゃないだろ。僕が仄めかすと、君はいつもはぐらかす」

上に跨っているのが気まずい感じになってきたが、体を外すと彼を拒絶しているように思われるのが心配だ。「そんなことないわ」

「君はいつもそうだよ。いいかい、もう子供が欲しくなければ、そう言えばいいんだよ」

「あなたは欲しいわけ？」

ジェイコブが妻の体をそっと除ける。申し訳なさそうに顔を歪めている。「サンディのケーキを食べたばかりだ。君はその上に座っているんだよ。そりゃあ、欲しいよ。もう一人いてもいいだろう。女の子がいいな」

「まあ、女の子を？」いまジョアンは胡坐をかき、片方の膝をジェイコブの太股に当て、指の爪をいじっている。「わたしにはわからない。うまくいかないかもしれないことにリスクをかけたくないの。もう一人いたらいろいろなことが変るのよ。それでもいいの？　いま順調に行ってるのに、それをめちゃめちゃにするわけ？」

「ちがうよ」興奮して、両肘をマットに突いて体を持ち上げ、ジェイコブが声を荒げる。「君は生物学的に勇気を出さなくちゃいけない。新しいことに挑戦するのは人間の本能なんだ。怖いのはわかるよ、でも

怖いからと言って挑戦を止めてはいけない」

「妊娠して子供を産むのはあなたじゃないのよ。あなたが自分の体のなかからもう一人の人間を押し出すわけじゃないでしょ。産んでしまえばそれで終わり、あとは全部忘れてしまう、とよく女の人たちは言ってるけど、わたしはそうじゃない。赤ちゃんが欲しいと思うとき、出産という行為のことをなぜ人はないがしろにするのかしら」

「ジョアン、妊娠線があと数本できたからといって、それが世界の終わりじゃないよ」

「まだ心の準備ができてないの」

ちょっと間をおいて、ジェイコブはジョアンの体を引き寄せ、その頭を自分の肩に持たせかける。「君だってもうひとり欲しくなるよ」

「わかってるわ」

二人の間に再び沈黙が流れ、ジェイコブは眼鏡を外してナイトスタンドに置き、ライトのスイッチを消す。暗闇のなか、ジョアンは優しく息づく長枕のような夫の体に背を向け横たわり、その皮膚から思考が熱のように伝わってくるのを感じている。まだ年若く、準備もできていなかった僕を引っ掛けてジョアンは計画的に妊娠したくせに、あれから五年が過ぎ、僕は夫として父親としてきちんとやっているのに、もう一人欲しいと言っても聞き入れてくれない――そんな風にジェイコブは非難がましく推論し、失望しているに違いない。ジョアンは、自分の虚栄心が批判されているようにも感じる。もう踊っていないのだから体型や外見を気にする必要はない、そんなのは滑稽だ、と言われているような気がする。僕が思い描いていた家庭はこんなのじゃない――ジェイコブはそう思って悲しんでいるのだろう。霧が晴れていくように、わたしの周りから彼の愛がどんどん薄れていく。

　だが、いま実際にジョアンが体で感じ取れるのは彼の呼吸だけだ。こうして一緒に闇の中で静かに横たわり、考えを異にし、それぞれが自分の殻に閉じ籠っている二人の人間が、第三の命を作るための全てを持っており、その第三の命は、不幸な事態が起こらない限り、生みの親となった二人の死後も生き永らえて、やはりこうして闇の中で静かに横たわるのだろう――そのことがジョアンにはとても奇妙に思える。二人がティーンエイジャーだった頃、ジョアンは未熟で心の準備が整っていなかったので、ジェイコブが欲しがった大切なものをあげずに、彼の愛から逃げていた。でもいま彼女は彼のもの、互いが互いのもの、だから彼女を愛するのを止めたら彼は不幸に陥り、耐えられない苦しみを味わうことになる。

「まだ時間はあるわ」ジョアンが言う。「ただ、もう少しだけ待って欲しいの」

　彼女の耳の下になっているジェイコブの肩から脈拍が伝わってくる。いま、彼の心臓は希望を抱いて動き始め、彼女の心臓は恐れを抱いて動き始める。夫が欲しがっているものをあげなくてはならない。そうしよう、でもまだだめ。

「いつ？」彼が言う。

「もうすぐ」

　彼が体を起こして彼女の上にのしかかる。彼女はその顔に手を触れる。初めの頃、この体重が鬱陶しく、窒息しそうだった。でもいまではこの重みに心が癒される。「僕はその〝もうすぐ〟を我慢できる」彼が耳元で囁く。

　もう何も話したくない。ジョアンは夫の頭を引き寄せ、そっと口づける。

1984年8月——ディズニーランド

魔術師マーリンの長い指が、子供や父兄の頭上を、ミッキーマウスの耳やピーターパンの帽子の上を、風船の紐のあいだを行ったり来たりしたかと思うと、魔術師らしい野太い声が轟き、ティムに石に近づき剣を抜くよう命令する。子供たちは皆手を挙げて、自分こそ剣を抜く役目にふさわしいと懸命にアピールするが、結局大人が選ばれたのでガッカリする。ティムは大勢の家族づれを掻き分け進み、マーリンの横に来て、おバカなボディビルダーのポーズをする。

「勇気ある騎士よ」紫色のローブの大きな袖を見せびらかすようにマーリンが腕を広げ声を上げる。「我々が探しているのはそなたであるか？　あの強靭な刀剣の刃を石から引き抜く力を備えているか？王国の支配者となるべくして生まれし者なのか？」

「いかにも！」ティムが応える。

ティムの娘のアンバーは、パパの姿がよく見えるように抱っこしてあげるわ、というサンディの申し出を断り、爪先立ちで背伸びをしながら囁く。「あたしのパパは強いのよ」

アンバーの言う通りだとサンディは思う。ティムとは、ホテルにいくつかあるプールのうち、大きな人工岩でできたウォータースライドがあるのでクロエとハリーが気に入っているプールの、人工白砂で作られたビーチで出会った。ポニーテールのヘアスタイルは別として、サンディが学生時代にデートしていた、がっちりした体格の、人当たりのよい、日焼けした男生徒たちを懐かしく思い出させる。ティムは一度の

離婚歴がある大工で、娘のアンバーが自分の境遇を惨めだと思わないよう、この週末を使って最善の努力をしているのだ。袖を捲り上げ、掌に唾を吐きかける真似をしているティムをクロエは見もしないで、「あの人は何もしないのよ。この見世物、あたし、前に見たことがあるんだから」とばらしてしまう。

「パパは絶対やるわよ」アンバーがぶっきらぼうに言う。彼女の父親は石を片足で押さえ、刀剣の柄を摑み、引っ張る。だが何も起こらない。ティムは目を寄り目にして舌をだす。観客の子供たちは殆どが笑っているが、アンバーは笑わない。

「あなたのパパ、面白いわね」ジョアンがアンバーに話しかける。

サンディとジョアンはこの旅行を数ヵ月も前から計画していた。自分たちが日常から逃げだしたかったのと、小学校に上がる前に子供たちにお祝いのイベントをしてあげるためだった——亭主抜きでホテルに二泊し、一日はパークで、もう一日はプールで過ごす。この計画は良く練られていたが、あまりにも早くから準備にとりかかったので、サンディがジョアンにうんざりして、一緒になんか行きたくないと思ったが、時すでに遅し。クロエががっかりするだろうし、前払いしてあるホテル代が無駄になるからゲアリーが許すはずがなかった。「ジョアンはお前のためになる友だちだろうが」とまで言われてしまった。だから何なの？　とサンディが反論しなかったのは、この週末旅行はジョアンがどうやって痩せた体型を維持しているかを観察する絶好のチャンスで（痩身は極端な小食とこっそり吸っているタバコのせいなのだが）、妻が夏の減量キャンプから帰ってきたみたいに十キロぐらい軽くなっていることをゲアリーが期待している、とわかっているからだ。

アンバーは胸の前で腕組みをしている。まるまると太った、生意気な子で、疑い深そうな小さな青い目をして、ぼさぼさの黒髪をきつくお団子に結っている。「パパは可笑(おか)しくなんかないわ。パパはできない

振りをしているだけで、いまに刀を抜くのよ」

「小さな子供じゃないと駄目なのよ」知ったかぶりしてクロエが口をだす。「子供にしかできないんだから」

「どうして?」ハリーが知りたがっている。

クロエがむっとして舌打ちをする。「どうしてって、始めからそういうことになっているのよ」

ティムは結局、刀剣から手を離し、額の汗を拭い、頭を横にふる。マーリンが彼の背中を叩き、「勇敢なる騎士よ」と声を掛け、「そなたは果敢にも挑戦した。しかし王国の支配者にはふさわしくない。それでは、誰か他に挑戦してみたい者はいるか?」と見物人に問う。

ティムが観衆の中に戻ると、マーリンは海賊ハットを被った短パンの日本人の男の子を選び出す。アンバーをおんぶしたティムは、少年がするりと刀剣を石から抜くと、口をあんぐり開けて感嘆の声を出す。アンバーが叫ぶ。「ずるい。あの子、ずるしたのよ」

「きみがやっても抜けたと思うよ」ティムはアンバーのカールした髪を耳の後ろにかけてあげながら宥める。

アンバーは膨れた頬に口も目も埋まってしまうほど顔をくしゃくしゃにして不服そうにしている。「パパにやってもらいたかったのに」

「言ったでしょ」クロエが口を挟む。「子供しかできないことになっているのよ」

「でかした!」マーリンが声をあげる。「素晴らしい騎士、王冠を戴くにふさわしい者よ、我はそなたこそが王国の支配者であると宣言する!」王冠の代わりに魔術師はローブのポケットから青いリボンがついた小さなメダルを取り出し、うやうやしくお辞儀をしながら少年の首にかける。少年はメダルを手にして

眺めている。マーリンが優しく少年の肩に手を置き、軽く押すと、少年はちょっとつまずきながら家族のところに戻る。

アンバーが不機嫌な猫のように腕の中でもがくので、ずり落ちないようにとティムはくねくねする小さな体を必死に抱え直す。「アンバー、いい加減にしなさい！」

ティムはサンディに誘われてこのイベントを見に来たのに、サンディを無視してジョアンに向かって顔をしかめて見せる。ジョアンは相変わらずつまらなそうな顔をして、皆と打ち解けず、笑顔を見せるタイミングもずれていて、何か訊かれて返事をするのにも時間がかかる――乗り物に乗る？　ソーダでも飲む？　ベンチで休憩しようか？　トイレに行きたくない？　お土産ショップを見る？　ハリーに気付かれないように隠れ煙草をするときもえらく気取った仕草をする。「あれはただの見世物なんだよ！」ティムがアンバーに言い聞かせる。「ただのゲーム、遊びなんだから！」

途端にアンバーがもがくのを止めて、「アイスクリームサンドが食べたい」とおねだりをする。「それからダンボに乗りに行きたい」

疲労困憊気味のティムはうんざりして日焼けした顔に皺を寄せる。サンディは同情する。彼がプールサイドのビーチで話してくれたところによると、離婚は最悪だったようだ。「オーケー、いいよ」ティムが娘に言う。

一行は一番近くのアイスクリームワゴンに向かう。ジョアンが「アイスクリームにはまだ早いんじゃない？　ランチだってまだ食べてないわ」

「ジョアンは何でもいいから楽しんじゃおうっていうタイプじゃないのよ」サンディがティムに言い訳をする。「でも彼女は愛すべき友だちよ」

「ジョアン、俺がアイスクリームをご馳走するよ。楽しくやろうぜ。君もだよ、サンディ、俺のおごりだ」

「アイスクリームにはまだ早いわ」クロエがジョアンの真似をして金切り声で言う。「あたしはいらない」

ジョアンは右膝を折って左脚を後ろに引き、ティムにお辞儀をする。「勇敢なる騎士よ、わらわはそなたのアイスクリームを戴きます」

「じゃあ、クロエも食べる？」サンディが娘に訊ねる。クロエは頭を横に振る。子供にしては不思議なくらい楽しいことに無頓着なのだ。

サーカス帽を被った光輝く象たちが、機械仕掛けで回転するカラフルな球体から突き出た金属製のアームの先端に取り付けられて飛び回っている。その傍を通り抜け、ピーターパンの海賊船に乗るための行列を横目に、ヒキガエル館の煉瓦造りの煙突を数えながら、一行は歩いていく。ピノキオ・ボートの近くに、白い紙の帽子を被った白髪頭の黒人男性がアイスクリームを売っているワゴンが見える。砂糖の甘い香り、漂白剤の臭い、熱のこもったコンクリートの匂いが空気中を漂い、遠くからブラスバンドが奏でる音楽やマッターホルンを滑降するトボガンのカタカタいう音が聞こえてくる。ティムがうやうやしくジョアンにアイスクリームサンドを渡しているのを見て、サンディは皆と一緒に過ごそうとティムを誘ったのを後悔する。急に腹が立ってきて、ジョアンが着ている洋服まで憎らしくなる。何でもないショートパンツと白い袖なしブラウス姿なのに、圧迫されるような、意地悪されているような気分になる。ジョアンと二人だけだったら、彼女の白けた態度に苛々しているところだ――カクテルを呑んで楽しもうともしない、夜になるとハミングし、体を揺らし、囁きながら、ハリーをオランウータンのように首に抱きつかせてあやしている、朝は目覚ましなしで夜明けとともに目を覚まし、ホテルの部屋の椅子の背に摑まって、初めて彼

女を見たときのように小枝のような腕や脚を前後左右に振り上げて、いつ終わるとも知れない単調なストレッチやエクササイズを続けている——時間をかければティムにもジョアンがどんな女なのかがわかってくるだろう。いずれにせよ、一緒に遊んで楽しいのはサンディの方なのだ。サンディだって、夫のゲアリーを裏切るつもりはない。ディズニーランドみたいな非日常的で、完璧に作られた、色が溢れる、うわべだけの世界で浮気の真似事をして楽しめば、気分も安らぎ、リラックスして、昔の自分に戻れるような気がしているだけなのだ。

ジョアンと友だちでいるのが嫌なのは、誰が見ても賞賛に値する彼女の体のせいで、ゲアリーまでがその崇拝者になっているからなのか、とサンディは自問自答する。でも理由は他にもある。サンディはジョアンを信用できないのだ。ジョアンが見ている世界を自分が見たら、恐らくそれは好きになれない世界だ、とサンディは思う。なぜそう感じるのか、根拠はない。ジョアンは感じのよい女性だし、どうこう難癖を付ける欠点もない。もしかしたらそれが問題なのかもしれない。外側から見るジョアンの抑制された佇まいが、何かを隠しているように思わせるのかもしれない。ハリーが特別な才能を持つ子供と認定され、クロエはされなかった、だからジョアンを疎んじる訳ではない。ゲアリーはこれには陰謀が絡んでいると思っている。ごまかしができる立場にある若き有能な心理学者の息子なら、普通の子供ではないと見なされて当然だ。誰かが数値を操作したに決まっている。選ばれし子供のグループにクロエが入れなかったのも当たり前だ。ゲアリーはジョアンには好感を持っているが、ジェイコブのことは嫌っている。英才児グループからクロエを外すための不正が行われたとサンディは思わないが、アイスクリームに夢中になっているアンバーを真ん中にして自分の娘とジョアンの息子が座っているところに、ぶかぶかの黄色い着ぐるみのプルートが近づいて来るのを観察していると、どの子が優れているかなどまったくわからない。ハリ

ーはとてもおとなしく、母親べったりで、クロエは自分の意見を主張する、度胸のある子供だ。

プルートが立ち止まり、大きな手袋みたいな手を振り、抱っこしようと身を屈める。子供たちは立ち上がり、プルートに近づき、腕を広げて、着ぐるみのキャラクターたちが持つ特有の引力の虜になって抱擁される。クロエはプルートの肩に顔を埋め、ハリーはその滑らかな赤い舌に掌を押し当て、アンバーは鼻面を撫でようと背伸びをする。クロエはプリンセスや他の明らかに人間的なキャラクターの前では恥ずかしがるが、動物となると怖がらずに夢中になって抱きつく。三人とも全身を使って感情表現をし、着ぐるみの大きな掌で背中をさすってもらったり軽く叩いてもらったりしている。嬉しさでぼうっとして離れようとしないので、キャラクターたちから体を引っ剥がされることもしばしばだ。

「一日中こうして子供たちをハグして回りたい輩(やから)ってのはどんな連中なんだろうな」ティムがふいに現実的なことを口にする。

子供たちが喜んでいるときに、水を差すような物言いをする彼にサンディはがっかりするが、すぐに調子を合わせる。「聞いた話だけど、着ぐるみの中の人間は下着を付けないんですって。だからケジラミなんかの問題もあるらしいわよ」

「何てこった!」ティムが大声を出して思わず手で口をふさぎ、子供たちに聞こえなかったかときょろきょろする。でもアンバー、クロエ、ハリーはそれぞれ幸福の余韻に浸りながら、腕をだらんと垂らし、歩き去るプルートの細い尻尾を見つめている。

「パパ、あたし、プルートのお人形が欲しい」目を細めてアンバーがおねだりをする。

「あとでね、いいだろ?」

「パパったら」

「あとでだよ、アンバー」アイスクリームとプルートのハグで満足しているのでアンバーはそれ以上は言わない。

ジョアンが感慨深げに口を開く。「子供たちはキャラクターを怖がるかと思っていたんだけど、前から知っている人に会ったみたいに振る舞うのね。つまりマウスや犬とかのことだけど」

ティムが、あなたは天才だというような顔をしてジョアンを見る。「俺はそんな風に考えたことはないよ」

「あたしもジョアンと同じことを考えていたわ」サンディが負けじと言う。「子供たちは本当に喜んでいたわ。すごいことよね」だが誰も何も応えず、クロエがおしっこ、と言いだす。サンディがいいわよ、と言ってトイレに連れて行き、それから一行は恐怖のマッターホルンに向かう。

アンバーはスピードの出る乗り物には乗りたがらないが、どんなだったかあとで教えてもらいたいからパパは乗って、と言うので、ハリーとクロエとティムとサンディがローラーコースターに乗り、ジョアンがアンバーを連れてティーカップと不思議の国のアリスで遊ぶように、とほとんどサンディの仕切りで決まってしまう。

「そうすれば、ほら、あれができるでしょ……」ジョアンに向かってサンディは煙草を吸う仕草をする。

ジョアンはそのゼスチャーを無視して、「それで大丈夫かしら、ハリー？」と息子に訊く。「マッターホルンに乗りたい？」

「うん、いいよ」ハリーがうなずく。

本当のところハリーは怖がっているのだが、クロエにからかわれたくないので我慢しているのだとサンディは推測する。願わくば皆がしばらくどこかに行ってしまい、自分とティムだけで小さな乗り物に乗り、

暗闇でガタゴト揺れながら体を寄せ合いたいのに、とも夢想する。

　マッターホルンに入場するための長い行列がマウンテンをぐるりと囲み、列のどこにいてもスピーカーからヨーデル音楽が聞こえてくる。行列は山小屋みたいな野外施設の中にまで繋がって、その中で幾重にもつづら折れになっている。サンディはヨーロッパに行ったことはないが、その山小屋みたいなのはスイスの高山列車の駅舎を模したものなのかもしれないと思う。以前ゲアリーはそのうちヨーロッパに連れて行くと豪語していたが、最近は金がかかり過ぎるとしか言わない。ジョアンがパリのことやバレエ団のツアーでどこそこに行ったなどとさりげなく話しても、ゲアリーにはまったく効き目がない。いつだったかサンディがジョアンに、ビッグベン（英国国会議事堂の時計塔）やロンドン塔を見物するのが夢だと打ち明けたら、イギリスは食事が不味いのよ、としかジョアンは応えなかった。あなたは食事なんかしないのに、そんなことどうしてわかるの？　と冗談を言ってやったが、ジョアンはくすりとも笑わなかった。彼女にもっと優しくしてあげられたら、彼女をもっと好きになれたら、とサンディは思う。

　マッターホルンは、ごつごつしたセメントでできたミニチュアの山の彫刻みたいで、白いペンキを塗った山頂が張り出している。スピードを出したトボガンが山を貫通している洞穴のなかを走り抜け、湾曲した石橋のうしろで水が滝のように流れ落ちている。洞窟のなかに棲む毛深い巨大な雪男（イエティ）が大音響で吠えるたびに乗客は絶叫する。ティムが自分のソーダを差し出したので、サンディは彼が口にしたストローから色っぽい仕草で一口飲む。ハリーが胃のあたりを掻きながら、どきどきするよ、と怖がっている。サンディが勇気づける。「これが終わって、きみがローラーコースターが平気になったら、次はみんなでスペースライドに行くのよ。星や惑星のそばを猛スピードで飛んでいくわけ。宇宙空間にはチョコチップクッキーが浮かんでいるけど、あっという間に通り過ぎるから、気を付けてよーく見ていないとね」

「ぼく、ママと一緒にみんなを待ってるよ、ママもそうしなさいって言うと思うし」ハリーは怖気づいている。

「マッターホルンで遊んだことがあるの？」クロエがサンディに訊ねる。

「あるわよ」サンディが応える。

「じゃあ、ダディが一緒だったのね。だから怖くなかったんでしょ」

「そうじゃないわ。ママは臆病じゃないから怖くなかったのよ。楽しかったわ」サンディが自慢げに言う。

「きみのママはすごく勇敢なんだよ」ティムがクロエに言う。「怖いもの知らずだ」

「どうしてわかるの？」クロエが訊く。

ティムがサンディに目配せをする。「そりゃ、わかるさ。君のママはそういう女性なんだ」

「知ったようなこと言って」機嫌を直してサンディが笑顔になる。音楽に合わせてティムがヨーデルを始める。子供たちがお腹を抱えて笑い出す。彼は作戦として私をわざと嫉妬させようとしているのかしら、ジョアンのことはまったく眼中にも胸中にもないのかしら、とサンディは思いをめぐらす。子供たちが低いフェンス越しに手を伸ばし、マッターホルンの山裾に植えられている花々から白や紫の花びらを摘んでいる隙に、サンディがすっと近づいてきて手すりに寄りかかったので、ティムは彼女の後ろに腕を持っていき、わき腹に回し、指を走らせる。子供たちが顔を上げると、ストレッチをしているかのように腕を伸ばしてスイングを始める。

「独身生活はどう？」抑えた、秘密めいた声でサンディが訊く。

「大体は上手く行ってるよ。でも寂しくなるんだ。独り寂しいってのは俺の性に合わない」

「チャンスはたくさんあるでしょうに」

「どういう意味だい？」

「寂しいわけないわよ。女たらしのくせに」

「俺がかい？」彼が瞬きをする。「お門違いだぜ、毎晩、缶詰スープを飲みながら涙をこぼしているんだから」

「そうなの」

手に溢れんばかりの花びらを持ったクロエが、手すりにだらりと寄りかかりながら、二人を見つめている。「あら」サンディが気付いて話しかける。「何を見ているの、どうしたの？」

「どうしてその人とお話ししているの？」

「お友だちだからよ。ティムはママの新しいお友だち」

怖い目つきをしてクロエは花の方へ戻って行く。ティムが身を寄せてきてサンディの耳元に囁く。「あの手のお嬢さんは好きだよ」

「まあ、驚いたこと」

ポニーテールを解いて指櫛をしたあと、ティムはまたポニーテールに髪を結う。着ている赤いTシャツの脇の下に汗染みができている。「そちらの結婚生活はどうなんだい？」

「悪くなる一方よ」

「それは気の毒だ」

「経験からわかるでしょ」

ティムが親指の先でサンディの手の側面を愛撫しながら「今日は良き日だ」と言う。「うちの娘も幸せそうだし、雲一つない天気だし、魅力的な新しい友だちもできた。人生は捨てたもんじゃないな」

「同感よ」サンディが応じる。手の横をさする彼の親指の力が強くなる。


いよいよトボガンに乗り込む番が来て、これはソリじゃなくて宇宙船みたいだ、とハリーが理にかなったことを言い、サンディの気分は完全に高揚している。セックスこそが世界をおぼろにし、人を夢見心地にさせるのだ。まずティムが乗り込み、股のあいだの青いプラスチックの部分を軽く叩く。サンディが彼の股間にぴったり嵌って座る。クロエは二人と座りたがってうろうろしているが、ハリーと一緒に前のコンパートメントに乗りなさい、とサンディに言われてしまう。体が小さい子供たちは、すかすかのスペースでそわそわと落ち着きがない。乗り物が停車場からガタンと動きだすなり、サンディはティムの胸に背中を預ける。クロエが振り返る。「ママ、あたし、乗物から飛び出しちゃうかも」

「ベルトは締めた？」

「締めたわ」

「だったら飛び出したりしないわよ」

「ぼくたち、飛び出すの？」振り返ってハリーが叫ぶ。

「そんなことないよ」ティムが宥める。「安全だよ。真っ直ぐ前を見てれば首を折ることなんてないから」

トボガンがガタゴト音を立て下りながら洞窟に入って行き、急勾配の暗闇をガチャガチャと登り始めると、サンディの体はティムの方に押し付けられる。彼の呼吸と共にサンディの体が上下する。大胆にも、ティムがサンディの腕の下に手を差し入れてきて、胸をギュッときつく摑むと、サンディは彼がもっとやりやすいようにと腕を持ち上げる。空気が冷たく湿っぽくなり、録音された風のうなる音が聞こえてきて、

恐ろしい形相をした雪男が咆哮し、赤い目が暗闇のなかに現れると、子供たちが絶叫する。ティムの手が出たり入ったりしてサンディの胃のあたりを蛇のように這い回ったかと思うと、ショートパンツの裾から侵入して太股の内側を摑む。数キロでも減量するまでセックスはしたくないとゲアリーが宣言したので、大胆不敵にもサンディは逆に数キロ太ってみせた。以来、夫をその気にさせようと素っ裸でベッドに入ることにしているが、彼が原則を曲げないということもサンディは承知している。**お前、太り過ぎてパジャマが着られなくなったのか？** と彼はそらとぼける。**このほうが楽なのよ**、と彼女が言い返す。皆が皆ジョアンみたいにならなくてもいいのだ。ジョアンだって神経性食欲不振症じゃなければサンディのような体になるに決まっている。

　トボガンが急旋回して速度を増すと、四人は青い氷の洞窟を抜け、外の世界に飛び出る。ティムは自分の太股でサンディを挟んでがっちり抑えている。指がまだショートパンツのなかで蠢いている。彼の強引さと自分の密やかな大胆さがサンディに若い頃を思い出させる。山を突き抜け、方向を変え、乗客は螺旋状に下り始める。終わりたくない、とサンディは思う。この乗り物から降りたくない。ティムが唇を彼女の首筋に押しつけ、トボガンのガタゴトに合わせて歯と舌を動かしている。彼女は体を反らして彼の肩に頭を預け、目を閉じている。彼の唇が離れる。首の湿ったそこのところを冷たい風が撫でる。目を開くと、クロエがこちらを凝視している。軌道が緑色のプールに突入し、トボガンは大きな水飛沫をあげてそのまま水上を進んでいく。

1985年10月——南カリフォルニア

熱いシャワーを浴び、インスタントコーヒーを飲み、ホテルから劇場へ急ぎ足で向かい、舞台の上でバレエ団のクラスレッスンを受けることからイレインの一日は始まる。リハーサルは、舞台装置がセットされてから行われる。劇場に一番乗りする団員の一人として、袖からバーを引っ張り出すのも手伝う。飛行機に乗っていたせいで体がこわばっている——彼女は自分の筋肉の状態を完全に把握しているのだ——だから体を温めるためにレオタードの上にスウェットシャツを羽織ったまま、ビニールパンツを穿き、ウエストをヒップのところまで丸めて下げている。最後のダンサーが到着し、ミスターKが手を叩いてクラスを始める頃には、イレインの筋肉は柔らかくなって、汗をかいている。

イレインは三十一歳で、若い頃に比べると体は強靱さを失い、思い通りには動かない。夜通し遊んでも平気で朝のクラスに出られたのは過去の話だ。いまはタバコも吸わず、お酒の量を減らし、食事に気を配り、演技の前や休憩時間にほんのちょっとコカインをやる以外、ドラッグはきっぱり止めている。することがなくて一日が長く感じられるときは、たまに午後に一服やる。彼女はよく旅行をし、いろいろな人と出会い、愛人も複数いるが、愛しているのはミスターKだけだ。皆がイレインを誉めそやす。でもそれは、狭い世界でちまちまと続けてきた作業の結果に対する表面的な賞賛に過ぎない——クラスレッスン、ヨガ、マッサージ、そして睡眠——この四つのおかげでダンサーであり続けている。必然的な体の衰えに抗い、体力を保持するためにワークアウトをし、怪我をしないよう気を付ける。これまでにストレス性の骨折、

靭帯損傷、左膝の手術を経験した。生きてきて、自分が踊りたいように踊れたことは一度もない。この虚しさが人生の相棒だ。鏡の向こうに理想の完成形が彼女をからかうように、思わせぶりに姿を見せることはあるが、それは決して全体像ではなく、ちらっと現れるだけで、具体的に眺めることのできる形ではない。ピルエットの時にスポットをつけるために頭を鞭（むち）のように振った瞬間、その完成形に予期せず出会えるかもしれないし、手足をひらひらと軽快に動かしている時に摑めるかもしれない。でもそれは決して一所に留まってはいないのだ。

疲れを知らず、向こう見ずで、回復力のあった二十代の頃よりも、年をとって自分は理解力が増したとイレインは自覚している。いまは、表現することができる。何を表現するべきかをわかっている。評論家たちもそのことを認め、彼女に演技力が付いてきたと評している。だが自分としては演技力が向上したのではなく、感じる能力が高くなったのだと確信している。人間像を表現するのではなく、運動感覚で踊らなくてはならないミスターKの概念的な作品でも、イレインは出来事や人間性や感情を表現することができる。「感情を出さないで」ミスターKは時々、彼女にそう注意する。「感じるのを止めなさい。ちょっとのあいだ感じるのをやめても死にはしませんよ。ただ踊ってください。この作品はステップでできているのです」悲しいことに、実際、バレエを踊るのに知識は殆ど必要とされないのだ。五十代になったら、彼女に回って来る役は『眠れる森の美女』の魔法使いや、『ロミオとジュリエット』の乳母ぐらいで、踊りのテクニックではなく、濃いメイクをして、パントマイムをしながらその場に居ることだけを要求される。マーゴ・フォンテインは五十代になっても踊り続けたが、イレインはフォンテインではない。そうだとしてもそんなに長く踊っていたいとは思わない。処女の村娘やチュチュを纏ったお姫様になって飛んだり跳ねたりする役どころは、孫がいてもおかしくない年齢の女性にはふさわしくない。

舞台の上でのレッスンは鏡がないのでやりにくい。自分が半分だけになった感じで、自身の存在が不確実性を帯びてくる。劇場の奈落もレッスンには不向きだ。床に映る自分の影を見つめていると、ミスターKがそばに来て、「せむしみたいですよ」と言いながら長い冷たい指でイレインの顎を持ち上げる。いま彼女の目には上にあげた腕や、揃ってくるくる回る頭が見えている。音楽がピアノから淀みなく流れてくる。バレエシューズが床を滑る音が聞こえる。膝や腰骨がぽきぽき鳴っている。ミスターKのカウントが聞える。「ワン、そして上げて、アンドスリー、そして外に、そして上半身だけ、いいですね、そして外に、そして5番（両足を前後にぴったり合わせるポジション）、そして外に、そして5番、そうです、そしてターン」

ミスターKは、クラスレッスンやリハーサルでイレインと他の団員を差別することはないが、夜の静寂のなか、ベッドに二人して横たわっているときは、手を彼女のお腹の上に優しく置き、きみはぼくの真のミューズです、ぼくに理想の女性というものの概念を教えてくれます、と寝物語をする。イレインは彼に女性の理想形を教えるのであり、彼女自身が彼の理想の女性ではないのだ――理想の女性などいるはずないことはイレインも承知している。ミスターKが執着しているのは女性としてのイレインの概念――女性全般の概念、すなわち女性として機能する形、女性としての美学、女性という他者なのだ。彼は女性をエロスの対象として崇め、ある意味、女性に憧れを抱いているが、女性に対して性欲は感じていない。ミスターKがバレエ団の男性に対して淫らな行為をしているところを見たことはないが、男性への肉欲に燃えていることをイレインは知っている。察するに、彼は欲情することは自分の品位を落とすことだと思っている節がある。ミスターKの私生活でのその部分は城壁に囲まれていて、不可視、秘密、闇、非公開になっている。

イレインとミスターKはベッドを共にすることもあるが、セックスをするのは稀で、彼が酔っていると

きや新しいバレエの制作で気分が高揚しているときに限る。二人だけでいる時、彼女は彼をムスティスラフ（ロシア語で、復讐に燃えている有名人、の意）と愛称で呼んでいるが、彼女にとっての彼は常にミスターKなのだ。一緒に住もう、ここに越して来なさい、と言ってくれているので、いつか同棲することになるだろう。

二人は一緒に年を重ねてきた。今さら別れるのは馬鹿げている。若い頃は、ベッドでの彼の無関心に苦しみ、そのうち捨てられるに違いないという不安に襲われ、縁を切って自由になろうとしたこともある。普通の愛が欲しい、夫が欲しい、一夫一婦婚の生活、周囲に受け入れられる関係でありたい、と迫ったこともあったが、関係を持ってから一年が過ぎ、普通の生活は望めないと悟った頃、ミスターKは彼女のためにバレエを創ってくれた。『偉大なるキャサリン』だ。これまでにない最高の役で、彼女が理想とする踊り方に最も近いかたちで踊ることができた。イレインの運命は自分より優れた芸術家に奉仕することなのだ。ミスターKのアパートで一緒に生活するようになったとしても、彼は自分の冒険を求めて街に繰り出して行くのだろう。彼女も自由に同じことをすればいい。

バーの反対側に付いているコール・ドのダンサーがイレインに囁く。「ねえねえ、聞いた？　昨夜、フラニーが部屋からいなくなってと頼むので廊下に出たら、こちらに向かって来るミスターKとすれ違ったの。先週、ミスターKはフラニーにゲランの香水をプレゼントしていたから、彼女、昇進間違いないわよ」

振り向きもせず、イレインが囁き返す。「だって、彼女、上手だもの」

二人は一緒にドゥミ・ポアント（爪先ではなく、足の裏を半分床につけて踵を上げること）に立つ。相手がまた囁く。「ファックはしなかったとフラニーが言ってたわ。彼はただ裸でベッドに横たわって、犬みたいに可愛がってくれただけなんだって」

「すごい話ね」

「彼のは立ちもしなかったそうよ」

ダンサーとしてイレインが傑出している点のひとつは、綿密に計算され考え抜かれた、冷静かつ整然とした心構えから生まれるムーブメントにある。プリンシパルである自分に向かって、コール・ドのダンサーがこんな風に話しかけることにイレインは腹立たしくもあり、感心もする。二人がグラン・プリエ(両脚を股関節から開きながら両膝を外側に向けて深く落とし、踵は自然に少し上がるが、お尻は踵から離しておく動作)をしているとき、バーの下でイレインが突き放したように言う。

「そんなのあなたが心配することじゃないでしょ」

「そうよね、私は男じゃないんだし」

体を引き上げながらイレインが言葉を足す。「才能もないしね」

ミスターKとの屈辱的な関係をやり過ごす方法をイレインは会得している。気にしないこと、考えないこと、それに尽きる。それでも生活態度を変えてくれないかとは時々思う。女性ダンサーが彼の感性を刺激し、振付にインスピレーションを与えると、その都度彼は、一人一人に異なる種類の香水を選んでプレゼントする。その贈り物は愛の証しではなく、所有の印なのだ。各人の匂いはかくあるべき、と彼が決めるのだ。徐々に他の事柄についても彼が決めていき、振付をしてあげる、すると彼女たちはこの天才的振付家のために何でもするようになる。香水同様、セックス(あるいは彼が要求する違うかたちの肉体的関係)はパッションではなく、ポゼションの行為なのだ。ミスターKは女性たちの体を隅々まで観察し、熟知したがる。イレインが貰ったのはジャン・パトーの香水だったが、ベッドを共にするのは一回だけでよかったのに、自分が必要とされているかを確かめるためにいまだに彼のもとに通っている。イレインに最初の作品を振り付けた時、彼は知り尽くした彼女の体の細胞を振付の設計図に従って組み替え、神経を配

線し直し、自分のモノにした。イレインの他の愛人たちは彼女の体をそんな風には理解しなかった。本来彼女の体は振付のための道具、装置、武器であるのに、彼らは壊れやすいエキゾチックな芸術作品のように扱った。イレインと同じ深さでバレエを愛しているのはミスターKだけだ。バレエへの愛がなければバレエの世界では生き残れない。でも自分は踊ることが好きだから生き残っているのか、それとも生き残るために踊っているのか、イレインはわからなくなっている。

「息をしてますか、息をしてください、呼吸ですよ」舞台の上を歩き回りながらミスターKが注意をする。新しく彼の〝洗礼〟を受けたフラニーの前で立ち止まる。「ねえ、きみの腕。だめです。このようにして」灰色のフランネル製のズボンに、市松模様のシャツ、黒い教師用シューズを履いてお手本を見せる。フラニーは上手に彼の真似をする。優秀なダンサーは何を要求されているかをすぐ理解する。彼らはミスターKのミラーイメージなのだ。

団員たちはプリエ(両脚を股関節から開きながら両膝を外側に向けて落とすこと)を何度も行い、それからロン・ドゥ・ジャンプ(脚で円を描く動き)、タンデュ(両脚で立ったポジションから、つま先が床から離れないところまで動脚を軸脚から離す動き)、さらに各種のバットマンをする――デガジェ(タンデュで出した足を30～45度の角度まで空中に上げて静止する動き)、フォンドュ(片脚のつま先を軸脚の足首に付けてプリエをした状態から前横後ろに脚を伸ばすと同時に軸脚も伸ばす動き)、フラッペ(軸脚の足首に付けた動脚のつま先を前横後ろ方向に向けて床を打ち付けるようにしてピンと伸ばす動き)、デヴェロッペ(動脚のつま先を軸脚の足首から膝まで上げた〝パッセ〟の状態から前横後ろに脚を伸ばしきる動き)、グラン(大きいという意で、バットマンの場合は90度以上大きく上げる)など。イレインにとってこれらの動きはエクササイズというより体を踊りに向かわせるためのプロセスにすぎない。脚で拍子をとり、腕で空気を掃き、残りの一日を踊り続けるためにギアを入れ、体勢を整えていく。

クラスを終えると、イレインはレンタカーでフリーウェイを南に向かう。本当の大都会に住んでいるのは自分なのに、疾走する車にびくびくし、田舎者になったような気がする。思っていたより暖かく、しかも乾燥している。ジョアンは筆まめではないが、手紙を寄こすときにはカリフォルニアが好きだと書いて

くる。この土地の温暖な気候と利便性、新しさを満喫しているという。ジェイコブが教えてくれた地点でフリーウェイを降り、商業施設のだだっ広い駐車場を周回し、人工湖の草ぼうぼうの湖畔沿いに走ってから、陽光を照り返している青い窓が際立つ白い低層ビルの専用駐車場に車を入れる。なにもかも行き届いたこんな〝夢の国〟にはとても住めないわ、とイレインは思う。

バレエスクールのドアを開けると、スタジオの大きな窓越しに、エクササイズを兼ねて少女の頃の夢を追いかけている大人の女性たち、ママさんたちを指導しているジョアンが鏡に向かっているのが見える。大人の生徒たちのレオタード姿は不格好で、履いているのはトウシューズではなくバレエシューズ、脚はターンアウトしていない。だがその光景は感動的で、彼女たちは私と同じことをしたがっているんだわ、という自己満足に似たプライドをイレインのなかに引き起こす。家庭を築いて快適な生活をしているジョアンを見たら自分は嫉妬するかもしれないと思っていたが、ありきたりではない、自由な、いまの自分にイレインは喜びを感じている。大きな窓の前で彼女はおどけた格好でボブ・フォッシー（米国の振付師・映画監督。身体の動きを出来る限り削ぎ落とし、必要な部分のみを動かす、〝引き算された美しさ〟を追及するジャズダンスのスタイルを確立した。『シカゴ』『キャバレー！』などで有名。１９２７〜１９８７）・スタイルでポーズをとり、そんな自分が鏡に映っているのにジョアンが気付くのを待つことにする。

「ハリーも来ると思ったのに」とイレインが文句を言う。「坊やのことに興味津々で、会うのを楽しみにしてたのよ」

二人はスタジオ近くのドーナツショップのテラス席で、縞模様のパラソルが付いたテーブルに座っている。イレインはコーヒーを飲みながら、ダイエット用甘味料の袋をいじっている。ジョアンは黒いプラス

チックの灰皿で煙草をもみ消し、オレンジの皮を親指で螺旋状に剝いている。「だってあの子は学校なのよ。今日は水曜日」

「あら、そうだわね。私ってバカみたい」

学校というものの存在をイレインが本当に忘れているのか、ジョアンにはわからない。「二年生よ」

「写真を送ってと何度も頼んでいるのに送ってくれないんだから」

「送ってなかった？　ごめん、送るつもりだったのに。わたし、ぼうっとしてるのよ」ジョアンは嘘を吐いているのだが、そんなこと二人とも承知の上だ。

「お財布とかに写真入れてないの？　たいていはそうするでしょ？」

ジョアンは口をすぼめて渋々と認め、トートバッグから財布を取り出し、写真入れになっているプラスチックホルダーを開く。一枚目が一年生のときに撮ったすきっ歯の顔写真で、おでこに黒い前髪が斜めにかかっている。

「なんとまあ」イレインがびっくりしている。ジョアンの手から財布をとり、写真を舐めるように眺め、急いで返す。「想像していたのと全然違う」

「髪型がいまいちなのよ」ジョアンが弁解する。

「もっとあなたに似ているかと思ってた」

「ジェイコブ似ね」もう一度バッグのなかをまさぐりながらジョアンが話題を変える。「煙草、吸う？」

「健康のために禁煙してるけど、吸うわ。昔に戻ったつもりで」

火を点け、顔を見合わせ微笑んで、二人とも若返った気分になる。

「まだマリファナやってるの？」

「いや、そんなには。どうしても必要なときだけ」

バレエ団に入ったとき、イレインがルームメイトを探していると誰かから聞いて、以来ジョアンと彼女は仲のいい同居人、そして親友になった。常に疲れた体を抱えた者同士、疲労回復のために助け合う者同士の絆で結ばれていた。バスタブの縁に並んで座り、紅茶を飲みながら、足浴をしたものだ。同類であることが嬉しかった。初めから、イレインの方が優れたダンサーであるのは明らかだった。イレインは昇進に意欲的、片やジョアンは現状のままでいられますようにと祈っていた。

「公演のマチネーにはハリーを連れていくわ」ジョアンが言う。「そのとき会えるわよ」

「彼も踊ってるの？」

「いいえ」

「やらせなさいよ。好きかもしれないじゃない」

「興味なさそうよ」

「バレエ界は男子を必要としているわ」

「あなた、まるで軍隊の新兵スカウトマンみたい」

「若い子たちは軍隊みたいなものよ。わんさと押し寄せてくる。でもほとんどが女の子。ボーイが欲しい、ガールはもう十分。男の子が気がかりよ。減ってるから」

「そう聞いてるわ」

「ハリーはゲイなの？」

「やだ、まだ七歳よ」

「だから？」

イレインは容貌が以前より鋭くなっている。声も、目も、骨組みも。胸部に至っては人間の皮膚で覆われた亀の甲みたいだ。ダンサーは皆痩せているが、痩せ方の微妙な違いを見分けることができるジョアンには、イレインの場合、生きていられる状態の極限といえるほど痩せているのがわかる。動力機械のピストンとギアのような体になるために脂肪をぎりぎりまで削ぎ落としているのだ。踊り以外のことで緊張を強いられたり消耗させられたりすることも極力避けている。時計仕掛けのように正確に動けるイレインは、迅速なテンポで踊ることを要求するミスターKの作品に登場するコミカルで洒落た主役にはぴったりのダンサーなのだ。ジョアンがハリーを連れて『ドン・キホーテ』を観にいく日曜日、イレインは赤と黒のレース地の衣装を着て、きっちりカールした髪を接着剤で両頬に貼り付けてキトリを踊る。小粋にステップを踏みながら扇をピシッと閉じ、華やかなシソンヌ（5番ポジションからドゥミ・プリエをして両足で踏み切って跳んで片足で着地する動き）で飛び跳ね、背中を反らせた瞬間、トウシューズの先が後頭部に触れる。いまやプリンシパルダンサーとして主役を次々踊るイレインは、ジョアンには珍奇な存在に見える。宇宙旅行を経験した人間に思える。ハリーを産まなかったとしても、ジョアンがキトリを踊ることはなかっただろうが、クラスレッスンとリハーサルの合間に車を飛ばしてやって来て、骨ばった腕の先の骨ばった指で人工甘味料の袋を積み重ねてこうして寛いでいるイレインを見ていると、もしかしたらこれは本来自分がなっていたかもしれない者の幻影、ゴーストなのかもしれないと思えてくる。

　でもそんなことはあり得ない、とジョアンは自分に言い聞かせる。追い立てられるような生活、走り続ける犬のように毎年の月日がばらばらの断片のように過ぎていた、あの頃の精神状態を懐かしいとは思わない。子供時代は規則と、恐怖と、同じことの繰り返しばかりだった——キャリアに繋げるために早くバレエが上手になりたい、と果てしない涙の出るような努力をして急き立てられていた幼い頃の自分。そん

な子供時代が大人になっても悲しみとなって絶え間なく襲ってきて、悪影響を及ぼしてきた。ハリーを身籠るまでは自分が大人だという実感は持てなかったのだ。

「あなたが踊っている姿を早く観たいわ」ジョアンが言う。

「期待しないで。昔と同じよ、年取っただけで、悪い癖もそのままだしね」

「違うでしょ、あなたはいつも素晴らしかった」

ジョアンはオレンジの一房ひとふさを電車の車両のように並べ、イレインが真ん中の一房を手に取り、口にして半分食べる。「ただの馬車馬よ」

「スターよ」イレインがスターになりたかったのか、そうではないのか、満足しているのか、していないのか、ジョアンにはわからない。ジョアンが嫉妬していると思って、プリンシパルなんて大したことじゃないという振りしているのか、それもわからない。

「そんなことない。私はそんなうぬぼれじゃないの。そりゃあ、自分でもやればできると思ったわよ。ところがスター性のあるダンサーって、抵抗し難い魅力を持っているのね、片や自分が踊る姿を見ると、まだまだ、と反省ばかり。いくら努力しても変わらなくて、そしてある日気が付くの、上達してない、ただ年を取っただけ、ってね」

「誰だって年は取るわ」

「大概の人にとって年取ることは問題ないわよ。まったくね」

イレインが自信を取り戻すように、でも皮肉を込めてジョアンが言う。「あなたはミスターKのミューズなんだから。それってすごいことよ」

イレインの顔がちょっと輝く。「そうよね、私はバレエ団というパレードの先頭にいるんだもの。彼を

信じて、しゃかりきになって奉仕しているわ。私自身が彼の最大のプロジェクトなんだから。私があってこその彼なのよ。だから、彼のことがあれこれ書かれるたびに――この先ずっと永遠にそうでしょうけど――私のことも書かれるのよね。彼と私が死んだ後も、あの二人はセックスしていたんだろうか、と世間は好奇の目で見続けるわけよ。私は、一人の天才に付属している、わけのわからない添え物であり続ける。私にはある意味、無色透明なところがあって、それを彼は好きなんだと思う。彼は私に自分自身を投影するの。私のことを容器、彼自身の入れ物、と考えている。光栄なことと思うけど、愚弄されているような気もする。嫌味で言ってるんじゃないのよ。私は嫌味な人間じゃないんだし。でも時々思うの、他に進んで彼のものになりたがる人が見つからないからだけなんじゃないかと。そうよ。そういうことなのよ」

「まさか」イレインの言っていることに賛成しているのか反対しているのか、自分でもわからないまま、イレインとミスターKのそんな関係に嫌悪感を覚えて、ジョアンは驚きの声を発する。自分が月並みな人間になってしまったとは思わないが、この天才振付家とプリンシパルダンサーのような繋がりは、いまのジョアンにはとても理解できない――自分とアースランもそうだったのだが――愛でありながら、自らに課した苦悩でもあり、バレエがらみの実験でもある、歪(いびつ)な関係なのだ。素敵な男性を見つけて結婚しなさい、とイレインに言いたいところだが、彼女は絶対にそうならないだろう。本当のところ、ジョアンも彼女には結婚なんかしてもらいたくない。イレインには、常人の知り得ないお天気情報を集める旧式の気象装置みたいに、昔ながらの生活をしていて欲しい。

イレインが煙草を押しつぶして火を消しながら訊く。「アースランから連絡はあるの?」

「やだ、あり得ないわよ」アースランがよくやっていたようにジョアンは指をパチッとはじいて、イレインの質問をやり過ごす。

「手紙とか書かないの？」

「書かないわよ。何を書いていいのかもわからないし。書いてどうなるわけ？　あの人は自分宛ての郵便物なんか多分読まないし。研修生みたいなダンサーが彼のサイン入り写真を送ってくれたことがあったくらいよ」

「私には理解できないけど。おそらくあなたは自分のなかの小悪魔ちゃんを休眠させてるかなんかなのね」

「わたしのなかに小悪魔ちゃんなんかいないわよ。幸せだもの」イレインの顔に懐疑的な表情は浮かんでいないが、ジョアンには彼女が疑っているのがわかる。「ジェイコブを愛しているのよ」ジョアンははっきりと口にする。「当然よ」

「当然なはずないでしょ。彼は駆け込み寺だったんだから」

「でも、わたし自身がそれでいいと決めたの、ある時点で。わたしは、彼に対する愛をオープンにするべき時が来るまで、そうしなかっただけよ」

「お見合い結婚が愛ある結婚に変わるようにね。ジェイコブには始めから愛ある結婚だったんでしょうけどね」

「そうよ」ジョアンがあっさりと言う。

「で、あなたも今ではそうなわけ？」

「そうよ」困惑してジョアンは顔をそむける。ようやくジェイコブへの愛に目覚めたという事実は夫婦にとって幸せなことだが、それを口にするとせっかくの幸せが半減する気がするのだ。

すると、今度はイレインが機密情報を解陳するかのように打ち明ける。「私、ミスターKのところに引

っ越すかも。それって、間違っていると思う?」

「わからないわ。何が間違いで、何が間違いじゃないかなんてわからないでしょ? 彼は、その、いままで
も……ボーイフレンドが何人もいるの?」

「だと思うわ。訊いたりはしないけど。いま、あなた、何が間違いかそうでないかって言ったわね? 間違いと間違いでないことの境目が私にもわからないのよ。これまではいつも間違いばかりしてきたわ。それでもちゃんと間違いに順応して調整してきた。今では安全な道だけ行こうと考えるようになっていて、引っ越すのは安全じゃない気がするの。誰がどう見ても奇妙だと思うことに首を突っ込んでいるみたいで。二人で支え合っていけないいんじゃないか、関係が破綻して終わるんじゃないか、あとは私に何も残らないんじゃないかって、不安ばかりが先にくるのよ」

そう言いながらイレインは人工甘味料の小袋を陶器の器に入れ直している。「新しいミューズができても彼はもうセックスはしないのよ。今朝もね、私に告げ口する子がいて……、ああ、聞かなかったことにして。大したことじゃないから、ただの卑猥な話」

「聞きたいわ」

「だめだめ、大きな声では言えないことよ。気分が悪くなる。いいから忘れて。最近はハドソン川上流にある彼の別荘によく行くの。彼はそこではいつもとは違うのよ。優しいの。蝶々やワイルドフラワーが彼の気持ちをほぐしてくれるのね。そのうち、トルストイみたいなベルト付きシャツを着るようになるんじゃないかと期待してるの。私が退団したら結婚しようとも言ってくれている。多分、彼は、年取った女王様みたいな気分ではいたくないと思っているだけなのかもしれないけどね」

「やだ、あなた、彼と結婚したいの?」

「彼以外の人とはしたくないもの。気持ち的には半分半分ね。それに子供は欲しくない。体の線が崩れるもの」

ジョアンがカーディガンで身を包み直す。「冗談でしょ」

「少なくともおっぱいは大きくなるでしょ。ジェイコブは欲しがっているの?」

「大きいおっぱいを? それとも子供を? おっぱいはどうでもいいみたいだけど、そうね、子供は欲しがってる。努力はしているんだけど、いまのところはまだなのよ」

「どのくらい頑張ってるの?」

「一年半よ」

「あなたも次の子供が欲しいの?」

ジェイコブは不妊症専門医のところに行きたがっている。念のためだ、と言うのだ。ジョアンに行くつもりはない。なるがままに任せようと彼を諭している。知りたくないのだ。もうひとり子供を産む重荷からは免れているが、妊娠の兆候がない悲しみは思っていたよりも大きい。「子供は欲しいけど、欲しくないとも思う。どちらでもいいのよ」

イレインがジョアンを注視している。その目は昔よりもさらに洞察力が増している。すべてお見通しといった感があるが、そこには、敵の反乱を何度も切り抜け、さらなる謀反も察知している独裁者の疲弊も浮かんでいる。「アースランとルドミラが別れたって知ってた?」イレインが話しかける。

「いいえ」ジョアンは座り直す。苦々しい満足感と奇妙な失望感が彼女を襲う。「それにしてもずいぶんと長持ちしたものね」

「一緒にいたのは数年ぐらいだと思うわ」

ジョアンはもう一本煙草に火をつけ、イレインに箱ごと渡す。二人はお互いに煙が行かないように体をずらす。「あなたが彼に恋したのはいつだったの？」イレインが訊ねる。

「アースランに？」

「ジェイコブよ」

「彼と出会ったのは村の広場で、二人で村人たちの前で派手に踊ったのよ」ジョアンはイレインに受けるかと思って『ジゼル』を引き合いに出してジョークを言ったのだが、先方は笑いもしないで次の言葉を待っている。ジョアンは顔を背けて話し続ける。「少しずつよ。平凡なことの積み重ね」

「ロマンチックね」

ジョアンの顔がこわばる。「ある意味、そうね」

「いずれにしてもロマンスとは関係ないわ」イレインが煙を吐く。「私の場合はね。私は共同作業が好きなの。それはそうと、ＰＢＳ（アメリカ政府の助成金や企業の寄付などで運営され、良質の教養番組を提供している公共テレビ局の全国組織）が放送したアースランの特集番組は見た？『ルサコフと仲間たち』とかいうタイトルだったかしら？」

「最初の方だけ見たわ」イレインがアースランのことばかり話題にするのに閉口し、そんなことで苛立っている自分に腹を立てながらジョアンは応える。気が置けない仲にはなれないが、ジョアンの過去になど関心をもたない隣人のサンディの方が良く思えてくる。「悪趣味だったわね。あのシルクハット。あの人、バレエ団に戻ってくると思う？」

「ないと思うわ。ヨーロッパで幸せにやってると聞いているし。あちらの連中は彼にお金をつぎ込んでいるわよ。彼のような風変わりなバレエを作れる人がいないから。ミラノで一度観たのよ。舞台には彼と、巨大な赤いゴムボール、それと白いランプだけ。それがすごくすてきだったのよ」イレインが空を見上げ

る。「外は暑いわね」

「二月に来ればよかったのに」

「そしたら何かいいことでもあるの？」ちょっと間をおいてからイレインが訊く。背中を真っ直ぐ立て、どこかの国の陰気な皇太后みたいに肘掛けに腕を直角に置いている。「一体ここでは何の楽しみがあるの？」

「別段何もないわ」イレインとの友情は終わりかけている、二人の関係が急速に良い方向に進展することはあり得ない、と考えながら物悲しい気分でジョアンが微笑む。「わたしも退屈してるの」

「そんなことないでしょ」確信はないけどイレインはそう言ってみる。

「退屈よ」

「ハリーがいるじゃないの。ハリーには退屈しないでしょ」

ジョアンは煙草をもみ消しながら軽く笑って見せる。彼女はハリーを製作した。イレインは彼のような子供を持つことはできないだろう。「まだ小さい子供よ」

「でも、もしかしたらダンサーになるかもしれないじゃないの」

「もしかしたらね」ジョアンはおざなりに応える。「誰にもわからないわ。ならなくたっていいんだし」

「やらせてもみないで、それでいいの？」

「いいのよ」

「いいわけないわ。他に楽しみなんかないでしょうが」

それぞれ話したいことは山ほどある。でもお互い、自分たちのことは説明しようにもしきれないし、そんなこと疲れるだけだし、イレインはリハーサルに戻らなければならない。ジョアンはハリーを学校に迎

えに行かなければならない。

「メルド（Merde）」別れ際に二人はフランス語で糞くらえ、と挨拶をする。コール・ド・バレエのダンサーたちが舞台に出ていく直前に互いを励まし合うときの言葉だ。

Ⅱ

1973年2月――パリ

パリ・オペラ座ガルニエ宮の、三階の薄暗いロージュ（ボックス席）で跪き、ジョアンは真紅のベルベットの手摺越しに舞台を見下ろしている。周囲には今にも壊れそうな椅子が六脚畳んで置かれて、ひっくり返したりすると音を立てるので細心の注意を払っている。客席の照明は落ちているが、舞台は明るいので、プロセニアム（観客席と舞台を区切る額縁型の壁面）周辺や夥しい数の箱のあいだに積み上げ置かれている金色塗装された漆喰製の舞台道具――平和の女神たち、らっぱを吹く天使たち、竪琴、花輪、花束、オークの葉、仮面、コリント式の柱など――が黄金洞窟のごつごつした壁みたいな濃い影を作り、シャガールが丸天井に描いた裸の天使や、官能的なバレリーナ、山羊、鶏、恋人たち、青いエッフェル塔、赤く滲んだガルニエ宮にまで届きそうに見える。丸天井の中央からは点灯されていない巨大なシャンデリアがぶら下がっている。金メッキの金属とガラスで作られた巨大なアザミの花が、無味乾燥で陰鬱な薄闇に向かって逆さ吊りになっている。

待機しているキーロフ・バレエ団のオーケストラがピットで楽器の手慣らしをしている。舞台左手の袖に入ったところに、灰色の分厚いセーターに白タイツ、ダークグリーンの厚手のレッグウォーマーを太股まで引き上げて履いている若いダンサーが立っている。彼は何かと関係者のあいだで物議を醸しているスターダンサーだ。角度からして、ジョアンの位置は理想的とは言えない――目線のほぼ真下にそのスターが来ているのだ――しかし見たところ、彼の体つきがあまりにも華奢で少年のようなので、強い印象は受

けない。黒いレオタードに白い練習用チュチュを着けてうろついているコール・ド・バレエの女の子たちのほとんどは彼よりも背が高い。でも、パートナーのバレリーナは小柄で、妖精のように愛らしい。彼女はいま、彼から顔を背け、白い長煙管（ぎせる）で煙草を吸いながら、ぼんやりとした風情で煙の輪を吹き出している。頭には柄物のスカーフを巻いている。ルサコフがするっと一回転ピルエットをして、彼女の指から剝がすようにして煙管を取り上げ、自分が煙草をふかしながらしかめ面をしてスキップで後ろに下がってみせる。相手は誘いには乗らず、無表情な顔で彼を見つめると、ピボットで踵（くびす）を返して袖に入ってしまう。ルサコフは自分の仕掛けた遊びにすぐに飽きて、煙草を煙管ごとコール・ドのダンサーの手に押し付ける。びっくりしたダンサーは煙管をそばにいた同僚に渡したので、渡されたそのダンサーは元々の持ち主を追いかけて袖のなかに走っていく。

リハーサルの見学は禁止されているが、バレエマスターの注意を理解していなかった、とでも言い訳しようとジョアンは考え、安全を期して、裏口からそっと入り、薄暗い舞台裏の通路、そして階段通路を抜け、上へ上へのぼり、三階のこのロージュに忍び込んだ。黴臭いが、おしゃべりで群れるのが好きなパリジェンヌたちがいないのでここは静かだ。バルコニーからは莫大な量の青銅と大理石を使って作られた大階段が見渡せる。曲線を描く壁面には、ロージュへの入り口になっている、彫刻がほどこされた丸窓付きの扉がずらっと並んでいる。ジョアンは事前に案内係の鍵を盗み出していて、それを使って2番の扉を開けたのだ。

何らかの合図があったのだろう、コール・ドのダンサーたちが舞台から素早く消え、オーケストラが演奏体勢に入る。指揮者がバトンを振り下ろす。数小節おいて、ルサコフが袖から飛び出してくる。レッグウォーマーとセーターは脱いで、タイツとTシャツだけなので、完璧なプロポーションをした体の筋肉が

美しく浮き上がって見える。長いとは言えない脚が長く見える。お尻が盛り上がり、高い位置にあるからだ。噂によると、キーロフ・バレエ団はルサコフが小柄なのでロマンチックバレエの作品では主役を与えず、『海賊』の奴隷アリや『眠れる森の美女』のブルーバード、あるいは『ラ・バヤデール』のゴールデンアイドルなどにキャスティングしているという。それでもルサコフには存在感があり、雄々しく、大胆不敵に踊るのだ。キリッと尖ったアーチを描く眉と漆黒の瞳が、傲慢に見える表情で観客のいない劇場を見すえている。ここで踊り始めたころ、前部が後部より低くなっているこの舞台にジョアンは悩まされたものだ。ピルエットのとき、どうしてもオーケストラピットのほうに寄ってしまうので、前列のダンサーとぶつかってしまうことがある。しかしロシアの舞台もスロープ型なので、ルサコフは違和感なく踊っている。体幹をしっかり保ち、ブリゼ・ボレ（両脚5番から後ろ足を前に滑り出しながら軸足で踏み切り、前に出した足の後ろに軸足を打ち付けたら素早く足を交差させて動脚のつま先を軸足の後ろ足首に付ける動き）を左右に連続でしながら舞台前方に向かってくる。タタール人の彼はロシア人っぽく見えるように髪をブリーチしているという噂だ。羽のように軽いモップみたいなブロンドの髪と、オリーブ色の肌、絶えず動いている黒い瞳のコントラストが際立っている。

振付は古風だが、飛び上がった空中の高い位置で完璧なクッペ・ジュテ・アン・トゥールナン（動脚のつま先を軸足首に付けてプリエした状態から踏み切って両脚を開脚ジャンプしながら旋回する一連の動き）をしながら舞台を大きく周回（マネージュ）するルサコフのテクニックは時代を越えて純粋に美しい。動きは敏捷だが性急ではなく、これ見よがしの大袈裟な身振りもプレパレーション（動きだす前の準備のポーズ）もせずに、難しい、並外れた動きをいとも簡単そうに、自然に、信じがたいほどの明確さで踊りこなしている。しかしジョアンがこの真紅のベルベットの席で泣きたくなるほど感動しているのは、ルサコフの踊りの美しさにではなく、劇場全体を満たしている、現実とは思えない彼の踊りの完璧性に対してなのだ。五歳の誕生日を迎える前から踊っているジョアンがずっと追い求めていたのは、彼から発散されて

いるこの完璧性、これこそが自分が無力な体から絞り出そうとしていたものだったのだ。呆然自失の体（てい）で、ジョアンは手摺から身を乗り出し、もっと彼に近づきたい欲求に駆られている。「Etonnez-moi」ディアギレフはバレエ・リュスのダンサーたちにそう要求した。僕をびっくりさせてよ、と。

ルサコフが最後のジャンプで舞台袖に入ると音楽が止み、静寂が訪れる。誰かがロシア語で叫んでいる。芸術監督だ。座席から飛び上がり、大声で怒鳴りながら通路を走って行く。ルサコフが出てきて、キョトンとした顔をしている。芸監のお説教に耳を傾けてはいるが、うなずきもせず、ただじっと自分のバレエシューズを見下ろしている。と思いきや、もう一人の男性がまだ踊っているというのに、舞台の後方に怒った足取りで歩いて行き、憤怒の唸り声を発しながら音楽なしで、ジョアンがこれまで見たこともないスピードのシェネで前方に下ってくる。ひとつひとつの動きが確固たる正確さで次のステップを刻んでいる。そして、オーケストラピットに飛び込んでしまうのではと思った瞬間、ピタッと動きを止めてアラベスク（片脚を後ろに上げて片脚で立つポーズ）で静止する。その姿は非の打ち所がない彫像のようだ。それから彼は舞台に唾を吐き、袖のほうに歩いていく。さっきよりも重苦しい沈黙が舞台に漂っている。ジョアンはシャガールの天井画の天使たちを見上げる。厚くて柔らかそうな翼はペンギンのそれのようで、飛翔するための道具というより鰭（ひれ）みたいだ。立ち上がるとき、周りの椅子にぶつかり、ガタガタと音を立ててしまうが、聞こえてしまったかと気にもせず、振り返りもしない。

ボックス席後部のカーテンの奥には、深紅色のダマスク織の壁に囲まれた控室があり、コート掛けや、下に木製の棚が付いた姿見、真紅のベルベット製の小さなカウチが置かれている。暗がりのなか、ジョアンはこのカウチに座り、両手で顔を擦りながらすすり泣いている。サンフランシスコで二年踊ったあと、スイスの新設コンクールに出場するためヨーロッパに来たら、パリ・オペラ座の芸術監督の目に留まり、

バレエ団のランクとしては最下位の群舞ダンサー、カドリーユとしてなら採用できると誘われた。君が気に入った、と芸術監督は言ってくれた。君のすべてではないが、君の何かが僕を惹きつける。入団するなら、もっとうまくなるようにしてあげる、とも約束してくれた。それでパリに移住し、団員で、すごく無愛想で話しかけてもくれないダンサーのモンマルトルにあるアパルトマンの一室を借りた。血の滲んだ絆創膏や胼胝だらけの足を指でなぞるのが好きなバイオリニストと短期間の恋愛をした。その後、パリオペではスジェと呼ばれるソリストの男性と比較的長い、気ままな関係を結んだ。このときに何とかやっていけるだけのフランス語をものにした。いまやジョアンは毎朝、オペラ座に出かけ、劇場とオペラ座の緑のドームの間に挟まっている泡のように見える巨大な円形スタジオでクラスレッスンを受けている。レッスンの説明はおおかたフランス語のステップの名称や八拍子のカウント、手拍子、調子音――バム　ババ、バム　ババ――でなされるが、ジョアンが理解できない早口の込み入った指示になると、comme ça（こうです）, comme ça（こうです） と言いながら教師が直に手本を見せてくれるので、ひたすらそれを真似することになる。うまくできると、voilà（ほら）, simple（簡単ですね）, voilà（そう）, c'est tout（そういうこと） と褒められる。うまくできないと、教師はしかめ面になり、顔を引きつらせ、諦めて苦笑いを浮かべ、引き下がってしまう。

　ジョアンにとって、パリは**何か**を待ち続けている街だ。光や水や石、あちこちに植えられた趣味のよい草木など、そういった優雅なものたちは、高級住宅、暴走するルノーの車、ここかしこに付着している犬の糞ではない**何か**を待っている。パリは、誰のものでもない贈り物みたいだ。その美しさはためらいに満ちている。ジョアンは街の通りや橋や土手を歩き、チュイルリー公園の座り心地の悪い緑色の金属製の椅子に腰を掛け、観光船でセーヌ川を下り、エッフェル塔の最上階まで上り、夥しい数の絵画を丹念に鑑賞し、大勢の男たちから流し目を送られキスをされ、いくつもの教会を訪れ、凍えるほどの寒さに震えなが

ら身廊の灯りの下に立ち尽くし、高価すぎるスカーフを買ってみたり、地下墓地に整然と積み重ねられている頭蓋骨をこっそり叩いてみたり、ジャズを聴いたり、ワインを飲んで酔っ払ってみたり、スクーターの後席に乗せてもらったり、パリでやっておかなくてはならないと思えることは一通り体験したが、それでもまだ何か、まだ果たしていない目的、待ち望まれているものがあるように感じていた。

でもいまジョアンは暗がりのなか、その昔、着飾ったパリの淑女たちが詮索好きなオペラの観客たちの目を逃れて休息していたであろう真紅のベルベットの椅子に座り、予想もしていなかった重要な瞬間の極みにいる。本人は気付いていないが、彼女のこれまでの人生は、この刹那に集約され注ぎ込まれていたのだ。何かを待っていたのはこの街ではなかった。ジョアンが待っていたのだ。アースランのことを。この時点ですでにジョアンは心のなかで彼をファーストネームで呼んでいた。パリの美しさがためらいに満ちているとすれば、アースランの踊りは怖いほどの美に満ちていると言える。それはジョアンの心をかき乱す。恐怖で喉元を強く絞められる。この男、この未知の男によって、自分が生きているのを実感させられていること自体が恐ろしい。彼がするっと逃げてしまうのが怖い。ここ数ヵ月間感じていたこと――日常化している孤独、言葉の不自由さへの苛立ち、付きまとう不安、踊る機会を与えられたことへの感謝の念――これらすべてが消え去り、粗暴な欲望に取って代わる。ジョアンは部屋に帰り、明日もクラスに出なければならない、明後日も、そして明明後日も。だがこの欲望は無視するには強すぎる。自分はこの欲望が叶えられるのを見届けなければならない。

ジョアンはロージュの扉をそっと開け、後ろ手に閉める。大階段にも誰もいない。オーケストラが再び演奏を始めるが、その音は徐々に遠ざかり聞こえなくなる。後ろの階段室へのドアは開けっ放しにして、オペラ座の舞台係に遭遇しないよう、キーロフ・バレエ団が警備員たちを配置していそうな場所は避ける

よう頭を働かせながら、ガルニエ宮の入り組んだ内部を進んでいく。作業員用の狭い通路沿いに背景幕が巨大な刀のようにひっそりと垂れ下がっているフライタワー（背景、大道具、照明器具、幕、装置などを操作・収納するために設けられている舞台上部の背の高い空間スペース）を抜け、階段吹き抜けを通過して上がって行き、ある地点からはひたすら下へ下へと降りて行く。アースランは最上ランクの楽屋にはいないだろう――二番目をあてがわれているに違いない。そこにたどり着くには劇場の端から端まで横切らなければならない。それには地下を利用して、密かに事を遂行しなければならない。バレエ団で孤独を味わっていたジョアンは、オペラ座の内部構造に詳しくなっていた。リハーサルの休憩時間になると、他の団員たちは誘い合ってエスプレッソを飲みに行ったり、竪琴を掲げている古色蒼然とした緑青のアポロ像が建っている、街を見渡せる屋上まで行って煙草を吸ったりするのだが、ジョアンはいつも廊下や階段を歩き回り、人目に付かずに座って本が読める場所を探す。鍵がかかったドアもあるが、ほとんどかかっていない。守衛が怠けているのだ。

　モルグのような地下は暗いが、スイッチが見つかる。侘しい感じの蛍光灯が、石でできたアーチ型の天井や床に積まれた雑多な舞台道具を照らし出す。壊れやすいものを収納する飾り気のない黒いケースが、中身はわからないが――多分、照明道具だろう――整然と積み重ねられ置いてあり、かたや小道具などは剥き出しで雑然と支離滅裂に散乱している。発泡スチロール製の巨大な岩、テーブルや椅子、柔らかいベルベットでできた雄鹿の着ぐるみ、作り物の果物が入った木箱、解体された天蓋付きベッド、精巧に作られた墓石、玉座、刀剣、王笏（おうしゃく）、ギロチン、四輪馬車、マスケット銃、天使の羽、ロバの頭、樹木、ゴム製の巨大な蛇、コリント式の柱、その他、雑多な小道具の山にはプラスチック製のシートや、パリでガス灯が使われていた時代の古いキャンバス地の防水シートが被せられている。ジョアンは急いで歩いて行く。立ち止まったのは楕円形の鏡の覆いを捲って自分の姿を確認したときだけだ。紅潮した顔、薄くて細い髪、

ぎらぎらして大きく見開かれた目、季節外れの薄地の花柄ワンピースはパリジェンヌ好みのウエストが絞られたものだ。ジョアンは気持ちを引き締める。わたしは優美でミステリアスな女よ、と自分に言い聞かせる。『ラ・シルフィード』に登場する、窓に映る妖精のように自然に現れるのよ。スカートのなかに手を入れ、邪魔なパンティを脱ぎ、木製の墓石が積まれた横に立っている高さ一メートルほどの埃だらけの黒い大きな壺のなかに落とし入れる。

アースランの名前はドアに貼られたテープに記されている。汗でびしょ濡れのTシャツを脱いで丸めて手にした彼が部屋に入って来ると、そこにジョアンが待ち構えている。アースランは立ち止まり、振り返って廊下の左右に目をやり、それからドアを閉め、しばらく彼女を観察するように見つめている。それから頬に手を触れ、「Trés belle（とても美しい）」と言い、ジョアンの頬を伝う涙を指先で拭い、彼女に見せながら訊く。

「Mais pourquoi triste?（でも、なぜ泣いているの）」

ジョアンは応える。「Je ne suis pas triste. Je suis trés heureuse parce que je suis avec le meilleur danseur du monde」泣いてなんかいないわ。世界一のダンサーと一緒に居られて幸せなんですもの、と。

自分の楽屋で見知らぬ女の子が拙いフランス語で、あなたは世界一のダンサー、と褒めてくれても彼は嬉しがったり驚いたりしていない。彼女がどうやってキーロフ・バレエ団の警備を掻い潜って来たかなどと問題にしている風でもないし、この女の子をどうしたらいいのかと困惑もしていない。大抵の場合、ジョアンの恋愛はおどおどと、あるいはやる気のない感じで始まる。すぐにベッドインするわけではなく、方向の定まらない蛾が飛んでいるみたいにふらふらしている。だが、いま彼女はアースランの湿ったタイツを乱暴に脱がせようとしている。まるで動物の皮を剝ぐようなやり方だ。床に横たわった彼は、彼女がワンピースの下にパンティを穿いていないと知ると——別段驚くこともなく、むしろ面白がって——彼女

を見つめて黒い瞳を瞬かせている。その眼差しは、さきほどの、観客のいない会場の舞台に立ち、何を要求するでもなく、横柄な態度で一点を凝視してターンを始め、素早く頭を戻してスポットを付けていた、あの表情を思わせる。

　この見知らぬロシア人の男に抱きつき、汗の匂いを嗅ぎながら、自分のなかに妙によそよそしいピストン運動を感じながら、彼が舞台で見せる恐れを知らない美をいくらかでも分けてもらいたいとジョアンは考えている。この人の完璧なテクニックを少しでも分けてもらいたい。爆弾の破裂を堪えているかのように、アースランがジョアンの首筋に顔を埋める。体が圧し掛かり、胸と胸が重なり、脚で内股を押し広げられているというのに、なぜか彼がそこにいないような感じがする。

　ジョアンは両手で彼の顔を持ち上げ、自分のほうに向ける。ジョアンはまだイッテないのだ。手で押さえなくても互いの顔が接近するように彼女は首を伸ばし、「Regarde-moi（私を見て）」と囁く。「Tu m'étonnes（あなたにはびっくりしたわ）」とも。彼が顔を背けようとしているのに、離さずに「Regarde-moi（私を見て）」と繰り返す。

　彼の黒い瞳に何か微かな動揺が走り、言われるままに彼女を見る。この人はわたしを見ている、見てくれているのだわ。両手を離しても、彼は自分がイクまで彼女を見続け、それから目を閉じる。

　部屋を出る前に、ジョアンは名前と、バージニア州の母親の住所をアイライナーで紙切れに書く。彼が連絡してくるとはこれっぽちも期待していない。

1974年3月――ニューヨークシティ

郵便受けの鍵を持っているので、ジョアン宛てに手紙が来ているのを一足先に知るのはイレインだ。ジェイコブからの普通の白い封筒やジョアンの母親からのそっけない絵ハガキに交じっていると、問題の封書は異国からの侵入者を思わせる。分厚くて変型サイズ、切手はヨーロッパのもの、その都度筆跡の違う見慣れない飾り文字で受取人名と住所が書かれている。イレインはいつも手紙をキッチンのテーブルの上に置く。ジョアンは何も言わずにそれを手に取り、インド木綿のカーテンをさっと引き、自分のベッドに籠る。封を開け、便箋をかさかさと取り出す音がして、あとは物音ひとつ聞こえない。

外国から来る手紙についてジョアンは何も語らず、イレインも敢えて訊こうとしないし、別にそんなものに関心はないが、自分の知らないことが、それも自分のアパートのなかで横行しているのは気に入らない。手紙を巡る沈黙にイレインは日に日に苛立ちを覚え、とうとう今夜、ジョアンが外出しているときにカーテンをたくし上げ、彼女のベッドに腰を下ろす。こういう狭い空間はわくわくする――子供が遊びで作る秘密の砦みたいだし、居心地がいい。カーテンを通して灯りが差し込んでいる。アパートの他の空間は遥か彼方に消滅してしまったように感じられる。手紙の隠し場所に適しているところはそんなにはない。イレインは、問題の手紙の束がトウシューズの古いピンクのリボンで括られ、未開封のも交じっているジェイコブからの何通もの手紙の上にきちんと重ねられて、ベッドの下の箱のなかに入っているのをいとも簡単に見つけてしまう。リボンを解き、一通々々封筒から中身を出し、ベッドの上にきちんと列をなして

並べていく。フランス語で書かれているので読めないが、差出人の署名はどれも同じ、アースランになっている。手紙によっては、リヨンやチューリッヒ、ロンドン、あるいはミュンヘンの人たちが書いたメモ付きで転送されており、まるで手紙の密輸シンジケートが形成されているみたいだ。アースランからの手紙について他言してはならない、とメモには記されている。秘密を守るように。状況は極めて厳しいのです、とも。

イレインは胸を打たれてしまう。ヴァルナ国際バレエコンクールで金賞を獲って以来、バレエ界の寵児となったアースラン・ルサコフがジョアンに手紙を書き続け、その事実をジョアンは秘密にしているのだ。ドキュメンタリー・テレビ番組「シクスティーミニッツ」はヴァルナで彼が『海賊』の奴隷アリのヴァリエーションを踊っている動画の抜粋を紹介していた。バレエ団の誰もが、彼は亡命する、しない、チャンスを摑むか否かと賭けをしている。アメリカのダンサーたちは、アースランが自分たちに属する者、敵の陣営に捕らえられている仲間であるかのように話している。その点、イレインは懐疑的だった。この男は赤軍を崇めるバレエ作品でだけ踊りたがっている共産党員かもしれないではないか。でもそう疑っていたのは、これらの手紙を見つける前のことだ。明らかに、アースランに何かが起ころうとしている。それにしても彼はジョアンにいったい何を求めているのだろう？　それがわかるかもしれないと、フランス語の傾斜文字をつらつら眺めてみる。danse という単語が何度も出てくる。サインの上にはいつも bisous と書かれている。キスの意味だ。アースラン・ルサコフはダンスについて何を言わんとしているのか、彼とジョアンはどこかで会ったことがあるのか、なぜ彼はジョアンをペンパルに選んだのか、と疑問が湧き起こる。この文通は不公平だ。イレインのほうが遥かに優れたダンサーなのだから。ダンスについてならイレインのほうがよく知っている。ジョアンは自分がイレインと同じくらい踊りに打ち込んでいると思って

いるかもしれないが、上達の見込みはない。才能という点で考えただけでも限界がある。

ジョアンとアースランが会ったのなら、それはパリに違いない。ジョアンはパリ・オペラ座バレエ団にいた頃の話をあまりしない。それなのにパリオペのダンサーたちが好んで着るぶかぶかの黒いオーバーオールを、プライドのためか、ただの習慣なのかわからないが、いまだに愛用している。パリでの一年間、ジョアンには大した事は起こらなかったのだろう、とイレインはアースランの手紙を見るまでは軽く考えていた。クラスレッスン、リハーサル、本番の繰り返しは最初のうちは新鮮に感じられても、異国の言葉に悪戦苦闘し、巨大なオペラ座に戸惑い、不愛想な団員たちに辟易しているうちに寂しさに襲われるようになり、すべてに慣れてくると、毎日がきつくて単調な仕事の繰り返しになる。ジョアンがこれまでに成し遂げたことといえば、ミスターKのオーディションを受けてバレエ団に居場所を得て、ニューヨークに戻る航空券も手に入れたことぐらいだ。男性関係でジョアンが口にするのは、足フェチのバイオリニストのこと、モンマルトルの彼女のルームメイトを振ったことがある——と後でわかった——パリオペのスジエとのことだけだ。そのルームメイトというのは陰気で、無口で、ドアを乱暴に開け閉めするモンスター女で、ジョアンが件(くだん)のスジェと付き合っていることを知るや、風呂場の鏡に口紅でPutain!(売春婦)と書き殴ったという。Putain! 共同生活をし始めた頃、ジョアンがデートに出かけて戻ってこなかったとき、イレインは洗面所の鏡にそう書いたことがある。ある意味、そのジョークは賭けだった。ジョアンが冗談の通じるタイプなのかまだわからなかったからだ。ところが朝帰りをしたジョアンは、非難がましいその単語の前に「**イレインは**」と付け足したので、以来二人はそうやって鏡に口紅で悪口や卑猥な言葉を書くようになった。洗面所の鏡は、スタジオの大鏡に比べれば重要じゃないし、ぼてっとした太い線で赤く書き殴って鏡を汚して悪ふざけするのは痛快だ。その代わり、朝の化粧のとき顔全体が映らないので、鏡面のきれい

な部分を使って、唇、目、などとパーツごとにメイクをする羽目になる。

もう八時過ぎだが、ミスターＫはまだ劇場にいるのだろう。イレインは手紙を一通ハンドバッグに入れ、残りの手紙は注意深く箱に戻し、コートを肩に掛け、外出する。

この界隈はそう怖くはない。ただ夜になって店先に鉄格子が降り、歩道にゴミ袋が積まれる時間帯以降はちょっと物騒になる。だからイレインはいつも急ぎ足で歩くことにしている。スピードを魔除けとして、ひったくりに遭わないようにするのだ。中間層の住む区域で、環境的にざわついている。アップタウンの方向に数ブロック行くと、もっと酷くなる。高齢者や浮浪者のための居住用ワンルームホテルや古びたアパートは、難民収容施設や質屋、ヘロイン中毒者用クリニックになったり、廃墟ビルと化し、周囲を板で囲われて、そこに蔦が這うみたいに落書きがどんどん増殖している。反対にダウンタウンに向かって数ブロック行くと、広々とした手入れの行き届いた広場に、光り輝く四角い建物、すなわち劇場が見えてくる。その広場に面して、もう二棟、光り輝く四角い箱状の建物があるが、それがオペラ団と交響楽団用になっている。この三棟の建物は、国家の盟主たちが肖像画のためにポーズを取っているかのように、人々を受け入れる寛容な折り目正しい親しみをもって建ち並んでいる。バレエ団の事務局とレッスンスタジオは通りの向こうの、控えめな佇まいの建物のなかにある。建物の前を通りかかる人が窓を見上げると、音楽は聞こえないが、広い空を映す窓の向こうでレッスンにいそしむダンサーたちの姿が見えるかもしれない。

イレインはミスターＫを探しながら暗い廊下を歩き回り、ようやく彼がプリンシパルダンサーのクラリッサとリハーサルルームにいるのを見つける。ドアの細い窓から二人を覗き込む。ミスターＫは振付の最中だ。今日の服装はグレイの三つ揃いのスーツに、オープンカラーの格子模様のシャツ。胸ポケットに青い絹のハンカチーフを差している。一方の爪先で前に踏み込みながら腕を伸ばし、次に後ろに体を戻し、

振付のあいだ彼はずっと喋り続けている。クラリッサはうなずきながら彼を見つめている。ミスターKはその場から移動し、鏡に寄りかかり、両手を一度パーンと打つ。クラリッサはその合図でプレパレーションに入り、複雑なコンビネーション(踊りの動きの組み合わせ)をやって見せる。腕を伸ばしながら前に踏み込んでから後ろに戻る先ほどの動きを、一連の振付の中ほどで抑えた感じで踊っている。こういうことがミスターKの求めているものを表現し、彼を理解していることの鍵となるのだ。ミスターKはクラリッサを気に入り、このところ彼女に注目している。クラスレッスンでもよく直しをしてあげ、名前で呼んでいる。バーレッスンで彼が横に立つ度に、クラリッサは彼の足もとに跪いて、どうぞ私のなかにあなたのバレエ、あなたの理想像を注ぎ込んでください、と言わんばかりの表情になる。イレインは廊下の床に座り、待つことにする。手紙についてどう説明しようかと考えてみるが、まずはミスターKにあの手紙の束を見せることが先決だ。これは重要なことで、バレエについてのことだから彼には知る権利がある。しばらくして、多分一時間ぐらい経ってから、クラリッサが肩にタオルを掛けて出てくる。イレインを見て飛び上がるが、気を取り直し落ち着いて、ドアを彼女のために抑えながらお茶目に瞳をぐるりと回す。イレインはそんなクラリッサには目もくれず、さっと中に入る。ミスターKは小型グランドピアノに向かっている。何ごとか考えながら天井を見つめ、数小節を弾き始める。足音に気付き――イレインは外履きのままだ――眉をひそめ、両手を膝に置く。

「何ですか?」

「お邪魔して申し訳ありません」イレインが言う。「でも、ぜひお見せしなければならないものがあるのです」

「ぼくに見せるもの?」そう言いながら彼は一本の指で中央のCのキーを押す。「ねえ、きみがぼくに見

せるものとは何ですか？」

イレインはハンドバッグから折りたたんだ便箋を取り出す。「手紙を見つけたんです、ジョアンとアースラン・ルサコフがやり取りしている何通もの手紙です。フランス語が読めないので何が書かれているのかわかりませんが、先生は知るべきだと思いまして」

ミスターKは口をすぼめ、短い音階を弾いてから口を開く。「何てことを、ねえ、きみ、近くに寄りなさい。大きな声を出してはいけませんよ」

イレインはミスターKの近くに行き、手紙を差し出しながら、これから独唱をする歌手のようにピアノの横に立つ。すぐに手紙を手に取ると思っていたが、ミスターKはピアノを弾き続け、何を見るでもなく、即興でスローなメロディーを練り上げている。イレインがそこにいることや自分の指の動きなどは念頭にないようだ。しばらくして弾くのを止め、両手を再び膝に置き、彼女に全神経を注ぐ。「さあ、イレイン、それでぼくに何をして欲しいのですか？　手紙を読めとでも？　可哀想な小さなジョアンとぼくの知らない男についてスパイをしろとでも？　ただのラブレターかもしれませんよ」

「違います、手紙は**ダンス**についてなんです。ダンスという言葉が何度も出てきます」イレインは手紙を開き、譜面台に置き、見てくださいとでも言うように指で叩く。「ダンスという単語が何回も何回も書かれているのです」

ミスターKが手紙をちらっと見る。「そうですね」

「何と書いてあるのですか？」

「きみは詮索し過ぎですよ。これは、きみの推測どおり、ダンスについてです。ダンスについての自分の考えを可愛いジョアンに語っているのです」彼はもう一度ちらっと手紙に目をやる。「この若者はずいぶ

んと大きな野望を持っていますね」

「だからです……先生にこれをお持ちしたのは。彼が亡命したがっているのだとしたら？　もしかして――」

ミスターKが片手を上げる。「なるほど。もしかして、なのですね？　それでぼくにジョアンの振りをして彼に手紙を書いて亡命をするよう説得しろとでもいうのですか？　マシンガンを持ってパラシュートでレニングラードに降り立ち、彼を連れ出せとでも？　それとも、彼を連れ出すためにあの国に侵攻してくださいと米国大統領に手紙を書けというのですか？　いいえ、だめです、アースラン・ルサコフがそうしたいのなら、本人が自分でやるべきです。もちろん喜んで彼をこのバレエ団で受け入れますよ。どうやら素晴らしいダンサーのようですからね。しかしぼくたちにはどうすることもできません。見ているしかありません。亡命というのは大変なことです。多くのものを置き去りにしてくるのです。自分は何も持っていないと思っていても、想像以上に失うものがあるのです。亡命する人間の近親者たちが苦痛を被ります。本人に代わって彼らが刑罰を受けることもあります。彼らを犠牲にすることを承知の上で行わなければなりません。亡命者は国賊なのです。イレイン、きみは祖国というものについて考えることはそうないでしょうが、祖国を捨て、二度と帰れないようになれば、考えるようになりますよ」

たしなめられて恥ずかしくなったが、それが却ってイレインを大胆にする。賭けにでるか、こっそり退散するか。「先生はどのように決断なさったのですか？」ミスターKに訊いてみる。「亡命しようと決めたのはいつだったのですか？」

ミスターKは厳しい表情になり、彼女の顔を見つめるが、すぐに笑みを浮かべ、体を横にずらすと、ピアノベンチの空いているところを手で軽く叩き、イレインが腰を下ろすと肩に腕を回して抱きしめる。二

人の顔が接近する。ミスターKは、昇進させるダンサーと必ず寝るという話を聞いていて、そのうちいつか自分も寝るだろうとイレインは思っているが、いまそうなったとしたら、急すぎて心の準備ができていない。彼の太股が彼女の太股を押している。着ているスーツの素材は高級で、鳩の羽のように光沢のある明るいグレイだ。ミスターKは男性とも寝ると聞いているが、お相手はいつもバレエ団以外の者だという。ダンサーたち、ゲイのダンサーさえも、そんなのは低俗だ、恥ずべき事だと話している——**秘密主義の自己嫌悪者**、カムフラージュのためにイレインには、ミスターKが彼自身の美学にそぐわないことをするとは思えない。彼は天才なのだから、自分自身を嫌悪しているとも思えない。同性とも寝るのなら、それも美意識を伴う行為に違いない。

「あれはモノの弾みでした」ミスターKが口を開く。「直感というやつです。何と言いましたっけ——ファイト？　フライト？　ぼくの場合はフライト、飛ぶことのほうがいいですね。とくにあの頃は、フライトすることは解放されることを意味していました。ファイト、闘いはもう嫌でした。おそらくぼくは自分自身、ロシアでずっと暮らすとは思っていなかったのでしょう。でもそれを自覚できたのは実行に移した、その瞬間だったのです。戦争末期、ぼくは軍隊に所属してベルリンにいました。そしてぼくは……ぼくは逃亡したのです。あの時代に亡命することは、いまの人たちよりもずっと簡単でした。混乱に乗じるチャンスが多かったのです。パリに行く手立てが見つかりました。戦争が終わってしばらくは、ぼくは怖いもの知らずでした。何も危険を感じませんでした。死んでしまったからです。そうやってぼくは生き延びたのです。たくさんの人々が故国に戻れませんでした。たまたま生きていたからといって、ぼくは戻るべきだったのだろうか？　二度と母に会うことはできなくなる、でも他のすべてと比べれば、そんなことがどうだというのか？　そのときはそんなふうに思えたのです。軍服は捨てました。新しい服を盗みました。

フランス語はもともと話せました。それがとても役立ちました」ミスターKはイレインの肩から腕を離し、ひとつ、そしてもうひとつと和音を鳴らす。手元をじっと見つめ、口をぐっと引き下げているので顎が首に食い込みそうになっている。時間が流れていく。イレインがそこにいることを忘れてしまったかのようだ。彼女は静かに座っている。

やおらミスターKはぽつりと呟く。「母はぼくにはフランス語で話していたのです」

何をどう言うべきか、イレインにはわからない。自分なんて大した人間じゃない。ジョアンの手紙だって大したことじゃない。ミスターKの人生は計り知れないほど深い。

「イレイン」ピアノを弾くのを止めて、唐突に、明るい声で、体を彼女のほうに振ってミスターKが言う。「ねえ、きみ、手伝ってください。クラリッサが帰ってしまったので、振付をすることができないのです」

イレインは恐れ戦く。こんなことになるとは思ってもいなかった。「ジーンズですが」

「だったら、適当なものを探してきなさい」

驚愕しつつも喜び勇んで、イレインは暗い廊下を急ぎ、自分のロッカーに向かう。これはテストだ。間違いない。ミスターKは、私をとんでもない目に遭わせようとしているのをわかっているのだろうか。イレインは汚れたタイツとレオタードに体を押し込め、髪をお団子にする。ロッカーの奥には、バレエシューズのなかに隠したコカインの小袋がある。粉を手の甲にちょっと取って吸い込むと、たちまち気分が高揚してくる。トウシューズを手に、軽く飛ぶように、全身にやる気満々の意志を漲らせてミスターKのところに舞い戻る。途中、ジゼルのアラベスクをしているクラリッサの額入りポスターの横を通る際に、中指を突き立ててファック・ユー！の仕草をする。イレインが鏡を背にトウシューズを履きながら同時にストレッチをしているあいだ、ミスターKはスタジオの真ん中でハミングしながら動き回り、体を小さく揺

らしては重心移動の仕方を試している。

「さあ、きみ」彼が声をかける。「ここに立って」

スタジオの真ん中に行き、イレインは鏡のなかの自分を見る。いつもと何ら変わらない。違うのは、ぱりっとしたスーツを着込んで、唇に指を一本当てたままのミスターKに調べられるように見つめられていることだ。彼はピボットで何度か旋回し、左、右と鏡に映る自分の動きを確認してから口を開く。「そう、あのクラリッサはとても可愛くていいのですが、きみはいま彼女のことは忘れてください」そして鏡に向かって立っているイレインの前に歩み出て視界を塞ぎ、両手で彼女の頬を挟む。「ダンスの創作を行うのは、このスタジオのなかです。鏡のなかでではありませんよ」

ミスターKの匂いがする。コロン、煙草、なんとなく酸っぱい息、髪のポマードの香り。ミスターKの瞳は薄いブルーで、虹彩の周りに黒い輪ができている。この黒い輪には初めて気付いた。こめかみと眉毛に白いものが混じっている。鼻孔が収縮しているのがわかる。キスしてください、とイレインは願う。私に息を吹き込んで、天使のように私に降臨して、と。しかしそんな願いには応えずミスターKが言う。「それから、他人のことを詮索してはいけません。見て見ぬ振りができなくても、もっと自分のことだけを考えなさい。約束してください。立ち入ってはいけません。ジョアンの手紙は元に戻し、忘れるのです」

彼女は約束する。

ミスターKはイレインを凝視し、うなずいて、彼女の頬から両手を離す。「オーケー。このように始めてください」そう言って軽く両爪先立ちになってから、タンデュをして見せる。「次はこうです」ターンしながら手でフロアを払うような仕草をする。「そしてプレパレーションから素早くシソンヌ・シャンジ

ユマン（5番ポジションからドゥミ・プリエをして両足で踏み切って跳び、片足で着地してから、すぐに両脚5番になり、両足で踏み切って跳び、後ろの足を前の5番にして両足で降りる）でワン、フェッテ（片足のつま先で立ち、もう一方の足を素早く蹴り出して行う回転）でツー、ピケ（片足をのばしたまま床に突き刺すように立つ）、アラベスク、シャッセ（5番ポジションからドゥミ・プリエをして前の足をプリエしたまま前方に滑らせ、体重を前の足のほうに乗せたら両膝を伸ばし、後ろにタンデュされている後ろ足を前の足の後ろに添わせるように5番に戻す）、ビッグアッサンブレ（片足で大きく踏み切って空中で5番になり、両足で同時に5番のポジションに下りる）、それからこうして、ホールド、それからシソンヌ・ウーベルト（両足で飛んで片足で着地し、後ろ脚は上げておく動き）、次は何か軽く、そうですね、ターン、ターン、ターン、そしてアチチュード（片脚で立ち、もう一方の脚は膝を直角に曲げて後方に上げるポーズ）に入って、はい、そうです、そういう感じ。どうですか？　わかりますね？」

言われたことがよく理解できるので、却ってイレインは躊躇してしまう。「はい、わかります」

ミスターKは移動してバーに寄りかかり、始めなさいと合図をする。彼女は黙々と踊り、二人のあいだに無言の会話が始まる。

「いいです」彼が言う。「次はこうです」

1975年1月――トロント

劇場の裏に停めた車のなかで待機しながら、ジョアンは通用口の緑色の金属ドアを見つめている。劇場の裏のコンクリートブロックの壁に取り付けられた照明灯の黄色い光に照らされて、ボクシ ータイプのスーツを着た禿げ頭の男が煙草を吸っている。早くして、とジョアンは祈っている――もうすぐこの計画に加わっている舞台係がその照明灯を消すと、ジョアンがヘッドライトを点滅させて、アースランにどこへ向かうべきかを知らせることになっているのだ。アースランのボディガードをしている禿げ頭のＫＧＢは敏捷ではなさそうだし、特に警戒を強めているようには見えないが、顔の表情からして冷徹そうだ。なぜこの男はオーバーも着ず、禿げ頭に帽子も被っていないのだろうと不思議に思いながら、ジョアンはこの男をかれこれ一時間も見つめている。トロントの冬を見くびって、ソビエトの男らしさを誇示するために防寒の用意をしてこなかったのか、あるいは当局の方針によって惨めな格好に見えるよう強制されているのかもしれない。このＫＧＢはカナダに対してどんな印象を抱いているのだろう？　よく整備された道路は交通量が多く、どの建物にも長方形のネオンがきっちり取り付けられ、建設工事のクレーンがそこかしこに見えるなあ、などと思っているのだろうか？　アースランが逃亡したら彼はどうするだろう？　意外に同情して見逃してくれるかもしれない、とジョアンは期待する。そんな風に思うなんて能天気すぎるが、それでもそう願いたい。とにかく都合よく運んで欲しい。

ＫＧＢは二頭筋を手で叩き、ドアから離れて前に七歩、戻って七歩と行ったり来たりし、まるで蒸気船

のように規則正しく煙草の煙を吐き出している。ジョアンは車内の煙を出そうとドアのクランクを回して二センチほど窓を下げる。凍てつく外気が流れ込んでくる。その日の朝、空港で会ったカナダ人女性から詳細な指示と共にあてがわれたこのクライスラー160の灰皿は煙草の吸いさしでいっぱいになっている。あの女性は、世界各地にいるアースランの国際的ガールフレンドの一人なのだ。ジョアンは片手でヘッドライトのレバーをいじり、もう一方の手でイグニッションに入っているキーに触れる。クライスラーはクリーム色で、前が長く、後ろが短くずんぐりして、走る気満々な感じの車だ。ライトを点滅させると同時に発進する練習は事前に他の場所で済ませてある。カナダ人の女性を後部席に乗せ、劇場から約三キロ離れた屋内駐車場まで走行する練習も三回行った。その駐車場でニューヨークナンバーの車に乗り換えることになっているのだ。追跡の裏をかくために数ヵ所で迂回することも含めて道順は覚えたし、念のための別の道も確認してある。駐車場から国境へ、そしてそこからニューヨークに向かう高速道路に乗るルートも把握している。

カナダ人の女性はフェリシアというが、そもそも彼女はジョアンがアースランの逃亡の手助けをすることについて懐疑的だった。「レーシングカーのドライバーか、シークレットエージェントみたいな人かと思っていたのよ」市内を走行しながら運転免許の実技試験を受けているような気分を味わっていたジョアンにフェリシアが言った。「もっと攻撃的で押しの強い人かとね。正直言って、なんで彼があなたを選んだのかわからないわ」

「わたしだってわからないわ」ジョアンは言い返した。「でもノーとは言えないし」

「彼は無用な大騒ぎも、人だかりも、祝賀会なんかもしてもらいたくないの。結果的には大騒ぎになって、大勢の人間に取り巻かれることになるでしょうけどね。私が思うに、彼は精神的ダメージを避けるために

も、そういうのは強行突破したがっているのよ。お喋りもしたくないって言ってたわ、だから話しかけないでね。どうせ彼は英語を話さないけど」

「わたしたち、フランス語で話すの」

「あら、あなた、彼に会ったことがあるわけ？」

「もちろんよ。あなたは？」

「ないわ、でも会ったことがあるみたいな気がするの。今回のことには友だちを介してかかわってるのよ。彼の舞台は二年前に観たわ。パリでね。人生観がまるで変っちゃったわ。彼は並外れてる」

「面白いわね、わたしが彼に出会ったのもパリよ。オペラ座バレエ団にいたの。もしかしたらあなたが彼を観たその日にわたしも彼と遭遇したのかも」

フェリシアは何も応えない。競争心が漲るとげとげしい空気が漂っている。彼女はジョアンより年上で、三十代半ばぐらい、着ている服は地味だけど高級品だ。大きなダイヤの婚約指輪と結婚指輪をしている。

ジョアンはあの楽屋のフロアでの出来事について話してあげたかったが、「彼の力になれるなら何でもするつもりよ」とだけ口にする。

「私もよ」フェリシアがぴしゃりと言う。「当然よ。彼との意思疎通からして大変だったんだから。一体全体、何を考えているのかわからない。だから、彼がしたいようにしてあげるしかないのよ。議論しても始まらないし、連絡が飛び交うほど彼が捕まる可能性は高まって、すべてがおじゃんになる。計画は用意周到、時間をかけたのよ。だからうまくいくはず」そう言ってから一旦口をつぐみ、最後に嫌味を言う。「だれも下手をしなければね」

いまのところ、ジョアンの人生における唯一の願いは、その下手をしないということだ。何がどうして

自分がアースランの亡命のための運転手に選ばれたのか、西側へのエスコートになったのかは皆目わからない。考えられるのは、アースランは各国にいる友人たちの困惑も考えず、ジョアンと落ち合いたい、ジョアンにニューヨーク行きを手伝ってもらいたいと意思表示をしたということだ。

自分が選ばれたという事実にジョアンは驚き、混乱し、喜びもしたが、彼が自分を熱望しているのは愛されているからなのかもしれない、だから失敗したらどうしようという不安に日夜付きまとわれて、複雑な気持ちで一杯なのだ。この計画のことを知ってからというもの、眠れない日々を過ごしてきた。

アースランからの最初の手紙は数ヵ月前、悪ふざけか何かの前触れのようにして送られてきた。パリで彼に渡したのはバージニア州の母の家の住所だったのに、フランスの切手が貼られた、ミステリアスで、気味の悪いクリーム色の封書は彼女のニューヨークのアパートに届いた。開封するまで、どういう内容なのか皆目見当がつかなかった――友だちとしての手紙？　セクシーなもの？――でもまさか、知らないフランス人女性からの予想外なカードまで入っているとは思いもよらなかった。そのカードには、アースランが手紙を寄こしたことを他言してはならないという忠告が記されていた。当の本人は灰色の薄紙便箋三枚に、それも裏と表に、フランス語の細かい文字でびっしりと書いていた。内容は、ダンスに関する妙に非個人的な論文みたいなもので、ダンスの限界、ダンスへの賞賛、そしてダンスの未来についての考えを詳細に綴っていた。最後には英語で、どうか、アメリカ合衆国のダンスについて教えて欲しい、と書いてあった。

それでジョアンはできるだけ詳しく、自分のバレエ団のレパートリーや、バレエ団を牛耳っているミスターKの采配で採用されたり解雇されたりしている振付家たちについて書き送った。バレエ団のリハーサル中の作品についても説明してあげた。ギリシア神話を題材にした短いバレエや、ワイアット・アープ

（米国の保安官、1848〜1929）についての長いバレエだ。ミスターKがどのように創作をするかについても説明しようと試みた――彼がダンサーたちにより敏速に、より鋭く、より自分をコントロールして、よりターンアウトして踊ることを常に要求していること、ダンサーたちのステップの多様性を高めていることなど。アースランが訊いてもいないことを書くこともあった。自分の母親がどういう人で、ジョアンが可愛い子供のころはバレエに向いていると喜んでいたのに、いまでは娘の生活に何の関心も示さないこと、イレインのアパートをシェアさせてもらい、自分のベッドはシーツのカーテンで隠していること、自分の望みのすべてはバレエ団で踊ることだったのに、その夢が叶ってしまうとたちまち踊ることが平凡に思えてきたことなど。自分の才能への疑問や、そのうちバレエ団をお払い箱になるかもしれないという不安についても思いつくままに書いた。フランス人女性のメモには、返信は彼女のパリの住所にすること、そしたらそれを何とかしてアースランに届けるから、と指示がなされていた。

数週間後、ジョアンが思っていたよりずっと早く、今度は西ドイツ人から英語で、秘密厳守のことと書かれた冷たい調子のメモが同封された封筒が届いた。本人からの薄くてぺらぺらの灰色の便箋は枚数が増えていて、**ダンス**について考えを巡らせた論文がずらずらと書かれていた。ジョアンは再び返事を、ベルリンの住所に出した。自分のことをもっとたくさん、それから彼はいまどこに住んでいるのか、毎日の生活はどうなのか、などと訊いてみた。いつもあなたのことを思っています、とも書き添えた。あなたのことを心配しています、とも。その手紙がまだ彼には届いていないはずなのに、また手紙が来た。これはミラノからで、絶対に誰にも言ってはならない、との警告メモが入っていた。以来、次々に彼から手紙が届いた。ジョアン個人に対する感情は含まれていないが、内容がどんどん激しいものになってきた。彼の考えがまとまってきているように感じられた。ソビエト連邦における芸術的偏執性、システムが作りだす優

秀なダンサーたち、そのシステムに抑圧されているダンサーたちなどについて長々と綴っていた。新しい作品についてのアイデアをリストにして書き出してもいた。核戦争についてのバレエ、ロックバンドがテーマのバレエ、ロシア正教教会のどんよりした鐘の音をモチーフとするバレエ、クリケットを打つ音を使ってほとんど真っ暗な舞台で上演されるバレエなど。どの手紙にも、文通については重大秘密にするようにとのヨーロッパ人特有の横柄な調子の忠告が添えられていた。ジョアンは誰にも言わなかった。ただ命じられるままにしていたら、結果として信頼度テストにパスしたというわけだ。アースランが小さなツアーグループに加わってトロントにやって来るとのニュースが耳に入り始めると、王立デンマーク・バレエ団ソリストの英国人女性から手紙が届いた。これが、以後、次々に舞い込むことになる指示書の第一弾だったのだ。

必要な時にぼくを助けてくれるのはあなたでなければならない、とアースランが言い張っています。それが私だったらいいのですが――アースランも同意見なのですが――でもこのようなチャンスがまたいつ起きるかはわかりません。お気付きではないかもしれませんが、彼は1973年以降、西側で踊ることを許されていません。当局に言わせると、それは彼がタタール人で、プティパ(あの吐き気を催す〝プティパ〟のこと)以外の振付家たちに興味を持ち、馬鹿げた教条的なバレエを嫌っているので、信用できないのだそうです。彼らの言い分はもっともです、ところが今回、予定されていたダンサーが怪我をしたので、小さなサーカス団みたいなグループと一緒に彼をカナダに行かせることにしたのです(ここだけの話、このグループの他のメンバーは齢一〇〇歳とも言えるほど時代遅れでよぼよぼ、もしくは恐ろしいほど下手くそ、あるいはその両方なので、一回ぐらいは彼が主役を踊れるというのを当

局は餌にしているのです）理由はわかりませんが、彼は助っ人としてあなたを選びました。思いとどまらせようとしても彼は非常に頑固なので、あなたがやるしかありません。彼があなたを愛しているからなどと勘違いをしてはいけません。

劇場の裏で待機し、禿げ頭が煙草をふかすのを眺めながら、ジョアンは硬いプラスチックのハンドルを指で神経質そうに叩いては、アースランはわたしを愛している、と考える。こんな重大な、こんな恐ろしい仕事は、信頼できる、愛している相手にしか頼めないはず、と。パリで、わたしを見つめた、あの時の眼差しを覚えている。その記憶は二年の歳月が経っても薄れていない。二人でしたことによって何かが芽生えたのだ――ジョアンは自分の新しい居場所、可能性を感じた――ところがその後、アースランは去り、その背後に不可能という名の帷が下ろされ、あの楽屋のフロアで起こったことはファック以上の何かだと思い込んだ自分が馬鹿だったと気付かされた。ダンスにおける感情の明瞭な表現と、セックスという支離滅裂な行為を混同していたのだ。セックスをしているあいだ、肉体は何事も語らない。そのときの肉体は副次的な物体、快楽発生に必要な作動部品の組み合わせにすぎない。アースランにとって、ジョアンはおそらく何ものでもなかった。朧な人生のなかの一時をかすめた、単なるその場限りの存在だったのだ。そうジョアンは悟った。ところが、そこに手紙が舞い込み始め、そうこうするうちトロントへ呼び出されたというわけだ。

通用口ドアのライトが消える。叫び声がして、ドアがバタンと閉まる音が聞こえる。ジョアンは手探りでイグニッションのキーを回す。危うくライトを点滅するのを忘れるところだったが、レバーを前後に動かす。恐怖のあまり大きく喘いでいる。白いライトにアスファルトが照らし出され、消え、また現れる。

駐車されている他の車のブレーキランプがびっくりした動物の目玉のように光る。アースランがジョアンに向かって走ってくる。姿かたちがはっきりしてくる。白いタイツが輝いて見えたと思いきや、彼が車の横にいて後ろのドアを開けようと必死になっている。ドアのハンドルを引っ張る音がする——金属が打ち付けられる音と同時に、彼が激しくハンドルを引っ張るので車がかすかに揺れる——何事が起こっているのか、彼がものすごい形相をして運転席の窓を覗き込み何やら叫ぶまでジョアンは気付かない。不意を突かれた禿げ頭が駐車場を横切ってこちらに突進してくる。身をよじって後部座席のロックを外すと同時にボディガードの体の輪郭がジョアンの目を掠める。ボディガードは怯えている。追手のはずなのに、まるで追われているような表情をしている。いま起こっていること、自分の失敗の言い訳をしているような目をしている。アースランが車内に滑り込む。もはや禿げ頭にできることはクライスラーのずんぐりした後部をカリカリと引っ掻くことだけだ。ジョアンはギアを入れ、映画みたいにエンジンを唸らせ軋らせるのではなく、車体をガタガタ揺らしながら、それでも禿げ頭よりは素早く動いて発進させる。後ろのドアは開いたままだ。アースランがシートに身を滑らせドアを閉める。

　さきほどからアースランはロシア語で喚き散らしている。ジョアンはバックミラーで様子を窺う。怒りで彼の顔がこわばっている。ドアロックを外すのを忘れた大馬鹿者め、既の事であの禿げ頭に摑まって、違う車にしょっぴかれ、飛行機に乗せられ、モスクワに戻されるところだった、と文句たらたらなのだろう。「Je suis désolée」ジョアンは謝る、さらにもう一度謝る。運転に集中しなければならないのがありがたい。後ろを振り返ったら、今のアースランの目の表情と、自分が大切にしてきた過去の彼の残像との酷い違いを見ることになる。三度目のごめんなさいで、ようやく彼は静かになる。

　屋内駐車場へのドライブは短時間で、静かに、滞りなく進んでいく。黄色信号できちんと停車し、曲が

るときには合図を出す。バックミラーに映る彼は市内を見ている。時々後ろを振り返っている。尾行されていないか確認しているのか、あるいは興味を抱いたものをもっと見るためなのだろうか。計画では車内でアースランはうずくまることになっているが、ふつうに座って窓外を見させておくことにする。注意をすると怒りがぶり返すかもしれないので、ジョアンは話しかけないようにしている。それに彼はもう隠れる必要はなさそうだ。誰も追いかけて来ない。大丈夫だ。ことはうまく運んだ。彼はもう自由の身だ。あの禿げ頭も逃亡を決め、カナダ人になるのだろうと彼女は半分期待している。

屋内駐車場に入ると、計画通りにもう一台の車が待っている。ニューヨークのナンバープレートを付けたビュイックだ。ところが計画にはないのに、車の横に満面に笑みを湛えたフェリシアが、興奮しすぎてお尻ごと尻尾を振っている犬のような様子で立っているではないか。キーはフロントバンパーの下にとりつけられたマグネットボックスに、アースランの着替えはトランクに入っているはずなのに。

「Qui est-ce?（誰なの）」とアースランが訊く。

ジョアンはとりあえず駐車をする。「フェリシアよ。Ton amie（あなたの友だち）」とジョアンが言う。

「Zdravstvujtye!（こんにちは）」とロシア語で挨拶しながらフェリシアは身を屈めて窓越しにアースランに手を振っている。当の本人は冷たい表情でガラスの向こうの彼女を凝視している。「ようこそ！」彼のためにドアを開けながらフェリシアがなおも挨拶をする。「カナダへようこそ！」

ゆっくりと、アースランが車を降りる。外に出たジョアンは彼とフェリシアのあいだでうろうろしている。昼間のフェリシアはよそよそしくて、ライバル意識を剝き出しにしていたが、いまジョアンは必要以上にこの女性のことが気がかりで恥ずかしい。ドアロックのこと、ここに至るまでの数週間にわたる緊張の連続、そして実際に亡命をしたという現実に直面している彼の神経はぷつんと切れる寸前なのだとジョ

アンにはわかる。大騒ぎはしてもらいたくない、取り巻きも御免だ、お喋りもご法度、という彼の要望に反してはならない。それなのにフェリシアはさっきから喋り続けなのだ。「あなたは勇気ある行動をお取りになりました」彼女はまだアースランに話しかけている。ジョアンの存在を無視して、強烈な視線を彼に浴びせている。「自由の世界があなたを大歓迎していますわ。私たちはあなたをお迎えできてとても嬉しいのです。本当に、この瞬間を目の当たりにすることができて、どんなに私が誇りに思っているか、もう言葉に言い表せないくらいですのよ。それに、私は、あなたが犠牲にしたものについても深く理解しております。そうですわ。私には本当にわかります。お互いにもっと知り合える機会があるといいのですが」

アースランはフェリシアから視線を外し、ほとんど空っぽの駐車場の向こう、冷気が侵入してくる細長い窓から見える、高層ビルの窓々が浮かび上がらせている薄汚い都会の闇を見つめている。白いタイツに、バレエシューズを履き、不快感で口をきつく結び、クリーム色と金色のベストのような上着の下に王子風のゆったりした白い袖のシャツを着たまま、腕組みをして立っている。短気な時の旅人のようにむっとした顔をしている。フェリシアは前に進み出て抱擁しようとしたのだろうが、彼は身をこわばらせ、相手に気付かれないようにうまくかわす。

「通訳してくれない?」フェリシアがジョアンに頼む。「お願い」

「Elle dit（彼女は）――」ジョアンが通訳し始めようとする。

アースランがジョアンに視線を送り、「Vêtements?（着替えは）」と鋭い調子で訊いてくる。

「いま何と言ったの?」フェリシアが訊ねる。

ジョアンは戸惑ってしまう。フェリシアをぞんざいには扱いたくはないが、もうここにはいたくない、

どうにかしてこのカナダ人女性から離れたいと思う。「着替えはどこにあるかと訊いているのよ」

「まあ、そうでしたわ、ここにあります」フェリシアはがっかりした様子で、ビュイックのトランクを開け、茶色い買い物袋を取り出す。アースランは上着のボタンを外し、ゆったりとしたシャツを脱ぎ始めている。上半身は細くて、青白く、堅く締まった筋肉が付いている。タイツのウエストバンドに親指を掛けるときにジョアンのほうを見て、タイツを下ろすと太股と肌色のダンスベルト（男性バレエダンサーが着用するサポータータイプのショーツで、腰のベルトが太くて強く、腹を押さえ込み、前部は陰部をしっかりと包み込んで保護し、後部はTバックになっている）の中性的な三角部分がむき出しになる。アースランは口角を上げて、ジョアンにウィンクをする。ドアロックのことは許してくれたのだ。フェリシアは、彼の裸に慌てて目を逸らし、駐車場のコンクリートの床に撒かれたセメント加塩剤と汚い水でできた線模様を観察するみたいに眺めている。そしてジョアンに袋を差し出す。中には灰色のスウェットウェア、ソックス、黒いハイトップのチャック・テイラーズのシューズが入っている。彼をあまり見ないようにして、ジョアンはまず最初にパンツを、それからフード付きのスウェットシャツ、ソックス、シューズの順に渡していく。シューズは大きすぎるようだ。着終わって、柔らかい髪の頭にフードを被ると、彼は小柄で痛々しいほど幼く、そして疲れて見える。試合に負けたハイスクールの運動選手のようだ。バレエの衣装はコンクリートの上で青白い水たまりのようになっている。

「Allons-y（行こうよ）」と彼がジョアンを急かせる。

ニューヨーク到着後の十日間、アースランはチェルシー地区のアパートから出ようとしない。このアパートは、トロントに発つ前にジョアンが急いで見つけ、戸惑っているイレインには、自分だけの部屋

が欲しくなったからと言い訳をして借りたものだ。バレエ団の誰かが垂れ込んだのでレポーターたちが歩道に張り込んでいたが、その集団はだんだん小さくなってきている。マスコミの見出しは、**ソビエト連邦のバレエのスターがカナダで亡命**、と謳っている。副見出しは、**逃亡用の車をニューヨークの愛の巣まで運転したアメリカ人バレリーナ**、などというものだ。新聞記者たちが通りの向かいの住民に賄賂を渡し、非常階段から見張っている。ジョアンとアースランは立て続けに煙草を吸うのに、盗み聞きを恐れて窓を閉め切っているので、小さな部屋が煙くて空気が澱んでいる。レニングラードでアースランは元宮殿だった建物の部屋を与えられていた。大きな窓があり、家具や備品は特別に選ばれたものばかりだった。そんな話をゆっくり、もうびっくりするほどのろのろと、ナイトテーブルに置いてある露英辞典を使って話してくれる。このアパートの地区の環境に対しての不満も口にする。こんな薄汚れた、歩道にゴミが積まれているような、入り口の階段で男たちがたむろしているような場所ではなく、華やかで活気にあふれた場所を期待していたらしいので、ジョアンは辞書を手に、「安い」「空きがある」「急いで」という単語を彼に見せる。フランス語で話すのが一番だが、英語だけで話すこと、と彼が一方的に決めているのだ。会話は、まるで締まりの悪い蛇口から水がぽたぽた漏れるみたいにゆっくりで、単語と単語の間が長くて一時停止してしまう。

弁護士たちの出入りが続いている。ミスターKはサモワール（ロシア特有の湯沸かし器）や、魚の燻製、中華料理、パストラミサンドイッチ、それに山のように新しい衣類を持ってくる——リーヴァイスのジーンズ、下着、Tシャツ、スポーツコート、自分が好きな格子柄ワイシャツ、ネクタイ、ダンスウエアなど——それなのに、来訪者がある日でも、アースランはいつも同じ白い縁取りのある黄色いランニングショーツ姿で、上には何も着ないで胸をはだけ、寝起きのままのベッドに王様のように座って脚を組み、煙草を吸いながら

弁護士と通訳たちの言葉にうなずいたりしている。訪問客が帰ると、ショーツを脱ぎ捨てシーツの下に潜りこむ。陽気になるときもあり、ジョアンに向かってヘンな顔をしたり、キーロフ・バレエ団の男子たちが交わす戯言（ざれごと）をカタコト英語で言ってみたりする。「いかした娘さん、どうかあなたに会いたい、とてもセクシーね」そうかと思えば、不機嫌そうに天井を見つめながら黙って煙草を吸い、ラシュモア山（米国サウスダコタ州のブラックヒルズの中にある山。山腹にワシントン、ジェファソン、リンカーン、ルーズベルト各大統領の顔が彫刻されている）のかたちをした灰皿に吸い殻をねじ込む。

「この人たちは誰ですか？」ニューヨークに到着した最初の夜、この灰皿の白いエナメル塗装の顔を指差してアースランが訊いた。

「大統領たちよ。顔が山に彫刻されているの」

アースランは瞳が黒く、細面で、表情豊かな頬骨の高い顔をしているが、ジョアンの答えに大袈裟に驚いて見せたので、その端正な顔が崩れた。ジョアンはベッドから起き上がり、裸のまま、床に積んである本のほうに行き――家具類は託送ストアで急いで購入したが、本棚は含まれていなかった――ハイスクールの十一年生の歴史の教科書を探した。いつか歴史を調べることがあるかもしれないというぼんやりとした考えで持っていたものだ。それにはラシュモア山の写真は載っていなかったが、ジョージ・ワシントンの肖像画を見つけたのでアースランに見せ、それから灰皿を指差した。順番に説明してルーズベルト大統領まで来たときにはもうアースランは興味を失くしたようで、ジョアンが辞書を取りに行こうとすると、腕を掴まれ仰向けにされてしまった。彼にキスされているあいだ、わたしだってラシュモア山の米国大統領なんかに興味はないわ、と考えていた。アースランには彫刻全体が共産党のモニュメントみたいに見えたのかもしれない。おそらく彼は物事を深く考えるタイプか、あるいは何も考えないタイプなのだろう。

「素晴らしいお嬢さんです」アパートに来るたび、ミスターKはそう言ってジョアンを誉める。両手で彼

女の顔を包み、頬にキスをする。「美しくて、素晴らしいお嬢さん。パリできみに会ったとき、何かある娘だと感じました。きみは勇敢な心を持っています」ミスターKはジョアンの腕をとり、アースランのほうに向けて彼女の体を揺らしながら、「Très belle, non? Très courageuse」とても美しい、とても勇気がある、とフランス語で話しかける。

「Oui, oui. Très belle」はい、そうです、とても美しい、とミスターKに同意してアースランもフランス語で応えるが、ジョアンがサモワールをいじったり灰皿を空にしていると、彼らの会話がロシア語に切り替わる。二人は濃く淹れた紅茶を角砂糖で極甘にして、ミスターKが持参したガラスのタンブラーでがぶがぶ飲んでいる。ミスターKはアースランが何か質問すると、まったく気乗りがしないという表情をして頭を横に振っている。二人はわたしのことを話しているのかもしれない、とジョアンは推測する。アースランはジョアンに、君と踊りたい、と言ったことがある。しかし彼女は彼と踊れるほど上手ではない。彼女自身、そのことを自覚している。ミスターKも知っているのだが、アースランはジョアンの踊りを見たことがないし、あのイギリス人女性が手紙に書いていたとおり、彼はとても頑固なのだ。ジョアンは床に座り、ストレッチを始める。アパートの下を通っている地下鉄が建物を揺らすので、食器棚のわずかしかない食器がカタカタ鳴っている。ミスターKからは一週間ぐらいクラスレッスンを休んでもいいとジョアンは言われていた。ミスターKはいつもジョアンを誉める。きみは良い子ですからアースランを守って傍にいるべきです、と。

　そうして日が経つにつれ、ジョアンは苛々して、辞書を捲るのにも飽き、気分が変ると冷たい沈黙を決めるアースランにも疲れ、煙草臭い部屋で息をするのも嫌、セックスもうんざりしてくる。パリで最初に経験したあの衝動的なセックス、悲痛な思いで荒々しく行なわれた二度目の激しいセックス――これは、

ようやくフェリシアが腰をくねらせながら退散した後で、トロントの屋内駐車場に停めたビュイックのバックシートでのこと——あの官能はどこかに消え失せた。残っているのはあの時の余韻と、頻繁だが機械的でおざなりな不発のセックスだけだ。ジョアンに言わせると、アースランは思いやりのあるセックスができる男ではない。しかしこの苛々の上手い解消法が見つからない。このアパートを出ればジョアンはアースランを失うことになる。ミスターK、バレエ団、レポーターたち、この国全体がアースランをジョアンから奪ってしまう。アメリカでは、アースランの亡命は自国にもたらされた贈り物と見なされている。彼こそ世界一のダンサー、いや今はそうでなくとも、新しく手にした自由を謳歌して、遅かれ早かれ彼は世界最高峰のダンサーになる、と誰もが思っている。アースランの優秀さは正にソビエト体制というものを体現している。芸術家やスポーツ選手を国家のために作り出す、その残酷なまでの熱意が、新種の、より優れた人間を生産しているのだ。それに反して、彼はすべてを犠牲にして（自由に向かって！）逃亡を企てた。そして彼女（ジョアン！）は彼を無事に新しい祖国の腕のなかに導く天使となった。アースランに対するアメリカの支持は、ソビエトのそれに勝る——雑誌はそう書き立て、新聞にコメントを寄せる政治家たちもそう仄めかしている。我々が手にしたものをどの国も欲しがっている、とマスコミは謳っている。

　ジョアンはアパート暮らしに飽き飽きしているが、ここにいる限りアースランは彼女のものだ。出て行かれることを恐れながら、ジョアンは彼のことを所有者の目で見守っている。いままでの暮らしは単調で魅力に欠ける。それはまるで着古した寸足らずのドレスのよう。そんなものを着ている姿を彼に見られたくない。このアパートの外に出たら、彼は彼女をコール・ド・バレエの一員としてしか見ないだろう。彼女はもう彼の救世主ではない、大勢いる同じ姿のコール・ドのダンサーの一人、舞台の背景の一部、白鳥

の群れ、その他大勢の村娘や精霊や影なのだ。そして彼女の目に映る彼は、露英辞典をぱらぱらめくりながら、彼女のベッドで煙草を吸ったり、彼女のバスタブで長風呂したり、彼女の肘掛け椅子に裸でどかんと座って手足を広げている男ではなく、彼女が最初に見た彼、舞台で注目を浴びている、彼女とは何の拘わりもない、どの作品でもセンターで踊っているスターなのだ。とはいえ、彼女自身も今はつかの間の名声の耀きのなかにいる（母親が電話してきて、ジョアンの四年生のときの担任だったという知らない女性がローカルニュース番組に出演し、元生徒のことを〝豪胆〟で〝愛国者〟だと話していた、と連絡してきた）、だがこの政治的ドラマが落ち着けば、残る話題は踊りに関することになり、もう彼女はお呼びではなくなる。ジョアンは以前からずっと、自分にもっと才能があったなら、もっとバレエに適した脚だったなら、もっと腕が長かったならと思い続けてきたが、もはやその願いは叶わないという現実が、彼女のなかで底意地の悪い壮大な遺恨と化しつつあるのだ。なぜわたしを選んだのかと彼に訊いても、機嫌が悪いときはただ目玉をぐるりと回すだけで何も応えない。二人でいちゃついているときは、きみが美人だからと歯が浮くようなことを言う。ジョアンは憂鬱な気分になると、どうして彼はわたしをこんな目に遭わせるのか、なぜ彼は能力のないわたしを苦しめにわざわざロシアからやって来たのか、と自らに問いかける。

あの時、国境に差し掛かる手前で停車して、安全を期すために、アースランはビュイックのトランクに身を隠した。仕事に飽き飽きしていた税関の係官はジョアンの免許証をおざなりに見て、さあ行きなさいというように手を動かして通してくれた。ナイアガラの滝でハイウェイを降り、暗い駐車場に併設されている見晴台へと、曲がりくねった道を進んだ。「ここはもうアメリカ合衆国よ」トランクから出してあげながら彼に伝えた。ホースシューの滝を見下ろす手摺のところに二人並んで立つと、手を置いた金属製の手摺が瀑布の水力で振動しているのが感じられた。黒く輝く平坦な川の滑らかな水の流れは、宙に注ぎ落

ちる瞬間に白い霧を発生し、刀で切り落とされたかのようにあっという間に消えた。流れ落ちる水の紗幕を色とりどりのライトが照らしていた。飛沫を上げて捩じれながら立ち昇る水煙が、淡い琥珀色から青へ、そして白へと変化していた。

「Qu’est-ce que c’est?」水の轟きにかぶさるようにしてアースランが叫んだ。

「C’est une……」ジョアンはフランス語で滝のことをどう言うのか知らなかったが、見ればこれが滝だということはわかるはずだし、ロシアにだって滝はある。彼は他にも何やら訊いてきたが、英語でもフランス語でも答えられない質問だった。

　アパートに来て十一日目、ジョアンが入浴中、予告なしに彼が急にベルボトムのズボンと格子柄のワイシャツを着て外に出て行ってしまう。表のドアがばたんと閉まるのが聞えたので、彼女は彼の名を呼んだが、返事がないので浴室から飛び出し、半狂乱状態で服を着て、ボタンを掛けながら階段を駆け下りる。髪はぐちゃぐちゃで、頭の天辺にクリップで止めてあるだけだ。外では、パパラッチたちの間で行われた撮影権利争奪戦に勝利したカメラマンのためにアースランがポーズをとっている。レンガ造りのビルに格好つけて寄りかかっている。「ジョアン！」彼が嬉しそうな声を上げる。手招きするので、行って彼に寄りかかる。カメラマンが一歩前に出て、彼女の頭のクリップを外し、髪を肩に垂らす。

　この写真はどの新聞にも掲載された。ジョアンの狼狽振りは写真ではわからない。肩をアースランの腕に抱かれ、さっきまでベッドで取り込み中、と仄めかしているように髪はくしゃくしゃで、幸せそうに見える。翌日、アースランがクラスレッスンに出る。春にはバレエ団の公演『ジゼル』でアルブレヒトを踊り、グランドデビューを果たす。大喝采が鳴り止まない。ジョアンは他のコール・ドの女の子たちと同じ長い白いロマンチック・チュチュを着て、髪に花輪を被り、背後の列にいる。彼女たちはウィリ、恋人に

捨てられた悲しみのあまりに死んだ若い娘の精霊なのだ。精霊たちは猟師のヒラリオンを死ぬまで踊らせるが、アルブレヒトは精霊になったジゼルに命を救われる。ジゼルを踊ったプリンシパルダンサーが一旦舞台袖に消え、大きな青いリボンで飾った赤と白のバラの花束を腕一杯に抱えて戻って来る。彼女は膝を折り左足を後ろに引いて、アースランに花束を捧げる。受け取った彼は赤バラを一本引き抜いて彼女に差し出す。劇場全体に大きなうねりになって轟き渡る拍手喝采に向かい、何度も何度もお辞儀をする彼を見つめているうちに、ジョアンは思い出す、あの大瀑布を。今夜の光景こそが、あのとき理解できなかった彼の質問への答えなのだ。

1976年2月——パリ

左手をアースランの肘に差し込み、ジョアンはその温もりを感じている。アール橋の横木の下、街灯が放つ金色の光の斑点を浴びているせいで余計に古めかしく見える左岸・右岸の石堤のあいだをセーヌ川が流れていく。牡蠣殻の蓋みたいなかたちをした雲がパリの街の上空を覆っている。雪が降っているが、さらさらとしていて、鉄製のガードレールに落ちると半球の氷の塊になる。橋の真ん中でアースランはジョアンの体を引き寄せ、シテ島の尖端がヌフ橋のアーチに接する下流の方を眺める。シテ島には幅の狭いビルが窮屈そうに肩を突き合わせて建ち並び、浸食してくる大都市と対峙している。そのビル群の屋上を、取り巻きの護衛たちの中心に君臨しているような佇まいを見せるノートルダム大聖堂の塔が見下ろしている。橋の右側の方にはフランス協会の堂々とした金色のドームが見える。左側はルーブル美術館だ。

「パリはエクスクウィジットね」ジョアンが口を開く。「こういう言い方は陳腐だけど、他に表現のしようがないわ。わたしを貪欲にさせる街、ポケットに入れて持って帰りたいくらい」

「それはどういう意味ですか?」自分の頬をジョアンのえくぼに押し付けてアースランが訊く。

「どの単語のこと?」

「エクスとかいう」

「Exquisite は美しいという意味だけど、それだけじゃなく、そうね……苦しくなるほど繊細で完璧、み

たいな」

「なぜ苦しくなりますか？　ぼくにはわかりません」

「微細なところまで精巧を極めている、というか。例えばものすごく美しい最高のバレリーナはそれよ。デリケートで、壊れそうで、痛々しいほど美しい。彼女はエクスクウィジットよ」

「エクスクウィジット」彼が真似して繰り返すと、かすかに体が浮き上がり、心がジョアンから離れ、あのジゼルを演じたプリンシパルを追って橋の向こうへ、パリの夜のなかへ飛んで行ってしまったように感じる。バレリーナじゃなく、違う譬(たと)えを使うべきだった。自分に心を向けてもらおうと、彼の脇に寄りかかってみる。そんな彼女の両肩を掴み、自分の方に向け、彼は屈んで首筋に鼻を押しつける。ジョアンの幸福もまたエクスクウィジットで、心がうずき、恐れをまとっている。この幸福は、いつかは消えてしまう。バレエ団はパリの次にはアムステルダム、そしてロンドンへと公演を続けることになっているが、数日前、マチネーがあって、夜の公演がなかったあの日、舞台が跳ねてからアースランはジョアンのところに来て、ドレスに着替えてホテルのロビーで会おうと言った。言われるままロビーで待っていると、彼は他のダンサーたちがフロントデスクの周りにたむろしている目の前で彼女の手をとり、街に連れ出した。二人でアール・ヌーヴォーのカフェに入り、小さな丸テーブルに座り、身を寄せ合って、ワインを飲み、彼はダンスについて語った。このところ、彼はバレエ団と別行動をすることが増え、別の振付家、別のバレエ団とも仕事をしている。団員への所有欲が強いミスターKはそんな彼に苛立っている。「お客はぼくの踊りを観に来るのです」アースランはジョアンにそう言った。「ぼくがお目当てでチケットを買うのです。ミスターKもわかっています。誰でも知っていることです。でもぼくはこのバレエ団でだけ、彼の作品だけを踊っているわけにはいかないのです。ひとつのところにいると、ぼくはインスピレーションを失

います。インスピレーションが無くなると、ぼくは魂を失くします。ここで同じことを何度も何度も続けることはできません。意味ないです。わかりますか?」

ええ、もちろん、とジョアンは応じた。

「難しいのです、新しい踊り、ジャズっぽい、スウィングみたいな、アメリカ的な作品は。未知のものです。ぼくの身体には入っていないものです。急いで食事をしているみたいな感じです。時々ぼくは――」

両手を交差させて喉に当て、彼は目玉が飛び出るような表情をして見せた。

「窒息ね、息が詰まるのね」

「そう、息ができなくなる。でも、ぼくは知りたい。知ることは大切なこと」

そうよ、大切だわ、とジョアンは同意した。

それから二人はタクシーを拾い、左岸にピアノ演奏会を聴きに行った。会場は柱に縦溝彫り(フルーティング)が施された小さな教会で、鉄製の枝付き燭台で蠟燭が点され、石の床に蠟がゆっくりと溶け落ちていた。ピアニストは年取った白系ロシア人で、燕尾服の出立ちで演奏していた。アースランがジョアンを紹介すると、三度もキスをするので、彼の長い口髭が頰に触れてくすぐったかった。ピアニストも一緒に夕食に出かけた。レストランの壁は赤と金で配色され、テーブルクロスは白、ボックス席は赤い革張りで、深く濃い色をした木の天井が低く設えてあった。ピアニストによく似た口髭に燕尾服の制服を着たウエイターたちが、キャビアやウォッカ、ボルシチ、クリームソース漬けのチキン、その他、ジョアンには何だかわからない食べ物を次々運んできた。いずれにせよ、食事も含めてその夜のすべてが、雪と橇(そり)と金色の玉ねぎ型ドームが出てくる、いまはもう失われているかもしれない、ロマンチックでとてもロシア的なものに思えた。ジョアンは酔いが回って、赤い座席にもたれ、男二人の意味のわからない会話をただ聞こえるにまかせてい

た。母国語を話せる歓びでアースランは人が変っていた。ロシア語だと早口で生き生きとして、よく笑い、年取ったピアニストやウエイターたちをも大いに笑わせていた。ここヨーロッパ大陸にいると、海という安全な防壁がないので、アースランは自らがなした亡命について強烈な不安を抱き、いつものように塞ぎ込むのではとジョアンは心配していた。母国が、巨大で陰気な暗黒の塊になって、アースランの心を引き戻そうとするだろうと覚悟していた。ところが、彼はとても社交的で前向きで快活に振る舞い、愛情のこもった手を彼女の膝に乗せていた。

アースランの気分の移り変わりは不可解で、どうせまたこの躁状態は冷めるとジョアンは悲観的に考えている。もしかしたら今夜、二人でベッドに入っているとき、ぼくはもうきみに飽きたと宣告されて、最近ソリストに昇進したイレインと以前シェアしていた部屋に帰る羽目になるかもしれない。あるいは明日、ジョアンが見ている目の前で、舞台袖に立っている他の女の子とイチャイチャするかもしれない。舞台が跳ねたら何処に行くとも告げずにいなくなるかもしれない。夜会服に身を包んできらきら輝いている見知らぬ一団に取り巻かれ、他の女性の腰に腕を回した彼が劇場から出て行くのを目撃することになるかもしれない。いつもアースランはジョアンの傍からいなくなる、なのに完全にはいなくならない。彼を乗せた車で国境を越えてから一年が過ぎたが、二人はまだあの時の状態から抜け出せず、尻切れトンボのまま、網に絡まった状態でいる。彼は出て行く。そして戻って来る。戻って来るまでの時間はだんだん長くなるが、でも戻っては来るのだ。二人だけで静かに横たわっているとき、アースランは子供が動物のぬいぐるみを抱くように彼女を抱く。慰めを求めて、安心するため、サルが本能的に何かにしがみつくように、温かくて柔らかいものを抱きしめるのだ。ジョアンにはわかっている、そのうち彼がもう戻らないと決断することを。でも何かが——彼女もその正体を見届けたいと思っている、ある力のようなものが——彼を彼

女に繋ぎとめているのだ。

　アメリカデビューをまだしていないのに、ニューヨークのアパートから勝手に外出しようとしたアースランは大滝の水が轟くような拍手喝采を報道陣から浴びた、あの日以来、彼は出歩くようになった。ジョアンが、亡命の共謀者、アースランを助けて有名になった勇敢な女の子としてニュースでもてはやされ、彼の腕に摑まってパーティーやイベントに出席するお決まりの相手、主役として扱われたのは最初の二、三ヵ月だった。それから徐々に彼女はバレエ団の単なる共演者に格下げされていった。ゴシップ記事は、過剰に疑問符やビックリマークを付けて、社交界の女性や女優たちと彼を結び付けて書き立てるようになった。彼はいつも、女性たちは自分の友だちだと言うが、彼女たちが友だちであった例（ためし）はない。彼の性欲は目に見えるもので、一目瞭然、簡単に跡をたどれるし、モニターもできる。浮気だろうが、遊びだろうが、女性を渡り歩いていることを隠そうともしない。それに彼には隠す必要もない。彼の行動に苦しめられはしても、彼は自分がやりたいことを、変化に富んだ生き方をしているのだとジョアンは認めるしかないのだ。彼女のためにやりたいことを諦めなくてはならない理由は彼にはないし、彼が彼女を愛さなければならない義務もない。関係した女性たちが訴えても、そんなのは肩をすくめて終わり。やり過ごしてしまう。そんな女性たちにしても、同じ穴の貉（むじな）なのだから、彼を順番で待っている他の女性の邪魔などはしない。

　チーズが出て、デザートを食べ、葉巻と食後酒、そしてジャムを入れた濃い紅茶のあと、アースランとジョアンは川べりを歩き、アール橋まで来た。

　アースランの唇はウォッカと葉巻の匂いがする。舌がのろのろ入ったり出たりしている。顔をのけぞらし、ジョアンの顔を眺め、唇に軽いキスをする。ジョアンは彼の首筋に顔を押し付けながら、このあと彼

の部屋に行くことになるだろうが、こうして外で一緒にいる方がいい、と考えている。ホテルの彼のベッドでは他の女性たちの影がくるくると踊っているみたいに感じる。外のほうが二人きりになれる。彼の部屋だと、やる気のない彼を奮起させなくてはならない。そばに彼がいて、体のあちこちを触られているときでも、彼がするりとどこかに消えるような感覚があって、自分が正気を失うのではと怖くなる。もっとセクシーに、ベッドではもっと可愛い女になろうと努力してきたが、彼は興味を示さない。これから彼の部屋に行くだろう——今夜の出来事は彼の部屋で終わりを迎える——でも凝ったランジェリーも、ジョアンが仕込んで来た官能的な奥義も、彼の期待には添えないだろう。彼の部屋に行けば終わりが急ぎ足でやってくるだけだ、でもここなら、川の上で、エクスクウィジットなこの街の真ん中で、二人は太陽の火焔のように熱情的なロマンのエネルギーに包まれる。彼だってそう感じているに違いない。

「今夜をありがとう」ジョアンは敢えて口にする。

アースランが顎を彼女の頭に当ててうなずく。「はい、きみがイオシフに会えて良かったです。まだ素晴らしい演奏をする人です。ダンサーだったら、三十歳でステージを降りなければならないところですが」

「そうね」

「ぼくもおじいさんになりたいです」

「だめよ、あなたは年寄りなんかにならないわよ」

「なりたいです。なぜだめですか？　女性問題はなくなるし、毎日レッスンに行くこともない、偉大なダンサーにならなければと悩むこともない、老いることを心配することもありませんよ、だって、ほら、もう年取ってしまったんですから」

「アースラン、女性問題は自分が招いているのよ」

チェッ、と彼は舌打ちをして愛情を込めて彼女を抱きしめる。「ジョアン、きみはくだらないことをしっかり聞いているんですね」

亡命後、彼はジョアンとパートナーを組もうと努力してくれた。実際、彼は寛大で、遅くまでスタジオに一緒にいて、繰り返しリフトの稽古をしてくれた。でもやる度に「うまくいかないです」とこぼしていた。お手本を見せてくれるのだが、彼が彼女にやってもらいたいことと、彼女ができることが違い過ぎて、彼女は号泣してしまうのだ。彼はうんざりして、鏡に向かってしくしく泣いている彼女を置いて、怒鳴り散らしながらスタジオから出て行くこともあった。両腕で抱きしめ、頬や鼻先にキスをしながら、「この子はいつも泣きます。この子は赤ちゃんみたいです」とからかうこともあった。

どうしてそこまでしてくれたのだろう？　ジョアンがアースランのパートナーになれるはずがないのに。二人で部屋に閉じこもっていた頃、ミスターKは彼にそう話していたのだ。どうして彼はわたしにあんな手紙を何通も書いて寄こしたのか？　彼のために車を運転して、ひとつの人生からもうひとつの人生に移る彼のエスコート役に、なぜわたしが選ばれたのか？　そのためにわたしの人生まで変わってしまうということを彼は考えていただろうか？　他にもっと優秀なダンサー、もっと上手なドライバー、もっと美しい女性たちがたくさんいたはずなのに。上手くできなくてスタジオのフロアに座り込んでいるとき、なぜかと訊いても、理由を教えてくれと懇願しても、アースランはうんざりした顔をして目玉をぎょろりと回すか、ドアをバタンと閉めて出て行くか、彼女そっちのけで自分だけ練習をするかだった。こんなことになったのは言葉の壁のせいなのか、それとも彼が意図的にやっているのか、あるいは単に彼がそういう性格の人間なのか、ジョアンにはわからなかった。

「ぼくの可愛いアメリカ人」アール橋の上で後ろからジョアンを抱いてアースランが耳元で囁く。「ぼくの可愛いおバカさん」彼女は彼にもっと体をくっ付け、お尻をぐっと動かし、ドゥミ・ポアントで背伸びをして、子猿のように彼によじ登りたいと思う。「年取ったロシア人たちとディナーを共にしてくれてありがとう。きみは……」――彼は言いよどむ。適切な言葉を探しているときはそうなるのだ――「頼りになる仲間です」

「その表現、好きだわ」彼女が応じる。「でもわたしに礼を言う必要はないのよ」

彼が優しく彼女の腕を自分の体から離す。「悪いけど、今夜は一緒にいられません。ぼくはきみと別れます。ごめんなさい、ベイビー」

ジョアンは湧き起こる苦痛に身を震わせ、混乱し、後ずさりする。「どういう意味？」

「ごめんなさい。ぼくは行かなければなりません。友だちのところに行く約束があります」

「わたしをここに置き去りにするの？　こんな夜更けにホテルまで独りで歩いて帰れというわけ？」

アースランは心を閉ざし始めている。視線が川の上をさまよっている。彼女と一緒にいたくないのだ。

「タクシーのお金をあげます。さあ、ジョアン、これまでのことを台無しにしないで」

「台無しにしないでって？　これまでのことは何だったの？」

「何のためのこれまで？」文章がごっちゃになったのに気付いて、アースランは頭を振る。

ジョアンは両腕を広げ、川を、橋を、街灯を、そしてちらつく雪、整然と並んでいるルーブル美術館の窓や、優雅なハウスマン・アパート、聖シャペルの塔の黒いオベリスクを抱きしめようとする。「**これよ**。この完璧な夜。なぜ、あなたは、このすべてをわたしに経験させたの？」

「なぜ？　なぜ？　なぜ？」ジョアンの口真似をしながら、アースランが頭を前後に振る。「きみはいつ

もなぜと訊きます。ぼくはなぜを知りません。ぼくはなぜを**知りたくありません。**ぼくはなぜなんか**気にしません**」

「なぜの意味がわからないの？　ロシア語でなぜってどう言うのよ？」

アースランは憤慨して後ろ向きになり、上半身を捩じり、両腕をぶらぶらさせ、頭を回し、それから彼女のほうに向き直る。踊っているときのように、一連の動きは彼の感情を雄弁に表現している。

「もういいわ」ジョアンは毅然として言う。「説明をしてもらう価値はわたしにはないということははっきりしているんだから」

アースランが頭を振る。「ぼくはわかりません」

「そんなことないわ、あなたはわかっているはずよ、アースラン。わからない振りをしているだけ。そうすれば自分が利己的にも我儘にも見えないし、人はあなたが物事を気にしないとか、忘れっぽいんだと解釈するからでしょ。いいえ、あなたは自分が利己的だろうが我儘だろうが気にしちゃいないの。あなたは他人が生きている面倒な世界全体を見て見ぬ振りをしているだけ。それがあなたを卑小な男にしている。それがあなたをくだらないアーティストにしている。自分では気づいてないかもしれないけどね。人というのは、ただの肉体じゃないのよ。あなただってただの肉体だけの存在じゃないはず」アースランは川に向かって頭を振っている。全身で、もう我慢できない、と言っている。ジョアンの呼吸が荒くなる。まるで踊っているときのようだ。胸郭が収縮しているのが自分でもわかる。「わたしはいままで何度もあなたに捨てられ続けたわ。反吐がでるほどね。亡命の手助けなんか、誰か他の人に頼めば良かったのにと神様に祈ったりもした。これからは、わたしのことはほっといて。貸し借りはなしと思ってくれていいわよ」

最後のほうの言葉を聞いて彼は彼女の顔を見る。「きみは車を運転しました。それだけです。他に何も

していません。きみはただのコール・ドのダンサーです。それなのに注目されて、関心を持たれています。ぼくはすべてを捨ててきたのに」

「すべてじゃない。そうじゃないでしょ、アースラン。あなたには名声がある。富もある。あなたを喜ばせるために身を挺している人たちだって大勢いるじゃない」

彼が突進してきて彼女の両腕を掴む。彼女は直立したまま、兵士のように不動の姿勢でいる。まぢかにある相手の顔がこれまで見たこともない怒りと救いようのない悲しみに溢れているのに、たじろぎもしない。アースランは弟と母親を置いて亡命したのだが、ジョアンにはそのことを一言も語っていない。彼女はそれを新聞で読んで知ったのだ。アースランがレニングラードのバレエ学校の生徒だったときに一緒に住んでいたバレエ教師は職を追われ、噂では拘留されているという。「きみにはわからないのです」彼が叫ぶ。「きみは何も知らないのです」

ジョアンは怯えているが、顎を毅然と上げている。「わかってないのはあなたのほうよ」

「オーケー」無表情に彼が応える。「そういうことですね。では、グッドバイ」彼は踵を返し、左岸のほうへ大股で歩いていく。足音が橋の上で虚ろに響く。誰だか知らないが、午前二時に彼を待っている人に会いにいくのだ。アースランの姿が見えなくなり、ジョアンは木のベンチに座り、鉄の手摺を見つめている。辺りの照明灯が照らしているのは彼女ではない、川でもない、うっとりするほど美しいこの景色でもない。この橋は近々取り壊され、再築されると聞いている。ドイツ軍の爆撃で、たくさんの荷船やはしけ、重量のある練習用ボートなどが衝撃で橋に突っ込み、全体が脆くなっているらしい。新しい橋は、外見はいまと変わらないが、より幅広のアーチにして船の通り抜けを容易にし、強度を大きくするために、鉄ではなくスチール製になるという。ジョアンはホテルに帰る気がしない。同室のイレインが部屋にいるかも

しれないが、今夜のこんな終わり方を誰にも知られたくない。イレインはミスターK、あるいは他の誰かの部屋にいるかもしれないが、もしそうなら自分独りで部屋にいるというのも惨めだ。美女ばかりのバレエ団の誰にも見られないここで、独りで泣いていよう。

同居人のジョアンが出て行ったあと、イレインはあえて新しいルームメイトを探さなかったので、ジョアンが出戻ってきても支障はない。ジョアンが以前に託送ストアで買った雑多な家財道具を元本割れで売り戻すのを手伝ってあげる。ダブルベッドはシングルと交換してもらい、例のインド綿のシーツのカーテンがまた掛けられる。ジョアンが外出して不在のとき、あのジェイコブとアースランの手紙の箱をイレインが探すと、前と同じようにベッドの下にあった。まるでずっとそこに置いてあったかのようだ。アースランからの手紙はピンクリボンで束ねられたままで、ジェイコブのは新しく束に分けられ、それぞれにリボンが掛けられている。イレインは化粧室の鏡に口紅で槌と鎌の絵を描く。槌はペニスのかたちにしてある。絵の下には「売春婦さん、お帰りなさい」と書く。

朝になると二人で一本のバナナをシェアして、クラスに、そしてリハーサルに出かける。夜、イレインは一人で遊びに行くかミスターKのところに出かけ、ジョアンは部屋にいて、眠るか、自分が不在のあいだにイレインが購入したテレビを見て過ごす。無気力になっている。大きな声でイレインに対して、フロアで足を交互に前後に動かしたり、腕を頭の上に上げたり下げたり、そんなことをいつまで続けるのかと嫌味をぶつける。「そんなこと毎日続けて、わたしには組み立て工場で働いているようにしか思えない、それなのに何も生産してないのよね。現れたと思ったら消えてしまうことを繰り返しているだけよ。これ

まではわたしも踊らなくちゃならないとずっと思っていたけど、いま考えるとただ惰性で続けていたとしか思えない、だから何にも生まれないのよ」

「でもあなた、他にすることがあるの?」イレインが純粋に好奇心から尋ねる。

「何もないわよ」ジョアンが応える。「わたし、わからなくなってるの。鬱なのかも」

アースランはクラスではいつも三人の優秀な男性ダンサーたちと一番前のバーに付いている。連中と友だちになったことを見せびらかしている。悦に入って集中し、バットマンのときも誰よりも上手く、いとも簡単にやっているように見せようとしている。イレインは、捨てられた哀れな犬が戸惑っているみたいに彼を見つめているジョアンを眺めながら、友人の心の痛みに対する同情と、彼女の脆い心への軽蔑のあいだで揺れている。アースランのように卓越した、ハングリー精神に燃えた、しかも気まぐれで、人気のある男が自分の愛に応えてお返しをしてくれると期待したジョアンに呆れている。アースランがジョアンをそそのかしたのは明らかだ。イレインの考えによると、彼はほとんど根拠もなくジョアンを選んだのだ。空に道案内の星を選ぶように、その星が最終目標ではないけれど、一人の人間に目を据える必要があったのだ。イレインは、自分とアースランが新作を踊ることになっているとはまだジョアンには伝えていない。振付家は、イレインがクラブでちょっとだけ顔見知りのフェニックス・ライマンだ。アースランの要望でミスターKがフェニックスをバレエ団で仕事しないかと誘い、誘いを受けたフェニックスは自分の新作には現代的でアメリカ的で、柔軟に踊れるダンサーをアースランと組ませたいので、イレインをミスターKに推薦したというわけだ。

そのことをジョアンに伝えるつもりでいたが、イレインがぐずぐずしているうちに他の誰かの口からジョアンの知るところになる。アパートのキッチンテーブルで、ジョアンは落ち着いてはいるが、怒りに燃

え、動揺の念を隠せないでいる。「断れなかったの?」ジョアンが訊く。

「できないわよ」イレインが応える。「あたりまえでしょ」

「自分のキャリアのためですものね」

「それに、私がやりたいからよ。私が踊らなかったら、誰か他のダンサーが踊るのよ」

「それはわたしじゃないわよね」

イレインはジョアンと向かい合って座り、彼女を宥めている親になった気分でいる。「あなたが抜擢されたとしたら、当然断ってるわよね」

「わたしは下手なんだから、アースランと組ませようとは誰も思わないわよ。彼だって、わたしと踊るくらいなら、自分の首にぶら下がってくる追っかけ女と踊るほうを選ぶだろうし」ジョアンはそう言いながら、両親指と人差し指でテーブルの縁をさすっている。

イレインは口を噤んでいる。アースランとは寝ないとジョアンに伝えたいのだが、わざとらしいし、恩着せがましく聞こえるかもしれない。いずれジョアンは自分のほうから訊いてくるだろう。彼女にとってはそれが大問題なのだから。イレインが彼と踊るのはジョアンへの裏切りになるかもしれないが、ダンスは一夫一婦制ではない。

「彼と寝ないと約束して」ジョアンが切り出す。「たぶん彼のほうからそうしたがると思うけど、でもお願い、イレイン、寝ないで欲しいの。哀れっぽいけど、頼むしかないのよ。わたしが頼まなかったとしても、あなたが彼と寝るとは思わないけど、寝たら友情のラインを越えることになるとはっきり言っておきたいの。他の女の子たち同様、あなたもわたしと友だちでいるよりもアースランと寝るほうを選ぶかもしれないけど、だとしたらわたしはまたここを出て行くことになるわ。あなたが彼と寝たら、もうあなたと

は暮らせない。わたしの頭が変だと思うかもしれないけど、このことははっきりしておきたいのよ」

「寝ないわよ」イレインは宣言する。

　リハーサルが始まるなり、ジョアンとのその約束を守るのは思いのほか難しいということにイレインは気付く。振付家のフェニックスは背の高い、優雅で、顎が短い黒人女性で、レース地を重ねた白いドレスをいつも着ている。彼女のダンスコンセプトはセクシーで、ジャズっぽく、自由で、生気に溢れている。アースランは悪戦苦闘している。フェニックスの要求するラテンダンスの八拍子の動きに合わせてヒップを弛めることが彼には難しいのだ。帆に風を孕んだ船のように体を前にくねらせ、バランスを崩してから軸を取り戻す一連の動きにも苦労している。緊張せず、強い感情を表に出さず、軽やかにセクシーに踊るコツが掴めない。軸でない方の脚と上半身を反対方向に引っ張り合ってバランスをとりながらターンをするようにとフェニックスはアースランに指示する。コンテンポラリーダンスの訓練を割と受けているイレインは、自分がアースランに教えたり、アドバイスするという予想外の立場になっている。挫折感を味わっているだろうが、アースランは飲み込みが早い。イレインは、執拗に努力、奮闘し続ける彼に感動している。自分のこれまでのやり方に合った振付をするようにと要求することだってできるだろうに、未知の踊りに対する好奇心が彼を駆り立てているのだ。

「今夜はあなたたちだけでクラブにでも行って踊ってきなさい」三回目のリハーサルの後でフェニックスからアドバイスされる。「二人で体を前に後ろにぶっつけ合って、感触を掴んできて」

　アースランはこの街のぎらぎらしたけばけばしいクラブにはよく出かけている。そういうところで写真を撮られるのが好きなのだ。だからイレインは逆に彼をソーホーの何もない閑散とした界隈にある、窓が黒く塗りつぶされた煉瓦作りの建物に連れて行く。

「まだオープンしてない店なのよ」タクシーのなかでアースランに説明する。「だけど工事中パーティーというのをやってるの。食べ物もお酒もない。でも音楽はばっちりよ。すごく面白い音楽だから絶対気に入るわ。音響設備はもう準備万端で、それがすごいの。それに誰も私たちのことなんか気にしない。来てるのはほとんどゲイばっかりだから」

「お酒がないのですか？」

「飲まないとやってられないなら、そこからちょっと歩いたところにバーがあるわ。それに……」そう言いながらクラッチバッグからコカインの入った袋を取り出す。「わからないけど、あなた、やる人？」

「たまに。ちょっとだけ」

「私も。同じく」彼女は袋を元に戻してバッグを閉める。「何ていう名前か知ってるの？」

「コカインでしょ。もちろん知ってます」

「違うわよ、クラブの名前よ」

「えっ？　何て言うのですか？」

「ザ・クレムリン」

アースランが鼻を鳴らす。

入り口にいる体のがっしりした金髪男がイレインに気付き、二人を招き入れる。イレインの友人によるとこの入り口は完成するとすごくスタイリッシュなものになるそうだが、今のところは上に赤い星みたいな灯りがついているだけのスロープになっていて、狭い階段を降りて行くにつれ、ズン、ズンという四分の四ビートが大きくなっていく。アースランがイレインの手をとる。二人で一日中、体を触れあいながらリハーサルをしていたので、その仕草はとても自然なことに思える。スタジオでイレインは両脚をアース

ランの体に巻き付け、レオタードの股の部分を支点として彼のウエストに押し当てて後ろに反り返ったりもしていたのだ。ダンスフロアの部屋は黒い二重扉の向こうにあるが、扉を開ける前に立ち止まり、黒い大理石の台の上にコカインのラインを敷いて一発決める。この台は、すごくスタイリッシュな入り口を飾るためのものか、あるいはそのものずばりコカイン吸引用なのかもしれない。体を揺らし、弾ませながら、ドアを押し開け、二人は中に入る。真っ暗で、騒音が溢れる洞窟のようで、照明は点々と灯る赤いスポットライトだけで、人の体がぎゅうぎゅうに押し込められ蠢いている。客はほとんどが黒人とプエルトリコ人の男性で、カットオフ（ジーンズを膝の上で切っただけのようなショートパンツ）を穿いて上半身は裸だったり、ジーンズにサスペンダーを付けていたり、タンクトップ、白いＴシャツ、デニムのベスト、それにベレー帽を被ったりで、別に奇抜とかけばけばしいわけではなく、ちらほら女の子たちも加わって、白人の男たちもそこここに見かける。皆、ただ踊っているだけだ。ミラーボールが天井からぶら下がっているが、回転はしていない——多分壊れているのだろう——室内には壁に描かれたみたいな、動かない小さな点のように見えるライトが点在している。あとは、青く輝くガラスの箱のなかで、ＤＪがターンテーブルに上体を傾けて、潜水艦の艦長よろしくレコード盤を回している。

　そう言えば、ここにいる人たちは潜水艦、つまり世界から切り離された暗黒の空間、生き残りを賭けて与圧された泡のなかにいるようなものだ。イレインはアースランを踊る人々のなかに引き込む。もちろん彼もビートを摑んで他の人たちの真似をしているが、どうも取ってつけたみたいな踊り方をしている。ジョアンがクラブで踊るときの姿に似ているとイレインは思う。抑制され過ぎて、滑らか過ぎて、引っ掛かりも取っ掛かりもなく、無個性でつまらない。カットオフ姿の男の子たちは野性的でありながら精度も極めている。彼らの長い剝き出しの脚がスライドし、跳ね上がり、そしてうねる。ターンするときはまるで

撚り合わせた二本のロープのようにツイストする。

「ぼく、酷いですね」肩を歪めておどけながらアースランがイレインの耳元で叫ぶ。

「そんなことないわ」彼女が応える。「あなたは……」そのとき、他の男が彼女にスピンをかけてくる。

背が高く、肌の黒い、凄いダンサーだ。彼に合わせてイレインは髪を右へ左へと振り、トロット（小走りの弾力的なダンスステップ）してターンして、お尻をアップダウンさせてビバップで踊る。そこに分け入ってきたアースランは見るからにいらいらしていて、そのため体から力みが抜けてさっきよりうまく踊っている。後ろ向きになったイレインのお尻を自分のお尻にぐっと引き寄せたり、彼女を睨みつけては、身動きできないほどきつく抱きしめる。フェニックスの作品が要求しているのはこの踊り方なのだ。しばらくしてイレインにはわかってくる。この制約、この自己主張と相手への譲歩、彼は彼女のように踊ろうとしながら、彼女には彼のように踊らせようとする。歌が聞こえては消え、呼吸している。二人は踊り続け、会得した危ういバランスに溶け込み、ひとつになる。

「空気を吸いに行こう」シャツの裾を持ち上げ顔を拭きながらアースランが言う。お腹が丸見えだ。何度も見ているはずなのに、なぜかイレインは目を背けてしまう。

屋上に行くと、他の客もあちこちにいて、体のほてりを冷ましたり、相手を口説いたり、ドラッグをやってたり、薄くかかった霧の向こうに刷毛(はけ)でさっと塗られたみたいな地平線を眺めたりしている。今夜は三月末にしては温かいが、それでも外はまだ寒い。二人のコートは階下の階段の手摺に山と積まれた他の客たちのコートの下になっている。

「もっとやる?」バッグのなかのコカイン袋を手探りしながらイレインが訊く。

「ああ」

ドラッグが効いてくると体が多少暖まる。アースランが身を寄せてきて、彼女の腕をさすり、頭をかしげ、どこかオヤジっぽい、なんだか謝るような笑顔で、キスをしようとする。当然こうなるものとイレインは思っていたし、こうなる事態を避けようとは決めていなかった。二人が踊る新作は人間の意志、パワー、未完成についての踊りなのだ。

「ごめんなさい」頭を反らせ、意に反してイレインが言う。かわされた唇を追って彼が体を傾けてくるが、彼女はよける。「だめよ。ジョアンのことがあるから」

「ジョアンですか」

「私たちが踊るのを嫌がっているわ」

「ぼくは、女の子とは女の子のことを話さない方針です」

「けっこうな方針ですこと。でも……」両掌を上げながらイレインは肩をすくめる。

「ジョアンとはもう終わりました。きみは楽しみたくないのですか？　二人の踊りがもっとよくなるかもしれないのに」

「だめよ」

「愛するミスターのことがあるからですか？　彼のせいもあるのですね？　彼、もしかしたらいまここにいるかもしれないですよ、ぴちぴちの短パン穿いて男の子と踊ったりしてるかもです」

「私は、男とは男の話はしない主義なのよ」

アースランは唇を突き出して、平静を装い、自分には無限の選択の余地があるんだと言わんばかりの態度をとってみせる。「勝手にすれば」と減らず口もたたく。

二人で下に戻る。踊り始めると、互いの間に生じた緊張感のバランスをとり、その緊張を雪玉のように

転がしたり固めたりしているうちに、それがフェニックスの作品に使えるようになってくる。イレインはアースランに対する好奇心はあるが、本当の意味で彼を欲しいとは思わない。アースランは、舞台を離ればただの男なのだ。ジョアンは二人の踊り方を嫌うだろう、キスをしたら激怒するだろう、でもイレインが彼と踊らなければ、彼は他の誰かさんと踊ることになる。イレインと踊り終われば、その次のダンサーがいて、またその次もいて、そのまた次もいるけれど、アースランは決してジョアンとは踊らない。

スタジオの閉まったドアの小窓から、ジョアンはアースランとルドミラ・イェデムスカヤのリハーサルを盗み見している。もう五月だ。バレエ団は公演シーズンを控え、改訂版『ロミオとジュリエット』のバルコニーシーンの稽古に余念がない。後ろのほうでアンダースタディ（代役として稽古をすること）のダンサー二人が彼らの動きをなぞっている。影の薄い存在、そこにいないかのような擬態だ。ルドミラは青いエルメスのスカーフを頭に巻き、黒いユニタード（胴と足先までのストッキングがつながったレオタード）にシュラグ（ウエストまでの短いセーター）を身に着け、口紅の色は真紅だ。カスタードクリーム色の柔らかい金髪、明確な足さばき、ロシア人特有の超人的にのびやかな身体、ステージでは壊れそうな、無垢な少女のように踊れるルドミラはジュリエット役にぴったりだ。アースランが跪き、両腕でルドミラの太股を抱きしめ離さない。彼女は彼の手を振りほどき、スタジオの端まで走って逃げる、と思いきや、まるでゴム銃ではじかれたように円を描いて振り返り、舞うように走りながら戻ってくる。腕と脚を前後に伸展させた風のようなアラベスクで一瞬のバランスをとるルドミラのヒップをアースランが摑むや、彼女は空中で背中を反らせ、両脚を後方に高く上げ、骨盤の部分を支点にして彼の肩の上で静止する。彼がそのまま自分の体を下げてお尻が踵に触れるところまで行くが、愛す

るジュリエットを宙に託すしかないとでもいうように再び立ち上がる。ジョアンは心のなかで、一連のパ・ド・ドゥが子供同士の飛行機ごっこみたいに馬鹿げて見えるようにと祈っているが、このエロティックでスリルに満ちたリフトは、若い男女が恋に落ちる気持ちを人間の体で彫刻的に表現していて美しい。ルドミラの顔は耀き、恍惚としている。だが窓越しにジョアンの姿を見つけるや、表情を固くする。アースランの張りつめた背中とぎゅっと締まった尻に支えられながら、冷笑を送ってくる。

ルドミラの亡命はドラマチックな事件で、世界中のマスコミや芸術監督たちをワクワクさせた。キーロフ・バレエ団とツアー中、ヒースロー空港で気分が悪いと偽ってトイレに入り、そこで待ち構えていた家族ぐるみの付き合いの古い友人で、スターリン時代にイギリスに脱出した人物が彼女をスーツケースに詰めファスナーを閉め、カートで引きずって、ロシア皇帝と遠戚関係にある王室が君臨する、紅茶にビスケットを浸して食べる国に逃げ込ませたのだ。その三日後、ルドミラは偽造パスポートで機上の人となり、ニューヨークで保護されることを願い出た。アースランは彼女が来ることを事前に承知していたので、青いリボンを結んだ紅白の大きなバラの花束を抱えて空港でルドミラの到着を待っていた。報道陣は騒然となった。

『ロミオとジュリエット』でジョアンは第一幕でキャピュレット側の名もない役を、第二幕ではジュリエットを起こしにきて彼女が死んでいるのを発見する侍女のひとりを演じることになっている。ルドミラのだらんとした手に頰を寄せて悲しげな表情をするのはすごく難しい。

ミスターKの格子柄のシャツがジョアンの視野に入る。アースランがルドミラを床に下ろすと、彼女はピアノの方へ行き、煙草に手を伸ばす。ピアノの下に置かれたバスケットのなかで用心深くおとなしくしていた黒いダックスフントたちが艶々した毛の頭をもたげる。アースランが背中をストレッチしながら振

り返る。ジョアンは思わずその場を立ち去る。

床でストレッチをしているダンサーたちには目もくれず、決然とした態度でジョアンは廊下を歩いて行き、左に曲がってバレエ団の事務所に入る。巨大な灰色の人間サンドバッグみたいな受付係のマーサはいつもと変わらず電話中だが、ジョアンは彼女が指を鳴らして止めようとするのを無視して、ちらっと手を振って通り過ぎる。マーサは、バレエ団マネジャーのキャンベル・ホッジスと浮気をしている。キャンベルは最近離婚したせいか、楽しそうにも憂鬱そうにも見え、バレエ団の幹部というより、悩み事を抱えて取り乱している学者みたいな風体をしている。バレエなんか嫌いだと公言し、月給が安い、トウシューズは値段が高いのにすぐ駄目になる、資金繰りに困っている事務局に閉じ込められ、日がな妖精のこと、衣装用のチュールの卸売業者のこと、人の足のことばかり話していて何になるんだと文句ばかり垂れている。だが本当はバレエが好きで、パークアヴェニューの広大なアパートを含む莫大な遺産を相続して社交界で羽振りを利かせている女性との十年に及ぶ不毛な結婚の影響で、バレリーナに憧れを抱くようになったのだろう、とジョアンは推測している。ジョアンはそんな彼の皮肉っぽい性格が好きだし、ダンサーではないけど一般人でもないところに好感を持っている。今夜、二人は冗談半分で決めたディナーの約束をしていた。冗談半分というのは、彼がジョアンに食事をちゃんとしてないだろうといつも言うので、そんなことはない、何なら目の前でベーコンチーズバーガーを食べて見せるわ、と約束していたのだ。

キャンベルの部屋のドアはひび割れていて、その割れ目を通して彼の大きな高笑いが聞えてくる。ジョアンはノックもせずに中に入っていく。キャンベルは椅子に座り、事務所の雑用係をしているボランティアの女の子二人が彼の肩越しに何か見ている。書類が散らかったデスクの上に一冊の本のようなものが開かれており、三人はそれを眺めながら盛り上がり、意地悪そうな嫌らしい笑みを浮かべてにやにやしてい

る。キャンベルは口に手を当て、離婚してから伸ばし始めた真っ黒い顎髭を撫でている。まるでミッドタウンのこのバレエスタジオで樵に変身したみたいだ。ジョアンに気付いて、三人はヤバイ！ といった表情を浮かべ、ボランティアの女の子たちは慌ててその本を隠そうとする。ジョアンが問いただす。「それ何なの？」

一拍置いてキャンベルが口を開く。「ゲームオーバーだ、見せてあげなさい」

ボランティアたちは十代の後半ぐらいで、身なりがよく、未来の社交界のご令嬢らしく毅然とした風貌をしている。確固としたステイタスから醸し出されるのだろう、のっぺりとした、細面の顔は堂々としていて、美しい。躊躇しながら一人がジョアンに本を渡す。螺旋綴じの黒い表紙のスクラップブックだ。アースランの亡命後、自分と彼についての記事を切り抜き保存してきた（いまはもうクローゼットの奥に仕舞われている）スクラップブックに似ていて、黒い紙のページに写真や折りたたまれた手紙などが雑然と貼られ、はみ出した余分な糊が乾いて輪になっている。ジョアンはスクラップブックの真ん中あたりを開いてみる。ビキニ姿の女性がプールサイドの寝椅子に横たわっている写真の横に、電話番号と命令調で書かれた文章が添えられている。男が電話に出ても、絶対に切っちゃ駄目！ パルマデッサ夫人をお願いしますと言うのよ。私が留守だったら、デュワイト・デイヴィスという名前でそちらの電話番号を残して。仕事のことで電話したと言うのよ。夫はすごく嫉妬深いの、でも私たちふたりが会えばあなたにそれなりのメリットがあるはず。スリーサイズは86‐63‐86センチ。私はあなたの大ファンなのよ。

女性たちによってはわざわざビキニなんか着用していない。パルマデッサ夫人の手紙は中でも上品な方だということがわかる。フィラデルフィアのジーンという女性からの手紙‥ 私がしたい本当のことは、あなたが舞台を終えて楽屋に戻って来るのを笑顔以外の一糸まとわずに待っていることです。花束なんか

よりステキでしょ？　そしてあなたのタイツを引きずり下ろし、それから――。そこでジョアンはページをめくる。オレゴン州のシンシアと言う女性は：　私の夢では、二人はKGBから隠れるために森のなかの小屋にいて、めちゃくちゃやりまくるのよ。

「私たち、ただ面白いと思っただけです」ボランティアの一人が言う。「アースランさんは見てないんです。見たくないと言ってました」

キャンベルが口を挟む。「二人だけにしてくれないか？」

ジョアンはスクラップブックを閉じるが、部屋を出て行く彼女たちに返そうとはしない。アースランの世界が彼とやりたがっている女たちで充満しているのは承知しているが、演技が終わるたびに客席からバラの花束のように投げ込まれるこのような手紙や写真は、ジョアンを嘲り笑っているのだ。キャンベルと差し向いになり、たわんだ椅子のひとつに腰を下ろし、ジョアンは笑顔を作ろうとする。栗色と白のストライプのワイシャツの袖口をたくし上げ、襟元を開け、チャコールグレイのベストを着ているキャンベルが、身を乗り出し、デスクに両肘を付き、両手で顎を包むようにしてジョアンを見つめながら、顎髭の中でピンクに光る唇を弾いてポンポンという柔らかい摩擦音を出す。「びっくりしただろう」彼が言う。

「何ですって？」

「さっきの、あのスクラップブックさ。自分のことだと思ってはいけないよ。ああいう女たちは暗がりで夢想してよがっているただの変人だよ」

「別にわたしとは関係ないわ」そう言ってみたものの、彼女たちと自分が求めているものにどれほどの違いがあるのかわからない。女たちはなぜアースランを欲しがるのだろう？　彼の名声、才能、体が目当てなのか？　ジョアン自身はなぜ彼が欲しいのか？　知らぬ間に自分は、会ったこともない、国中にわんさ

かといる、叶うことのない夢に執着して、彼の背後で蠢く似た者同士の女性軍団の一員になっていたのだ。

「こういう女性たち一人一人の家に彼が電話をしたとしても、一切わたしには関係ないわ」

「その通り」

「いま彼はルドミラといるのよ」

「その通り」

「取り戻そうなんて思わない。彼は腑抜けのナルシストよ」

「その通り」

「舞台の上でもよ。音楽を一杯いっぱいに使ってはみ出して踊っている。自分をひけらかしてバレエ全体を壊すのよ。なぜ誰も文句言わないのかしら」

「拍手喝采のせいだよ。あの割れんばかりの喝采。今シーズンは全公演日が売り切れだと知ってた？　彼が出てない日もなんだ。突然人々はバレエに関心を持ち始めた。どうして?などと訊かないでくれよ。バレエなんてその程度のもんさ」

「キャンベル、あなたは誰も誹謗中傷してないわ」

「そうかい？　君のことはしてやろうと思ったんだがな」

彼の小さな青い目が探るような表情を見せたので、ジョアンはスクラップブックを持ったまま、椅子から床に滑り落ちるような格好になり、さもストレッチが必要だという振りをする。「わたし、辞めるわ」

彼女は宣言する。「本心よ」

「だめだよ、辞めちゃだめだ。なんでそんなこと言い出すんだ?」椅子が軋んだかと思いきや、彼がデスクに腹這いになって乗り出してきたので、海賊のような顎髭が嵐雲みたいにジョアンの上に覆いかぶさる。

「満足できないの」

「誰も満足なんてしてないさ」

「自分自身の至らなさに苦しむなんてもう御免だわ」

「そりゃそうだな」

「わたしが当初計画していたように、はっきりわからないように物事を進めていれば万事上手く行ってたと思う。そうすれば遠く離れたところからアースランを崇拝し、いけ好かない女だけれどもルドミラを偶像視することができた。でも今となってはすべてが台無しだわ。どうしようもない。わたしにバレエの才能がもっとあったら、いまの生活は数千倍も刺激的で、彼と踊ることもできただろうし、彼だってわたしのことを真剣に考えてくれただろうとつくづく思うの。この世界にはわたしのために用意されたスペースがあるのに、中に入れない、そんな感じなのよ。わたしにできるのは外からドアを叩くことだけ」

目の前からキャンベルの顔が消える。デスクをぐるっと回って来て床に座り、バインダーや紙類を収納して危なっかしく積まれている段ボール箱に寄りかかって胡坐をかく。靴の底が擦り切れていて、街のあちこちで踏みつけてきたガムがくっ付いている。

「ジョアン、一体何を言いたいのかな?」

「ルドミラが嫌いということよ」

「話してごらん」

「あの人は何でも持っている。バレエ向きの脚、腰、腕、華奢で小さな指、バレエ向きの眉毛、鼻。わたしがイレインと肩を並べるのは容易じゃないけど、そのイレインだってルドミラにはかなわない。ルドミラはバレエダンサーに必要な理想的な長い胴体も持っているのよね」

「遺伝子の問題だよ。我々にはどうしようもない」

「すごく鍛錬している。おまけに音楽性もスタミナもあるし、どうしてだかわからないけど、舞台ではこれ見よがしに愛らしくなれる。鋼のような筋肉とニコチンでできているなんて誰も信じないわ。それに――すごく腹が立つんだけど――彼女が亡命者じゃなかったら誰も気にもしないはずよ。よく考えれば、彼女は国賊なのよ」

「それはアースランにも当てはまる」キャンベルが言った。

「彼も国賊？」

「そうだよ、厳密に解釈すれば。でも、あの二人にはそうせざるを得ない理由があったのだと思うよ。だから彼女は彼を自分のものにしたんじゃないかな。今のところはね」

「二人の関係は長続きしないと思うわけ？」

「君はすると思ってるのかい？」

「わからないわ。多分長続きするんじゃないの？　とにかくわたしはあの人たち両方が嫌いだし、二人のせいで酷い目に遭ったのは確かなんだから」

「君は自分中心に考えるんだな」

「あら、当然でしょ。いっそのこと死んでしまいたい。とにかくわたしはもう不幸でいるのは嫌なの。疲れる」

「誰でも誰かに嫉妬しているさ。アースランはおそらくニジンスキーに嫉妬しているよ」

「アースランが嫉妬しているのはポール・ニューマンよ」

キャンベルが微笑む。二人のあいだに沈黙が流れる。受付のマーサが電話に向かって何やらぶつぶつ言

っている。誰かがハイヒールで足早に歩いて行く。遠くからピアノの抑えた音色が聞えてくる。キャンベルは魅力のない男というわけではないが、彼とアースランのことを話題にするのは間違いだ。どうしても二人の男を比較することになる。彼女のそんな思いから来る拒否反応を察知したのか、彼が冷ややかな態度になって口を開く。「さあ、もう、これで終わり。バレエの世界では弱腰になってはいけない、さもないと押しつぶされる」

「時すでに遅しよ」

キャンベルは立ち上がり、ジョアンに手を差し出す。その手を取ると彼が強く引っ張り上げたので、ジョアンはよろめいてしまう。「ごめん」そう言って彼は体を引く。「君が軽すぎるんだよ」彼は再び温かい笑顔を浮かべたが、これでもう互いの関係が終わったことを察知して、寂しさが見え隠れしている。「チーズバーガーがすべてを癒してくれるさ」

「キャンベル、わたしは子供の頃からチーズバーガーなんか食べたことないのよ」

彼がスクラップブックに手を伸ばす。「その不潔なものを寄こしなさい」

ジョアンはスクラップブックを自分の胸に抱き込む。「だめよ、わたしに考えがあるの」

「考えって、どんな?」

「ルドミラのダンスバッグに入れるのよ」

「ああ、そういうことなら、幸運を祈るよ」

ドア口で彼女は立ち止まり、指で縁を叩き振り返る。「もう終わりにするべきだと自分でもわかっているのよ。そのことを自分でも認めなくちゃね」

「許す、そして忘れるんだ」

「許すべきことなんか何もないわ。あの人は自分が何者かをいつもはっきりとわかっていた。わたしは蚊帳の外にいたのよ」

キャンベルが舌打ちをする。「彼は君のことを愛していなかったんだ。許すもへったくれもないよね」

Ⅲ

1986年4月――南カリフォルニア

ハリーは、母親がバレエの教えをする日には放課後を友人のデイルの家で過ごすか、スタジオに来て、受付のデスクの後ろ、あるいは大きな窓越しにスタジオの中が見えるロビーの床で宿題をする。ジョアンは息子にダンスはしたくないのかと訊いたこともあるが、彼は母親を傷つけないようにと、サッカー、野球、テニス、空手などと同様、ダンスにも興味がないと言い張った。仕方がないので、ジョアンはデイルの母親と相談して二人を水泳教室に入れた。ハリーは嫌がりもせずに水泳に通っているが、基本的には室内にいるのが好きな子供で、夢のようなことを考えたり、物思いにふけったり、脈絡もなくいろいろなもの（宇宙飛行士、電車、潜水艦だの）に興味を示し、図書館に週二回も通い、まるで竈（かまど）に石炭をくべるみたいに夢中になって知識や情報を吸収している。

ジョアンのクラスの小さな女の子たちは黒いレオタードにピンクタイツを穿き、お団子にした髪にきれいな色のスクランチやかぎ針編みの小さなピンクのコジイを付けている。子供たちの腕や脚は細すぎたりぷくぷく太っていたりで、およそ優雅な身体とは言えないが、バレエをしたいという意志に満ち、おませな自尊心をうかがわせる。「七面鳥のように立っているのよ」ジョアンは胸を上げ、上体をちょっと前に倒し、生徒たちに見本を示す。「足の親指の膨らんだ部分で床を押すの。でもあんまり強くしてはだめよ」ジョアンが身に着けているのは生徒たちと同じレオタードとピンクタイツだが、腰に薄地の黒いスカートを巻いている。

ジョアンはトウシューズで立ち始めたばかりの女の子を教えるのが好きだ。自分の足の爪先を伸ばして見せながら、少女たちにアドバイスをする。肉刺だらけ、胼胝だらけで、伸びるのを諦めたような指をして黄色くなっている足だ。「こんな風になってもやっぱり履きたい？」少女たちに訊くと、皆が首を縦に振る。バレエ団の公演で踊っていた時は一日中履きっぱなしで大変だったことだの、トウシューズにまつわる話をしてあげる。バレエ団では、ダンサー一人ひとりがオーダーメイドのシューズを支給されていた。彼女のはイギリス製で、ロンドンで作られていた。工房を訪れる機会があり、担当の職人に会ったとき、足を見せてくれないかと頼まれた。自分が想像していたような足かどうかを確かめたかったのだそうだ。ジョアンは少女たちにサテンリボンの縫い付け方やトウシューズの豚の鼻（爪先立ちをする平らな部分）をざらざらにする方法を伝授する。足の爪先をテープで保護し、シューズの中にウールを詰めることも教えてあげる。松脂が入った箱のところに連れて行くと、一人ひとり試しにべたつく粉にシューズを差し入れる。そのうち各人が自分にぴったりのシューズを見つけるようにならないと、とも言い含める。生徒たちをバーに導くのはそれからだ。七人の子供たちがキリンの赤ちゃんみたいな、ひょろっとした脚で、足首をぐらぐらさせながら並んでバーに摑まる――さあ、皆さん、バーに向かって一番のポジションでプリエ、そしてドゥミからルルベをして、足裏全体で体を引き上げるのよ。元に戻したら、後ろカンブレ（上体を弓なりに軽く後ろに、あるいは前、左右に曲げたりすること）で体を反らして。上に行くときは床を押して、降りるときは体を上に上にと引き上げるのを忘れないでね。次は同じことを二番ポジションでやります――まったく初めてなのに、数分もすると、少女たち皆が揃って一端のダンサーのように見えてくる。

クロエ・ウィーロックはジャズダンスの初級クラスを受けている。大きな窓越しにジョアンはクロエがいることに気付いたが、その素晴らしい体の線とプロポーションに目を奪われて、すぐには彼女とわから

なかった。クロエはスタジオの対角線上に軽やかな跳躍を入れながら窓の方に走ってきたが、ジョアンを見ていたわけではなく、ジョアンの遥か向こうを見つめ、その顔は父親そっくりの三角に尖った狐顔だが、父親のような気取った風はなく、しっかりと一点を凝視していた。クロエは静止してポーズをとり、呼吸を荒くしながら、ジョアンを見た。それから手を振った。

「うちの娘がバレエのクラスを受けてないからと言って悪く思わないでね」一、二週間後、迎えの時間にサンディと行き会うと、そう告げられる。「ジャズダンスのほうが向いてるだろうと決めたのよ」

「いいんじゃない」ジョアンは応える。いままでクロエは、見学の母親たちと一緒に折りたたみ椅子に座り、大きな窓越しにジョアンのバレエクラスを見学していた。小さな膝小僧を合わせ、尖った顎を上げ、姿勢よく座っているその姿は、誰の目にもダンサー然としている。いまジョアンが見ているクロエは、ホイットニー・ヒューストンの歌声がステレオスピーカーから流れているジャズダンスのクラスで、他の生徒たちと一緒に円形になってシャッセをしている。光沢のある赤いユニタードに切れ込みの入ったTシャツ姿だが、ケバケバしい感じはしない。ポニーテールには渦巻きリボンを付けている。歌が終わるのに合わせて少女たちはセンターに集まり、床に跪き、腕を上げて指先を揺れ動かしている。先生から褒められると、皆散らばって、てんでに水筒からごくごくと水を飲み、肩にタオルを引っ掛け、高校生を真似てわざとらしい無関心を装っている。サンディに向き直り、ジョアンが付け加えて言う。「でもね、あの子がバレエをやりたいと思っているなら、早い方がいいわよ。ロシアでは四歳から始めてるの」

「ここはロシアじゃないし、あの子はジャズをやりたいのよ。楽しんでるわ。それにまだ七歳よ」

「ジャスもいいわよ。でも才能を無駄にさせたくないわ」

「ということは、あの子には才能があると、今になって言うわけ」

「才能があるかないかなんて、あなた、わたしに訊いたことないでしょ」ジョアンが反論する。

「でも、まあとにかく、あの子はジャスがやりたいんだし」

「それならそれでいいわよ。やりたいことをやるべきなんだから」

サンディが口を噤む。それにしてもなぜこの人はさっきからずっとわたしのそばにいるのだろう、とジョアンは不思議に思い、サンディの見ている方向に目をやる。スタジオでは、バレエクラスの女の子がクロエにトウシューズを試させてあげている。リボンがぎこちなく巻かれ、サテンのシューズは小さな踵にはゆるくて余っているが、クロエは易々と爪先立ちになり、今までと違った高い視界から周りを見渡している。腕を動かしたり、軽くステップを踏んだりしている。

「ほら、見て」サンディが声を上げる。「あの子、できるのよ」

「だめよ。脚の骨がまだ柔らかいんだから。もっと強くなってからじゃないと」

「ただ遊んでるだけよ」

「違うわ」ジョアンは断固として言う。「遊んでるんじゃないわ」

ロビーのカーペットに座り込んでいるハリーもクロエを見ている。会うことは次第に少なくなってはいるものの、クロエは自分のベストフレンドだとよく口にする。クロエは休みの日には彼を無視しているようだが、放課後、ハリーが水泳に行かず、自分もダンスや体操教室に行かない日には訪ねて来たり、家に遊びに来てとかゲームをしようなどと電話をしてくる。

ハリーは立ち上がり、女の子たちの注意を引こうと窓ガラスを叩く。クロエは爪先立ちをやめて持ち主の女の子を見る。するとハリーが爪先立ちになり、お尻を突き出し、頭上で腕をアンオー（両手を上げて肘を軽く曲げたポジション）にして円を描いて回り、ふざけながらよろよろとしたアラベスクをして、それからトウシューズを履

いているクロエのプライドを傷つけるような格好で何回か横跳びをする。普段は内向的で真面目な彼にしては珍しい。

息子が自分のやりたいことを見つけるたびに、バレエをやらせることを考えるのはもうジョアンはほとんど止めていた。ハリーがクロエと裏庭で走ったりジャンプしたりしているのをぼんやりと眺めているときや、飛び込み台で直立してから小さく体を丸めて槍投げ競技の槍のようになってプールに飛び込む姿を見ると、もしかしたら、と可能性が頭のなかを掠めるのだが、どうせ他の道に進むだろう、他の職業につくだろうと思うことにしてきた。女の子でなくてよかったと思う。窓の向こうでクロエの友だちがハリーに入っていらっしゃいと手招きをしている、と気付いたときにはもうハリーがトウシューズを履いていた。ぐらついてはいるものの彼はずっと立ち続けて、舌を出して翼のように両腕を波打たせている。夜遅く、ジョアンは『白鳥の湖』のビデオを観ることがあり、たまにハリーもベッドを抜け出してきて、ソファーで眠ってしまうまで一緒に観ていることがある。

「ほら、見て」サンディが声を上げる。「ハリーったらバレリーナだわ」

ジョアンとしては、あの子たちはただ遊んでいるだけよ、と言いたいところだが、口にするのをやめる。

1987年12月——南カリフォルニア

ドロッセルマイヤーがクリスマスツリーを天高く、照明板に届くほど伸ばし、先端に付いた星が見えなくなってしまうと、くるみ割り人形がオモチャから人間になり、他のオモチャたちにも命が吹き込まれ、ネズミたちがブリキの兵隊たちと闘うために暗い部屋に現れる。一番小さなネズミはクロエだ。この日はクリスマスイブで、公演は千秋楽を迎えている。三週間にわたり、火曜と木曜は夜一回、土曜は昼と夜の二回、日曜は昼一回、クロエはいつも舞台袖に待機して、最後の巨大ネズミが顎の下で前足を擦り合わせながら舞台をのそのそ歩きまわり始めると、その後を追いかけ素早く走り出て、こわごわと膝を上げて見せる。ネズミたちが兵隊たちを威嚇して飛び上がり、爪で宙を掻くと、小さなネズミのクロエが尻尾で目を覆うので、観客はそのたびに大笑いする。

灰色のタイツに灰色のバレエシューズ、着ていると暑くてチクチクする灰色のフェイクファーのレオタードを身に着け、重いネズミの頭を被っているので、クロエはほとんど目が見えない。ネズミ役は男子もいるが、大半がモダンダンスを習っている、雪の精には向いていない女の子たちで、胸とお腹を覆う長い涎掛けみたいな楕円形の毛皮が付いた灰色のユニタードを着ている。兵隊たちは頭の高さに刀を掲げ、速足で前進してくる。ジャンプは低くて足の動きもだらしない。そしてここからクロエの最大の見せ場になる。他のネズミたちの後ろから一人で走ってきて、英雄然としたグランジュテ(片足を投げ出して、その方向に軸足で高く跳躍し、投げ出した足で着地する動き)で舞台の中央に出る。頭をきりりと後ろに反らしたその動きは、プロのダンサーが街のダンススタジ

オでバレエを教えたり、商店で売り子のアルバイトをしたりする必要のない一流のバレエ団で踊る有名なバレリーナのようだ。着地するとクロエは素早いパ・ドゥ・シャ（膝を外側に向けて、それぞれの足を反対側の膝まで順番に引き上げながら行う跳躍）を数回行う。最初は兵隊たちに向かって、次はネズミたちに向かって、そして再び兵隊たちに向かう。両足はその都度クロエの意のままの場所に下ろされる。それからシェネで兵隊たちにどんどん近づき、彼らを後退させて静止し、拳骨を振って見せる。

クロエの左側の袖の暗がりでは両親と母方の祖父母、おじさんのロドニー、おばさんのサラが見守っている。ジョアンは毎晩そこに立っているが、今夜はクララの生意気な弟フリッツを演じているハリーを見るためにジェイコブも一緒だ。クララを踊るのは痩せてニキビだらけのハイスクールの生徒で、彼女はタフタのパーティードレスや白いネグリジェの衣装のまま絶えず外で煙草を吸っている。フリッツは悪戯しておもちゃのくるみ割り人形を壊してしまう。会場ががら空きでもジョアンさえいてくれればクロエは一生懸命に踊るつもりでいる。ジョアンが見ていてくれなければ意味がない。なぜなら、ジャズダンスのクラスが終わったらバレエのクラスにいらっしゃいね、と言ってくれたのはジョアンで、クロエが入り口で躊躇していたら手招きしてくれて、バーの空いてるところに付きなさいとか、センターレッスンのときには後ろで自分のできるだけのことをしてなさい、とアドバイスもしてくれたのだ。最初の頃、クロエは鏡のなかの自分を見るのが嫌だった。バレエ用語もわからないし、腕の使い方もチンプンカンプンで、鏡にそういう自分が映っていたのだ。皆がこざっぱりした黒いレオタードを着ているのに、自分だけジャズダンスの稽古着で馬鹿みたいに派手で、インチキ臭く見えていた。

ジョアンはクロエが来たがるときにはいつでも我が家に招き入れ、裏庭でハリーとメチャクチャ踊りをしているのを誉めてあげる。ふたりが遊び疲れると、おやつに野菜のスライスを出し、バレエ映画を見せ

てあげたり、自分がプロのダンサーだったときの話を聞かせてあげる。クロエの母親がジャズダンスの稽古着にお金がかかるとぶつぶつ言っていたので、お古のレオタードとタイツを数枚調達し、クロエをバレエショップに連れて行ってシューズを買い与え、ママにはサンプル商品で無料だったと伝えなさい、と言い含めた。ところがどうしたことか、最終的にクロエの母親はバレエのほうが娘には向いていると認め、いまではすっかりバレエママに変身して、クロエに付きっ切り状態で、クラスはすべて見学するし、帰りの車のなかで大きな声で他の女の子たちの動きや体つきを批判する始末なのだ。

ブリキの兵隊たちが怖気づいている。クロエは仲間のネズミたちのほうに向き直り、勝利を祝い、腕を突き上げる。拍手が湧き起こる。そのとき、ひとりの兵隊がクロエの尻尾をドンと一回強く踏む。

尻尾を踏まれたらものすごく怒った仕草をするようにと演出家から言われていたが、振りをする必要などない。自分がやられる瞬間の憤りは、クロエには毎回新しい痛みとして感じられる。クロエは飛び上がり、兵隊たちの周りをぐるぐる回りながら怒りを爆発させて突っ込んでいく。でも兵隊たちは子ネズミの小さな爪など怖くない。クロエを捕まえ、振り回しながら、居並ぶ仲間たちに次々にたらい回しする。兵隊たちから漸く解放されて、舞台に倒れ込んだ子ネズミは屈辱のあまりに癇癪を起し、冷たいつるつるした床の表面を握りこぶしと足でどんどん叩き、大ネズミに抱き起されて袖に抱きかかえられて行く間もまだ脚を蹴り上げたり手足をばたつかせている。「もういいんだよ、クロエ」大ネズミが耳元で囁くと、やっと落ち着いて彼の腕にぶら下がりながらゆっくりと降りる。

舞台の反対側から王冠を被ったネズミの王様が三日月刀を振り回しながら登場するまで、ふたりは袖で待機することになっているが、王様の登場と同時に二人で出て行かなければならないので、大ネズミはクロエを抱いたままでいる。リハーサルのとき、クロエは彼にずっと抑えられているのかとジョアンに文句

を言ったが、袖で待機しているのはたったの二十秒だと言われたので嬉しかった。大ネズミは照明器具店で働いているブレットという若者で、体臭とコロンが混じった臭いがする。被っているネズミの頭の内側はいつも湿っていて、かび臭いので、ブレットはしょっちゅうその中で大声を出して呼吸をしている。ネズミの頭はクロエにディズニーランドでハグしてくれた着ぐるみの動物たちを思い出させる。マッターホルンのあの男のことも思い出す。その記憶は曖昧でぼんやりしていて、振動と騒音で朧になっている——下って行くトボガン、ガタガタ音を立てる線路、雪男の咆哮——でもその薄れた記憶の中心に、自分の母親が見知らぬ男に抱かれ、目を閉じてもたれかかり、口を半開きにしているという、なんともおぞましい光景が見える。あの男は誰なんだろう？　記憶のなかのその男には顔がなく、クロエの母親の首すじにキスをしている。その記憶が正しいとは限らないが、クロエと母親のあいだに砂利のように嚙み合わない違和感をもたらしている。時間をかけて形成される真珠層のように、その違和感は徐々に大きくなり、しかも不透明性を増している。

抱いたクロエをお尻で支えているブレットがうめきながら体重を乗せ換える。姿勢を変えるときに後ろにのけぞったので、クロエはブレットの体の前側で正面向きに抱っこされるかたちになる。クロエのレオタードの背中の毛皮と彼の胸の毛皮が重なり、タイツを通して彼のユニタードの温かい湿り気が伝わってくる。心臓の鼓動まで伝わってくる。リハーサル期間中、クロエはブレットに好感を持っていた。親切で、学校のことを訊いてくれたり、尻尾を踏まれたときにどうやってジャンプすればその痛みを観客に感じてもらえるか、お手本を見せてくれながら教えてくれた。彼はタイツの上にスウェットパンツを半ズボンにしたものを着け、カールしている金髪にクロエ好みのバンダナを巻き付けていたが、上半身はタンクトップなので、これは好きになれなかった。脇の下の黒い茂みが見えるからだ。その毛で触られると気持ち悪

いと伝えたら、彼は笑い、Tシャツを着るようになった。

いまは本番だから、ブレットのハンサムな顔とカーリーヘアーは、大きな白い二本の歯と飛び出した黒い目をした巨大な髭面ネズミの頭に隠れている。だが、タイツの股間の膨らみが問題だ。ちょうどそこにクロエの下半身があたっているのだ。刺繍が施されたベストや、ベルベットの上着や長くてたっぷりした袖が付いたシャツなど、男性ダンサーの上半身の衣装は好きだが、下半身やお尻の筋肉、そして股間の膨らみが丸見えの単色のタイツには違和感がある。男の子たちが持っているものが何であるかは知っているし、そのイラストを本で何度も見たことがある。ハリーに頼んで見せてもらったこともあるのだが、紫がかったピンク色をしたイラストのそれや、ハリーが見せるのを恥ずかしがった殻のないカタツムリみたいなものと、輪郭だけがわかるブレットのタイツのなかのものとの関連性がわからない。

いつだったか、テレビでアースラン・ルサコフの特別番組を放送していたとき、赤ワインをプラスチックカップにたっぷり入れて部屋に入ってきたクロエの父親が、立ったまま画面を見ていたが、しばらくしてから言った。「小さなブドウ一房の密入国者のためにこんな大騒ぎかよ」

「ブドウ一房の密入国者ってなに?」

「タイツを穿いた男のことだよ」父親はそう言って、リモートコントローラーを手にするとチャンネルを替えてしまった。

そのせいで、ブドウを見ると男子がタイツのなかにそれを詰めている姿をクロエは想像してしまう。午前中のあいだリュックの中で押しつぶされて生暖かくなったプラスチック袋のランチにブドウが入っていたら捨ててしまう。パ・ド・ドゥなんかしなくても有名なバレリーナになれるだろうかとジョアンに訊いたこともある。それはあり得ない、でも男子と組んで踊るにはこれから数年はかかるから心配することな

い、という応えだった。金平糖の精のヴァリエーションはまさにクロエがやってみたい踊りだ——軽い身のこなしで、優美に、一人で完璧に踊る——でも金平糖のカヴァリエールが一緒のときは彼がいつも彼女の手を握り、回転のときには両手でウエストを支え、リフトのときには太股を摑んで持ち上げる。

母親はどの日の公演も観に来ているが、今夜は父親も来ると約束してくれている。家には、昨年の使い残しのラッピングペーパーに包まれたクリスマスプレゼントが少しだけ飾られている。学校のクラスでラッピングペーパーのセールをやったとき、ほとんどの生徒の親は子供に少なくともロールを数本持たせたが、クロエは母親が買ってくれないので、手作りの紙製スウォッチを近所に売り歩いてお金を稼ぎ、小さなペンギンが一面に印刷されている銀色のペーパーを自分で調達した。学校主催のクリスマスバザーで、クロエは父親のために小さな額に入った競輪選手の写真を選んだ。写真の下には、忍耐強くあれ、というような文言が書いてある。父親はモールでの仕事を失い、新しい働き口がまだ見つかっていない。そのことは誰にも言ってはいけないことになっているのだが、すでに皆に知られているのは明らかだ。夜、ベッドに入ると、両親はテレビを見ているか、喧嘩をしている。自分たちの娘について口論をしているときもある。

「あなたはクロエが天才だと言い張ってたわね——そうよ、本当にあの子にはすごい能力がある。あの子は優秀なのよ」

「俺が言い張ってたって？　それはお前だろうが。あの子より、お前がこのバレエってやつに夢中になってるんだ」

「あの子にチャンスを与えたいのよ。あの子は何をやっても見込みがある、そういつも呪文のように言っていたのはあなたでしょ。何千回、何万回と。まるで大人になり切れてない阿呆みたいにね。グランドラ

ピッズ（米国ミシガン州南西部の都市で、家具工場が多い）出身で、父親がしがない歯医者だったのを恥じているみたいにね。馬鹿馬鹿しいったらありゃしない」

「馬鹿馬鹿しいとは何のことか教えてやろう。この、バレエってのが糞くらえなんだよ。ちっちゃな女の子たちのためのおとぎ話にすぎん。小娘たちやお前やジョアン・ビンツや彼女のオカマ息子のためのおとぎ話だよ。せめてもの慰みは、バレエをやってる女の子たちはデブにならないってことだ。どれだけ金がかかると思ってるんだ？」

「わかってるわよ」

「なんなら、この家ごと隣のビンツ家にやってしまったらどうなんだ？　それでお前は満足なんだろうが」

沈黙が流れた。そして母親の、まるで教師みたいに冷静な声が聞こえてきた。「他のスタジオを探せって言うわけ？　そしたら運転する距離が長くなって、ガソリン代も私の時間も食うのよ」

「どうせお前は忙しいだろうよ」

「あたしならすぐ仕事を見つけられる。働いて、ちょっと稼いで家計の足しにするほうがましだわ。バーテンの職にだって戻れるし」

「女房の世話になどなるもんか。バーテン女と結婚してられるかってんだ」

「上等だわ。車の未払い金を回収しに来る業者がもうすぐ来るのよ。あたしの実家に引っ越しましょう。いや、いっそ一家全員で餓死すればいいのよ」

父親が、静かに言った。「黙れ。腹立たしい奴め。いいから黙るんだ」

妻の世話にはなりたくないという父親の言い分は正しい、とクロエは思う。母が父をリフトしたり回転

させたりして、二人でパ・ド・ドゥをしているのを想像してみるが、それはないだろう。夫婦喧嘩が始まるとクロエは泣きだしてしまう。踊るのを止めさせられるかもしれないと心配になる。両親にはもううんざりだ。自分が踊ることと両親は何の関係もないはずだ。

最近クロエは人間をダンサーと非ダンサーとに類別しているが、両親は非ダンサーの部類に入る。父と母が考えていることに意味はない。ハリーはジョアンと暮らせることがどんなに幸せかを知りもしない。学校、つまり非ダンサーの場所でのハリーは知能の高い生徒のクラスに属しているが、遊びの時間になるとクロエとの友だち関係をひけらかし、仲良しだということを態度で表わすので、クロエは恥ずかしい思いをしている。クロエは放っておいてもらいたいのだ。そうすればハリーの感情を傷つけないで済む。ハリーは恵まれた世界、普通の人間が入っていくのが難しい世界に属している。

ネズミの王様が登場し、クロエが拳を頭上に掲げてアラベスクを決めると、ブレットが彼女をリフトして左右に揺らしながら舞台に走り出る。

1990年3月——南カリフォルニア

映画「レッドオクトーバーを追え」の最後のところで、ジャック・ライアン（演じるはアレック・ボールドウィン）と亡命者のキャプテン・ラミウス（演じるはショーン・コネリー）が大きくて不格好な黒い潜水艦を航行させながら月光を浴びるペノブスコット河を見渡している。「新世界にようこそ、キャプテン」とジャック・ライアンが言う。

ロシアの合唱団の歌が流れ、タイトルバックが映し出される。ハリーとジェイコブは席を立ち、通路を歩いていく。「あれと同じことをママはアースラン・ルサコフのためにやってあげたんだよね」ポップコーンとカーペットクリーナーの匂いがするロビーに出ると、ハリーが言う。「ママはジャック・ライアンみたいだ」

「でもママは誰も撃ってない」ジェイコブが応える。「それは確かだ」

ハリーは元気いっぱいに進んでいく。その広い歩幅がガラスドアに向かって徐々に疾走していくみたいになり、両腕を大きく振り上げて空中に飛び上がるような体勢になった途端、急に静止し、エネルギーを漲らせて父親の方に向き直る。胸の前で腕をクロスさせ、片足からもう一方の足に体重移動してくるりと振り返るその敏捷な動きはまるで神業だ。ハリーはどんな時も、舞台で演じているような派手な動きをする傾向がある。ジェイコブ自身はハリーのように全身で情熱的な仕草をすることはないが、人前ではしゃぐ息子に戸惑っている表情は見せないようにしている。「落ち着きなさい」そう言ってたしなめるぐらい

だ。

「ぼく、落ち着いてるよ」ハリーは応える。「すごく面白い映画だったでしょ。でもあの男にはモンタナ州をぜひ見せてあげたいと思うんだ」

ジェイコブはハリーの肩を抱き寄せ、その筋肉に驚く。ハリーはもうすぐ十二歳になるが、クロエ・ウィーロックをリフトする大切な日が近づいているので、盛んに腕立て伏せをして体の準備をしているのだ。

「そうだね」ジェイコブが息子に相槌を打つ。二人はドアを通り抜け、曇ってひんやりしている夜の街に出る。引っ越して来て七年になるが、カリフォルニアの穏やかな三月の気候がいまだに新鮮に感じられる。

「あのシーンは悲しかったね」

「ねえ、パパ、潜水艦で亡命した人が本当にいたと思う？　ぼくたちが知らない間に？　ズイェフとベレンコは新聞にスクープされてしまったけど、あれは彼らがまず外国を経由したからだよね」

「我々の知らないことが世の中でたくさん起きていると思うけど、今日の映画はおそらくいい話だったと思うよ」

「本当にあった話だったらいいよね」

「実際に起きたことでなくても、真実を伝えることはできると思うよ」

ハリーは話を聞いていないように見える。腕をこわばらせ、頭を真っ直ぐにして、ロシア兵の行進みたいなことをしている。そうしながら口を開く。「パパが言っていることの意味がわからないよ」

「つまり、その話がきみに本当に感動を与えるなら、実際に起こったことでなくても、きみにとってそれは真実なんだ。昔の神話みたいにね。神話に出てくる話は、本当にあったことよりも当時の人々には重要だったに違いない」

ハリーはジェイコブの周りをぐるぐる回ったり、ムーンウォークをしている。「そうかもね。でもぼくはあの映画の話は本当にあったと思いたい。潜水艦のキャプテンはちゃんと亡命できたんだってね」

亡命者たちはハリーの憧れの的で、彼はロシア人ダンサーたち、特にルサコフについての切り抜きをスクラップしている。アレクサンダー・ズイェフが自ら操縦するミグ29でトルコに飛来してからというもの、このパイロットにも興味を持ち、新聞の関連記事をたくさん集めていた。その後、興味の対象が広がり、タイム誌が掲載したブランデンブルク門の民衆の写真もスクラップしていた。ハリーの部屋の掲示板にはバレエ公演のプログラムやルサコフの写真がたくさん画鋲止めされているが、下の隅の空いたスペースには、ベルリンの壁の有刺鉄線を飛び越えようとしている東ドイツ国境警備兵の、六〇年代の有名な写真のコピーが貼られている。十歳のとき、ハリーは「ダイ・ハード」を観たいとジェイコブに執拗に頼んだ。ボリショイ・バレエ団のダンサーだった亡命者、アレクサンダー・グドゥノフがドイツ人テロリストの役で出演していたからだ。

しかし、崩壊が始まっている。ベルリンの壁が倒れたので、まもなく東陣営がなくなり、スーツケースのなかに丸まり隠れてヒースロー空港から自由への逃亡をするようなバレリーナがいなくなれば、ハリーはがっかりするだろう、とジェイコブは思う。ハリーは思い込みが激しい性格だが、バレエと亡命者に対する長年にわたるこだわりは、気がかりでもあり、驚くべきことでもある。

「アースランはあの映画を観るだろうか」ジェイコブが車を発進させようとしているとき、ハリーが訊く。

「どうだろうね」

「ママがまだ彼と知り合いだといいのになぁ。捨てられたことで彼を憎むのをママがいつかは止めると思う?」

ハリーはジョアンとルサコフの昔について大まかなことは知っているが、もっと他にも、大人の世界の、入り組んだ不快な出来事、両親がひた隠しにしている、カビが網状に巣くっているような何かにも気付いている。いつも何か嗅ぎまわり、質問をし、まるで未解決事件を解明して結末をはっきりさせようとしている。男女の愛には計り知れない部分があること、自分に分からないことがこの世の中にはあること自体を理解できないでいる。「ママは、きみが考えているようなことではなく、それ以上に複雑な理由で怒っているんだよ」ジェイコブは説明してあげる。「アースランはママに対して良い人間ではなかった。彼という人間は知り合いになるに値しないとママは思っているんじゃないかな」

「アースランがぼくのママと付き合っていたなんて信じられないよ。物凄いダンサーなんだからね」

「それより、良き人間であることのほうが大切だよ」

「彼のバルーンが殺してやりたいほど羨ましい」

バルーンとは、ハリーが使い始めた新しい単語で、素晴らしいダンサーがジャンプする際に、あり得ないほど長いあいだ宙に留まっていることを意味するのだという。ハリーの説明によると、そのトリックは単に跳んだ高さによるのではなく、腕の使い方にあるという。ジェイコブは駐車場をあとにして大通りに出る。映画を観ているあいだに雨が降ったのだろう。信号機の赤と緑のライトが濡れた路上に長いすじを落としている。

男の子はどの子もヒーローを持っている、ジェイコブは自分自身に何度もそう言い聞かせてきた。しかしハリーがアースラン・ルサコフに対して抱いている崇拝に似た感情は、終末世界の新興宗教に取り付かれたようにジョアンが自分自身をアースランに捧げていた、あの不気味さを思い起こさせる。あの頃、ジェイコブは根気よく手紙を書き続け、まるで井戸に硬貨を投げ入れるような心境で、郵便ポストの黒い口

に投函していた。自分の日常生活について、彼女に感銘を与えようと哲学的な文章を混ぜながら、本当に彼女を愛しているのはルサコフではなくジェイコブなのだと早く彼女に気付いてもらうために、安っぽい、感傷的な、歯が浮くよう励ましの言葉を並べ立てていた。彼の十通に対して一通の割合でジョアンから返信が来たが、その中身は、他の男への愛に麻痺し、その愛に凍り付いてしまっている心情が脈絡もなく書き綴られた支離滅裂なものだった。それでもジェイコブは、惨めなジョアンもそのうち目覚めるだろうと愚かな希望を持って、明らかに不幸で不健全な状況は早く脱し、君の愛に応えず感謝もしていない男は捨てるべきだ、なぜなら君にはありとあらゆる価値があるのだから、と手厳しくも愛のこもった手紙を送り続けた。しばらく音沙汰がないと思っていたら、次の手紙が来るのだが、内容は以前とまったく変わっていない有様だった。

一分ほどの沈黙のあと、ハリーが言う。「アースランがママのボーイフレンドだったなんて本当に信じられない。狂ってるよ。どうして彼はママを好きになったんだと思う?」

「どうしてって、ママが素晴らしい女性だからだよ。それにしても、本当に彼がママのボーイフレンドだったかどうかはわからない」

「ボーイフレンドだよ。二人一緒の写真があるじゃない」

「どの写真のこと?」

「ママのスクラップブックにあるよ。新聞記事のや、他にもある——普通にカメラで撮影したのなんかも」

「ママがスクラップブックを持ってるって?」ジェイコブが声を荒げる。「ママがきみにそれを見せたのかい?」

「偶然に見つけたんだ。ガレージで」そう言いながらハリーは正面の小物入れを開け、ごちゃごちゃに入っているカセットテープを手探りし始める。こうやってがらくたをかきまわしているうちに何かを見つけるんだ、とデモンストレーションしているかのようだ。

「自分以外の人の物に手を出してはいけないよ」

「してないよ！　ぼくはただ探検ごっこをしてたんだ」ハリーはテープを選び出さずに小物入れを閉じる。

「ママだって怒らなかったし。それどころか、一緒に見て、写真がどこで撮られたかとか、バレエ団がヨーロッパ・ツアーをしたときの話もしてくれたんだ。アースランが亡命後、初めてアメリカを出たときのことだよ。あのときは彼が拉致されてロシアに連れ戻されるんじゃないかと皆が心配したと思う。だからさぁ……」疑いを抱いているジェイコブを横目で見ながら、ちょっと間を置いてからハリーが続ける。

「やっぱり彼はママのボーイフレンドだったんだよ」

「大体においてだね、もしきみが誰かのボーイフレンドだとしたら、きみはその相手に親切にして、その人がすることをサポートするだろう。パパが思うに、アースランはママのことを真剣に受け止めようとはしていなかった。それはママにとってすごく辛いことだったんだよ。ママは彼を喜ばせようと心底一生懸命だったから」

息子との会話が行き過ぎて深みにはまってしまったのではとジェイコブは心配になるが、ハリーは無関係なことを話し始める。「ヨーロッパでは、バレエを観に来る人たちが皆揃って拍手喝采するって知ってた？　何て言うんだっけ？　ママが教えてくれたんだけど。ほら、誰かが**パチパチパチ**っとやると同時に、同じ拍子で全員が手を叩くんだよ」

「イン・カデンス。調子を揃えるということだね」

一年ぐらい前から、ジェイコブは天才児を扱うことが嫌になってきている。そういう子供たちは自分たちが特別であることを鼻にかけ、我が子に過剰な期待を抱いているモンスター・ペアレントも始末に負えないのだ。幸いジェイコブは担当地区での信任が篤く、何もない丘の裾野に新築住宅が肩を並べて建っている、文化度がそんなに高くない新しい町に新設された中等学校の校長に任命された。生徒たちの選んだスクールマスコットが、近所の飼い猫を盗んだり、夜中にキャンキャンうるさく鳴いたり遠吠えをする厄介なコヨーテという、そんな町なのだ。いつだったかジェイコブは、勤務する学校の近くにプール付きの気の利いた一軒家を買って引っ越そうとジョアンに提案してみた。目下彼女はその計画を温め、検討している。正直なところ、ジェイコブは隣人がウィーロック家でなくても一向に構わない。あれからゲアリーはだらしのない失業者に成り下がり、自分の車と家のあいだを行ったり来たりしているだけで、もうバイクで出かけることもない。ゲアリーのダンディなファッションが懐かしく思えるとはジェイコブは自分でも意外だが、あの新品のカーキ色のだぶだぶズボンとしわくちゃシャツの組み合わせは別として、古いサスペンダーとカフスボタンのコーディネイトはなかなか様になっていたのだ。夜になると、ウィーロック家のテレビの青い光がジェイコブたちの裏庭をちらちらと揺らめき照らしていたのも懐かしい。

いまのウィーロック家の窓枠と軒のペンキは剝がれ、化粧漆喰には白かびが生えている。車道に沿って植えられたイトスギは伸び放題のぼさぼさで、ビンツ家の前庭にぎざぎざの日陰を作るので、周辺の芝生の生育が悪い。玄関ドア上部の照明灯の電球は切れたままだし、唯一、ドアベルに付いたピンク色のライトだけが暗がりのなかで浮き上がっている。ジェイコブが重い腰を上げてバレエの公演を観に行くのは年に一、二回だが、ウィーロック家の建物を見る度に、『眠れる森の美女』に出てくる蔦の絡まる、深い眠りに落ちた城みたいだと思う。ジョアンについても然り。クロエとハリーのレッスンに夢中になって取り

組んでいる姿は、バレエの舞台に出てくる黒い魔法使いのようだ。

第二子を望むのはもう諦めて、ジェイコブは期待通りにハリーが才能を開花させるのを楽しみに見守っている。他の子供たちからハリーが変り者と思われているのはどうということないが、それにしてもジェイコブの目にもハリーは確かに変わっていて、それが生活のなかに現れているのが気にかかる。自分の息子がシャワーを浴びる時にチャイコフスキーやプロコフィエフの曲のメロディーを口ずさみ、タイツについてはお気に入りのブランドがあり、なんだか面倒くさそうな皮ひもみたいなパンティを持っていて、懸垂を呆れるほどいつまでもやっているし、いつも女の子たちと一緒で、そしてアースラン・ルサコフを崇拝している。息子の口から、妻の昔の恋人の名前を聞かされない日は一日たりともない。アースランがこうしただの、アースランがああしただの。ジェイコブにはルサコフのことを嫌っているように話すジョアンも、ハリーを失望させるようなことは口にしない。それどころか、ハリーがバレエのカタログに丸を付けたルサコフ主演の作品ビデオを買い与え、ＰＢＳのルサコフ特集番組を録画してやっている。親子してキャビネットにバレエビデオをずらっと並べ、一本一本にハリーが手書きでタイトルを付けている。『ルサコフ・ベスト作品集』『白鳥の湖』『ルサコフが踊るジェローム・ロビンス作品』『コッペリア』『フェニックス・ライマンに捧げる作品』などなど。ジョアンとハリーは二人してソファーに座り、フットボールのコーチが試合の動画を見ながら議論するみたいに、ビデオを止めたり、巻き直したりしながら鑑賞している。ハリーはその他のダンサーたちについても熟知していて、イレイン・コスタスが登場すると興奮して観ている。『ロミオとジュリエット』の録画にはコール・ドでジョアンが映っているので、ハリーが「ほら、ママだよ！　ママ、出てるよ！」と叫ぶそばで、本人は自分の姿なんか見たくないとばかりに両手で目を覆っている。

ジェイコブは廊下の壁に飾っていたジョアンとルサコフのツーショットの写真を、内装を変えたいからと言って取り外したが、ハリーはそれをご神体のようにして自分の寝室に掲げている。

「パパ」助手席の暗がりからハリーが声をかけてくる。「ぼくがいろいろ質問するの、気になる？」

ジェイコブはうろたえる。自分の母親、つまりハリーの祖母がよく言う台詞が脳裏に浮かぶ――「バレエは女の子がするものでしょ？」とか、「ジョアンもいい加減にすればいいのにねぇ？」――そんな時、いつもジェイコブは息子と妻を懸命に庇うのだ。ゲイの人がやるようなことじゃない趣味はないの？　とハリーに問いただしているのを耳にした時には、自分の母親を家の外に連れ出し、今度そんなことを言ったらもう孫には会わせない、とまで宣言した。ところが、彼自身、毎日考えているのだ、ハリーはゲイなのだろうかと。ジェイコブが知る限り、息子は他の男性に関しては**バルーン**だけに興味があるようだ。

「気になるときもあるよ」とジェイコブは応える。そして付け加えて言う。「でも気になっても死にはしないさ」

「そう。だったら訊くね。人は、自分が恋しているかどうかって、どうやってわかるの？」

我が家まであと二ブロックのところまで来ている。ジェイコブは車を道路わきに寄せ、エンジンを止める。答える前に、一分ほど考える。「パパが思うに、それは人によって感じ方が違う。でも普通の考え方でいうなら、恋する相手のそばにいると、幸せになる、いや幸せ以上の何か――快感、気持ちがいい、みたいなね。だからいつもその人のそばにいたくなる。その人が何か悪いことをしても気にならない。心臓の鼓動が速くなる場合もあるようだ。じっとしていられなくなるとか。そんな気分になったら、ハリーにもわかるんじゃないかな」

父と息子は、走っている車に乗っているような姿勢で、フロントガラスから前方をじっと見つめたまま

でいる。ずっと昔、キスをしようという下心を持ってジェイコブがジョアンをビーチに誘い、ドライブしたことがあった。あの時は彼女への愛の高まりで興奮しすぎて、まるで拷問を受けているみたいに苦しくなって、自分のなかに起きた欲望で心臓が止まるのではないかと心配になった。あれから二十年以上も経ち、彼女の自分に対する愛にも確信が持てる今、欲望は消え失せてしまった。彼女を愛してはいるが、思春期特有の捨て鉢な、燃え上がるような情熱は、相手への慣れと安心感に満たされた生活のなかで続くわけがない。彼女自身も変わった。思い悩むことがなくなり、自分の殻に閉じ籠らなくなり、神秘的なところもなくなった。自分たちは同じ巣に生息する二体の動物であり、互いの存在を認め合い、生活という業務に専念している。

「パパの答えは役に立ったかな?」ジェイコブは黙ったままのハリーに話しかける。「月並みな譬えでの説明しかできないけどね。ただし、恋している、というのと、誰かを愛している、というのは違うんだ。本当に激しい感情というものは長続きもしない。わかるかな? 難しい問題だけどね」

「そうだよね、ただ、思うんだけど、バレエではぼくたち、気持ちをさらけ出すでしょ? それなのに普段の生活ではクールにしてなくちゃならない」

「そういうときもあるね」小さな水滴がフロントガラスに付着している。父と息子のあいだには沈黙が停滞している。思ったより自分が神経質になっているとジェイコブは感じている。「いま、特定の誰かに恋しているのかい?」

「もちろんよ、あの子はクロエに恋しているのよ」その夜、洗面台の鏡を覗き込み、眉毛を抜きな

がらジョアンが言う。ジェイコブは隣の洗面台でTシャツとボクサーパンツ姿でデンタルフロスをしている。「誰の目にも明らかよ」

ジェイコブはウサギみたいな顔をして前歯に糸ようじを当てている。「そんなの知らなかったな。なんで教えてくれなかったの?」

「あの子から直接聞いたわけじゃないのよ。わたしたち夫婦で息子の噂話なんてしたくないし」

「僕たちの話題はいつだってハリーのことじゃないか。子供を作る理由の半分はそのためじゃないか」

ジョアンはコットンに化粧水をつけて眉毛を拭く。「そうだったわね、ハリーが産まれる前はよく子供のことを話し合っていたんだわ」

奥歯の掃除をしようと大きく口を開けて、ジェイコブは妻の言い分に同意しながらうなり声を出している。

「とにかく、週に四日もハリーはクロエとバレエのクラスで一緒なのよ。あの子はしょっちゅう家に遊びにも来てるし。二人とも微妙な年頃なのよ。自然の成り行きだわ。どうせ一方的なものだと思うし、別に心配することないんじゃない?」

口をゆすぎ、流しに吐き出してから、ジェイコブは姿勢を正して唇を濡らしたままジョアンを見る。

「一方的って? じゃあ、彼女の方が上手ということかい?」

「そんなこと言ったって、クロエはまだ子供で、自分のことをかっこいいと思っているだけよ。でも、これで息子がゲイかもしれないと心配する必要はなくなったじゃないの」

「心配なんかしてなかったさ。だがこうなったら今度は、クロエ・ウィーロックがハリーのか弱い心を傷つけるんじゃないかと心配になってきたよ。でも、もう止めよう。ぼくたちの息子のホルモン問題に介入

するのは気が進まない」

「自分が言い出したんじゃないの。ゴシップは嫌よと言ったのは、わたしなんだから、でしょ？」

「あの娘に恋するのは早々に止めてもらいたいよ。そうだろ？」

「わからないわ。クロエのことをそんなに知っているわけじゃないし」

「なんだって？　何言ってるんだ？　いつもあの子と一緒にいるじゃないか」

ジョアンは疲れていて、自分と生徒は殆どのコミュニケーションを体に触れたり、ジェスチャーや、フランス語のバレエ用語を使いながらしているのだと説明する気にもならない。クロエの膝や踝（くるぶし）や手首についてならよく知っている。いつも触っては、力を抜くようにと揺さぶったり、角度を直してあげたりしている。実際、一番良く知っているのはあの子の関節についてなのだ。一連のムーブメントを教えるときは、フロアを軽く動き回りながら、動きを用語で説明し、やってもらいたいことの手本を見せてあげる。「こうして、後ろに、つまりアン・アリエールで、次は――」そんなふうにして、グリッサード（5番から片足で踏み切って低くジャンプし、足を入れ替えてまた5番に戻る動き）とかパ・ド・ブレ（ポアントまたはドゥミ・ポアントで足踏みする動き）も自らの体でやって見せて、確かめさせる。「わかった？」クロエは飲み込みが早い。しかしまだ自分というものを持っていない。ジョアンが最も憂慮しているのはその点なのだ――クロエの根性、自分を律する力、表現力、感受性、自分をコントロールする能力については未知の状態だ。習い始めて日が浅いため、この子はただ踊るのが好きで夢中になっているのか、それともバレエを天職にするべきほどのものなのか、それがジョアンにはまだ見極められない。

「子犬ちゃんたちの恋は放っておきましょうよ」彼女がジェイコブを諭す。

「この子犬。恋する我が息子。あの子がゲイじゃないと本当に断言できるのかい？　彼は、クロエという女の子になりたいのかもしれないよ」

「そういうのはあなたのお母さんの台詞でしょ」

「ハリーはアースラン・ルサコフに恋しているとばかり僕は思っていたんだけどね」

ジョアンは力を込めて腕にローションを摺り込み、白い乳液が肌で光沢のある被膜になるまでこすり、肘を点検し、細い指と指を絡めては関節がずきずきと痛むほどに強く引っ張っている。ハリーがアースランに夢中になっているのは当然ながら母親のせいだ。息子は自分が彼の虜になっていると思っているが、母親の影響でそうなっているのだ。ハリーがこんなにバレエに真摯に取り組むと初めからわかっていたら、自分にとってこの男がどんなに大切な存在だったかを話したり示したりはしなかっただろう。でも、ダンスについて大いに語りたいと思っている人間が身近にいるのは心が和む。今の自分ではない自分を息子に知ってもらうことは、なんという快感だろう。

「アースランに対してはそうね、ちょっとは」ジョアンは自分なりの考えを言ってみる。「でもそれはセクシャルなものではないわ。踊るということの一種のショックなのだと思う。でも、性的なものだとしたら、どうしたらいいのか」

「ということは、君もあの子がゲイかもしれないと心配しているわけか?」

「ゲイだってかまわないわ」

「どういうことなんだ?　自分の息子が昔の自分の彼氏に恋しているなんて気持ち悪くないか?」

ジョアンは鏡のなかの夫の目を見る。年を経るにつれ、彼は当てこすりのようなことを口にすることが増えていると思うことがある。妻がティーンエイジャーの若い子たちと一緒にいる時間が多すぎることも気にしているようだ。「そんなに気持ち悪いことかしら?」

「とにかく、これまでだって気持ち悪すぎてるじゃないか。そもそも君とアースランの、あのスクラップ

ブックは何なんだよ?」

ジョアンは彼の方に向き直り、両腕を相手の腰に回してから後ろに反り返る。おのずからジェイコブが彼女の全体重を支えることになる。彼が不機嫌そうな顔で嫉妬したり、独占欲を見せるのは久しぶりだ。ジョアンは昔を思い出して楽しくなる。ジェイコブを十分に愛してあげないことで、これまでの二人の関係は彼女が有利だった。それは、自分がアースランに愛されていないことの腹いせだった。ハイスクールの始業日に、探していた教室に連れて行ってくれた男の子、彼こそがわたしの人生に大きな奇跡をもたらしたのよ、とジェイコブに説明してあげたい。心の安らぎを持つべきだと後押しをしてくれたのはあなた、その心の安らぎの源はあなただとわたしが気付くまで辛抱強く待っていてくれたのもあなただった、と。感謝の気持ちを伝えたいけど、それにはまず、ジェイコブとの結婚は妥協の産物だと愚かにも思い込んでいたことを自分自身が認めなくてはならない。「ああ、あれのこと」

「今でも彼にヴァレンタインの贈り物をしているの?」

「してるわよ。組み立て式の大きな赤いきらきら紙のハートをね。スクラップブックは……よく覚えてないけど……確か私がまだ若くておバカだったときのものよ。自分に起こっていることが本当だと証明したいと思ってスクラップしてたの」

「ハリーは僕とアースランが入れ代わればいいと思ってるんじゃないかな」

「いやだ、ありえないわ。絶対に。だってアースランはつまらない父親にしかなれないし。それにハリーはあなたが好きなのよ」

「**そうか?** それならいいけど。時々思うんだ、有名なバレエダンサーじゃないから自分は父親として不適格だと自己嫌悪しているのは、この辺では僕ぐらいなんじゃないかとね」

「おそらく、いつの時代でも、男って、皆そういう風に葛藤するものなのよ」

「ダンサーじゃない男が、このアースラン野郎に対抗するには時すでに遅しかな？」

「遅すぎるなんてことないわ」

「僕が言いたいのはだね、ハリーがアースランにのめり込み過ぎてて、時々気味悪くなるということなんだよ」

「わかってる。前にもそう言ってたから。それに対してわたしは、明らかにハリーはアースランを自分の偶像にしている、と言ったわよね。でも長くは続かないと思う。ハリーの方は成長して、アースランは年取る一方だもの。ハリーは自分こそが神として崇められたがっている。それがバレエの世界なのよ。わたしはそんなのばかり見てきたんだから」

「なぜアースランは自分が生れ育ったロシアに留まらなかったんだろう？　君は、あいつをカナダのガソリンスタンドに置き去りにすることだってできただろう？」

ジョアンが掌を夫の腹部に置くと、彼は胃のあたりを引っ込め、爪先立ちになり、両腕を頭の上に持って行き、傲慢そうな態度で妻を見下ろし、バレエのポーズを真似る。ジョアンが夫の質問に応える。「本当に、なんであの人を置き去りにしなかったのかしらね」

目を開けたままジェイコブは横たわっている。ジョアンが眠っていることを確かめると、ベッドから抜け出し、音を立てないようにゆっくりとドアノブを回し、廊下に出る。フロアランプのかぼちゃ色の光が階段を下まで照らしている。静かに、裸足のまま降りていく。電気はつけず、暗くて冷える階下にた

どり着く。角を曲がる時にぶつかったり、テーブルの脚に引っかからないよう、爪先を内側に丸めている。ガレージに滑り込み、ひやっとする埃っぽいコンクリートの上に立ってからようやく電気を点ける。蛍光灯がチカチカ点滅し、ブーンと唸ってから、ようやく点灯する。駐車している自分の車や、積み重なった自転車の山、洗濯機、乾燥機、植物の肥料の袋を、ジェイコブは順繰りに眺める。二台のサーフボードが、夏の日の海の砂を付けたまま壁に立てかけられている。引っ越してきてそのまま未開封状態のダンボール箱が隅に積み上げられている。この新しいカリフォルニアの家や生活スタイルに合わないものばかりが入っているのだ。冬の衣類、もう使わない子供のもの、祖父母のもの。引っ越しのときに処分してたらよかったのに、いまそれをするとなると、そもそもなんでここまで持ってきたのかという自分たちの馬鹿さ加減を認めることになる。それが嫌でそのままにしてある。黒いマーカーで「ジョアン」と書かれた一番上の箱は中途半端に開けられて、蓋がよれよれで、ガムテープの切れ端がくっついたままそっくり返っている。

こうしてわざわざ寝室を抜け出して、恐らくは腹立たしい事実解明に終わる自分勝手なミッションを遂行しているものの、肝心の探し物はハリーが持ち去って、他のルサコフがらみの宝物コレクションと一緒に部屋に置いているかもしれない。そう考えると、ジェイコブは息子にそれを許したジョアンが恨めしくなる。ところが、蓋を開けて箱のなかを覗くと、ライトブルーのビニール表紙の、大きな長方形のアルバムが、そこにあるではないか。ジェイコブはそれを手に取り、洗濯機の上に飛び乗り座る。素足の踵が冷たい白いエナメルに触れる。セーターか何かを羽織ってくれば良かったと思う。そしてアルバムを開く。

最初の数ページはパリの絵葉書ばかりだ。パリに行ったことはないが、ランドマークは知っている。エッフェル搭、石造りの凱旋門、凱旋門よりもたくさんの石で作られた煤だらけのノートルダム大聖堂。ジ

ェイコブはオペラ座の絵葉書をじっくり眺める。アーチ、柱、押しつぶされたような形の緑のドーム。屋根には彫像が立っているが、目を近づけてもどんな彫像なのかはわからない。建物の内部を映した色合いのどぎつい絵葉書で見ると、漆喰壁の金色はバナナ色で、座席やカーテンは毒々しい赤色をしている。キーロフ・バレエ団の公演プログラムもある。ルサコフの名前が記載されている。パリ・オペラ座バレエ団の公演プログラムも見つかる。ジョアンの名前が出ている。ハリーが言っていた、ヨーロッパ人の観客が一斉に手を叩いている光景が目に浮かぶ。**パチパチパチパチ**。

絵葉書の次には様々な国の消印が押された封筒が貼られていた——マドリッド、ベルリン、ローマ——どの封筒も上部がペーパーカッターで丁寧に開封されている。中身は全部ルサコフからのフランス語の手紙だ。ジェイコブは取り出して眺めるが、何が書かれているのかわからない。外国語には弱い。才能がないのだ。イギリス人ダンサーからの手紙を読んでみる。彼があなたに恋しているなどと間違っても考えてはだめよ。封書のページの次には、彼が亡命した頃の記事の切り抜きが貼ってある。よれよれの黄ばんだ大きなサイズの記事が、アルバムのページに合わせて長方形に畳まれている。ジョアンとルサコフが一緒に写っている写真が掲載されているのもある。当時の彼女のアパートの外で撮られたり、痩せっぽちのジョアンがシフォンのイブニングドレスを着て笑顔を見せている晩餐会や舞踏会でのものなどだ。シカゴのニューススタンドの前で、新聞に載ったこれらの写真を見つめていた自分をジェイコブは思い出す。**よお、あんた、立ち読みしたけりゃあっちに図書館があるよ**。毎回、スタンドの店員にそう言われたものだ。

二人のスナップ写真にジェイコブはドキッとする。若さが漲り、確固とした美しさに溢れたジョアンとルサコフが肉体的にも溶け合って見える。とっくの昔に消えて無くなった、過ぎ行く時間に風化されたと思っていた嫉妬の気持ちがめらめらと燃え上がる。緑色のソファーの上で、素足の膝を折って座り、ルサ

コフに寄り添い、カサガイみたいに引っ付いているジョアンがそこにいる。ルサコフは手にグラスを持ち、脚を組んでソファーの肘に腰を下ろしているツイードの上着を着た男を見上げている。ランニングパンツは着けているが上半身裸で、にやにや笑いながら椅子に座って素足を投げ出しているルサコフの写真もある。ブルックリン橋、セントラルパーク、そしてメトロポリタン美術館の正面階段で、両手をポケットに突っ込み、せせら笑うような表情を浮かべて頭を傾けているルサコフがいる。これもルサコフ、あれもルサコフ。しかめ面したり、おどけたり、不機嫌な顔をしたり、考え事をしたり、踊ったり、得意げな表情をしていたり。何かに集中している夢でも見ているのか、眠っている若いルサコフが額にかすかな皺を寄せている写真は薄気味悪い。ベッドにしゃがみ込み、無防備な相手の顔にカメラを向け、そこまでしてジョアンは思い出を撮ろうとしていたのだろうか。パーティードレスのジョアン、濃い化粧をしてベルボトムにプラットフォームサンダルを履いたジョアン。はにかんで緊張している様子からして、これはルサコフが撮影したものだ。レッグウォーマーを着けてスタジオのフロアに座ったジョアンの膝に頭を載せているルサコフの写真。彼女は優しい表情をして、彼の髪に指を入れ、彼の方は楽しそうに、誰かわからないが撮影者に向かって眉を片方引き上げて見せている。あとはいろいろなバレエ公演のプログラム。ジョアンのことは書かれていないルサコフについての切り抜きや、一緒に写っている写真はまだあるが、仲良さそうには見えない。グループ写真では、笑顔にもかかわらずジョアンは幸せに見えない。次に貼ってあるのは飛行機の切符、それから石作りの橋脚と繊細な作りの鉄の扇飾りで出来た橋が写った絵葉書、あとは空白のページが続いている。

1991年4月──南カリフォルニア

十

三歳の誕生日にはクロエも一緒に「オペラ座の怪人」を観にロサンゼルスに連れて行って、とハリーは両親に頼んでいた。ハリーは自分が行きたいと装っているが、本当はクロエのためなのだ、ということをジョアンは承知している。ゲアリーがまた職を変えたし、ウィーロック家にはチケットを買う余裕などない。さらに悪いことに、ゲアリーは宗教に嵌っていて、娘のためだとしても、愛欲、オペラ、フランス人に関係しているミュージカルの切符にお金を使うのを承知するはずがない。クロエがレオタードを着てバレエをすることさえ訝っているのだ。「クロエのパパはいまやキリスト・フリークなんだよ」とハリーが言っていた。「お父さんたちばかりが集まってお祈りしてるんだ」

「クロエはどう思っているの?」

「知らない。一緒に教会に行ってるけど、それはゲアリーのことを心配してるからで、クロエ自身はキリストには入れ込んでないよ。他の人たちがゲアリーの悪口ばかり言うから、自分は父親のことを悪くは言いたくないんだ。まったくあのオヤジはしょうがないね」

「ハリー」

「パパとママだってそう言ってるじゃないか」

「確かにあの人には問題があるかもしれないけど」ジョアンも認める。「でもハリー、お願いだからクロエにはそんな風に言ってはだめよ」

「ママ、ぼくだって馬鹿じゃないよ。クロエには僕たち家族のことを好きでいてもらいたいもの」

先月、クロエは自分の誕生日に怪人を観に連れて行ってもらえそうだとジョアンに語っていた。ところが当日、母親からの誕生日プレゼントだと言ってCDを持ってクラスに現れた。「これ、オリジナルキャストで録音されているの」クロエはそう明るく言って、バーレッスンは皆でこれを聴きながらやりたいとリクエストした。他の女の子たちも歌入りの音楽で踊りたがったので、望み通りにしてあげると、歌詞を口ずさんでいるのだろう、鏡のなかのクロエは唇を動かしながらレッスンをしていた。バットマンをそんなに感情を込めてやらないで、と注意しなければならないほどだった。

ビンツ家は新居に引っ越したので、レッスン日には以前住んでいたヴァル・デ・ロス・トロスまでクロエを迎えに行く。ジョアンとハリーは向いのレストランから昔の恋人を盗み見するような気分で、いまの持ち主が手直しした部分を探しながら昔の我が家を観察する。自分たちが住んでいない家は小さく古びて見える。転居したのは昨年の夏で、そこは、壁がピンクの漆喰で、屋根がタイル葺きの家が立ち並ぶ、ジェイコブの勤務する学校に近い新興住宅地だ。一家の住居は長方形のプール付きで、水中ロボットマシーンがしょっちゅうプールの底の落ち葉を掃除して回っている。裏庭には、誰も食べない硬くて灰緑色の果実をつけるグアヴァの樹が生えている。オレンジの樹もあって、家族でも食べきれないほど実がなる。ジョアンは電動ジューサーを買ったが、過剰なオレンジがパティオに落ちては砕けるので、蜂が寄って来る。

新しい家は古い家より大きく、明るくモダンなので、ジョアンは素直に家庭生活を楽しんでいる。自分たちが家族としてのかたちを培ってきた以前の家が懐かしくなるのではと思ったが、そんな我が家に対する忠誠心は、一緒に持ってきた家具やダンボール箱入りの家財道具と共に、これからの生活のために見つけた瀟洒な家のものになっている。ジェイコブはというと、一国の城主然としてプールサイドの長椅子に

座り、青い水を眺めている。この太陽、新居、豊かさは自分たちのもの。一家はすっかりカリフォルニア人になっていた。新しい家と古い家は約九・六キロしか離れていない。学校区は変らないのでハリーとクロエは同じハイスクールに通っているが、別々の学校のほうが良かったかもしれない、とジョアンは思っている。詳しくは語らないが、ハリーによると学校でのクロエと普段のクロエは人が違うのだそうだ。ハリーには、常に体を動かしているスタジオでのクロエが本当のクロエに思える。ジョアンは最近、二人にパートナリングを教え始めた。ハリーがクロエに好意を寄せているので好都合ということもある。相手を落とさないよう、緊張はしないで、利己的にならず、サポートすることを面倒がらず、相手に気持ちを集中させることができる。男子はハリーだけなので、他の女の子たちとも踊り、誰に対してもまじめに取り組んでいる。それ以外の対応の仕方を知らないのだ。

歯列矯正器のついた歯を見せながら、大きな笑顔を浮かべたクロエがウィーロック家の玄関から飛び出し歩道を走ってくる。ピンクと黄色のバラ柄の、ひざ下丈のワンピースが身体にまとわりついている。ターンアウトした足にはヒールのあるごつい白い靴を履き、幼い時には淡いベビーブロンドだったのに成長とともに深い色合いの黄銅色になった髪を、骨っぽい素肌の肩に柔らかく垂らしている。ジョアンはドキっとする。スタジオ以外でクロエに会うのは久しぶりで、この年頃の少女によくあるように、クロエは一晩で変わってしまったように見える。子供っぽい、ひょろっとした身体付きだが、何かが変わった印象なのだ。おそらく体そのものが変わる準備をし始め、成長期に入ろうとしているのだろう。スタジオで何時間も眺めながら指導をしてあげているこの不器用な思春期の少女がバックシートに飛び乗り、嬉々として安っぽい強い香りのオードトワレをぷんぷんさせていると、まるで知らない人のようで、これから出かけるロサンゼルスへの遠出が見知らぬ四人のダブルデートみたいで戸惑いを覚える。

クロエがつけているのは何の香りだろう。フリージア？　ローズ？　ハイスクールの中等学校の女生徒はメロンやガーデニアやストロベリーの香りが好きでつけたがる。バレエクラスでは匂いのするものをつけるのは禁止している――スプレイだろうと化粧水だろうとだ。それでも、休憩時間にリフレッシュするために生徒たちが紫やピンクの液体が入ったプラスチックの瓶をダンスバッグからこそこそ取り出しているのを見かける。この年頃の女の子は、大人の女性とはどういうものかよくわかっていないのだ。香水の小さな贈り物を持ち歩いていたミスターKはなかなかずる賢かった、と今更ながらに思う。**この香りが似合います。きみはこういう香りの女性ですね。**昇進させると決めたダンサーにはそう言って贈り物をする。イレインによると、近頃、彼のミューズは減っていて、彼女たちとはもう寝ないが、それでも香水プレゼントは続けているという。健康状態が不安定なようだが、ブルーミングデールに出かけては、トウシューズを履いたお気に入りのティーンエイジャーのダンサーに合う香りを見つけるまで、スプレイしては掌で揺るがし試しながら小一時間ほど過ごしているという。ジョアンにミューズがいるとすれば、それはクロエだ。（母親としての誇りと、教師としての厳しさがない交ぜになって指導しなければならないハリーではない――息子は自分に近すぎる。彫刻を鑑賞するときのように、彼の全体を見極めるには距離を置かなくてはならない）クロエに対しては、彼女の踊り以外には何のこだわりもない。知り過ぎないほうが、この少女をよく見ることができる、そうジョアンは信じている。

北へ向かうドライブ中、ハリーがジョアンの肩をそっと突いて、後部座席からクロエのCDを差し出す。

「これから二時間、またこの音楽を聴きながら行くというわけね」ジョアンはそう言いながらも、ディスクをスロットに入れる。シャンデリアについての台詞がちょっと聴こえたあと、いきなりかき回すようなオルガン演奏の曲が洪水のように車内を満たす。「ウワーッ」ジェイコブが驚いて片手をハンドルから外

し、ボリュームを下げる。

「お招きいただいてありがとうございます」クロエが可愛らしい声でジョアンとジェイコブに礼を述べる。

ジェイコブがバックミラーを見ながら応じる。「どういたしまして」

「来てくれて嬉しいわ」ジョアンが口を開く。「でも、招待したのはハリーなのよ。彼の誕生日だから」

「ありがとう、ハリー」

ジョアンは首をひねって目尻からハリーを見る。息子は窓に寄りかかり、「いいんだよ」と嬉しそうに顔を赤らめている。「最高だよね。でも学校では誰にも内緒だよ。皆がぼくのことを変人扱いしてるだろ。ミュージカルにまでいかれてると思われたくないからね」

「変人であるのはいいことだよ」ジェイコブがとりなす。「変わっているのは、きみが興味深い人間だということなんだから」

「違うよ」ハリーが反論する。「変人は変なんだよ」

「誰にも言わないわ」クロエが太っ腹な調子で約束する。ジョアンの座席の背もたれを摑んで体を前に傾けている。「ねえ、ジョアン、パリで踊っていたとき、オペラ座の幽霊の話を聞いた?」

「まあ、ちょっとはね。ほとんどの古い劇場には幽霊にまつわる話があると思うわ」

「誰かがそこで死んだの?」

「それはあり得るわね。火事とか事故とかで。自然死みたいのもあったと思う——観客が心臓発作を起こすとかして。それに、ものすごく昔は、バレエ団の全員が劇場の建物で生活していたのよ」

「幽霊が出没していたと思う? 気味の悪いことが起こったりしたの?」

「気味の悪いこと?」ジョアンは三階ロージュの真紅のベルベットや、そこから初めてアースランをちら

っと見たこと、彼の楽屋の鏡に映った自分の姿を思い出している。「そんなことはなかったわ。でも地下はちょっと不気味だったわね。石造りでアーチ道になっていて、遺体安置所みたいだし。地下全体が何層にもなっているの。昔は厩舎もあったのよ。でもそこは今ほとんど道具置き場になっている、音響設備や古い舞台装置なんかのね」

「その下には本当に湖があるの？」

「水が溜まっているところはあるけど、湖じゃないわ。劇場の建築工事のときに水が絶えず入ってきて、基礎部分が台無しになったとかで、仕方がないから水を貯めるコンクリートタンクを作ったんですって。地下には鉄格子があって、そこから水の貯まり場を見下ろせるのよ。その水は火事が起きたときに使うと言う人もいたわ。本当かどうかわからないけど。出演者は地下に行ってはいけないことになってるの。裏方さんと仲良しになってないと入れないわねえ」自分があの暗がりのなかの貯水池について面白い作り話ができるような人間だったら、とジョアンは思う。

でもクロエは喜んでいるようだ。「ワオ。すごくクールね。だったら怪人の話は部分的には事実ということなんだわ」

ハリーが茶々を入れる。「作り話でも事実になれるんだよ。パパのほうが上手く説明できるけど、つまり、その話が自分に感動を与えてくれるなら、本当に起きたことでなくても自分にとっては事実になる。神話のように。そうでしょ、パパ？」

「そうだよ」ジェイコブが嬉しそうに応える。「聖書のように、とも言える」ついそう言ってしまってから、ジェイコブはクロエの父親がキリスト・フリークだということを思い出し、バックミラーでクロエをちらっと見る。

「『白鳥の湖』もその類だと思うわ」ジョアンが急いで話を逸らす。「他のバレエもそうよ、『ロミオとジュリエット』とか」

「自分の戯曲からあのバレエが作られたのだからシェイクスピアは運がいいよ」ジェイコブがフォローする。

「でもおかしいよね、ロミジュリをぼくは芝居では一度しか観てない。バレエは何回も観ているのにね」

クロエはさっきから押し黙っている。ジェイコブが出過ぎたことを喋り過ぎたのではないか、クロエは自分が馬鹿にされたと思っているのではないか、とジョアンは心配になる。だがクロエが静かに口を開く。

「あたしも、いろんなことについて、同じように感じています」

ジョアンは片腕を後ろに伸ばし、後部座席を手探りして、触り慣れているクロエの硬い膝小僧に触れると、軽く叩いてあげる。

劇場が暗いのでハリーはほっとしている。その理由はいくつかある。第一に、さっきから屈辱を感じているのを人に悟られないで済むからだ。舞台で繰り広げられている事柄すべてがハリーには耐えられない。歌や演技、霧や枝付き燭台、オルガンやエレキギターの音色、それに黄金の装飾、乳房丸出しの彫像たち、真紅のカーテン、巨大なシャンデリアなど、オペラ座を表現しているセットも酷い。歌いながら舞台の上を歩き回るのは不自然だし、踊るという峻厳な行為のために用意されている空間に対する冒瀆だ、とハリーは感じている。もちろんバレエ作品にもドラマと情熱と大袈裟な音楽で構成されている作品はあるし、ダンサーも芝居気たっぷりに演技をすることがあるが、激情はダンサーたちが言葉を話さないので

抑制されている。舞台で主人公のクリスティーヌと彼女の若き求婚者ラウルがデュエットで歌っているが、あまりにもあからさまな、安易な、ありきたりな感情表現だし、他人が書いた詩を歌っているだけなのだ。こんな役は誰だって演じられるし、こなせるだろう。演技しているのはただの人間だ。ハリーにはできないけど、彼らは歌えるから舞台に立っているだけで、ただの人なのだ。ダンサーはただの人なんかじゃない。

ハリーが暗闇をありがたく思う第二の理由は、舞台はそっちのけで時々クロエを見つめることができるからだ。母親はどうという理由も告げずに自分たち夫婦の席を息子とクロエから離れたエリアに取っていた。ハリーとクロエは週に五日もスタジオで一緒だが、二人はいつも動いているし、常に周囲の目がある。ハリーの家が引っ越してお隣同士ではなくなってからというもの、テレビを見たり、本を読んだり、裏庭で遊んだりしていた以前と違い、二人は一緒にいてもさほど喋らない。ビンツ家が引っ越してすぐ、クロエは父親の運転する車でプールに泳ぎに来たが、古い家と裏庭で培われ深まった昔の友情は、真新しいピカピカの家ではその効力を発揮できなかった。クロエの父親ゲアリーに至っては、車で走り去るときでさえ、ハリーたちの新居を見ようともしなかった。ハリーはクロエにプールを見せるのを心待ちにしていたし、彼女のセパレートの水着姿を眺めることができるので張り切っていたのに、それ以来、二人の関係はぎこちなくなり、疎遠になった。古代の呪いにかかったかのように、穏やかな長方形の水が二人の仲を裂いてしまったのだ。もし二人がもっと幼い子供だったら、水中輪くぐりをしたり、水泳オリンピックみたいなイベントを考えたり、水中バレエをして楽しんだりしたかもしれない。反対にもっと大人だったら、ラフトに寝そべって静かに水に浮かんでいたり、長椅子に寝そべって肌を焼いて過ごしたかもしれない。でも今の年頃では、どうやって楽しんでいいのかわからなかった。一緒に水面に顎まで浸かってプールの

中を歩いたりしただけだった。クロエは頭が小さいので、髪が濡れてぺったり貼り付くと意地悪そうに見えた。「もっと大きいプールを想像してたの」クロエは憎まれ口を叩いた。「でも、ステキだけどね」

彼女は水面下に潜り、足で水底を蹴ると、陽の光が作る斑模様に抗って長い線を描くように泳ぎ始め、水を掻く足の動力でピンクのセパレート水着がたちまちプールの向こう端に移動し、そこにぺったんこ髪の頭と痩せた腕が一本飛び出した。「プールなんてつまらない」クロエが大きな声で文句を言った。

「じゃあ、リフトの練習をしようよ」ハリーが提案した。

「いやよ、あたし、ジョアンと話してくる」

「いいよ」そう応えてから、ハリーは後ろ宙返りでプールの底に降り立ち、息を止めて鰐のように水底でもそもそしていた。やがてクロエがプールから上がり、その脚が見えなくなると、ハリーは独りぼっちになった。

第一幕のあいだ、クロエはときにものすごく、ときには途切れ途切れに鼻をすすり、小さなビーズバッグからティッシュを取り出しては目頭をそっと押さえている。クリスティーヌが怪人と歌うシーンで泣き、ラウルと歌うシーンでも泣く。クロエの顔に見境なく溢れ出る感情、体が表現する過剰な感動にハリーは戸惑ってしまう。クロエだけでなく、女の子たちは映画や歌や雑誌に載っている写真に対してわけのわからない反応をする。女の子たちは目に見えないものでもその存在を感じたり、それを自分のものにしようと一生懸命になったり涙を流したりするが、どうしてなのか、ハリーにはまったくわからない。彼女たちは、欲望を満たすために欲しがり、満たされてしまうとそれで物事が完結するみたいなのだ。

開幕前のロビーで、どっしりとした中年の婦人たちが皆、白い陶器でできた怪人のマスクを煌びやかなお出かけ用の衣服にピンで止めていた。彼女たちの興奮振りが、その目や、甲高くなっている声の調子、

どやどやと集まっている様子でハリーにはわかった。大人なのに、バレエクラスの少女たちと何ら変わらない。女性とは、感じることが好きな、感じることに魅了されている生き物、そうハリーは結論付けようとしている。ハリーは感じたくない。なるべく感じないでいたい。感じなければ感じないほど人生はこんがらからないだろう。特にクロエについては、そのほうが彼女に対する欲望が小さくなるから快適なはずだ。クロエには学校でも優しくしてもらいたい、踊るのは自分とだけにしてもらいたい。（どうして彼女は踊りが上手なぼくだけを相手にしないのだろう？　なぜ気取った不器用な女の子たちとグループで踊ったり、手足の不自由な熊が汗だらけになって足を前後に引きずっているようにしか見えない男の子たちと踊りたがるのだろう？）でもいま、舞台照明が顔に反射して、感動で涙ぐんでいるクロエはすごく美しい。ここに連れてきてあげたのが自分であることをハリーは嬉しく思っている。

　クロエへの愛は自分でも気付かぬうちに芽生え、まるで赤ん坊が予防接種を受けたみたいにいつのまにか彼女への愛に支配され、愛すれば愛するほど物事が複雑になるのに、この気持ちを変えるつもりはない。もっと小さかった頃からクロエは学校でハリーをのけ者にし、背を向け、他の男子と付き合い、お互いの家や裏庭で遊んで過ごす時間とそうでない時間をはっきりと切り分けていた。ハリーがバレエを習い始めると、二人の心は接近したり離れたりした。バレエの道の厳しさは他人にはわからない――手首や足首の小さな回転に費やすレッスンの時間と苦痛、もっと上手にならなければ、もっと練習しなければという過酷なプレッシャーを共有しているのに、学校でのクロエは他人以上に始末が悪い。ハリーがバレエを習っていることを皆にからかわれていると、女の自分がバレエをやるのは普通だけど、男のハリーがやっているのは気持ち悪いだの、間抜けだのという態度をとる。ハリーの整って引き締まった体、細やかで洗練された身のこなしは冷笑をかうが、クロエのそれは皆の賞賛の的なのだ。ダンスの時間には、足を引きずる

不格好な〝熊〟たちが彼女と踊ろうとして行列を作る。

客席が暗くて良かったとハリーが思う三つ目の理由は、ラウルとクリスティーヌが歌い終わろうとしているときに怪人が一緒にハモって唸り声をあげ、その瞬間、クロエがハリーの手を握り締めてくれるからだ。顔を舞台に向けたまま指を這わせてきて、ハリーが太股の下に入れている左手を取って指を絡めるのでどきっとする。それは別に新しい感覚ではない。二人は組んで踊るときにいつも手を繋ぐので、クロエはその癖で手を取るのだろうとハリーは推測する。あるいは、ここに連れてきてくれたことへのお返しとして手を握っているのかもしれない。暗がりでの、汗ばんだ肌のわずかな触れ合いは、ハリーが自分の誕生日にかこつけて彼女を招待したことに対するご褒美なのだろうか。それとも、舞台で繰り広げられている滑稽な愛の三角関係にハリーも心を打たれ、クリスティーヌがオペラ座の地下に棲んでいる仮面をつけた天才の愛を受け入れるよう、でもやっぱりハンサムな貴族と結婚してパーティーに出かけたり大邸宅で暮らして欲しい、とでも思っているのだろうか。だがそんなことではなくハリーは、このミュージカルのストーリーはバレエのほうがふさわしいということを考えている。そしてクロエの手を握ったまま目を閉じ、舞台上のセットや役者たち、霧、枝付き燭台を頭のなかから消し去り、自分自身を舞台中央に立たせ、いつの日にか最高のダンサーになって、クロエが彼とだけ踊りたがることを夢想している。

1992年7月――ニューヨーク州北部

イレインはミスターKのベッドサイドに座り、彼の寝顔を眺めている。もはや彼は休息のために眠るのではなく、まるでノルマでもあるかのように、定期的に無意識状態に陥るのだ。薬の影響のときもあれば、壊れて大きく膨張した精神のなかの何かが極限に達して本人を無意識状態に引きずり込むのかもしれない。今夜は温かいのに、何枚もの毛布が被せられている。せわしない浅い呼吸が正常に戻ると、イレインは病室を横切って窓を閉めに行く。介護ベッドはこの別荘の居間に置いてある。寝室は二階だが、階段などもう論外だ。天井が傾斜している二階の寝室は、ミスターKが好きな黒みがかった木材や、レースのカーテン、壁に掛けられたトロイカ（横に並べた三頭の馬に引かせるロシア特有の橇）、農民やカバノキが描かれた絵などに押しつぶされそうになりながらイレインが眠る場所になっている。壁にはふんだんに金箔を使った聖画も飾られている。ミスターKが信仰深いというわけではなく、ただの郷愁なのだ。アースランが冗談でバラライカをプレゼントしたとき、彼は大真面目な顔をして受け取った。それがいまでも暖炉のそばに立て掛けられている。この別荘は、彼が子供のときに過ごした黒海の夏の家と同じように装飾されているのだ。

病人は顔半分を毛布から出して眠っている。頭部には薄くなった髪と黄色い皮膚がへばりついて、頭蓋骨の輪郭がはっきりわかる。鼻に黒っぽい病斑が見える。肉体が消耗しきっているので、病気であることを示す外的損傷でさえ、もうそれぐらいしか表面化しない。窓外には、暮れ行く陽光のなか、遠くまで続く牧場でホタルがちらちらと飛び交っているのが見える。丘から川辺に至る斜面に生えたモミの長い並木

が熊手のような影を落としている。今夜はやらないが、イレインはミスターKが眠っているときに時々、ポーチに置いてあるバーでストレッチをしてからバットマンをする。いまやミスターKをサポートする副芸術監督だから、もう舞台には立たないが、彼の死期が近づくにつれ、バーで体を動かすことが多くなっている。イレインの耳には、丁寧でリズミカルなミスターKの声が聞こえている。**ワン、アンド・アップ、アンド・スリー、アンド・プリエ、そして上体だけ、いいですよ、そして外側に、そして5番に入れて、そして外側に、そして5番に、そうです、それからピルエット。**団員のクラスを教えているとき、イレイン自身の口を通してミスターKが声を発しているような錯覚に陥る。**アンド・アップ・アンド・アウト・アンド・パパパパ。違います、こうです。**「死に抗うことができるときみは考えているのですね」ポーチから汗だくになって部屋に戻ったとき、そうミスターKから言われたことがある。「死に歯向かうことができるほど自分は強い、そう考えているのでしょう。外に行って死を追い払おうと呪文を唱えているのでしょう」

「私はただ気を紛らわしているだけよ」イレインはそう応えておいた。

ニューヨークタイムズはいつでも出せるようにとミスターKの死亡記事を用意している。事実確認の担当者が電話で問い合わせてきた——ミスターKの愛称で呼ばれるイリイチ・コチェリョズキンは、レーニン没後の数日後、貴族の家柄を捨ててロシア共産党員に転じた母親と第二次五カ年計画の立案者の一人であった政府要人の父親との間に、一九二四年一月にモスクワで生まれた。レニングラードのバレエスクールに学んだが、父親が収容所送りになった時点で徴兵された。終戦後、ベルリンで赤軍から逃亡してパリに入り、その後ニューヨークへ渡り、富裕なパトロンの援助を受けて、各地の新興バレエ団で振付の仕事を始めた。八〇年代初期にウィルスに感染したとされているが、以後七年以上にわたり病状は公にされな

かった。

そうです、私の知る限りそれで間違いはありません、とイレインは応えた。新聞が掲載するであろうその他の事柄も事実だ——ミスターKは二十世紀で最も有名な振付家である、ストーリーやロマンスを排除したバレエを作ったのは彼が初めてだ、感情を表現することよりもスピードと明確なテクニックを重要視する独自のメソッドでダンサーを訓練した、アースラン・ルサコフやルドミラ・イェデムスカヤのように著名な亡命ダンサーを採用し、合わせて多くの優秀なアメリカ人ダンサーを育てた。事実確認の担当者は、徹夜で看病をしているイレインにそっけないビジネスライクな同情の言葉を述べる。後任の芸術監督として、彼のさまざまな遺産の重さをどうさばいていくのか、とも訊かれる。質問は続く——なるほどフムフム、といい加減に相槌を打つ担当者の腹の底に見え隠れする、黒くて陰湿な好奇心——しかしイレインは丁寧な物言いでバリアを張り、質問をかわす。

イレイン自身は感染していない。病人の消耗した体が痙攣しながら痰を吐いたり下痢をするのを看護師と一緒に毎日目の当たりにしているが、そのたびに恥じ入りながらも静かに我が身の無事を感謝する。感染していても不思議ではないのだ。それは明白だ。感染の機会は数多くあった。でも幸運だった、いや幸運以上の奇跡だ。いつもコンドームをミスターKに渡していたし、持っていないときは、彼は射精せず途中で止めていた。医者によると、その途中撤退（なんという優雅な表現）が感染防止の有効手段であったとは言い切れないが、諸々のことが感染確率を小さくしたのだろうという。この五年間、彼の感染を知るずっと前から二人はセックスレスだった。もっと若かった頃、ミスターKの性的欲望が強くないのは自分のせいかとイレインは傷ついていた。でも結果として、いまではそれがありがたく思える。ミスターKとの十八年のあいだ、もっと情熱的な関係になりたい、もっと愛してもらいたいと願っていたのに、いま健

康でいられるのは——いまはとにかく！　それが重要事項——ミスターKのおかげではなく、ミスターKだったからこそそのもので、彼が亡くなったら悲しいとは思うだろうが、してやった、という感じがしないでもない。

病人がもぞもぞ動いて咳をする。骸骨そのものに見える眼窩の下の黄色い目が開く。イレインはナイトスタンドに置いてある水の入ったコップを取り、ストローで彼が飲めるようにして支えている。

「何のために窓を開けているのですか？」彼がかすれ声で囁く。「死がきみを捕まえに来ますよ」

「そう願っているのね。でもあなたと一緒に逝く気はないわ」

「そうですか、とうとうぼくはきみをロシア人にしてしまいました。人の死刑台をネタにしてユーモアを語るようになりましたね」

イレインは病人の顎の下で毛布をきちんと畳んで整えてあげる。病人が彼女の顔を見つめている。イレインは腰を下ろす。しばらく沈黙が続くが、イレインのほうから口を開く。「今日はどんな感じ？」このところ、二人は死について話すことが増えている。お天気と同じで、死に対する気持ちも変わるかのように、死が日々の話題になっている。一緒にバスが来るのを待っているかのように、彼の死がやって来るのを待っている。

「今日は、人気(ひとけ)のない、灯りの消えた劇場にいるみたいです。真っ暗で、湿った匂いがして、広々としています。どう思いますか？」

宵闇が迫り、外では虫たちがゆったりと飛び交っている。「わからないわ」イレインが言う。「真っ暗っていうのはあり得るかしら？　匂いは絶対にないと思うけど」

「匂いはあり得ないなんて、きみはどうかしています。それなら、死ぬと視覚も聴覚もなくなるのです

か？」

「死んでもあなたには肉体があると思っているの？」

咳が止まらないので、痰を吐けるように口元にティッシュを当ててあげる。「肉体なんかないほうがいいと、今日は思います」彼が言う。「つらいのです。でもそしたらバレエはなしですね」

「そうね。そう思うわ」死んでからもバレエをするなんて、どう考えてもあり得ない。そうだとしたら、今、生きているときのバレエとは何なのだろう。死んで肉体を失ったら使い物にならないことをやり続けるのはなぜだろう？　とイレインは不思議に思う。でも、死んでしまえば、いままでやってきたことすべてが使い物にならなくなる、と考え直す。

掛け布団のなかから蝶番で繋がっているほうきの柄のような裸の腕が現れて、イレインに触れる。骨を寄せ集めてできているようなその彼の腕をイレインは受け止める。「いいですか」ミスターKが言う。「ぼくには、逝く前にひとつやっておきたいことがあります」

「スカイダイビング？」

「イレイン、いまは真面目に」

「ごめんなさい。聞いてるわ」

「ぼくはきみと結婚すると言いました。ずいぶん前です。覚えていないかもしれませんが」

「覚えてるわ」

「もっと前にしておけば良かったのですが、いまとなっては……死体と結婚してくださいとは言えないのですが、でもとりあえず訊きます。結婚している状態で死ぬほうが幸せだと思うのです。母はぼくが結婚することを望んでいました」

ショックを受けたイレインは、そのまま持っていたらきつく握り過ぎて砕いてしまうのではないかと心配になって、ミスターKの手を離す。相手が驚いていることを面白がってミスターKは穏やかな顔になり、イレインを見つめているが、もう何をする気力もない。スタジオの温度が一度でも高かったり、ダンサーの女の子の髪の結い方がヘンだったりすると怒り狂っていたこの男が、死に対する怒りを少しも表わさないことにイレインは困惑を覚える。ようやく声を出して返事ができるようになったので彼女が言う。「あなたの死亡記事の担当者に電話して、このニュースを知らせるわね」

「最後にちょっとしたサプライズがあるのがぼくの好みです。ぼくのバレエのように」

「指輪を買いに行くことはできなかったでしょう」

「ところがですね」と言って彼は指を一本立てて見せる。「その本棚の上の小さなパレフボックス（ロシアのパレフという町の名産品で、イコン像などが描かれている漆塗りの小物入れ）にあるのです」

縦横高さが五センチほどの、光沢のあるその黒い四角い箱の蓋には、燃え上がる渦巻のような翼を羽ばたかせて葉のない銀色の木の枝の上を飛んでいる火の鳥が、赤と金色で生き生きと描かれている。箱のなかには、繊細なデザインの爪に支えられた大きなエメラルドが輝く金の指輪が入っている。

「ぼくの母の形見です」ベッドで病人が囁く。「母が実家から持ってきた、数えるほどの品物のひとつです。ささやかな保険のつもりだったのかもしれません。ぼくが前線に向かう前に手渡されました。何のつもりだったのかわかりません。ぼくは死んで、それをポケットに入れたまま戦地で土葬か火葬になるはずだったのですから。どうせ失くすのなら、すべて一度に全部失くしてしまいたいと母は考えたのかもしれません。あれから五十年、だれもその指輪を嵌めていません。五十年よりもっとになるでしょうか」

イレインは、そのエメラルドの所有者の系譜を思い描いてみる。インドのどこかの洞穴で採取され、商

人の手に渡り、貿易業者が買い上げ、インド各地を巡り、サンクトペテルブルクを経て、瓦礫に埋もれたベルリンから逃亡するひとりの兵士へと。「いただけないわ」

「だめです、愛しい人。受け取ってください」


八月、ジョアンはキッチンの窓から、プールサイドで横になったイレインが、タオルの上でうつ伏せになり、目を閉じて、黒いビキニを着けた引き締まった体を太陽にさらしている姿を見ている。痩せすぎだ。グレイハウンド犬みたいな体の曲線を形作っているのは筋肉と骨だけだ。彼女のそばで、ハリーが長椅子の上で同じようにうつ伏せになってじっとしている。ふたりとも、麻酔をされて宇宙的な外科手術で体を開かれるのを待っている患者のように見える。


ここ数ヵ月というもの、イレインは何十回も電話をかけてきた。大概、ミスターKが眠っている時間帯だった。彼女はバレエ団とミスターKの面倒を見るために、別荘とシティの間を電車で週に数回行ったり来たりしていたが、一方にいると、もう一方に申し訳ないという罪の意識に苛まれていた。

「彼がシティで死にたがっていれば都合がいいのだけど、考えを変えないから」そうこぼしていた。

「バレエ団のことを心配することはないわ」ジョアンはそう言って慰めた。「自分たちで何とかやるわよ」

「でもね」イレインは声を低くした。「別荘で彼に付きっ切りだと、私、気が変になりそうなのよ。私にできるのは彼の傍にいて、水を飲ませたり薬を与えることだけなんだから。シティにいれば、団員を叱ったり、ああしろ、こうしろと、何か話せるでしょ。彼に対してはそんな風にできないし、テレビドラマの『アイ・ラブ・ルーシー』の夫婦みたいなやりとりをするには時すでに遅し。あっ、そうだ、あなたに言

ってなかったけど、私たち、結婚したのよ」

そのときジョアンはパティオにいて、コードレスフォンで話していた。プールの水が夜の色の紫に変わり、三日月を映していた。「なに、それ！」ジョアンは驚いた。「ほんとうに？」

「ほんとよ」何かを吸引するようなヒューという音がして、イレインが無言になり、それから軽い咳をした。「ごめんなさい、マリファナを吸ってたの。これをやると太ると思ってたんだけど、いまでは気を紛らわすために何でも試してるの。覚えてる？　昔、私、ヘロインやってたでしょ。今はあんな風にハイになったらどうしていいかわからないわ。ただじっと座って、醒めるのを待つしかないと思う」

「で、ミスターKと結婚したって話は？」

「そうなの、聖なる結婚式もしたわよ。死が私たち二人を別つまでの短いあいだ……って唱えて。彼がその問答を作ったの。治安判事が別荘に来て仲立ちをしてくれて、死がどうのこうのというところはぞっとしたけど、なかなかいい宣誓だった。ホスピスの看護師と、近所の人たちが立ち会ってくれて。私がすでに遺産相続人になっていると彼が公言しなかったら、皆、疑いの目で私を見たでしょうね。彼はこうも言ったのよ、『彼女は未亡人になることをいつも夢見ていました』って」

ジョアンは祝福の言葉を口にすることができなかった。「イレイン、苦労するわね。辛いことだと思うわ」

「憐れんでくれなくていいの。この指輪を見たらびっくりするわよ」長い沈黙が流れた。あまりにも静かなので、ハドソン川付近に生息するコオロギの合唱が聞えてくるようだった。そしてイレインが言った。

「辛いわ」

いつも二人で散々話してから電話を切る前に、ジョアンは、時間ができたら――というのはミスターK

が亡くなったらという意味なのだが――気分転換のために遊びに来てね、とイレインに伝えていた。その度にイレインは特に来たいという風ではなかったが、葬儀が済み、バレエ団の夏の公演が終わると、明日そっちに着くから空港に迎えに来て、と電話をしてきたのだった。

荷物受取所を出た角のところで、一ヵ月滞在するわ、とイレインが言った。あれから三週間がたつ。いつまで滞在しようとジョアンは気にならない――二人はルームメイトだった頃の気持ちを持ち続けている――だが、ジェイコブは居候に違和感を覚え、自分が取り残されているように感じている。ほぼ毎晩、夕食を終えると、極力不機嫌を顔に出さないようにして二階に引き上げ、寝室で読書をしたり、テレビを見たりしている。残りの三人でハリーのバレエビデオのコレクション鑑賞ができるように、自分は居間から消えるようにしているのだ。

ハリーはイレインのバレエに関する新鮮なコメントを餓えたように吸収している。彼女を山上の師とでも仰いでいるようで、イレインといたいからと言って、一緒に散歩もしている。訊きたいことが沢山あるようだ。ビデオに出てくる、マキューシオ（『ロミオとジュリエット』の登場人物）を演じているあのダンサーをどう思う？ リラの精（『眠れる森の美女』に出てくる妖精）を踊っているあのダンサーはだれ？

イレインはなんでも教えてあげている。あの男の子はすごく上手よ、今はオランダで踊っている。あの女の子は公演開始ぎりぎりに代役を与えられ、舞台をこなして、皆を感動させたのよ、でも二週間後に膝の靭帯を切ってバレエ団を辞めたの、いまどうしているかわからないわ。

イレインはいい具合に家事の手伝いもしてくれる。皿を洗ったり、買物をしたり、ハリーが出かけるときは運転手を買って出てくれる――ハリーはプリンシパルダンサーでしかも芸術監督のイレインに心躍らせ、運転までしてもらえることに興奮している。でもほとんどの時間、彼女は療養所にでも来たような態

度で、日によっては十時間も眠り、冷蔵庫のなかを物色し、裏庭のフェンスのそばでこっそりとマリファナを吸い、つば広の帽子を被ってプールのなかを歩き回り、読書をしている。悲しそうには見えないが、本当は悲しみに暮れているのだとジョアンにはわかる。感情を上手に隠しているのだ。ミスターKがまだ生きている間に喪はほぼ済ませてしまった、と強がっているが、誰も見ていないと思うと彼女はエメラルドが気になって掌側にくるりと回し、手にできた肉刺でもあるかのように親指で撫でている。落ち込んでいるのだ。ハリーが学校遠足に出かけているとき、ジョアンは気がかりで、あれこれ考えてその日ずっと息子の行動を千里眼で追っているような気分になるが、イレインの心情はそれに似ているのかもしれない。「彼がどうしているのかと心配になるのよ」そんな風にイレインは言ったのだ。「つまり、死んでしまった自分にどう対処しているのか。いま何をしているのか。私を必要としていないだろうか。新婚旅行はどこに行きたいのか、とかね」

イレインが慎重に制御している心の薄皮を剝ぎ、外に引き出してあげないと、とジョアンは思うのだが、その方法がわからない。いろいろ試してみるが、その都度イレインはジョークで躱したり、話をそらしてしまう。「気が晴れるんなら、好き勝手やってもいいわよ」そうアドバイスしたこともある。

「そんな必要ないわ」言い返すというのではなく、でもきっぱりとイレインは拒否した。「心配しないで。あと一週間あるけど、お宅のゲストルームで突然キレたり、服を引き裂いたり、精神分裂症になったりしないから。いまのままがいいの。自分のなかでいつも小さなモーターが唸りを上げて動いているけど、個人的なことだから」

「いいわよ」ジョアンは同意した。「それでいいのよ」

イレインは時々、ジョアンのスタジオに来て、折りたたみ椅子を開いて鏡のそばに座っている。ジョア

ンが指導しているのを見学し、ステレオの操作を手伝い、大きな水筒から紅茶を飲む。上級クラスを二度受け持ってくれて、クロエ、ハリーを含む五人の生徒を教えてくれた。直しをしてあげながらバーの横を行ったり来たりする様子は気味が悪いくらいミスターKに似ている。生徒たちは、彼女のぶっきらぼうな命令口調に圧倒されている。靴を嚙んで悪戯をしている犬をたしなめるみたいに、うまく出来ていない生徒の腕や脚を摑んで揺らしたりするので、子供たちはびっくりするのだ。

プールのデッキで腹這いになったイレインは、ハリーの小物入れ——陽の光を受けてキラキラ輝いている、金属製の小さな箱——から何かを取り出していじくっている。マリファナを口に持っていき——あれは手巻きタバコかもしれない、とジョアンは愚かにも一瞬思ったのだが——火をつける。それを伸ばした腕の指先で持ったまま、仰向けになり、煙を吐き出す。その腕が、餌を食べようとしている白鳥の首のように優雅な曲線を描きながら口元に下げられる。

「イレイン」声をかけながら、ジョアンがパティオを横切り、傍に立って見下ろす。「わたしの息子の前でマリファナを吸っているの？」怒ってもいいはずなのに、イレインの図々しさがジョアンに武装解除させている。相手はこの土地の基本的習慣に無知な、バレエの国からやってきた旅行者みたいなものだ。

イレインがジョアンを見上げる。サングラスの黒いレンズに太陽が星のように反射している。口を開いたので、煙が漏れ出る。「あら、あなたがそう言わない限り、この子は気が付かないわよ」

「匂いでわかるよ」両肘をついて半身を起こしてハリーが口を挟む。その恰好でいると、彼のウエストが肩幅より如何に細いかが強調される。肩幅が大人の男性並みに大きくなっているのに、他の部分はまだいたずら盛りの少年のままだ。「ママ、かまわないよ。イレインは喪中なんだし」

イレインはマリファナを持ち上げ、差し出すが、ジョアンは首を振る。イレインは腰を捩じると、吸い

さしを小さな箱の蓋の上でもみ消す。見ると、箱には薄紙に巻かれたものがあと六本入っている。吸い殻をその六本の横に置き、丁寧に蓋を閉める。「ごめんなさいね」イレインが謝る。「よくなかったわね。でも、太陽をあびながらここで吸うとすごく美味しいの。抗えないわ」

一瞬、ジョアンは凄く心配になる。イレインは、マリファナが水に浮かんだスイレンの葉みたいに自分をリラックスさせてくれると思い、これから先も吸うことにしたのではないだろうか。「試してみてよ」なおも挑発するイレインにジョアンが言い返す。「好き勝手やってきたわたしらしくないかもしれないけど、ハリーにドラッグを勧めることはしないわ」

「私だって勧めたりしてないわよ。この子に差し出したこともない。そんなことしないわ」

「ママ、大丈夫だよ」ハリーがなだめる。

「あなたが決めることじゃありません」ジョアンがハリーをたしなめる。

くるっと上半身を回し起こし、イレインはインド人みたいな恰好で座る。股間の腱が盛り上がり、張り綱みたいにビキニがずれないように押さえている。腹部ではみ出たり重なっているぜい肉はない。お臍の穴のまわりの皮膚もぴんと張っている。ジョアンに直球を投げるみたいにしてイレインが言う。「いずれにしてもハリーが決めなくちゃならないことよ、ジョアン。この子はダンサーになるんだから。自分だって身に覚えがあるでしょ。あなたがこの子にダメって決めつけると、これからずっとそう言い続けなくちゃならないわよ」

ハリーが首をぴんと立てる。「ぼくがダンサーになると思うの?」

サングラスをつけたままイレインがハリーを見る。「なりたくないの?」

「なりたいさ、もちろんだよ。でも、ぼくが成功すると思う?」

「きみは特別なのよ」イレインが応じる。「成功の保証はないけど、きみには才能がある。成功するには練習に励む必要がある、と言う人がいるけど、それは間違いよ。才能もないと駄目なの、それに当然だけどバレエに向いている体がないとね。きみにはその両方があるのだから、他の誰よりも練習をしなければならない。もう十分に練習したと思った瞬間、すべてが終わる。きみは自己満足しているただのズタ袋に成り下がる。それに、勘違いもいいところ。十分、ということはこの世界にはないんだから」

「この子には何も約束しないでちょうだい」ジョアンが口を挟む。「特にハイになってるときにはね」ハリーが自分から離れようとしている。息子にはプロ、それどころかスターにさえなれる特別な才能があるとジョアンも時々思うのだが、そのうち始まるであろう組織的な介入についてはぼんやりとしか認識していない。いまに、ジョアンよりも力のある人たちが入ってきて、彼女を押しのけ、彼女の息子、彼女の教え子に飛びつくだろう。ハリーはもうすでに商品のようになってきている。予期はしていたが、自分が他者から嫉妬されているとも感じる。自分たちの振付で彼を踊らせたい、自分たちのために金を稼いでもらいたい、自分たちの舞台に、あるいは自分たちの催しやパーティーに出てもらいたいという、他者の欲望の始まりなのだ。そのうち若い女性や年配の婦人たちがハリーの注意を引こうとし、愛を、そしてセックスを求めるようになる。ジョアンは、息子に成功してもらいたいけれど、自分のところに引き留めておきたいとも考える。母親である自分から離れていこうとする息子の、その才能が羨ましくも思う。

「私は何も約束なんかしてないわよ」イレインが言う。「強いて言えば、報われない人生を送ることになるかもしれないと忠告してあげたのよ」

「才能があると言うのは、良くないと思うわ。自分に失望してもらいたくないのよ」

「当然、ハリーだって失望はするわよ」イレインが反論する。「ハリー、きみはときには失望することも

あるでしょうけど、それでもいいの？」

「いいよ！」

イレインがハリーの足を軽く叩く。「どういうことなのか、わかってないみたいね。来年の夏、ニューヨークに来て、集中レッスンを受けるのよ」

ハリーは戸惑う。「クロエは？　彼女も来られるの？」

「オーディションは受けられるわ。きみもオーディションを受けるのよ。私だって、勝手にきみに来なさいとは言えないのよ。言ってもいいのかな。やっぱりそれはないわね。クロエの場合はもっと成長しないと何も決められないわ。数年後の彼女がどんな外見になるか、見当もつかないから」

「いまあの子は思春期でいろいろ大変なのよ」ジョアンが口を挟む。「でも良い子だし、何とか乗り切ると思う」

「ぼくはどうなの？　数年後のぼくがどんなだかもうわかるの？」ハリーが訊く。

「きみの場合は――そうよ。ご両親を知っているし、私には見えるのよ。男の子を見る目があるからね。男子は数が少ないのよ。ハリー、自分のキャリアを他のダンサーに縛られては駄目よ。クロエとしか踊らないなんてことにならないでね」

「わかってるよ」ハリーは真面目な顔でうなずくが、納得がいってないようだ。

「あなたって、マリファナ常用者にしてはずいぶんと親分風を吹かすのね」

「吸ってないときの私が喋っているのを聞いてみなさいよ。ムッソリーニだわよ」

ジョアンは家のなかに入り、冷蔵庫の上に隠してあるタバコを取り出す。プールに戻ると、サンダルを脱ぎ、イレインが寝そべっているタオルの横に座り、足を水につける。車輪のついた掃除ロボットが、プ

ールの底の湾曲しているところを長い曲線を描きながら進み、静寂に包まれた持ち場を用心深くパトロールしている。時には壁の高いところまで上がって水面を波立たせ、そしてまたイルカのように背面宙返りで潜っていく。イレインとハリーは何も気にせず話し続けているが、ジョアンがライターを鳴らしてタバコに火をつけると話を止める。「もうわたしたち三人とも大人なんだわね」とジョアンは言う。

「ママがタバコを吸うのは知ってるよ」ハリーがからかう。「ぼく、鼻が利くんだ」

「オーケー。でも、吸ってはだめよ。止められなくなるから」

「ママがやってるからぼくもやるとは決まってないよ」

オレンジの木の方から蜂の羽音が聞えてくる。ナゲキバトがオーウ、クークークーと四音調で鳴いている。ジョアンは自分がこの場を仕切るべき立場にあるのに、なぜか蚊帳の外に置かれていると感じながらも、わくわくした気分で息子の未来に驚いている。もう元には戻せない。ハリーをダンサーにしたのは自分だし、そうしないわけにはいかなかった。悲しいことに、彼女はまたもや置き去りにされてしまう、二度とそうはなりたくなかったのに。

1993年5月――南カリフォルニア

両親がまだ目を覚まさない早朝、クロエはコーヒーを淹れてから、エクササイズを始める。まずストレッチをする。次にリビングのフロアに仰向けになり、足首で自転車のタイヤを回し、さらにもう一方の足首でも回す。逆立ちをし、ヨガのポーズをしてから、階下にあるバスルームの出入り口の壁にしっかりと固定されているばね式のバーで懸垂をする。このバーは通信販売で買ったものだ。こういうエクササイズをやってはいるが、日が経つにつれて気持ちがだれて、回数も少なくなり、寝転がって天井をじっと見つめながら、バレエを止めるべきだろうか、と考える時間が最近増えている。

止める理由はいろいろある。第一に、初心者にとってバレエは習得に多大な時間がかかり、身体を消耗させるし、難しくて少しも楽しくないのだ。第二に、太った牝牛のようなクロエの母親はバレエのことを何も知らないくせに、クラスではレッスンに集中しなさい、などとグチャグチャ説教をする。思春期になると第二次性徴が始まり、最終的には疫病のように女の子の体を乗っ取り、十四歳になったときにはヒップが肥大して身体の重心が失われ、股関節のターンアウトを奪ってしまうのだから、そんな母親の説教は何の役にも立たない。どんなに食事量を減らしても、ヒップには効き目がない――大きくなっているのは骨だからだ。染みがじわじわと広がるみたいに骨盤が横に大きくなり、太股と膝を引っ張り上げていくので、筋肉・股関節のアラインメントが崩れ、いままで少女だった体がすっかり変わってしまう。ヒップは遺伝的には母親譲りだから、苦労して娘を授かったのはダンスの才能を開花させるためだったと母親が主

張しても、その計画は解剖学的時限爆弾によって妨害されてしまうわけだ。これまでのクロエは上手だった。バレエを自然体で踊っていた。簡単ではないが、手足をうまく使いこなしていた。

ハリーもまた、保健の時間に習ったように男子の体が大きく変わる時期にきているが、彼の場合は割と楽に適応できているようで、素直に身長が伸び、強靱な体つきになってきている。腕や脚の成長が踊りの妨げにならず、好ましい筋肉プロポーションが育まれ、本人の意志通りに動いている。ジョアンの子供であるという特権的優位性、イレイン・コスタスに目をかけられているという強み、さらに言えば、バレエをする男子は少ないという統計的な利点も無論あるが、純粋に肉体的な幸運に恵まれている——そういうわけで、ハリーはニューヨークで行われた夏季集中レッスンでクロエよりも上のクラスに入った——これがバレエを止めたいと思う彼女の三番目の理由、すなわち感情を踏みにじられたからなのだ。

ハリーにしてみれば、第二次性徴期（何という猥褻な表現だろう）で最も悩ましいのは体臭の変化だ。これにはクロエも気付いているはずだ。二人で組んで踊る時間が増えていて、彼女の顔がもろに彼の脇の下や胸の辺り、下手すると股のところに来ることがある。悪臭ではないのだが、ポアントで立った彼女を回しながらゆっくりと歩くプロムナードの練習をしている時など、クロエが悪意に満ちた言い方で、臭いわよ、と囁く。そういう嫌な時期はそのうち終わるし、あなたも新しい自分の体での踊り方がわかってくるわ、とジョアンはクロエにアドバイスするだけで、休ませてはくれない。「脚でパートナーを押すの、相手に押し上げられていてはだめ！」数日前、ハリーがクロエをリフトしているとき、ジョアンが大声で叫んだ。「クロエ、あなたが自分で自分の体をしっかり引き上げていないと、パートナーはサポートできないのよ。協力してあげないと駄目なのよ」ハリーが体を震わせながらクロエの背中を床に下ろした。

「ハリーがもっと強くなるべきなのよ」クロエは言い返した。「彼ったら震えていたわよ」

「そう、もっと強くなるべきだわ。ハリー、そうしてね。でも彼なりに一生懸命やっているわ。それをクロエ、あなたは助けてあげないと。パートナリングはいとも簡単に行われているように見えないといけないけど、手を抜いて安易にやっては駄目なのよ」

　クロエの十五歳の誕生日に、ハリーは有名なバレリーナたちについての本をプレゼントした。そのなかに、一八六三年にパリ・オペラ座の舞台でガス灯の火がチュチュに燃え移って二十歳で亡くなったエマ・リヴリー（パリ・オペラ座のダンサーで、ドレスリハーサル中にガス灯の炎が衣装に燃え移り、大火傷を負い、敗血症を起こして八ヵ月後に死去した。１８４２～１８６３）のことも書かれていて、以来クロエは炎に包まれて踊っている悪夢を見るようになった。今朝は、底なしのオーケストラピットの中に突っ込み、火の粉をまき散らして暗闇に落下しながら、叫びたくても声が出ず、黙って燃えながら落ち続け、ジョアンが言っていたオペラ座の地下に溜まっている水に早く飛び込みたいと思っているのに、なかなか水に早く届かず――そこで目が覚めたら自分の胴体を掻きむしっていて、指の爪に血が付着し、シーツが足首に絡みついていた。バレエを止めればこんな夢も見なくなるだろう。

　バスローブ姿の父親が二階から降りて来たので、宿題はもう済ませたし、朝食も食べたわ、とクロエは嘘を吐く。キッチンの洗い場には食器がないし、娘が着ている衣服は汗まみれなのだが、父親はラッキーチャームズ（米国のジェネラル・ミルズ社製のマシュマロ形シリアル）をボールに入れながら黙っている。父親は教会に行くのはもう止めて、郵送用備品店で働いている。妻がバーテンの仕事を始め、夜はほとんど家にいないが、そんなこと気にもしていない。クロエが父親の座っている椅子の後ろを通ろうとすると、彼は腕を伸ばして娘を引き寄せ、横抱きをする。抱かれることはそうないので、クロエは思わず身を引こうとするが、強く抱かれて父親の肩が肋骨に食い込んでくる。どうしていいのかわからず、父親の頭をポンと軽く叩き、その両腕を優しく自分の体から外す。「いいのよ、パパ。たかが朝ご飯なんだから」そう言ってなだめる。

シャワーを浴びてから学校に出かける。教室に向かう途中、トラックに乗ったブライスが、横に付けてきて窓を下げる。「ヘイ」彼が声をかける。

「ヘイ」

「調子はどう?」

「代り映えしないわね。そっちはどうなの?」

「どうってことないよ」ブライスは駐輪場に沿わせてゆっくりトラックを運転している。そしてまた言う。「ヘイ」

「何がヘイなのよ」

「放課後に会おうよ」

「だめよ。バレエのレッスンがあるから」

「じゃあ、ランチタイムに」

「いいわよ」

ランチタイムになると、クロエは駐車場の奥のコーナー、ブライスがトラックを停めたコショウボクの木の下に向かう。小さな緑の葉と堅いピンク・ペッパーの実が、トラックのボンネットや荷台にこぼれ落ちている。木陰に停めてあるので運転席は涼しく、ブライスがキスしたり、彼女の手首を摑んで自分のGパンの前に押しつけている間にも、クロエはうとうとしてしまう。「きみには燃えるんだ」彼が囁く。「気がおかしくなるほど燃えちゃうよ」他の学生たちがお喋りに興じ、笑い声をあげながら通り過ぎる。クロエには彼らの声が鳥の鳴き声のように聞こえ、心地よい子守歌になっている。

始業ベルが鳴ると、クロエはブライスに頼み込む。「このままここにいて昼寝してもいい?」

「クラスはないのかよ？」

生物学の授業があるが、「空き時間なのよ」と嘘を吐く。

ブライスはためらっているが、下着の中を触らせてあげたから、彼がこのまま自分を幸せな気分にしておいてくれるとクロエは確信して、さっき脱いだスウェットシャツを丸めてもう枕にしている。「ぼくを面倒に巻き込むことだけはしないでくれよ」彼が言う。

しばらくして目が覚めると、静寂に包まれた駐車場にハリーが佇み、運転席の窓から彼女を見つめている。

「ヘイ」クロエが声をかける。「いつからそこに立ってたのよ、こそ泥みたいに」

「事務局がきみを呼んでいるんだ。ぼくはファーガソン先生に頼まれて探しに来たんだよ」

「あたしが何か問題になってるわけ？」

ハリーの顔がなんだかよそよそしく見える。気が進まないような表情をしている。「そうじゃないと思う」

「でもあたし、授業をさぼっちゃったから」

「ぼくも一緒に行くよ」

「あたし、そろそろ自分のことは自分でしなくちゃね。この夏の間、あんたはずっと遠くに行っちゃうんだから。お上手なダンサーさんたちと一緒にね」

ハリーは何も応えない。その場を離れもしない。集中レッスンのことを悪いとハリーが思っているのをクロエは知っている。でも結果としてニューヨークに行くのだから、それほど悪いとは思っていないのだ。

クロエはゆっくり起き上がり、身づくろいをし、ミラーを下ろして化粧をチェックし、目頭に付いたマス

カラの汚れを拭きとり、人差し指を舐めて眉毛を撫でつける。急げともハリーが言わず、ただじっと立って待っているのが気に食わない。ロサンゼルスで行われたオーディションでは、男子がたったの八人に対して、女子は百人近くいた。クロエは何回か勝ち残り、コンビネーションが済むと息を切らしてレオタードに四番の札をピンで付けたまま、バレエ団の関係者たちが談義している間、ずっと待っていた。白髪をお団子にした女性が発表した。「三番、九番、七十番、五十二番、それから二十一番は残ってください。その他の人は、ご苦労様でした」

想定内だ。クロエはオーディション前の数週間、レッスンをさぼって、ブライス以上の本当のボーイフレンド、ディランと遊びまわっていた。ディランは映画に連れていってくれるし、行くところまで行ってしまった仲なのだ。そんなだから、クロエはオーディション中、簡単なピルエットの組み合わせのところで体の引き上げが続かずポアント落ちして、足運びが緩慢になってしまった。とはいえ、合格しなかったのはショックだった。ジョアンは審査員たちと知り合いだから、自分の生徒に注目してくれるよう頼んでいたはずだ。クロエがジョアンの子供だったら、ハリーと一緒に合格になっていたかもしれない。もしかしたらイレインがクロエを嫌い、合格にしないようにと審査員たちに言い含めていたのかもしれない。翌日、あのオーディション全体が公平性に欠けていたと思う、と訴えると、ジョアンは今までになく気難しく、非情な態度で叱った。「あなたは怠けていたのだから、上手く踊れるわけがないでしょ。バレエはあなたのためにあるんじゃない。芸術はあなたのために、あなたが必要としているからあるんじゃないのよ」

「わかってます！」

「わたしはあなたに厳し過ぎたのかもしれないわね。考え違いをしていたのかも——真剣だと思っていた

から」

「真剣です」

「違います、それすら自分でわかっていないなら、見込みはないわ」

「真剣にやってます」クロエは反論し、その後の数週間は再びレッスンに励んだ。より強靭で優美な体を作るため、朝練も始めた。ところが、その志がもうすでに萎んできている。

「あんた、授業があるんでしょ？」クロエはハリーに嚙みつくように言う。

「あるよ、でもさっきも言ったけど、ファーガソン先生からきみを探すようにと頼まれたんだ」

何か変だ、といまようやく気付き、クロエはブライスのトラックのシートから滑り降り、ハリーと駐車場を横切りながら歩く。「何がどうしたの？」

「知らないよ」

嘘に決まっている。ジョアンが二人にパ・ド・ドゥを教え始めたとき、まずプロムナード（その場から移動せずに、ポーズを取ったままパートナーにゆっくりと一周してもらい、ポーズを違う角度から観客にみせるような動き）の練習をした。クロエが軸脚でポアントに立ち、もう一方の脚を後ろアチチュードにして、水平に握り合った手の人差し指と中指を伸ばして互いの手首の内側に沿わせ、二人の腕でS字を作るようにして、ハリーがクロエを回しながら円を描いて歩いた。ステップは簡単なように見えるが、難しい。ハリーの手首の脈を感じる。彼自身が彼女のバランスの一部になっている。二人が天秤の両皿にのった錘（おもり）になって平衡を保っている。二人で綱渡りのロープに立っているようなものだ。**ハリーは気取った執事みたいだわね、**とクロエの母親は二人のパートナリングを見学しながら面白がる。**そんなことないわ、彼はすごくがんばってるんだから、**とクロエは言い返すのだが、ジョアンにしても、ハリーがクロエを持ち上げるとき、パートナーをモノみたいに掴むのではなく、サポートしてあげるのよ、と

注意したことがある。それではお盆を持ち上げてるウエイターだわ、と。

そんな二人が校長室に入るなり、絶妙にシンクロした動きを見せる――クロエが自分の母親が椅子に座っているのを目にした瞬間、ハリーが彼女のウエストに腕をまわし、もう一方の手で彼女の肘の下を持ち、倒れないように支えてあげるのだ。


寝室のドアを音を立てないように閉めて、ハリーは階段を降りていく。クロエが本当に眠っているとは思わないが、彼女の寝たふりを尊重しなければ、と気遣っている。クロエはハリーのベッドで布団を被り、横向きになって体を丸め、口呼吸をして、目を閉じている。戸外では通りの街灯が灯る時間なのに、隣の家の男の子がまだ車寄せでバスケットボールのドリブルをしている。潑剌とした切れのいい音が近所中に響き渡っている。この少年はバスケットにボールを入れるのは下手だが、ドリブルしながらくるっと体をまわし、フェイントをかけてジャンプするのが上手い。動きが優雅で滑らかだ。ハリーは前にもこの少年の練習を眺めていたことがあるのだ。ハリーが窓辺を離れてしばらくすると、少年とオレンジ色のボールがそれぞれの軌跡を描きながら、時々、バスケットに命中するようになる。

キッチンに行くと、父親が昔の家から持ってきた朝食用の黄色い丸テーブルに座っている。冷たくなったスパゲティの皿と、空になったビール瓶三本がテーブルに載っている。母親は外で煙草を吸っている。そばに何か飲み物が入ったグラスが置いてあるが、食べ物は見当たらない。ハリーに気付くと、吸い殻を足でもみ消し、中に入ってくる。

ハリーはいつもの椅子に座る。「クロエは寝たふりをしてるよ」

母親は顔を背け、裏庭のほうに目をやる。「可哀そうに」この言葉を何度も繰り返している。

「ようやくサンディをつかまえたよ」父親がざっくばらんな調子で息子に言う。「クロエが我が家に泊まっていることはサンディも知っている」

「サンディは怒ってた？」

「直に話せたのは彼女のお姉さんなんだ。姉妹でホテルに泊まっている。お姉さんの話では、サンディはかなり落ち着いたらしい」

「ああ、つまりクスリか何かで？」

「そうだと思うよ」

　学校で、ファーガソン先生からクロエを探すように頼まれたとき、クロエの父親が亡くなって、母親が迎えに来ているのだと言われた。どうしてゲアリーが亡くなったのかと訊くと、先生はためらったものの、自殺だと教えてくれた。**いったいどうやって？**　こんな質問は失礼だとは思ったが、知りたくてハリーは訊ねた。**いいやり方じゃないのよ。**先生はまたもや言い澱んだ。**でもいずれ分かることね。自分の車の排気ガスでよ。ガレージで亡くなったの。**ウィーロック家のガレージはよく知っている。コンクリートのフロアがオイル染みだらけで、照明は裸電球、シャッターを押し上げると、油と埃塗れの大きな巻き上げ機の唸る音がする。ガレージのなかには道具がたくさん引っ掛かったボード付きの作業椅子が置いてある。ゲアリーは赤い革張りの床屋の椅子も持っていて、それに座ってぐるぐる回ると眩暈がする。

「パパが死んだの。自殺なの」とサンディが言った瞬間、ハリーがぎゅっと摑んでいたクロエの体はこぼれる水のように崩れ落ちた。校長室の床のざらざらしたカーペットに座り込み、荒い呼吸をし、母親がそばに来てしゃがむと、母親を突き倒し、圧し掛かり、かすかな喘ぎ声を出した以外、音も立てずに母親の

顔を引っ掻いた。ハリーと校長先生とファーガソン先生の三人でクロエを母親から引きはがした。サンディは酷くうろたえ、悲しげで、顔に長い三本の引っ掻き傷をつけて横たわっていた。スカートがめくれ、肉付きの良い膝が丸見えだった。

「サンディのお姉さんは、クロエのあの反応を嫌悪していたよ」ハリーの父親が話し続ける。「クロエは実際にはサンディを非難しているわけではない、と僕は説明しておいた。あれは、いわゆる自己対処法のひとつなんだ。残酷かもしれないけど、クロエはこれであと数日は大丈夫だろう」

「数日？」窓の外を見つめたまま、母親が訊ねる。

「わからないけどね」

ジョアンが夫を振り返る。「どうしてサンディが娘に非難されなくてはならないの？　ゲアリーは明らかに鬱状態だったのよ。ずっとよ」

両親が揃ってハリーを見る。彼のベッドで丸まって、クロエは呪文のように呟きながら自分の母親に怒りをぶちまけていた。ママは幸せを実感できない気の狂った雌犬で、パパはママを幸せにすることができないと分かっていて、だからパパも幸せになれなくて、だからあんな風に死ぬべきなのはママのほうなのに。「クロエは、サンディがゲアリーにすごく辛く当たっていたと思っているみたいだよ」ハリーは自分の考えを述べる。

ジョアンが秀でた額に皺を寄せる。「子供が親を見る目は常軌を逸していることがあるわ」

「どういう意味？」

「つまり、ゲアリーのほうこそ誰に対しても酷い人間だったでしょ。あの人は人生で貧乏くじを引いたと思い込んでいた、とわたしは思うの。でもわからないのは、どうして自分の妻や娘にあんな仕打ちをした

かということよ。ハリー、今回のことはサンディが悪いんじゃないということ、あなたにはわかってもらいたいの」

ハリーは応えずに、母親の手にしているグラスを指差す。「何を飲んでるの？」

「ウォッカよ」

「ただのウォッカ？」

「ただのウォッカよ」

「味見してもいい？」

「いいわよ」

「ジョアン」驚いた父親が止めようとする。

それでも彼女はグラスをハリーに差し出す。「問題ないわよ」息子が酷い味のお酒をするのを見守りながら、「クロエはあなたの部屋にいても構わないけど、あなたは寝袋で、床に寝るのよ」と宣言する。

「やだなあ、これぞ我がビッグチャンスとぼくが思っていると疑っているんでしょ？」

「手に負えなくなったら」父親が口を挟む。「クロエが悲観し過ぎてどうにもならなくなったら、パパとママを起こしに来なさい」

「悲観しすぎるっていうのは？」

「悲しみのどん底に落ちるということだよ」

しばらくして、ハリーは二階に上がって行く。廊下の壁のクロゼットから寝袋を取り出し、それを持ってそっと寝室のドアを開ける。クロエはさっきのままだ。緑色の寝袋は使い過ぎで毛玉だらけになっている。広げてカーペットの上に敷いてみるが、こんなさえない寝床で眠る気はしない。どうしようかと立ち

尽くし、自分の部屋なのに侵入者になったように感じる。寝るには早すぎるが、電気はつけたくない。宿題があるけど、多分明日は学校に行かなくてもいいだろう。ベッドの端に腰を下ろし、「クロエ」と声をかけてみる。「何か食べたくない?」

「いらない」

「何かぼくにできることあるかな?」

「ない」

「きみのママは伯母さんとホテルに泊まっているよ」

「どこにいようと知ったことじゃないわ、あんな女」

そーっと、ゆっくりと、クロエを驚かさないようにして、掛布団を持ち上げ、横に滑り込む。二人の体の間は空けてあるが、ハリーは彼女の薄い脇腹のウエストの窪みに手を置く。恥ずべき行為とわかってはいるが、もしかしたら彼女が振りむいて、抱擁させてくれるかもしれないと願わずにはいられない。ぺったんこの胸とお腹が自分の体にくっついて、二人で踊っているときよりも接近して、少なくともいつもとは違う感じで彼女と近くなる——静止したまま、静かに、少しも動かずにいる。自分は他の誰よりも彼女の体を知っている。彼女の体のあちこちを触りまくっている複数のボーイフレンドたちよりも詳しく、恐らく彼女自身よりも熟知している。学校のホールでクロエがこっちに向かって歩いて来ると、ハリーは無意識的に彼女をリフトする体勢をとる。彼女の体の重さ、その強さの限界、汗の匂いまで知っている。彼の指が彼女の内股、お尻、腕に痣を残している。

ハリーはまだハイスクールの学生だ。女性とも、誰とも関係してはならない。言い寄る女の子がいても拒否し、自分をわきまえるべきだ。他の連中にとってクロエはそこいらのチャラチャラした女の子と変わ

らないのだろう。彼女が年上の男子たちの車に乗って、州外のナンバープレイトの車を見つけたら車内の天井貼りにタッチして、負けるたびに着ているものを脱いでいくゲームをしているとも聞いている。噂によると、ディランという男とは行くところまで行っているらしい。女の子たちの話では、そのディランはカート・コバーンに似ているそうだが、いつも野球帽を目深に被り、フード付きのスウェットシャツを着て、ブリーチしたぼさぼさの髪はこんがらかっていて、誰それに似ているなんて柄じゃない。

「あんた、あたしの誕生日にくれた本、読んだことある？」クロエが訊く。「あのバレエの本よ」

「いや」

「エマ・リヴリーって知ってる？」

「知らない」

「彼女、燃えちゃったのよ」

ハリーは、自分が病気のときや落ち込んでいるときに母親がしてくれるように、クロエの背中を撫でている。タンクトップ越しに肩甲骨のシャープな輪郭や、背骨のごつごつ、その周辺の平らな翼のような筋肉が感じられる。体は近くにあるのに、悲しみが彼女をハリーから遠ざけている。彼女の脊椎が、悲しみをほぐすための数珠玉のようにハリーの指の下でスライドしていく。少しでも悲しみを取り去ってあげたい。「クロエ?」耳元で囁いてみる。「ぼくはきみを愛しているんだ」

クロエはじっとしている。いま自分が言ったことを撤回したいとハリーは願う。さっきの言葉は、癒しを装って体を触っていることよりも嫌らしい。ただの手前勝手にすぎない。ようやく毛布の下からクロエのくぐもった声が聞こえてくる。「ディズニーランドでマッターホルンに乗ったのを覚えてる？　みんなで最初に行ったときのことなんだけど？　一緒にホテルに泊まったでしょ?」

「そうだね、憶えている気がする」

「あたしたちと一緒に乗った男の人のこと、憶えてる?」

「男?」

「そう、ポニーテールの男よ」

「憶えてない。あのときはぼくたち二人ときみのママだけだったと思う。でもどうして?」

「あたしの記憶では、その男がママの体に腕を回しているのを見たのよ、それが現実だったかどうかわからないの。でもその光景が頭から消えないのよ。いつもその光景が頭に浮かぶから、本当に起きていたことかもしれないと思うの」

「きみのママに訊いてみればいいのに」

「訊けないわよ」

「ぼくはそんな男、憶えてない」本当のことを言うと、おぼろげだが、男、ポニーテール、小さな女の子、この三つの記憶がハリーにはある。でもいまそれを口にしないほうがいいだろうと察している。

「ぼくが覚えていなくても、その男がいなかったということにはならないよ。ぼくたちがすごく小さかったときのことだからね」クロエは黙っている。彼の手の下で、彼女の脇腹が上がったり下がったりしている。こんな悲しみの時でも彼女の肌がすごく温かいのは奇妙な驚きだ。彼女が仰向けになると、窓から入る街灯の光がその尖った顎、小さくてシャープな鼻を照らす。動いたためにタンクトップが上にずれて、ハリーの手が彼女のむき出しの薄いお腹に滑り落ちるのでぞくぞくする。手を払われるかもしれないと思うが、クロエは触られていることに気付いてもいないようだ。

「言っておくけど」突然、クロエが切り出す。「あたしもあんたのことを愛しているわ、だって一番古い

友だちなんだし、当然でしょ、でもね、言うけど、なんでいまそんなことを話さなくちゃならないのよ。考えられない。あたしにはパパが死んだとは信じられないの。でも、生きているとも思えない」クロエは身も心もずたずたにされたような溜め息を吐く。「あたしたち二人は互いを愛している――だからどうだっていうの？　だからっていまの事態が変わるわけじゃないでしょ？」

彼女の言い方にハリーは気を良くすると同時に傷つきもして、いつものクロエを感じている。この状態を噛みしめて、懐かしい思いに浸っている。

1994年7月――ニューヨークシティ

パ・ド・ドゥを踊っているロシア人ダンサー二人は亡命者ではなく、アメリカでチャンスを掴もうとしている夫婦だ。彼らは、ソビエト連邦が崩壊して自由の国になり、それと同時に給料が滞るようになるまではボリショイ・バレエ団で踊っていた。バレエ団としてはこの二人にニューヨークに来てもらうのは喜ばしいことで、それで彼らはここにいる。夫婦でソーホーのお洒落なアパートメントを所有し、その支払いは高級時計の広告モデルをしている妻の稼ぎと、大味なアメリカ的バレエに繊細なロシア的スタイルを持ち込もうという趣旨のもと、子供たちや小さなバレエ団のために夫が主宰しているワークショップの収入で賄われている。

二人が身に着けているシンプルな白い衣装が、青いライトに照らされただけの背景幕に美しく映えている。踊っているのはミスターKの振付による、ストーリーのない、卓越したテクニックを必要とする、最も有名な短い作品のひとつで、音楽はミスターKに発掘されるまでは忘れられていたチャコフスキーによるものだ。この公演はミスターKの二周忌にちなんだもので、夏の集中レッスンの生徒たちは三階のバルコニー席後部にまとまって座っている。クロエはハリーの隣に行きたかったが、素晴らしくターンアウトした脚を持っているカサンドラが蛇のようににじり寄って来て、もう少しというところでその席を奪ってしまった。

空港でニューヨーク行きの飛行機を待っているとき、ハリーがクロエに向き直って言った。「念のため

に教えておくけど、集中レッスンは普通のバレエ学校とはちょっと違うと感じるかもしれないよ」

コスモポリタン誌のページをめくりながらクロエは訊いた。「何が違うわけ？」

「人間関係が、だよ」

なんとなく察しはついていたが、クロエは無関心を装って成り行きに任せることにした。昨夏、ハリーはニューヨークへ行き、クロエはサンフランシスコの夏期講習に行ったのだが、ハリーは以前よりも自信満々で戻ってきた。踊りが目に見えて良くなっていたので、彼と組むときにクロエは自意識過剰になってしまうほどだった。特に、ニューヨークで一緒に練習した女生徒たちから得た秘訣を彼が披露し始めてからは余計にそうなってしまった。ぼくの友だちのナターシャはこう言っている。ぼくの友だちのカーステインはああ言っている。ジェニファーという女の子はシャンクの硬いトウシューズに変えたらすごく踊りやすくなったと言ってたよ。ハリーの自信はハイスクールでも功を奏するようになった。いまだに人気者ではないが、言いがかりをつけられるようなことはなくなった。片やクロエは、友人関係が上手く行っているわけではない。父親が亡くなってからは男の子たちとつるむのを止めたし、学校の勉強もしなくなり、日曜を除いて毎晩バーテンの仕事に出かけて夫の死を悼む様子もない母親を見限り、泣くことさえも止めた。バレエ以外のあらかたのことは諦めてしまったのだが、そのバレエさえもきちんとやれているとは思えない。

ジョアンから何度も注意されている。「クロエ、どんな踊りでも怒っているように踊ってはいけないわ」でもその怒りこそが、彼女の回転を超速にし、女性ではあり得ないほど高くジャンプさせている。長時間、激しく踊るので、トウシューズのサテン地から血が染み出ることもある。サンフランシスコの夏期講習では後半、膝に怪我をしてしまい、他の生徒たちが発表会で踊っているのを激しく動揺しながら観ていた。

この頃、クロエが踊りたいのはもう金平糖の精ではなく、沼地で死ぬ堕落した高級娼婦、マノンになっていた。

　ハリーに関して言えば、ニューヨークでの彼はカリフォルニアにいるときの彼ではなくなっているが、本質的に変ってしまったのか、単に置かれている状況のせいなのか、クロエにはわからない。クロエはただの女の子の一人にすぎないが、ハリーは男子のなかで一番目立つ男子、同性愛者ではない男子のなかで最も魅力的で、しかもスターなのだ。彼は将来を約束された者のオーラを纏っている。クラスではお手本を見せるようにと度々先生に呼ばれている。全員の先生のことを知っており、昨年からの生徒の大半とは顔なじみ、地下鉄の路線にも詳しく、年齢確認をしないバーがどれなのかという情報にも通じている。集中レッスンはまだ半ばだというのに、バレエ団の団員クラスにもう二度も招かれている。コースが終わったらバレエ団の研修生として採用されるという噂も囁かれている。パートナリングのクラスでは、女の子たちが先を争って彼と踊りたがる。

　舞台では、パ・ド・ドゥがコーダ（主役の男女ふたりによる幕の最後の踊り）の最後の盛り上がりに差し掛かっている。クロエはこの作品をハリーと練習して踊り慣れていて、早くお気に入りのシーンにならないかと待ち構えている。女性が男性のほうに素早く進み出て、フィッシュ・ダイブ（男性が膝の上に女性を乗せて支え、女性が魚が飛び跳ねたように体を反らせて両手・両足を跳ね上げるポーズ）をするはずだ。その瞬間、男性は片腕で女性のお腹を支え、もう一方の腕を伸展している彼女の脚に回す。女性の体はほとんど真っ逆さま状態で、水中から跳び出した魚のような曲線を描く。でも、いま見ていると、このロシア人ダンサーの妻は、女性が男性のほうにステップで近寄る普通のやり方ではなく、信じられないほど遠くから夫の腕に飛び込んでいる。夫は、床からほんの数センチ離れたところで妻をキャッチする。観客が息を呑む。クロエの両手が驚きで膝から持ち上がる。妻はすぐに二回目のフィッシュ・ダイブに入

る。頭から飛び込む、向こう見ずな、しかし信頼があるからこそのダイビングだ。

劇場を出ると、クロエは女の子の群れを肘で掻き分けてハリーのそばに行き、腕を摑み、声を抑えて囁く。「戻ったら、スタジオに潜り込もうよ」

「なぜ?」ハリーがいつもの声の大きさで訊く。

「シーッ。ちょっとだけだから」

「ぼく、もう眠らなくちゃ」明日はアースラン・ルサコフがボーイズクラスを特別に教えにくるので、ハリーは神経質になっている。神経質どころじゃない。ハリーにとっての重大事はただひとつ、アースランの感想なのだ。周りの皆が彼の踊りを見て、アーッ! だの オーッ! だのと感心するが、そんなのは全く関係ない。この男、この未知の人物こそが、ハリーにダンサーになることを確信させてくれる。

「大丈夫よ。却ってよく眠れるようになるわよ。やってみたいことがあるの。お願い」媚びるのが嫌いでやりたくないのだが、クロエは女の子っぽく、哀れを誘う声を出して頼む。

いまのハリーは昔のようにクロエの意のままにはならないはずなのに、やっぱり譲歩してしまう。バレエスクールに戻ると――劇場からは二ブロックで、ほんの少し歩くだけ――二人は急いで寮からダンスバッグを取ってきて、誰も来るはずのない小さな地下スタジオに降りていく。互いに後ろ向きになり、バッグに入っている稽古着を適当に取り出して身に着ける。クロエが見ていると、ハリーはダンスベルトを手に躊躇していたが、急いでそれをバッグの奥に仕舞い込み、ボクサーショーツのままでいる。彼は黒いズボンとドレスシャツを脱ぎ、運動ズボンとTシャツを身に着ける。クロエは公演を観に行くのに着ていたドレスの下からタイツを穿き、レオタードを着るまではドレスを首の周りに引っ掛けたままにしている。ハリーが彼女の裸の胸を覗き見しているのが鏡に映っている。

「それで、何をしたいの？」フロアに腰を下ろしてトウシューズのリボンを結んでいるクロエにハリーが話しかける。彼の顔に緊張感が浮かんでいる。声の調子でもそれがわかる。女の子の選択肢は他にもあるが、彼はまだクロエが好きなのだ。

「フィッシュ・ダイブよ」彼女が応える。「あの夫婦がやっていたのを」

ハリーがスタジオに入っていくと、アースラン・ルサコフはもうすでに来ていた。ウエストを紐で締める黒い体操ズボン、黒いVネックのセーター、それに白いバレエシューズを履き、イレインと立ち話をしている。体重を片方の足に掛け、両腕を胸の前で組んでいる。髪の色は亡命した当時よりも濃く、軍隊式のように短く刈り込んでいる。眉毛の間の皺と、鼻から口角にかけてのほうれい線が年齢とともに深くなり、顔つきが険しくなっている。洒落た帽子を被ったときとか、何か楽しいことがあると表情がちょっと和らぐ。

この天才の外見がどうであれ、彼の人生をずっと調べ上げてきたハリーは少しも驚かない。二ヵ月前にはヴァニティ・フェア誌が、アースランの所有するメイン州の島で彼を取材した見開き十頁の記事を掲載していた。その島にある納屋を改築した建物に滞在し、自分の名を冠した小さなカンパニーのためにアースランは前衛的な作品を創っているのだ。岩と海が広がる景色を見渡せるようにドアがすべて開け放されたスタジオで、ダンサーたちがバーに付いている、夏に撮られた写真が一枚掲載されていた。対向ページには、降りしきる雪が窓枠に積もり、彼がひとりでバーに付いている写真が載っていた。本当のことを言うと、この男、この見知らぬ人物に対して、ある意味ハリーは自分が熟知している人々以上に親近感を抱

いている。これまで毎日、友だちや他の先生たちや両親を見るような目でアースランを見ていたのではない。写真やビデオの光沢のある画面を通して、より深く彼を理解しよう、何がこの男をこれほど偉大なダンサーにしたのかを探り当てよう、と餓えたように研究してきたのだ。わかった、アースランの体は完全にセンターが取れていて、まるで独自の軸で地球に突き刺さっているように見える。そうか、アースランは、ひとつのステップから次のステップに行くとき、常に正確に姿勢を保っている。そうなんだ、ターンやアチチュードのときも決して軸がぶれない。永遠にバランスを取っていられるように見える。アースランはバレエ芸術全体の形を高めてきたダンサーだ。アースランのおかげで、バレエはこれまでのバレエとはまったく異なるものになった。マイケル・ジョーダン（米国の元バスケットボール選手。その実績からバスケの神様と呼ばれている）はハリーのヒーローではないが、学校で皆がジョーダンのことで盛り上がっている気持ちがよくわかる。何においても、完璧に事を為しとげる人は神様なのだ。

　すでに十人ほどの男子たちがバーに付き、スクールお仕着せの黒いタイツ、白いTシャツ、黒いバレエシューズを身に着けてストレッチやウォーミングアップをしている。皆、膝の隙間から、あるいは肩越しに、動きは止めず、気にしない振りをしながら、アースランを盗み見している。アースランがレッスンを持つのは非常に稀で、またとない幸運に恵まれた、と男子たちは周りから羨ましがられている。ダンスバッグを下ろそうとしたハリーはイレインと目が合う。彼女がぞんざいな笑みを送ってくる。イレインも夏季コースの生徒たちに関わることはほとんどないが、今回はアースランの特別レッスンを自身が企画したので彼に付き添っているのだ。

　二週間前、アースランがボーイズクラスを教えるとの発表があった日、気が動転したハリーは頭を冷やすために夜の散歩に出た。人混み、屋台から漂ってくる食べ物の匂い、行き交う車の騒音、湿気を含んだ

重苦しい外気を掻き分けながら、ダウンタウンに向かってずんずん歩き続けた。空は雲に覆われていた。ハリーは汗をかいていた。イレインのアパートの場所がどこだったか、はっきりと思い出せない——昨夏、夕飯に呼ばれ、一度だけ訊ねたのだが、トライベッカということ以外、何も覚えていない——ところが進んでいくと、窓辺の装飾に見覚えのある日本レストランが見えてきて、この道順でよかったのだと胸をなでおろした。さらにその道を行き、台座にハンドバッグがずらっと並んでいるのが大きな窓越しに見える高級洋品店を通り過ぎると、重厚な作りの緑色のドアがあり、「4」と記された真鍮の呼び鈴(リン)の横に「コチェリョズキン／コスタス」の名札が見えた。呼び鈴を押した。もう一度押してみた。

すぐに、パリパリと音がして、イレインのよそよそしい声。「はい？」

「ハリーです」彼がスピーカーに叫んだ。「上がってもいいですか？」

またもやパリパリ、次にブーとブザーが鳴り、そしてカチッと大きな音。ハリーはドアを押し開け、階段を昇っていった。イレインが、裸足のまま、踊り場で待っていた。白い馬の模様がプリントされた藍色の木綿のバスローブがはだけ、スパッツと緩いタンクトップが覗けて見えた。伸縮性のヘッドバンドで髪を後ろにひっ詰めて押えていた。イレインは若く見えた。ハリーの母親よりずっと若やいで見えた。スタジオや劇場にいないとき彼女は何をしているのだろう？　ぼくがベルを鳴らす前には何をしていたのだろう？　ぼくがこんな風にプライバシーが守られる環境にいたら、自慰行為はやめられないけどなあ——ハリーには、イレインの独り暮らしが刺激的でミステリアスに思えた。

「ハリー？」声が上から聞こえてきた。

彼はイレインのちょうど真下に来ていた。「ぼくのママが誰かをアースランには言わないでくれる？」

彼女はドアを手で押さえ、開けたままでいてくれた。「心配でたまらなくてここまでやってきたのね。

ちょっと中に入りなさい。インターコムにはあんな大声で叫ばなくてもいいのよ。坊やは、時々、せかせかしたおじいさんみたいになっちゃうのね。あっ、靴は脱いでね」

後についていくと、イレインはキッチンに入り、冷蔵庫からダイエットコークを二缶取り出し、それから洞窟を思わせるリビングに向かった。彼女はソファーを指差した。開けっ放しのドアの向こうに精巧な細工が施された鉄製のヘッドボード付きのベッドが見えた。寝具は淡いグリーンで、寝起きのままになっていた。ハリーは顔を赤らめて目をそらした。部屋全体は壁が白で、広々として、キャラメル色の床には薄い敷物があちこちに敷かれて幾何学模様を作っていた。薄地の白いカーテンが鉄のロッドから下がり、広い窓台にはシダの植木鉢が所狭しと並んでいた。部屋の隅に背の高いクローム製の彫刻が置いてあり、壁には木々を描いた絵が数枚、凍った川の絵も一枚掛かっていた。「いい絵ですね」ハリーは言った。

イレインは楽しそうに小さく鼻を鳴らした。「きみ、去年ここに来たときも同じこと言ったわよ。覚えてる?」

「そうだったかな」

「私は覚えているわ。あんな絵に関心を持つなんて面白いと思ったの。どれも、ミスターKのものだったのよ。正直言って、私はそんなに好きじゃないけど、もう慣れちゃったのね。他に何を飾っていいかわからないし」イレインはシダの植木鉢をふたつフロアに下ろすと、開いた窓辺にスペースを作って腰掛け、右足を左膝の下に組んで、コークの栓を開けた。

「価値のあるものですか?」

「そうよ。古いものだし」

「ミスターKはロシアを懐かしがっていたんですか?」

「そうね、でもそういう振りをするのが好きだったのかもしれない。そのほうが自分の人生がドラマチックになるし、哀愁を感じさせるからね。都会で育ったのに、田舎を描いた絵ばっかり買っていたのよ。現実にある場所ではなく、こういう木や川のあるイメージを懐かしがっていたのだと思う。私たちの郊外の家は小さなロシア、という感じだったし。きみも彼と知り合いになれてたらよかったのにね」

「アースランはロシアを懐かしがっていますか?」

イレインは緑色の、猫のような目を細めて微笑んだ。ハリーは彼女に触れてもらいたいと思ったが、それはセクシャルな感情なのか、母親のようにしてもらいたいからなのか、自分でもわからなかった。「どうかしら」彼女は応えた。「多分そうでしょうね。でも、いまは戻ることもできるのに、彼はそうしてないわね。ハリー、私は彼に、あなたは昔の恋人の息子に会うことになる、とは言ってないわ。きみと同じ考えよ、つまり、アースランはまず、きみの踊りを見るべきだと思うの」

「特別扱いはされたくないんです」ハリーは激しい感情を込めて頼んだ。

「もちろんよ」イレインは彼の熱い思いに応え、優しくうなずきながら同意した。

「ぼく、すごく神経が高ぶっているんです」シダの中に座ったイレインを見ているうちに、何だかその気になってきて、ハリーは思い切って口にした。「ねえ、葉っぱ、持ってる?」

ひどく下卑た、こちらがびっくりするような調子でイレインが笑った。「きみ、マリファナ頭になっちゃったの? 私ったらとんでもないことしちゃったかしら? ニューヨークに連れてきたら、きみはマリファナ狂いになっちゃったわけ?」

「違うよ。そうじゃない。気分を落ち着かせることができるかと思っただけだよ」

イレインが窓の外に目をやり、バスローブのポケットに手を突っ込んだが、何も出てはこなかった。

「私は売人にはなれないわね」それからちょっと間を置いてから言った。「飲みたいのなら、ワインをグラス一杯あげるわよ。どう?」

「いや、大丈夫。ぼく、まだコークも飲み終えてないし」自分が馬鹿みたいに思えて、彼はコークをごくごく飲み、ソファーから身を乗り出して缶を両手で包んだ。外から轟音が聞えた。「いまの、雷?」彼が訊いた。

「そうだと思う」シダがさらさらと音をたて、薄いカーテンが優しく揺れた。イレインが窓枠を摑んで上半身を傾けて反り返り、空を見上げ、それから体を元に戻して言った。「これは絶対、雨になるわね。あら、坊や、どうかしたの?」

ハリーは応えた。「アースランがぼくの踊りを好きじゃなかったらどうしよう?」

「まだまだ子供だわねぇ。自己満足に陥ってはいけないと教えたわよね、でも心配症になってはだめよ」イレインは、雨が降っているかを見るために腕を外に伸ばし、掌を眺めてからバスローブで拭いた。「あの人はただの男よ。素晴らしい、凄いダンサーだけど、神様じゃないのよ」

「ぼくのパパは彼のことをジェダイ・マスター（米映画『スター・ウォーズ』シリーズで使われる用語。銀河系の自由と正義の守護者を指す）と呼んでるよ」

「多分、彼はそれなのかもね」雨が降り始め、イレインは窓台から下りてシダを元に戻した。ハリーも窓を閉めるのを手伝った。雨は優しく窓を叩き、中に入れてくれと言っているようだったが、それから叩きつけるような降りになった。

「ぼくは何も恐れないようになりたい」ハリーが訴えた。「神経質になるのは構わない。舞台に出て行くとき、胃が狂ったようにぐるぐる回って、心臓がもの凄く激しく鼓動する、そういう感じは大好きなんだ。すごくいいよね。ロケットがいまにも打ち上げられるみたいで。でも、このアースランとの……これは、

何というか、重大すぎる。怖すぎるんだ」

「よく聞くのよ」イレインがそばに来て、ソファーに座ったハリーの膝を叩きながら言った。「自分が持っているものを使えばいいの。その恐怖心を利用して自分をきりきりと巻き上げていって、準備万端整ったその瞬間に解き放つ、そうしたら前に進んでいける。私は怖くなったとき、バー・エクササイズをいつもより多くするの。すると、自分が知っていることが全部そこにあると認識できる。恐れる気持ちは現れたり消えたりするの。恐怖心とどう向き合うかはそのうち学ぶはずよ。わかった？　私を見て。わかったわね？」

「わかった」ハリーはうなずいた。

イレインがポケットから小さなガラスのパイプを取り出した。「一服だけよ」彼女が言った。「そしたらタクシーに乗せてあげる。ハリー、これは、私がきみを大人として扱っているからなのよ。いまから私にとってきみはダンサーなの、ジョアンの息子じゃないの。だから秘密は守ってね、いいわね？　私がきみをどうやってハイにさせたかなんて、集中レッスンの生徒たち皆の話のネタにしてもらいたくないからね」

「オーケー」彼は応えた。

でも寮に戻るタクシーの中でハリーは考えていた。あれから追加でもう一服させてもらいながらイレインと話し込んだが、気分は変えられたのだろうか。日中の空気で膨れ上がり、危険に満ちていた街は雨ですっかりきれいになっていた。踊ることを止めてしまえば、こんな気持ちになることはないだろうなあ。ほんの一瞬だがそんなことを考えた。イレインのところに泊まって、ソファーで毛布にくるまっていられたなら、とも思った。あの藍色のバスローブの下には何も着ていない彼女が、あの淡い緑色のベッドの寝

室に誘ってくれることを、罪の意識に苛まれながら夢想した。クロエと、そして次は昨年夏にセックスしたので簡単にイメージできたナターシャと、あの淡い緑のベッドにいる自分を思い描いた。さまざまな空想がどんどん湧きあがってきた。ひび割れた人工革のシートに身を預けたまま下半身を浮かした。

集中レッスンの演技クラスで、先生が生徒全員を床に寝させて、鼻から、腕から、そしてもう片方の腕からも考えていることをすべて外に追い出し、絞り出し、あとには暗くて空っぽの空間しかなくなるまで、残っている思考を体、両脚、両爪先からも押し出すようにしなさいと言ったことがある。

ハリーは目を閉じた。イレイン、クロエ、そしてナターシャを頭から追い出した。アースランと自分の母親、さらにタクシー、雨、道路、雲、空をも追い払った。無になって、いまにも破壊寸前の宇宙を支えていたかと思いきや、排除していたすべてを偉大なる高みから自らの体のなかに落とし込ませた。タクシーのシートでがたがたと震え、げたげたと笑い始めた。運転手がミラーのなかの彼を見た。体の全細胞が活性化した。自分の体は自分のものであり、それが一番大切なものであり、自分に必要なものであるという、このフィーリング、この確かな感覚、これを認識したことを覚えておくのだ、と自分に言い聞かせた。このタクシーに乗っていること、この街に存在していること自体が美しい体験だった。自分の周りで、クラゲが優雅に水中でひらひらしているみたいな、銀色のパラシュートが開いたような気分だった。

顔を下に向け、ハリーは空いているバーに向かう。あれからイレインのアドバイスに従い、バーでのエクササイズを多めに行い、基本的な動きに集中し、自分の体とコミュニケーションをする回線を開くために気持ちを落ち着かせた。片足の土踏まずをバーに乗せ、ハムストリングを伸ばしてから、その脚の

膝を折って殿筋にタッチさせる。クロエと床に激突したときの傷がまだ痛む。クラスで練習している危険度の少ないフィッシュ・ダイブを、どうやったら爆発的で向こう見ずなものにできるのか二人には皆目見当がつかなかった――あのロシア人夫婦に観客が度肝を抜かれたのは当然だ――教えてくれる人もいない。それなのにクロエはためらうことなく、貪欲な猫みたいにスタジオの端から彼に飛び掛かってきた。右腕を彼女の胴に、左腕を彼女の脚に巻き付けなくてはならないのに、時間が足りなくてそれが咄嗟にできなかった。有体に言えば、クロエはハリーの両手をすり抜け、彼の足もとにドサッと、それこそ魚みたいに落下した。「何もいまやらなくてもいいじゃないか」最初の一回で、クロエを助け起こしながらハリーは文句を言った。「難しすぎるよ。誰かにコーチしてもらわないと」

しかし彼女はもうすでに元の場所に戻っていた。「準備はいい？」そう言って、再び彼に身を投げて来た。

そのときは二人とも床に倒れ込んだ。彼の肩が二人分の体重の衝撃を受けた。「クロエ！」彼女を押しのけながら、ハリーは叫んだ。「馬鹿げてるよ。ぼくたち、怪我するよ」

クロエは唇から血を流しながら立ち上がった。「準備はいい？」

十一回あるいは十二回目だったか、互いにもう話すことを止め、スタジオで聞こえるのは二人の呼吸とクロエの足音だけになったとき、奇跡が起きた。百万ドル貰ったとしても二度と繰り返せないだろうとハリーは思うのだが、あのとき、小さな顔のなかの瞳を輝かして飛び込んで来たクロエを、彼は完璧なフィッシュ・ダイブのかたちでキャッチした。ロシア人夫婦と同じくらい上手に、いや、それ以上に猛烈で、華麗で、危険だったかもしれない。二人の興奮は冷めやらず、自然の成り行きでハリーは両腕をクロエの体に巻き付けたまま、彼女を起こそうともせずに逆立ちのような形を保ち、息を切らし、血まみれになり、

信じられないという面持ちで鏡のなかの自分たちを見つめていた。それから、抱いたままの姿勢でクロエの体を侘しい地下スタジオの床に横たえた。事は迅速に、止まることなく進んだ。一匹の長い蛇の皮を剝ぐように彼女のレオタードとタイツを脱がせ、想像していたとおりの裸、見慣れた体のかたちを露にさせた。ハリーが童貞でないと気付いたときのクロエの大仰な驚き方がハリーの気に障り、そのことで二人とも笑ってしまった。彼としては、そんなに驚かれることではない、という言い分なのだ。集中クラスの女生徒たちは吠える猟犬の群れのようにハリーに付き纏っていた。飛行機に乗る前に、そのことを彼女に言い含めたつもりだが、ずっと負け犬だった彼に慣れっこになっていたクロエには、新しい状況がにわかには飲み込めなかった。夜十一時の門限と午前中のクラスという縛りはあるものの、ニューヨークにいる解放感を味わい、催眠術から醒めたようなショックを受けながら、ハリーは体験済みだったのだ。

　バーは手短に切り上げる、とアースランが皆に告げる。ウォーミングアップは十分にしてあるだろう、というわけだ。そしていきなり「プレパレーション」と言い、その一言で全員がプリエに入る。生徒たちがバットマンをしている間、アースランはスタジオを歩き回り、時々立ち止まって直しをしたり、握りこぶしで自分の脚をポンポン叩いて正しいポジションを示したりする。ハリーの後ろで二回立ち止まり、黙ったまま、気の遠くなるぐらい長い間、彼を見つめる。ロン・ドゥ・ジャンブ・アン・レール（脚を横に上げてキープし、膝から下だけを旋回させる動き）のとき、アースランがハリーのそばに来て、両手で彼の太股を摑む。「ここをそのままキープして、軸を引き上げ続けて」とアドバイスをする。ハリーは鏡のなかの自分を確認する。両腕、両脚、顔の汗、スタジオの反対側に移動するアースランの姿も見て、やがてそれらすべてが朧になり、クロエと自分が床に横たわっている姿が見えてくる。二人は鏡のなかの自分たちを見慣れていて、見ることが自然体なのだ。セックスをしているときの二人は、踊っているときよりも完璧だった。

三十分だけのバーのあと、アースランはセンターに移る。最初はタンデュ、それからものすごくゆっくりとしたグランバットマン・アン・クロッシュ（動脚を前後に大きく上げて鐘のように振る動き）で終わるアダジオを数種類行う。生徒たちはアースランの指示通り、他の先生たちからも何千回と言われているように、ターンアウトをキープし、踵から脚を作動させて鐘の舌のように前後に振り上げ、足首を小刻みに動かし、土踏まずを湾曲させて床を摑み、しかも脚の伸展による一連の動きで体のプレイスメントを失うことなく行おうと努力しているが、できたとしても彼らがアースランのようになれるわけではない。「体が後ろに倒れてはいけない、そうですよね？」生徒たちが体をわななかせているのを見ながらアースランが楽しそうに言う。「だめです。ほんの少しでも倒れてはいけません」それから小さな動きのアレグロを行い、止めは一拍に三つの動きを入れる大きなアレグロだが、アースランは生徒たちがハチドリのような超速で脚を動かさないとこなせないターンとジャンプを組み込んだ巧妙なアンシェヌマンでそれをさせる。「アンド・ワン、パパパ」アースランが叫ぶ。「アンド・アップ、ババババ、アンド・フロント、アンド・ステイ。いいです！」ハリーのルームメイトのカイルがコントロールを失い、フィリップにぶつかる。フィリップは猫のように敏捷で、痩せていて、昨年、ハリーが初めて集中クラスに参加したとき、彼がゲイかゲイでないかを調べると宣言して、キスをしてきたやつだ。それで、それがハリーのファーストキスになってしまった。

コンビネーションのとき、ハリーもコントロールを失いそうになり、流れるような着地をしながら呼吸をして、しかも両腕のポジションを忘れないようにするのに苦労する。音楽が終わり、カイルとフィリップと並び、胸を激しく上下させながらアースランの言葉を待つ。他の二人より上手く踊った──いつもそうだ──でも自分の踊りに満足したことはなく、いまはほとんどパニックに近い状態で意気消沈している。できるはずと思っていたのに、自分の全神経、全細胞を統率して集中することができなかった。夜は毎日

やってくるのに、なぜクロエは昨夜を選んだのだろう？　なぜ彼女はぼくに怪我をさせ、集中力を失くさせることをしたのだろう？　彼女のある部分が、ぼくの失敗を望んでいるのだろうか？

ピアノの傍のバーに凭れていたアースランが体を起こしてゆっくり歩いてきて、ハリーの前で止まり、うなずいて、口角を上げて笑顔を作る。これまでいつも眺めていた相手から眺められて、ハリーは不安な気持ちになる。「きみの名は？」柔らかいロシア語訛でアースランが訊ねる。

「ハリー・ビンツです」

「偉大なダンサーには不向きな名前ですね。フォンテインの本当の名前を知っていますか？」

「いいえ」

「ペギー・ホッカムです。全然イメージ違いますね？」

ハリーにそのつもりはなかったが、いま言うべきだと咄嗟に閃く。自分の踊りについてのアースランの意見など聞きたくない、アースランの存在を打ち消すべきだ。「あなたはぼくの母を知っているはずです」

ハリーは出し抜けに話し出す。「ジョアン・ビンツ。でも昔はジョアン・ジョイスだったはずです」

楽し気だったアースランの顔の表情が変り、目つき鋭くハリーの顔を探るように見る。「ジョアン？　君はジョアンの息子なのですか？」

「ハリー」ピアノの横に立っているイレインが声をかける。「その話はクラスが終わってからにしたら？」

皆がハリーを見ている。こんな恥ずかしい思いをしたことは初めてだ。自分の踊りが恥ずかしい。自分の今後を左右するのはこの人物の言葉だというのに、自分の母親を持ち出して、世界に唯一のその人を悩ませようとする、この自分のぎこちない企みが恥ずかしい。

「いいのです、大丈夫です」アースランは再び笑顔になるが、それは作り笑いにしか見えず、皮肉っぽい

ないのです」

表情の顔の下に緊張感が漲っている。「ジョアン・ジョイスは元気ですか？　ずいぶん長いこと会ってい

「元気です。バレエを教えています」

「そうですか？　きみのことも教えたのですか？」

「はい」

「さてさて、ジョアンの息子くん、きみは何を準備してきましたか？　ぼくに何を見せてくれますか？」

ハリーは戸惑っている。結局、渋々口にする。「奴隷少年アリを踊ります」他にも知っているヴァリエーションはあるが、これが一番得意なのだ。小柄なダンサーのための、動きの速い作品で、回転が上手くなくてはならない。ハリーはそのすべてに当てはまる。しかし、懸命にこの作品を練習したのは（そして、いまスタジオ全体がシーンと静まり返っているのは）、この踊りでアースランがヴァルナ国際バレエコンクールで金賞を獲ったからなのだ。アメリカに来てから、アースランはアリを封印してしまったが、それはキーロフ・バレエ団が彼を踊るサル扱いして、アリばかり踊らされ、踊り飽きたからだった。彼に言わせれば、ここは自由の国でしょう、違いますか？　というわけだ。

「どーれいしょーねん」音節を引きずって発音しながら、アースランが言う。「難しい踊りです」

ハリーが笑顔になる。「難しくても、短いですから」

「ぼくが踊っていたとき、皆もそう言ってましたよ。難しいことは良いことです。踊りやすいのだけ踊っていたら、芸術家ではありません。いつも新しい挑戦、新しい楽しみを見つけなくてはなりません。いいでしょう、ジョアンの息子くん。見せてください」

残りの生徒たちは後ろに下がり、壁に背中を付けて立っている。まるでこれからハリーが危険な魔法の

離れ業を披露するような雰囲気が漂っている。ある者は羨ましそうに、ある者は取り澄まし、またある者は心配そうに見ている。ハリーは正面のコーナーに歩いていく。どうせなら、上半身裸、青と金のハーレムパンツを穿き、両の二の腕に金のカフスを嵌めてバッチリ決めたかった、と思う。

「プリペア」アースランが声をかける。ピアノの音色が静かに流れ始め、ハリーは両足5番のアテールからドゥミ・ポアントで立ち上がり、頭からすべてを消し去る。準備万端なのが自分でもわかる。恐怖心が追い出され、身体に活力が漲り、浮力が集まってくる。

ハリーを見ているアースランをイレインが見つめている。この少年に関しては、ルサコフと比較する様々な仮説が熱狂的に取沙汰されているが、イレインはハリーをそんな喧噪から護ろうとしてきた。しかし、噂は根も葉もないということではないのだ。この二人、ハリーとアースランは、体のプロポーション、ライン、それに素質的なものも似ている。だが、彼らの存在感と態度は大きく違っている。舞台でのアースランは悪戯小僧のようで傲慢だが、邪悪にも、グロテスクにもなれる。片やハリーは可愛らしく、誠実で、気品があり、少々感情を表に出し過ぎる傾向はあるが、こういった要素は後天的に変えられる。ハリーはまだ若い。入り組んだ観念を持つには幼過ぎる。だが踊りについては、この少年はどこまで上手くなるかなどというレベルではない。ここで奴隷少年のヴァリエーションを踊りながらくるくる回転しているだけでも、イレインは圧倒されている。彼は重力に抗って旋舞し、華麗な妙技と潑剌とした生気に満ち満ちて踊る。男性舞踊手に求められる全てを十分すぎるほどに持っているのだ。スピードを落とさずに軸脚でプリエをしたまま、恐ろしく難しいマルチピルエットをやってのける。ターニングジャンプも明確

で、素晴らしい高度を保っている。踏み切りは自然で素早い。床から離れるときに、5番ポジションからでも、低いプリエを入れる必要がない。しかも目を見張るべきはテクニックだけではないのだ。作品をよく理解、解釈しているからこそ醸し出される、奴隷の果敢さが表現されている。ハリーが踊るのを見る以前、数年も前に、ジョアンが財布からすきっ歯のハリーの学生証明写真を取り出して見せてくれたとき、この子はバレエ団の財産になる可能性がある、とイレインはすぐに悟った。いまこの子を確保しなければならない。まだ若く、テクニックに柔軟性があるうちに。怪我から守ってあげたいし、世の中に出すタイミングも選んであげたい。

アースランの額の皺が深くなる。横柄な態度が消えている。脅威を感じているのだろうか、それともハリーを自分が主宰する、一風変わったダンスカンパニーに入れるためにメイン州に連れて行き、紫色のボディスーツを着せて、アルヴォ・ペルト（1935～　エストニア生まれの作曲家で、しばしば、単純な表現を標榜するミニマリズムの楽派に属する一人とされる）やバリ島のガムランの音楽で踊らせようと考えているのだろうか。でも本当のところ、アースランにはハリーのしかるべきところをきちんと見てもらいたい、とイレインは思いを巡らせている。アースランは彼女の意向を読み取っているだろうか。ピアノ演奏が終わり、ハリーは頭を後ろに反らし、右腕を挙げ、床に片膝を付いている。その腕を下ろすと立ち上がる。そしてアースランに小さく一礼し、次にピアニストに一礼する。

考え深げにアースランは片手を口元に持っていき、顎を撫でる。「上手でした」とハリーを褒める。「でも、もっと良くなる余地があります。ハリー・ビンツ、きみはいくつですか？」

「十六です」

「十六歳ですか」アースランはお尻に両手を置き、数歩横歩きをし、数歩後ろに歩く。「オーケー。きみの腕です。最後のジャンプではもっときれいにまとめてください。そして呼吸をうまく使ってください。

吸って、アップ、さらに吸って、さらにアップ。わかりますか？　中盤では……どう説明すればいいでしょう。ぼくがやって見せます。ここです、ターンを終えてランジ（体重を乗せて踏み出した前足の膝を曲げ、残した後ろ足を大きく伸ばす動作）に入るとき、わかりますね、こうなるところです」——アースランはフロアの中央に出てきて、日時計の針のような形を作り、見本を見せる。片脚の膝を折って床に付き、もう片方の脚を後ろに伸ばし、前に伸ばした腕は、両脚が形作る三角の上に向かうラインの延長線に沿って遠くの高所にある何かを差している——「そこから立ち上がってアラベスク、でもこのとき、後ろ足で体を押し上げないでください。前にある脚で押します。その脚全体で、です。真上に向かってアップです。ポン、と真っ直ぐ上にです。見せ場です」

　アースランはポンと飛び上がってアラベスク・アン・ルルベをする。四十代前半の年齢だが、まったく衰えていない彼を見て、イレインは感銘を受ける。本人が踊りたければ、まだまだ主役を踊りこなせるはずだ。でもいまの彼は他のことをしたがっている。「それから」とアースランは続ける。「ツーステップ踏むところですが、そのときにはもう、すぐにジャンプする体勢でいなくてはなりません。アラベスクに入る前から準備しているのです」

　小さく二つステップを踏んでアースランは即座に宙に浮き、異国情緒漂う魔神のような格好で両膝を曲げて、スピンして見せる。フロアに下りてからも、このヴァリエーションの魅力、昔踊った思い出に浸っているのだろうか、彼は踊り続け、ピアノも調子を合わせて鳴り響き、スタジオにいる全員が息を呑む。この二十年間というもの、この男が、この作品を踊るのを見た者は世界中に誰一人としていなかったのだ。終盤に入ったアースランは、自由を謳歌しているかのように飛び跳ね、両脚が宙を舞い、片膝を床に付いて、フィニッシュを決める。生徒たちはやんやと囃し立て、拍手喝采をおくる。アースランは嬉しそうに片手を振るが、恥ずかしそうな素振りも見せる。半分抑制したような笑顔は、いま披露された自分の芸術

的才能など何でもない、些細なことだと語っている。「さあ、来なさい」彼はハリーに声をかける。「最後のところをもう一度やりましょう。一緒にですよ」

二人は揃って最後のシェネをもう一度やり、それからワイルドで鞭打つような跳躍をし、互いに並んでフロアに片膝を付き、右腕を掲げ、鏡を見やる。アースランが自分の顔でなく、ハリーの顔を凝視している。そのアースランの表情から、イレインは自分が願っていたように、そして恐れていたように、彼が気付いてしまったのだと悟る。

Ⅳ

1977年7月――ニューヨークシティ

白いパイピングの入った青いパンツだけの姿でアースランがドアを開ける。レニングラードの家では服を着ていなかったのかと、ジョアンは一度訊いたことがあるが、アースランは口を濁し、あっちではピヨトル大帝のような毛皮のローブを着ていた、とだけ応えた。この七月の日の夜は惨めな気分になるほど暑く、日中の気温とさほど変わらないので、パンツ一枚でいても違和感はなく、気障っぽくもなく、見せびらかしでやっているとも思えない。アースランは汗をかいている。裸の胸で汗が輝き、揉み上げを伝って落ちてくる。「きみですか」この暑さはうんざりだという表情で、手で顔を扇ぎながら、ジョアンを部屋に入れる。

「なんでそんなに暑いの？」彼女が訊く。「暑いことは暑いけど、それほどの暑さじゃないわよ」

口なんか利きたくないという顔をしてアースランが肩をすくめる。寄せ木張りのフロアには、ハンドウエイトが一組、ゴムマットのそばに置いてある。ワークアウトしてたから、と言えばいいものを、邪魔されたくないというところなのだろう。人を邪険に扱うことでサディスティックな快感を得ているのだと思いたいが、アースランの感情はそんな筋の通ったものではない。狭いバルコニーへのドアが開いているので、以前の癖で、ジョアンは黒い絨毯のように広がるセントラルパークに引き寄せられるようにそちらに向かう。ビーズ刺繍のように点々と連なる白い球形の街灯に照らされたパークのあちこちが歪な形の緑のあて布のように見える。東側に目をやると、建ち並ぶ大きなアパート群が黄灰色のごつごつした低いスカ

イラインを描いている。南側はミッドタウンの高層ビルの窓明かりが解読できない暗号のような模様を作っている。

「この街の夏は嫌いだわ」ジョアンが言う。「まるで犬の口の中に住んでいるみたい。ここなら少しでも風が入るかと思ったけど、全然だわね。管理組合に風通しをよくしてくれ、と手紙を書くべきね」

「きみは天気のことを話すためにここに来たのですか?」黒革のイームズチェアにどさっと座り込み、アースランがジョアンを眺める。アパートの家具は、売春宿にあるようなけばけばしい赤のソファーを除き、すべてが黒か白、そしてガラスで統一されている。壁はどこも鏡張りになっている。ジョアンは自分の姿を見ないようにしていたが、諦めて、酔っているのがわかるだろうか、と鏡の自分を確かめる。ジョアンはここに来る前、パークの反対側にあるキャンベル・ホッジスの新しいガールフレンドの家にいた。あちらもやはり高層ビルだが、インテリアは厚ぼったいカーテン、花柄の敷物、派手な模様の厚い木綿地のソファーなどで平凡だった。鏡に映るジョアンの顔は紅潮してふしだらな感じに見えるが、光り輝く夜の街をバックにシルエットのように浮かび上がる姿は魅力的だ、と自分で思う。着ているサンドレスは、仰々しく派手なスカーフを頭に巻いたルドミラが着る、体にぴったりした光沢のあるドレスのようには色っぽくないが、可愛らしい。ちなみにキャンベルはルドミラのことを、ロシアのディスコばあさん、と呼んでいる。

「違うわよ」なぜここに来たのかというアースランの先ほどの質問に答えてジョアンが言う。「訊きたいことがあって来たの」

驚いたなあ、というように目玉をぐるりと回し、彼は口をすぼめて半分笑っている。ジョアンにはわかる。こんな風に無関心を装い、人を馬鹿にしたような表情をするとき、アースランは欲情しているのだ。

ここに来る前、彼とは距離を置いて冷たく接するつもりでいたのに、相手の反応が嬉しくて、欲情が彼女にも伝染してくる。アースランの手を取り、自分のお尻を触らせて、ドア枠にもたれかかる。キャンベルはガールフレンドが出かけたからお祝いをしようとジョアンをランチに招き、二人はオーナー不在のアパートメントのルーフテラスでシュリンプカクテルを食べ、昼間はオーナーの素晴らしいワインコレクションを試飲、夕方にはポートワインやシェリー酒を味見して楽しんだ。日が沈む頃になると、キャンベルがジョアンに打ち明けた。何でも知っているミスターKによると、アースランとルドミラは極秘で婚約をしたというのだ。

「きみはいつも質問ばかりですね」アースランがからかう。「本日の質問は何でしょう？　言わないで。ぼくが当ててみます」

「当てられっこないわ」

「ぼくがきみのドレスを気に入っているかどうか知りたいのでしょう。ピンポ～ン？」

「止めてよ。アースラン、わたしは真剣なのよ」

「ぼくだって真剣です。そのドレスはステキだ。後姿も見たい。どうぞ、後ろを向いて」

ジョアンはドアから離れ、くるりと回って後ろ姿を見せる。スリルを伴う屈辱感、彼の視線に屈服してしまう。

「いいです、後ろ側も好きです。どうです。ぼくはきみの質問に答えましたよ。ではさようなら」ジョアンが愛してやまない、でも大嫌いな、憎たらしい笑顔を浮かべてアースランがにやにやしている。「おや、きみはまだここにいるのですか？　もっと訊きたいことがありますか？　それとも、他に何かぼくに見せたいものがあるのですか？」

ジョアンは彼のほうに行きたいと思う。片手でドア枠を摑む。「ルドミラと結婚するわけ?」

しばらく口を閉ざしていたが、彼がうなずく。「そうです」

「どうして?」

またもや彼はにやつく。「いけませんか?」

「答えになってないわ。なぜいつもちゃんと答えてくれないの?」ジョアンは泣きそうになった。あの時、キャンベルは床に座り、襞飾り付きのソファーに座ったジョアンの膝に頭を乗せ、彼女の足首を指でさすっていた。ジョアンが脚をどけると、キャンベルが訊いた。「僕が知っていることを教えようか?」

「わたしが聞きたくないようなことみたいね」

「そんなことないよ」

「じゃあ、言って」

「いいんだね?」

「どうぞ」

キャンベルはジョアンのグラスにシェリー酒を注ぎ足してから、アースランの婚約について説明し始めたが、彼女は悲鳴をあげ、自分でも驚くほど激しくつっかえながら咳き込み、泣きじゃくった。「ああ、悪かった」すぐに後悔したようにキャンベルが言った。「ごめん。きみとアースランの関係をつい忘れちゃうんだ。他の連中のぐちゃぐちゃ話のときもそうなんだ。ああいうのはすべて一種のゲームみたいなもんだと思っているので、つい、ケツで糞をかき回すようなことをしちゃう。僕たちのこの日を台無しにするつもりはなかったんだよ」それでもまだ罪の意識を感じるのか、あとで彼は帰りのタクシー代を払うと言い張った。ジョアンは真っ直ぐ家に帰ると彼には伝えた。

タクシーのなかでも泣いたので、涙はもう枯れ果て、泣き声も落ち着いた。涙がこんなに早く枯れたのだから、するべきことをしよう、そう決心してジョアンはここに来たのだった。

「わたしには答えを知る権利があるわ」ジョアンはアースランを追及する。

彼は、ルーサイト社製の透明アクリル合成樹脂でできたコーヒーテーブルに素足を乗せて左右に揺らしている。椅子がキーキー鳴っている。「ルドミラについて知りたいのですか、それともきみのことについて知りたいのですか？」

「これはわたしには関係ないでしょ」

「ジョアン、いつだってきみは自分中心です」

「笑止千万だわ」

美しく整った形の頭が、彼女の言葉の意味をとらえようと傾ぐ。その黒い目は鷹か鷲のようだ。「笑止千万って？」

アースランの英語は二年で物凄く上達しているが、ロシア訛りが強く、語彙が不足している。面白いので、ついジョアンは揚げ足取りをしてしまう。「自分中心で勝手なのはあなたの方なのに、わたしのことをジコチュー呼ばわりするなんて皮肉以外の何ものでもないわ」

皮肉、これはアースランも知っている言葉で、彼が好きな単語のひとつだ。「きみがわかっていないとは、それは、ひ・に・く、です」音をひとつひとつ区切って発音する。「ルドミラはとても素晴らしいダンサーです。ぼくは素晴らしいダンサーと一緒にいたいのです。きみがぼくと一緒にいたいのも、ぼくが素晴らしいダンサーだからです。他に理由がありますか？　二人で話していると面白いからですか？　二人でいるといつも幸せだからですか？　セックスがいいからですか？　きみが可愛いストッキングをはい

て、可愛くエッチなことを言っても、二人はそれでも――つまり……ぼくの頭にあるのは仕事です。踊りと同じです。ぼくたち二人はうまくいきません」

痛い所を突かれたが、この痛みはあとでどうにかするとして、ジョアンはなおもアースランを追及する。

「彼女のことを愛してるわけ?」

アースランはちょっと考える。「愛してます」質問を払いのけるかのように彼が指を鳴らす。「でも愛と結婚は違います。アメリカの女学生だけが同じだと思っています」

「ルドミラが可哀そうだわ。不幸だわ」

彼がどんどん体を椅子からずり下がるようにするので、革がきしみ、膝の間がさらに広がり、頭が後ろに反り返り、その姿勢で黒い目が彼女を見つめている。その恰好は相手に服従しているかのように見えるが、ジョアンはその意味しているところを熟知している。欠伸を堪えるような仕草をして、アースランが口を開く。「どうしてここに来たのですか?」

「わからない。いえ、わかってるんだけど、もう馬鹿みたいだし、意味がないのよ。ただ自分で納得したかっただけ」

「何を納得するのですか?」

「あなたがなぜわたしを選んだのかを知りたいの。わたしたちは互いを知らない関係だったのよ。あなたはわたしのことを何だと思ったわけ?　あんな手紙を何通もなぜ書いてきたの?　どうしてわたしにトロントに来てくれなんて頼んだのよ?」

困惑したアースランが、悲哀に満ちた目でジョアンを見る、とその時、灯りが消える。二人ともびっくりして、反射的に言葉にならない声を出す。彼のは耳慣れないロシア語の、犬の吠えるような声だ。

椅子がきしむ音がして、彼がジョアンのそばをかすめて手摺が付いただけの奥行きのないバルコニーに出る。彼女も後に続く。手摺の向こうには何もない、あるのはただの暗闇だ。パークがいつもより低い所に、いつもより和らいだ暗闇に感じられる。空の下、遠く横手に広がるビル群がぎっしりと詰まった四角い塊になって、ひとつひとつの見分けがつかない。「これは何ですか?」アースランが訊く。

「停電よ」

サイレンが鳴り渡り、夜鳥の鳴き声のようにあたりに漂っている。重苦しい熱帯夜のせいもあって、暗闇が迫ってくるようで息苦しい。ジョアンは逃げ出したいと思うが、逃げ場所がない。階上で、階下で、住民たちがドアを開け、何やら言いながらバルコニーに出てきて、ジョアンとアースラン同様、同じ方角に目をやり、闇に呑まれた街を眺めているのがわかる。こんな暗闇にいると、彼女のした質問には意味がないように思われる。ひょっとしたら、答えは意味がないところにあるのかもしれない。あの時、アースランが必要としていたのは誰でもよかったのかも知れない。ほとんどの劇場の後部には、ピルエットをするダンサーの目線のスポットとなる赤ランプがついている。アースランが亡命を考えたとき、ジョアンはこの赤ランプ、つまり目指して進むということ以外に用途がない、固定された一点だったのだ。

新聞は、この大停電の最中に何千人もの人間が窃盗、放火、闇夜に乗じた乱暴狼藉を働き逮捕されたこと、数多くの商店が車のバンパーに鎖を取り付けた者たちによって店先の格子戸を引っ張り倒され、窓を叩き割られ、商品を盗まれたこと、強盗たちが他の強盗を襲って盗品をさらに盗み奪っていたことなどを報じたが、そんな記事を読んでもジョアンは一向に驚かない。考えようによっては、暗闇は人間に許しを与えてくれるものなのだ。アースランはジョアンを退けるのではなく、沈着冷静に、彼女のお尻に掌を押し当ててきた。二人は一緒にバルコニーを後にして部屋に入り、夜から身を隠し、さらに深く深く闇のな

かに潜伏していった。他にすることがなかったのだ。

ハリーが産まれたばかりの頃、大停電の九ヵ月後の高出生率についての新聞記事をジョアンは目にすることになるが、自分たち同様、無頓着に、何かに抑え込まれるようにして、弾みで行動した人たちが大勢いたことに別段驚きはしない。体内の奥深い闇のなかで、ジョアンも盗みを働いたのだ。

1995年12月——南カリフォルニア

ドアの角を猛スピードで曲がってジョアンがキッチンに入ってきたので、アイランド（台所の中央にあり、四方から使える調理台）に寄りかかってボール鉢のピスタチオをつまみながら旅行用品のカタログをめくっていたジェイコブはびっくりする。「ハリーを見なかった?」ジョアンが訊く。プリーツスカートがフェミニンなネイビーブルーのドレスを着て、細いウエストには幅の狭い茶色のベルトを付け、薄手で光沢のあるナイロンストッキング、それに茶色のハイヒールを履いている。ジョアンはクリスマスが大好きで『くるみ割り人形』のバレエをこよなく愛し、これまで何度も観賞し、いまこれからも観に行こうとしているのだが、原則として、クリスマスカラーの入った服装をすることを嫌っている。ジェイコブが自分の勤務先の学校のクリスマスパーティーでは赤いブラウスを着てもらいたいとなだめすかして頼んだときも、あえて正反対の黒を着た。

「ナルシスくんのこと?」ジェイコブがからかう。「プールの水に我が身を映しているんだと思うよ」

「遅れちゃうじゃないの」

ジェイコブはジョアンの後についてリビングに入る。「ぼくが言われる筋合いはないよ。準備万端なんだから。今年は内容を変えてあると思うかい?　インターミッションの前の場面でネズミたちがツリーを倒してドロッセルマイヤーを食って終っちゃうとかさ?」

ジョアンは階段の踊り場に仁王立ちになって叫ぶ。「ハリー!」

ジェイコブが肘掛け椅子にどさっと腰を下ろす。最近、彼は息子のことを嬉しく思うと同時に困惑もしている。しょっちゅう鏡のなかの自分を見つめ、完璧な肉体を目指すバレエには、自己色情的な要素がある、とジェイコブにはわかってきた。最近のハリーにはとみにその傾向が増している。バレエとは、確固たる信念と優れた能力を必要とする他の職業同様、傲慢な人間を育むようだ。いや、すべての芸術が傲慢な人間を作るのだろう。しかしジョアンの見方は違っていて（ジェイコブには、ジョアンが母親としてハリーの自信過剰を心配しているのは明らかだが、彼女は息子がそうだとは決して口にしない）、ささやかな自信は、辛い時期を経験するダンサーを励まし、支え、心痛を和らげてくれるのよ、と自説を唱える。

ハリーがニューヨークに行っている間は、家でバレエが話題になることが少なくなる――おかげで家の中がだいぶ静かになる――のだが、バレエはジェイコブから息子を奪い、大学進学の代わりにＧＥＤ（米国の高卒認定試験）になってしまったし（**とりあえずはね**、とジョアンは言っているが）、新しく知り合いになった人からは、息子がバレエダンサーなのだと話すたびに、手を替え品を替えた表現でゲイではないかと探りを入れられる。

そんな連中にはこう言ってやりたい。**月並みな発想ですね。お宅のような考え方、そういう質問にはうんざりです。僕の息子がやっていることはお宅には絶対できないことですし、うちの子はやろうと思えばバレエ以外にもいろいろできるんですよ**、と。それを口にするのをためらって胸の内にしまっているのは、何よりもハリーを誇りに思う気持ちが勝っているからだ。

ジョアンがヒールの踵を合わせて立っている。茶色いパンプスの尖った爪先がターンアウトしている。コトリとも音のしない二階に向かって胸を張り、声を上げる。「ハリーったらあ！」

洒落た新しい洋服を着たハリーが手摺を滑り降りてくる。光沢のあるごわごわしたジーンズ、黒いコン

バースのスニーカー、白いワイシャツに細い黒ネクタイを締め、上半身にぴったりのツイードのベストという装いだ。揃いのツイードのキャップを被っているが、ジェイコブにはその姿が新聞売りの少年にしか見えない。でもハリーに言わせると、主役を張るダンサーの小粋なファッションについてジェイコブは何も（何も！）知らないのだそうだ。ハリーの言い草はこうだ。**でかいクレヨンみたいなネクタイをしないで悪かったですね。**

ハリーは手摺から床に着地すると、くるっと回ってジョアンを抱きかかえ、フレッド・アステアがするみたいに上体を後ろにぐっと反らせる。ジョアンは素直に息子の動きに合わせ、その腕に優雅に倒れ込む。ジェイコブはそんな母と息子を見て、ジョアンとルサコフが同じような格好をして、彼女の喉元が露わになっている写真のようだと思う。ジェイコブは緑のクリスマスツリーが柄になっている赤いネクタイを指でいじくっている。ビンツ家の他の者のファッションに敢えて対抗して自分で選んだネクタイだ。妻と息子は彼のことを野暮ったいと決めつけている。二人はジェイコブの仕事や、当たり障りのないネクタイの趣味はつまらない、自分の学校の生徒たちの気持ちをほぐすためにいくつか用意しているジョークも、ジェイコブに本気度、洗練、見識が欠けている証拠だと思っている。大学を卒業しているのは家族の中で自分だけだ、博士号に至っては言うまでもない、二人が知らないことを自分は知っている、そう彼は口に出して言ってやりたい欲求に駆られることが時々あるが、我慢している。自分がこの家族の中の異分子に見えるようなことを話題にしたくないからだ。

「さあ、いいよ」母親を真っ直ぐ立たせながらハリーが言う。「出かけよう。ヤッホー。仕掛け花火みたいに派手に行こう」

ジェイコブが肘掛け椅子から立ち上がる。「その恰好、決まってるな、ハリー」取り敢えず息子を褒め

る。「クロエがびっくりするよ」

「あっ、そうだ」壁の鏡を覗き込み、慣れた手つきでネクタイを直しながらハリーが言う。「そう、クロエのことなんだけど、ぼくたち別れたんだ」

「ハリー」玄関のドアを開けようとしていたのを止めて、ジョアンが驚いて振り返る。「別れたって？いつ？」

「今日の昼間だよ。まだ完全に終わったわけじゃないけどね。ぼくのほうから、ちょっと時間を置きたい、と宣言したんだ」

「公演の直前に彼女と別れたの？」

「計画的にそうしたんじゃないよ。いまぼくは自分の気持ちが分からなくなってるんだ」

「わからない？　ずっと何年も付き合ってきたのにわからないのか？」ジェイコブが怪訝な顔をする。

「一年だよ。ねぇ、パパ、そのネクタイ、いかしてるよ」

ジェイコブはネクタイへのコメントは無視して、バレエの王子様がするように、両手を自分の胸に当てる仕草をする。「でも、憧れていた相手だろうが！　ずっと彼女のことを思っていたじゃないか！」

「人は変るんだよ、パパ」ニューヨーク土産として持ち帰った、人を見下すような調子でハリーが言う。

「人は変る」

フリーウェイ沿いに新しくオープンする映画館のこと、ハリーが小さかった頃には毎週金曜日に家族で出かけたロン・キン・チャイニーズ・パレスの閉鎖のことを話題にした以外、車中での三人は押し黙っている。劇場に着いて、ジェイコブが駐車スペースを探している時に、後部座席のハリーの方を向き、おもむろにジョアンが訊ねる。「人はどう変るの？」

息子の答えにジョアンはぞっとする。その嫌な気分は、白髪頭の案内係にチケットをもぎってもらい、自分たちの席を探し、プログラムをぱらぱら捲っている間も続き、場内の照明が落ち、序曲が始まり、パーティーのシーンが終わり、ドロッセルマイヤーがクララにくるみ割り人形を渡している間もジョアンの頭から離れない。プロのダンサーたちが踊る大劇場に掛けられた今回の公演は、クララとくるみ割り人形の役を子供が演じるバージョンだ。クロエは金平糖の精なので、第二幕から登場する。ジョアンはクロエがこの役を踊るのをこれまでに二度観ている。上手なのだ。踊り方にはいまだに奇妙な激情（あるいは敵意のようなもの）があるのは否めない。ゲアリーが亡くなってからというもの、クロエの踊りからは観る者を不安にさせる波動みたいなものが出ているのだ。この不可思議な現象を何と呼べばいいのかジョアンにはわからない。しかしこのことに気付くのは玄人だけだ。事実、クロエを金平糖でオーディションしてくれた主催側の審査員たちは、輪郭のはっきりしたクロエの美しい顔とキレのいいテクニックに魅せられはしたが、彼女の踊りには役にふさわしくない凶暴性があるのを見逃さなかった。審査員の一人にはこんなことを言われた。「あなたの小さなワルキューレ（北欧神話に出てくる、戦争・詩・知識・知恵の神オーディンに仕える武装した美しい乙女たち。戦場を馬で駆け回り、選ばれた戦死者の霊を天上へ運び、そこで彼らに仕えた）みたいなお弟子さんは、少しトーンダウンできませんかね？　可愛く、きれいに踊れないのですか？　正直申し上げて、彼女以外の選択肢がありませんし、別にこの子を売り出そうという趣旨はありませんが、若くて、新鮮で、この地域出身のダンサーを起用したいのです。期待の新人として新聞社に話を持ち込むこともできますから。お宅の息子さんが一緒に出演できないのはとても残念です」

「クロエは素晴らしいダンサーです」お弟子さん、という言葉に気を良くして、ジョアンは請け合った。

バレエ教師をしていても、ちょっと余分な収入を得られる、何かすることがある、体のラインをキープできる、くらいの利点しかない。若い人たちの体を通して、昔の自分を作り直せる、向上させられるなどとは思ってもいない。それはそうとして、舞台で踊るクロエの尋常ではない姿は心配の種だ——ふつうに可愛らしくきれいに踊っていれば物事は簡単に運ぶし、仕事にもつながる——しかし、ジョアンはクロエの普通ではない存在感を羨ましく思うときがある。少なくとも他とは違っている。欠点が面白みになっているのだ。

そんなクロエだが、金平糖の精の役についてはジョアンの見立ては正しかった——皆が彼女に満足している。クロエは公演の本番になると素晴らしいのだ。オーディションでは酷い。どちらも同じなのよ、と何度言い聞かせてもクロエは聞こうとしない。オーディションは退屈だわ、別にここであたしが素晴らしいダンサーだと証明する必要なんかないし、と拒絶する。クロエがニューヨークの夏季集中コースに入れたのはジョアンがイレインに強く売り込んだからなのだ。ところが行ってみると高い評価を受け、翌年も呼ばれた。実際、クロエはすごく優秀なのだ——駐車場でハリーが彼女のことを〝並み〟と表現したが、間違った見方だ。ハリーはクロエをダンサーとして賛美していたのに、いまでは良く評価してもせいぜい〝並み〟だと思っている。そして、まさにそれが、ハリーがジョアンに投げつけた、人は変る、という言葉の意味だった。

「ダンサーとしてクロエをリスペクトできるかどうかわからなくなってきたんだ」ハリーは続けた。「そのことにぼくはこだわってしまう。ママはわかるだろうけど、正直言って、この国にはバレエダンサーを育てる良いシステムがないとぼくは思ってる。最終的に落ちこぼれるとわかっている子供たちをレールに乗せるのは間違っているんだ。ヨーロッパのバレエ学校では、入学させる前に子供たちの脚のレントゲン

写真を撮って、将来的にどの程度ターンアウトできるようになるかを調べるんだよ。悪い考えじゃないと思うよ。そうでしょ？　厳しすぎるかもしれないけど、納得できる話だよ。嫌な奴と思われるかもしれないけど、クロエのヒップはダンサーとしての理想形じゃない。アメリカのバレエ界は統一性がない、ばらばらなんだ。ぼくは、本当はこんなところに長くいるべきじゃないんだ」

「**ダー**（ロシア語でイエス、の意）、ビンツ同志よ」ジェイコブがからかった。最近の彼は息子にジョークで話しかける。

「**ダー**、我々は、ちーちゃな子供ちゃんたちを家族から引き離して、あんよにレントゲンをかけて、人民バレエ工場に送り込むべし」

　ジョアンは口をつぐんでいたが、とうとう言い放った。「クロエは並みじゃないわ。あの子はすごく上手よ」

「どこかのコール・ド・バレエぐらいなら入団できるかもね」

「コール・ドだっていいじゃない。コール・ドは脚光を浴びない部分を支えているのよ。ハリーだってまずコール・ドに入るのよ」

「そうは思わないね」

「どういうこと？」

「バレエ団はぼくをソリストとして入団させようとしていると思うよ。新聞なんかで派手に取り上げてもらうためにね。そうじゃなければ、ぼくはとっくにコール・ドに入れられているはずだよ」

「誰だってコール・ドから始めるのよ」ジョアンは食い下がった。「そういうシステムになっているんだから」

「アースランはそうじゃなかったでしょ」

「他所のバレエ団から移籍してきたのなら、そうよ。でもね、ハリー、立場をわきまえなくては。コール・ドを経験しなければ、バレエがどのように成り立っているのか絶対に理解できないのよ。それに、こんなところでずっと腐らせていて悪かったわね。さぞや情けなかったでしょうよ」

「ちょっと言ってみただけだよ」

ジェイコブが駐車をし終えてエンジンを切った。それから沈黙を破って話し始めた、「それとだね、ハリー、きみはステキな関係を築けるはずの相手に対して見当違いのことを言ってるかもしれないよ。世界一優れたダンサーがとんでもなく嫌味な女だということもあるだろう？」

ジョアンが付け加えた。「往々にしてそんなものよ」

「そうだとしたら」ジェイコブが続けた。「踊っているときだけ彼女は素晴らしくて、そうでないときは惨めなんだろうね。人間というものは、その人が得意とすることだけで成り立ってるわけじゃない」

「わかってるよ」ハリーが声を上げた。「パパはぼくが生れてからずっとそればっかり言ってるじゃないか。現実世界ではてんで役に立たない、甘ったるいセサミ・ストリートの価値観でぼくを洗脳しようとしているみたいだ。どうして皆でぼくに背を向けるの？　パパは、これまでずっとぼくにクロエのことを諦めさせようとしていたのに、なんで今は彼女のことを高く買っているんだよ？」

「パパはお前にクロエのことを諦めさせようなんてしなかったよ」ジェイコブが傷ついたような口ぶりで反論した。「クロエのことは前から好きだよ」

「ぼくは十七歳なんだ」ハリーはもうやってられないといった口調になっている。「そしてぼくはここから五千キロも離れたニューヨークで暮らしている。他の女の子たちとも付き合いたいと思っている、ただそれだけのことだよ。だからってぼくが極悪人というわけじゃないでしょ」

ジェイコブが車のドアを開けながら静かに言った。「きみの論旨はわかる。好きなようにしなさい」
息子の気持ちはわかるとジョアンも認めざるを得なかった。しかし、ゾッとする感覚が消えることはない。舞台でクリスマスツリーがどんどん大きく、高くなっていき、兵隊たちがネズミを成敗し、雪の精たちがワルツを踊り、幼いクララとくるみ割り王子が橇に乗ってお菓子の国に飛んで行っても、その嫌な感覚が付きまとっている。自分と踊ろうと懸命だったアースランがつかの間に見せた、あのがっかりした表情をジョアンは思い出している。いつもなら、『くるみ割り人形』の幻想的な舞台装置や美しい衣装、音楽、カラフルな照明が作る夢のような世界を見ていると気分が落ち着くのだが、今回は、見慣れたこのバレエが俗悪、茶番そのもので、嫌悪すべきものに見える。**あなたはこのバレエを上演したかったのでしょ？　あなたがこのバレエを演出したのでしょ？**　と雪の精たちがくるくるピルエットをしながらジョアンに問いかけてくる。ジョアンは身震いをする。ジェイコブが振り返り、彼の眼鏡に青い光があたる。いつもかけているワイヤーリムの眼鏡、子供のころからジョアンが知っている、あれから年を重ねただけの顔がそこにある。彼がジョアンの背中に腕を回し、肩を撫でるが、寒気はますますひどくなる。インターミッションになって場内が明るくなり、辺りを見回すと、二列後ろの席で、ゴルフセーターを着た禿げ頭の男に身を寄せているサンディ・ウィーロックの姿が目に入る。その瞬間、ジョアンの体に神経性のほてりが走る。

トニーが訊く。「あの人は誰なんだい？」
「どの人？」サンディが訊く。

「お前に手を振った女の人だよ」

「ああ、クロエのバレエの先生よ」

「行って挨拶すべきかな？」

「できるなら避けたいわね」

「そうか」トニーがうなずく。「仲が良くないんだな」

「そういうわけじゃないけどね。人生最悪のときにぴったり傍にいて、今となったらその存在が疎ましく思える、あんたにはそんな相手はいない？　彼女はそんな感じ」

「面倒臭そうだな。だったらクロエには違う先生を付ければいいじゃないか？」

「あの子は自分のやりたいようにしてるのよ。あの女のバレエ学校はこういう」――サンディはそう言いながら手をひらひらと回す――「こういう公演を開催することができるし。それに彼女の息子はずっとクロエにぞっこんで、あら、やだ、夫婦してこっちに来るわ。そんなこんなで、その息子とクロエは付き合っているわけ。その息子もダンサーなのよ。今じゃニューヨークで踊ってるわ」

ビンツ家の三人がサンディとトニーが座っている列に向かって来るが、サンディにはなぜか連中がすごく気まずそうにしているように見える。クロエの出番はまだだし、自分の娘がとんでもない失敗をしたとしても、サンディにはどうということはない。ゲアリーが亡くなって以後、バレエのことを考えたり、クロエのクラスを見学したり、娘の上達ぶりを詮索するのは止めて、公演で拍手するだけになっていたが、ここしばらくはそれすらしなくなっていた。夫の死を悼み、自殺という死に方や、これまで家族に暗い日々を強いていたことについては、もう彼を許していた。クロエが校長室で自分に襲いかかってきたことを許せるかどうか、それはわからない。親は我が子を許さなければならない。特に、その子がパニックを

起こすほど悲嘆にくれ、十代特有の無意味で方向性を失ったことをしたときにはそうしてあげなくてはならない。時とともに癒えてはきたものの、あの恐ろしい日の出来事はこの母と娘の心に榴散弾(りゅうさんだん)の破片のように突き刺さっていて、思いがけないときに堪えがたい、相容れない苦痛として甦る。クロエが踊っているのを見ると、サンディはどうしてもゲアリーを思い出してしまうのだ。

いまは、亡夫やその死に方などではなく、毎年変わらないクリスマスのあれやこれや――エッグノッグやキャンディケインや馬鹿みたいな『くるみ割り人形』のことだけを考えていたい。悲劇の未亡人として差し控えること、責任を負うべきことが付きまとっているので大きな声では言えないが、最近のサンディはクロエが赤ん坊だった頃よりも自分が幸せだと感じている。ゲアリーを偲ぼうとサイクリングを始めて大分スタイルが良くなった。ビーチの近くにある簡易食堂でバーテンダーを担当しているし、自分自身の小さなパブを大通りにあるショッピングセンターに開く計画も最終段階にきている。バーテンの仕事が合っているのだ。楽しんで働いている。トニーは常連客のひとりで、デートに誘ってくれる。それもしょっちゅうだ。

ジョアンとジェイコブがそんなカップルの前にやって来る。サンディはトニーを紹介する。

「クロエのパ・ド・ドゥは見応えあるわよ」ジョアンがバレエ団に入るための予備校の教師として、誠意を込めて言う。「あの子は本当に上手なの」

この女は初めて会ったときはテラスでバレエの練習をしていたが、あの時以上にいまのほうがよそよそしく見える、とショックを覚えながらもサンディはうなずいてみせる。クロエがまだ小さくて、この子の将来はどうなるかと心配しながら、他所の子の親たちと張り合っていた頃は緊張感があった。おそらくジョアンは自分が勝者だと思っているだろうが、サンディはそんなこと気にしない。クロエはクロエなのだ。

「そうよね、クロエが踊るときの音楽は最高だし」サンディは話を合わせる。「わくわくするほどひらひらと踊る妖精だもの」

ジェイコブは、向かい風から妻を守ろうとするかのようにジョアンを自分の脇に抱きしめている。「クロエが赤ちゃんネズミの役を踊っていたときのことが忘れられません」彼が言う。

サンディは儀礼的に微笑みながら、あのネズミ時代に自分がクロエのリハーサルをすべて見学していたことを思い出している。あの馬鹿馬鹿しい、延々と続く、何の感動も湧かない、アマチュアたちのリハーサル——クロエが短いソロを踊るときはいつでも椅子から身を乗り出して、自分でもステップを踏んでいた、いま思うとぞっとするほどのバレエママだったのだ。ゲアリーの葬式からの帰りの車のなかでクロエは、サンディがいつも完璧を求め、ゲアリーが自らを社会的不適格者と思い込むように仕向けたと責めたが、ある意味、クロエは正しかった。しかしあの子は因果関係を取り違えていた。ゲアリーはサンディが原因で自殺したのではない。物事が何もうまく運んだことがなかったので自分を死に追いやったのだ。

「ハリーは？」サンディが訊く。

ジェイコブがなんとなく後ろに向かって手をひらひらさせながら応える。「知り合いが来ているとかで、あっちにいます。人嫌いの子供だと思っていたら、なんだか人付き合いが良くなってしまいまして」

「クロエはハリーのことを誇りに思っているわ」サンディがお愛想を言う。「凄いダンサーだといつも話しているし、いまに超有名人になるともね。うちの子もニューヨークに行きたいと思ってるにちがいないわ」ジョアンとジェイコブはサンディを宇宙人でもあるかのような目で見つめている。この夫婦は、私が娘もバレエ団の研習生になれるようにと暗に頼んでいるとでも思っているのだろうか？　多分そうだ。この二人は私をどうやって納得させようかと考えているのだ。サンディ、わかっているだろうが、クロエは

ハリーのように神懸ってないんだ。大切なのは、クロエが自分に何が合っているかを見つけることだ。残念ながらそんなもの彼女にはないけどね。

「子供たちには辛いことですよ」ジェイコブがいつもの調子でゆっくりと用意周到に、言い含めるように話す。「別れるということは。でも二人はまだ未熟です。踊りのために、つい何かを見失うこともあるでしょうが、なにせ子供ですから」

「そうですよ」サンディが快活を装って言う。「二人ともまだ可愛いわね。クロエなんか、ハリーが戻って来るまでカレンダーの日付に毎日バッテンを書いてます。アドヴェント・カレンダーの小さなドアも開けないんですから。あの子にとってクリスマスはキリスト降臨の日ではなく、ハリー降臨の日なんですよ」

ジョアンが骨だけみたいな手を額に当てる。彼女はいつもパントマイムをする。二人が親しく付き合っていた頃も、ジョアンのこういうわざとらしい身ぶりがサンディには腹立たしかった。「ごめんなさい」ジョアンが言う。「ちょっと気分が悪くて」

「クリスマス・クッキーの食べ過ぎですか？」トニーがつまらない冗談を言う。今度は彼が宇宙人みたいに見つめられる番だ。ジョアンはおそらく生まれてこのかたクリスマス・クッキーなど口にしたことはないだろう。

場内の照明が暗くなり始める。「次の幕ですから」ジェイコブが言う。「私たちも席に戻ります」

舞台袖でクロエがパ・ド・ドゥの出番を待っている。何回も身震いするのでチュチュがパタパタ上下

する。神経質というわけではなく、かといって大胆でもなく、舞台に飛び出していく時はたいてい捕食性の動物のような気持になる。いまの感覚はよくわからないが、緊張はしている——これは、ハリーと仲たがいしたことから来る強い不安と驚きでショック状態にあるからだ、とクロエは思っている。まだ泣いてはいない。ハリーと話したことで精神的に傷つき、心痛のあまり自己防衛的になると同時に、気持ち的には爆薬で我が身を包み、攻撃的になっている。トウシューズを履いた足首をフレックス（足首を伸ばさずに直角に曲げた形）にし、もう一方もフレックスにしてから、爪先立ちしたり下ろしたりして試す。「大丈夫？」相手役のダンサーが囁く。金髪のデンマーク人で、冷静で、ゲイで、几帳面で、サンフランシスコ・バレエ団のソリストで、今回の公演をバックアップしている裕福な郊外居住者たちからクリスマス・シーズン用にスカウトされたのだ。

「大丈夫よ。どうして訊くの？」

「なんだかそわそわしてるから」

「あら、ごめんなさい」そう言ってクロエは両腕を胸の前で抱える。舞台では花の精たちがワルツを踊っている。音楽が渦巻いている。クララとくるみ割り王子が、舞台の左側にしつらえられた王座に座っている。二人の前のテーブルには作り物のお菓子が積まれている。このカップルは子供で、可愛くて、しかも堂々としている。幼かった頃、クロエは自分がクララをやりたいと思っていた。綺麗な白いドレスを着て、第二幕のあいだずっと舞台の王座に座っていられるのだ。でもハリーにはくるみ割り王子にはなってもらいたくなかった。一緒に座っているところを観客に見られて、二人のあいだに何か関係があると詮索されたくなかったのだ。いつも彼から逃げようとしていた、自分のあの気持ちをまだ覚えている。滑稽だ。いまではハリーと一緒のところを皆に見てもらいたいと思っている。

相手役がまだ心配している。「本当に大丈夫？」

「大丈夫だったら」

ワルツの音楽が盛り上がってきている。もうすぐ終わりになる。クロエは両脚をシェイクし、首を回す。相手役が腕を前に差し出したので、その掌に自分の手を載せる。深呼吸をして、体を引き上げ、花の精たちへの拍手が鳴り止まないうちに、笑顔で舞台に出て行く。しばしの静寂のあと、ゆっくりと音を上げたり下げたりさせてピッツィカートで弦を弾くハープの音色が始まる。チェロの音が徐々に消えていく。弦楽器に木管楽器が加わる。その後に、長い音量で、威厳のある、どこかほろ苦い、でも温かみと包容力を感じさせる金管楽器の音色が続く。この曲は、徐々に人々で埋まっていく部屋のようだ。でもパーティーが始まるというイメージじゃない。これはお通夜なのだ。クロエは踊る。でも自分が何をしているのか、相手役と手を繋いだり、ピルエットのときに彼の手が自分のウエストの表面をするすると滑っている感覚が分からなくなっている。金平糖の精のことなんか考えていない。甘く、軽やかに、微笑むことなど忘れている。ハリーはちゃんとした説明をせず、あたしから憎まれたくないから、あたしを傷つけないようにと気遣って、本当のことを話そうとはしなかった。自分だけの居場所が必要なんだ、時間が欲しい、ひと息吐きたい、誰にも何にも所有されない気分を味わいたい、とだけ言っていた。それから不機嫌になり、きみを愛していたのはいつもぼく、きみの愛を欲しがっていたのはいつもぼく、きみはいつも何でも決めつけて、ぼくはいつもそれに耐え、我慢していたと訴えた。きみは、ぼくがうぬぼれ屋で、自信過剰で、才能を自己過大評価し、自分で自分を孤独に、惨めにしている、といつも非難し続けたじゃないか、とまで言い張った。

「クロエ、落ち着いて」相手役が微笑の向こうで囁く。彼の手首がぶるぶる震える。バランスを取ろうと

しているクロエが揺れているのが観客にもわかっているに違いない。まるで彼女が電流を送り込んでいるかのように彼の腕も揺れている。不吉なトロンボーンの低重音が、執拗にロマンチックな弦楽器の音色に摑まり、浮き上がる。彼女の体はこわばっているが、少なくともそれでリフトされやすくなっている。相手役が彼女を空中に投げ上げる。その高みから、クロエは観客を睨みつけ、その中にいるハリーを凝視する。もはや彼女は妖精なんかじゃない。復讐に燃える天使と化している。砂糖菓子みたいになろうとこれまでずっと練習してきた、あのわざとらしく、きらきら輝く、愛らしい笑顔はどこかに行ってしまった。いまの自分が役柄に合わない踊りをしているのは分かっているし、相手役には悪いと思っているが、燃え上がってしまった感情は止められない。父親が死んでからずっと感じてきた酷い心の痛みはクロエ自身の中心部に潜伏し、いまだにそこで火の付いた石炭のように燻(くすぶ)っている。ニューヨークの先生たちからは、感じないで踊りなさい、ただひたすら音楽に乗って動きなさい、一連のムーブメントを自分の体を使って平然と明確にこなさなくてはならない仕事だと思いなさい、と教えられた。でもクロエにはそれができない。クロエを踊らせるのはフィーリングなのだ。

　軸脚ポアントで立ち、動脚を上げたまま相手役にプロムナードしてもらい、最後の長いバランスをキープしたクロエは、次いで斜めに抱えられて頭を前方下に深く突っ込み、指がいまにも床に付きそうになり、伸展した脚は垂直状態になる。起こされて真っ直ぐの体勢になると、すぐに相手役は両手で彼女のウエスト支え、超速ピルエットをさせる。 鳴り響くケトルドラム、弓が弦を激しくこする音。ハリーと一緒に、ニューヨークの地下スタジオで、鏡のなかの互いを見つめていたことを思い出しながら、クロエは最後の強烈なフィッシュ・ダイブに突入する。相手役は歯の間からシューッという音を出し、既(すんで)のところで彼女を落としそうになるが、堪えて、彼女の体を真っ直ぐに立て戻す。クロエは険しい顔をして、客席にひょ

いとぞんざいに会釈をすると、威張ったような足取りで袖に入り、相手役がタランテラ（イタリア南部の非常に速い8分の6拍子の活発な踊り）のヴァリエーションを踊り終えるのを待つ。彼はすごく上手なダンサーで、背が高く、体の線が美しい。だがクロエの視線は彼には注がれていない。無表情に舞台の一点を凝視している。視界に相手役が出たり入ったりしても気付かない。いつもなら、ティッシュで顔の汗を抑えたり、胸や首をタオルで拭いたり、松脂の箱にトウシューズの先端を付けたりして、自分のヴァリエーションに備えるのだが、いま、彼女は汗みどろのまま、両腕をだらんと下げ、立ち尽くし、何も考えていない。

相手役が袖に飛び込んで来ると、ちょっと早すぎるタイミングでクロエはにこりともせずに袖から出ていく。舞台下手、後ろコーナーで、クロワゼ・デリエール・ア・テール（客席から見ると脚がクロスして見えるポジションで軸足に体重を乗せ、動脚は後ろに引いた状態）で立ち、腕はアン・バー（肘を少し曲げて両腕を下げ、指先は股の前の位置にする）で優雅な円を作っている。音楽が始まる直前、客席の暗闇に目を凝らし、ハリーがそこにいるのを感じる。見られているのに踊るのは屈辱的だ。とりわけこの甘ったるい、優美な、自分には全然合っていないヴァリエーションを踊るのは嫌だ。ネズミの役だった頃はこの金平糖の精に憧れていたのに、いまはネズミになりたい気分だ。弦楽器がかき鳴らされる。クロエはポアントになって対角線上に動いていく。細かいステップ、上手くいかない、舞台が寒い。チェレスタの音が入ってくる。オモチャのピアノみたいな外見の、鐘のような音を出す鍵盤楽器だ。音楽がチリンチリンと鳴り響き、寝静まった家のなかを一匹のネズミがおどおどと這いまわっているみたいな旋律に聞こえる。クロエはネズミになってしまっている。バスーンが暗い階段を降りる音を出す。ピケターン（床に軸足を突き刺して行う回転）に入る――音楽より先に行ってしまう。足首がわなわなしている。可愛らしく注意深く踊ろうとなどしなければ、無意識的に気持ちよく踊れると思っていたが、自由に踊るということを体が忘れている。肘や膝が角張ってしまっている。ずっとポアントのまま、気取った感じで小さくステップ、ホップして、常

に足を動かしながら、床を押し、突き刺して進まなければならないのに、土踏まずが引きつっている。シェネターンになる。まったくもってこれはシェネ、つまり鎖なのだ。クロエの踊りは重い鎖をガラガラ引きずっているみたいになっている。無様によろけ、ポアント落ちして、転ばないようにバランスを取るために両腕が前に出てしまう。左右の袖で、他のダンサーたちが見ている。ヴァイオリンが音を刻み、次にチェロ、そしてまた別の楽器の音が重なってくる。

「あたしはどうしたらいいの？」彼女はハリーに問いかけた。「これからあたしにどうしろというの？すべて壊れてしまったじゃないの。あんたが全部だめにしてしまったんだわ」

「そういう風に考えるきみ自身が問題なんだよ」彼はそう言った。

自分がハリーに求めすぎていた部分があるというのはクロエにもわかる。でも、自分の人生が丸太のようにぶつ切りにされ、ばらばらになっていくというときに、理性的でいられるはずがない。自分には何が残されるというのか。チャイムのような鐘の音がどんどん速くなる。ネズミは罠に掛かり、舞台のあっち、そしてこっちへと慌てふためき乱舞する。クロエはくるくると回る。舞台が傾く。袖から見ている目、目、目が斜めに通り過ぎる。眩暈がする、でもクロエは倒れない。この後に、まだコーダ（主役の男女ふたりによる幕の最後の踊り）が残っているのだから。

1998年5月——ニューヨークシティ

シティは変貌していた。ごみがなくなり、治安も良くなっている。だがジョアンにはそれが自分に対する裏切りのように思える——まるでわたしが修行の旅に出るのを待って、住みやすい街に変わったみたい、そしてわたしは大人になってこうして帰ってきた、ということなんだわ。ジョアンは、イレインと住んでいた場所を見にジェイコブを連れていくが、建物自体はそう変わっていない。その辺りは以前より静かになり、草木の葉が茂り、リッチな地区に見える。以前には荒廃の兆しがあったことなど感じさせず、上品な界隈になっている。地下鉄はほとんどの車両が銀色で、自由奔放で扇情的なスプレーペインティングは消えている。タイムズスクエアは工事の足場や囲いだらけで、巨大なビデオスクリーンや美しいモデルたちの写真を使った広告板が光彩を放ち、観光客で賑わい、昔あったマッサージパーラーや覗き見ショーの店はなくなっている。

ハリーを産む前にもニューヨークに来ることはなかったが、いまこうしてジェイコブと一緒に、ソリスト・デビューをする我が子の晴れ舞台を観に訪れている。ジョアンの言ったことは正しく、ハリーはコール・ド・バレエに配属されたが、その期間は長くはなく、コール・ドのときにも鳴り物入りで、華々しいソロの役を躍らせてもらっていた。だから今回のニューヨーク訪問は喜ぶべきものなのだ。しかしアースランも公演を観に来ているだろう。彼がこの街にいるとわかっているので、ジョアンはつい思い描いてしまう。歩道を足早に歩き、地下鉄の回転式改札口を通り抜けていくアースラン。窓越しに見えるレストラ

ンのなかのアースラン。移動するタクシーの後部座席に座っているアースラン。顔を合わせないで済む方法を考えてみるが、再会を避けようとするのは、いまだに昔の男を忘れられないでいるみたいで、却って自分がみすぼらしく感じられる。しかしいまのアースランはハリーの良き指導者だし、息子も自分が彼と一緒にいるところを母親に見てもらいたい、子供のときから憧れていたスターと絆を持てるようになった姿を見てもらいたい、と思っている。

それにしても、アースランは気付いただろうか？　推測するだろうか？　イレインは分かっているに違いない。ジョアンは誰にも打ち明けたことはない、ハリーの生物学的な父親がアースランだということを。そんなこと、口が裂けても言えるはずがない。

ホテルの部屋で外出の支度をしているとき、神経過敏になっているジョアンは流しでガラスコップを割ってしまう。片付けをするためにジェイコブは妻をバスルームから追い出しながら、うなじにキスをしようとする。ジョアンは素っ気なく夫を拒絶し、以後劇場に着くまで冷たい態度をとってしまう。ジェイコブはハリーが写っているポスターを見て、その傍で写真を撮りたがる。ジョアンは撮ってあげるが、ジェイコブは妻の写真も撮りたいと言い張る。

「ごめんなさい」カメラと格闘しているジェイコブにジョアンが謝る。「嫌味な態度をとって悪かったわ」

「ヘイ」彼が言う。「そんなこと何でもないさ、でもあのグラスはかなりの壊れ方だったね」

二人で席に着く。すると六列前の席にアースランの頭の後ろが見える。ジョアンが両手で挟んで抱きしめたあの頭が、隣の女性の話を聞こうと時々傾く。場内が暗くなって公演が始まっても、彼の黒いシルエットは暗がりに溶け込まず、ハリーが踊っているあいだもジョアンをいらいらさせる。ハリーのパフォーマンスは、客観的に見てもずば抜けて優れている。イレインは彼にブルーバードのパ・ド・ドゥを、キュ

ーバから亡命してきた若くて優秀なバレリーナと組ませている。このカップルは良い組み合わせで、クラシックバレエ向きで、テクニック的にも素晴らしく、優雅さを失わずにロマンチックな雰囲気を十分に醸し出している。ジョアンはハリーの踊りを見慣れている。しかし、ここが申し分なく広く、他人の顔が見分けられないほど暗い場内とはいえ、アースラン・ルサコフと同じ閉ざされた空間で我が子の踊りを見るのは初めてで、複雑な心境になる。

ジョアンは、計画的にダンサー一人を創造したのだろうか？　それが目的だったのなら、いま舞台でヴァリエーションを踊り、飛翔している素晴らしい若きダンサーの姿に鼻高々になってもいいはずだ。このダンサーを産み、育て、バレエを教え、ニューヨークに送り込んだのはジョアンなのだ。一連の流れを演出し、現在のハリーを創ったにも関わらず、それなのになぜかジョアン本人は、自分以外の何か大きな力によって、受身的に押し流されてこうなってしまったのだと思い込もうとしている。ハリーの踊りは美しい、だがジョアンに戦慄を覚えさせる。上手になればなるほど、異彩を放つようになればなるほど、人は数字合わせの計算をし、疑問に思い、ハリーが大人の男になったいまでは紛れもない類似性に気付くのは致し方ない。思慮分別のなかった若き日のジョアンがアースランのベッドで戯れていたときは、愛し合う二人からもう一人のダンサーが生れたらロマンチックだろうと夢想したことがあったかもしれない。でもあの当時は、そうなったら自分が失うものが多すぎるとジョアンは思い込んでいた――コール・ド・バレエの仕事、ダンサーとしての体型――だが現実には、彼女は失うものなど、何も、何ひとつとして持っていなかったのだ。

公演が終わり、プラザに設置された白テントに向かうあいだ、ジョアンはジェイコブの腕に凭れなければ歩くことができない。有り難いことに、アースランのことを大きな話題にするのは止めようとジェイコ

ブは決めたようだ。ハリーがいかに素晴らしかったかについて話し続けている。血液が体内を強く速いスピードで駆け巡るので、ジョアンは両腕と胸に痛みを感じている。テントではバレリーナを象った氷の彫刻が来賓たちを迎え、シャンパングラスと爪楊枝が刺さったおつまみをトレイに乗せたウエイターが群れをなして歩き回り、会場には白いテーブルと華奢な作りの椅子がそこここに置かれ、まるで迷路のようになっている。ジョアンとジェイコブは人混みを掻き分け、後方のバーに向かい、ジョアンはテーブルに片手をついて体を支え、ウォッカトニックをごくごく飲む。テントのなかにはタキシードやドレス姿の人々が数百人近くひしめき、バーの周りに屯し、陽気に大袈裟な身振り手振りでお喋りに興じ、互いに体を触れあっている。クロエもこのなかにいるはずだが、ジョアンは彼女を探すことを忘れている。周りに人が増えて来たので、「ここから移動しよう」とジェイコブは妻の手を引き、人混みのトンネルを抜け、行き止まりになったところで、思いがけなく、結果的にアースランと鉢合わせをしてしまう。

「ジョアン」アースランが見るからに興奮した様子で声をかけてくる。「会えて嬉しいですよ」その腕には、明らかにダンサーとおぼしき若い黒髪の女性がまとわりついているが、曲線を描くように軽く彼女の体を後ろに返し、慣れた手つきで優雅に向こうに押しやる。抵抗することなく、彼女はまるでアイススケーターのようにスーッとパーティーの人混みのなかに消える。剥き出しの細い背中がゆらめく人波に飲み込まれていくのをジョアンは見つめている。

　ジェイコブが手を差し出す。「ジェイコブ・ビンツです。ジョアンの夫です。ようやくお会いできて光栄です」

　アースランは典型的なロシア的微笑を浮かべる。物憂い眼差し、ひねくれ怯えているかのように唇を歪めている。「今夜のハリーは上出来でした」

「私は門外漢ですが」ジェイコブが言う。「息子は本当に素晴らしかった」アースランはジョアンをじっと見ている。ジェイコブが必要以上に陽気に振る舞って付け加える。「あなたに目をかけていただいて、息子は心から喜んでいます」

「あの子は素晴らしいキャリアを積んでいくでしょう。先に何が起こるかは誰にもわかりませんが、彼の場合は……」言葉尻が消え、アースランは鳥を放つかのように両手を広げる。

ジェイコブは嬉しさに気分を高揚させる。「息子が幸せなら何よりです」

二人の男の四つの黒目がジョアンを見て、彼女の言葉を待っている。だが彼女はただ二人を見返すだけで、この奇妙な状況に身動きできずにいる。二十年このかた、こういう出会いが起きることを想像し続けてきた。テントのなかの空気がどんよりと重苦しく感じられる。男二人の声がそのどんよりした空気をゆっくりと掻きわけ聞こえてくる。

「ジョアン」アースランが声をかける。「閻魔さまに舌を抜かれてしまいましたか?」

彼女は微笑むが、緊張で口角が震えているのが自分でもわかる。口元に手を当て、指で押さえる。「英語が上手になったわね」

「でも完璧とは言えません。これからも完璧にはならないでしょう」

ジェイコブが空になった妻のグラスを手に取る。「お代り持ってこようか?」しばらく席をはずすよ、と気遣ってくれているのだとわかり、彼女はうなずく。とりあえず第一のショックが過ぎ去り、スリルを求める衝動が動きだす。自分とアースランだけになったらどうなるか、アースランが何を言うか、ジョアンはそれが知りたい。

しかし、シャンパングラスを手にしたアースランの口から、即座に、力強く、「あの少年はぼくの子で

す」という言葉が出てくるとは想定外だった。

「違うわ」恐れおののき、息も絶え絶えにジョアンが異を唱える。「あの子はわたしのものよ」

「ぼくの子です。見てすぐにわかりました」

「ジェイコブがハリーの父親よ」

「それはわかります。きみの夫がハリーを育てました。社会的にはあの二人は父と息子です。でも、ジョアン、嘘はつかないでください。もう手遅れです。ぼくにはわかります。あの停電です。きみは目的があってぼくのところにやってきたのです。忘れもしません。あの夜のきみは、あのパリでのきみと同じでした。取り付かれていました。そういうきみに、ぼくは抗えなかったのです」

知りたいことを、どうやって訊いたらいいのかジョアンにはわからない――わたしの家庭を壊そうとしているの？「わたしにどうしろっていうの？」ようやく声が出る。

アースランはシャンパンをすする。手が震えている。ジョアンがそれに気付いていることを察知して彼が言う。「ぼくはもう年寄りですから、うまく隠し事ができません」

グラスを持っていないほうの彼の手を摑み、ジョアンが口走る。「隠しておいて。お願いだから」

「ジョアン、どうしてそんな仕打ちをするのですか？ぼくには他に子供がいないのですよ」

「わかっているでしょ。冗談じゃないわよ。わたしが打ち明けていたら、あなたはどうしたと思う？優しいパパになっていた？ジェイコブがいままでやってきてくれたことをハリーにしてくれていた？ジェイコブがいなかったら、あの子はいまのようなダンサーにはなっていないわ」こんな風に考えたことはいままでなかったが、口に出してみると、それが真実だとジョアンは気付く。

「ぼくがいなかったら、とも言えます」

それは、それも、その通りだ。

「きみは、ぼくに知らせようともしませんでした」アースランが続ける。「これは完全犯罪です。可哀想なジェイコブ、きみはいま、この瞬間にも彼を待たせています、彼には想像もつきません、ああ、何てこと、と彼は思います、ジョアンはこの僕を愛している。彼女と結婚します。もちろんです、そうでしょう?」アースランの話は支離滅裂になっている。シャンパンをごくごく飲み、ふらついている。「ジョアン、ぼくはずっと子供が欲しかったのです」

「持とうと思えば持てたんじゃないの。あなたの赤ちゃんを産みたいという女たちが周りにうようよいたでしょうが」

「違います。赤ちゃんを作るのは大変なことです。きみにはそうじゃないかもしれないですが、ぼくにはそうなのです。確かにぼくは時々女性を軽く扱っていました、でも子供は違います。ルドミラには子供ができませんでした。他の女性たちは、信用できませんでした」

「ハリーは幼い時からあなたをヒーローと崇めていたわ。それで十分じゃないの?」

アースランがジョアンの肩の向こうを見ている。「ご主人が戻ってきます」

早すぎる、でもジェイコブがお代りを持ってくるのに一年かかったとしても、この話し合いは終わらないだろう。「ハリーには言わないでね」ジョアンが懇願する。

「ぼくの息子としての方がより良いキャリアを積めます」酔ってとろとろした口調でアースランが最後の一刺しを吐き出す。

「アースラン、後生だから、わたしのために、それだけはしないで」

「ぼくはきみに借りがあります、そうですね? トロントから車で運んでくれました。ナイアガラの滝を

見せてくれました」

「貸し借りの問題じゃないのよ」

飲み物を携えてジェイコブが上機嫌で近づいてくる。アースランが立ち去ろうとする前に、タキシードを着たハリーが、シャワーを浴びて乾き切っていない髪のままこちらにやって来る。パ・ド・ドゥの相手のキューバ人バレリーナと手を繋いでいる。彼女は小柄で、肌はコーヒー色、鎖骨がくっきりと見え、ビーズをあしらった短いドレスから出ている太股も細い。ジョアンはうろたえながらも挨拶をする。秋にバレエ団はパリに行き、オペラ座で踊るのだとハリーが両親に伝える。「オペラ座の地下に湖があるとハリーが言うのですけど」音楽的なアクセントでバレリーナが質問する。

ジョアンがアースランを見る。二人ともあの楽屋のことを思い出している。「地下には貯水池みたいのがあるのよ」ジョアンが教えてあげる。「その上を鍵のかかった鉄格子が覆っているわ」

アースランがうなずく。「水のなかには大きな魚がいます、大きな白い魚です。ぼくは、あれは鯉だと思っています。オペラ座の消防士たちが餌をやっています。鯉たちは飢えた囚人のように水面に出てくるのです。そうだ、いまでは屋上で蜜蜂を飼っている男がいますよ」

「ほんとの話?」ジョアンが驚く。「わたし、魚なんて見たことないわ」

「鉄格子ってどういうものですか?」バレリーナが訊く。「貯水池って何ですか?」

この若い女性にではなく、ジョアンに向かってアースランが話しかける。「あの頃から鯉はいましたよ」

年を取って周囲に細かい皺ができている彼の眼が哀愁を帯びている。昔、落ち込んだときによく見せていた不機嫌さや、舞台でジュリエットやジゼルの死を悼んでいるときのような激しく悲劇的な表情ではない。立ち尽くし、口にグラスを運ぶ様子は穏やかではあるが、物悲し気だ。

それからかなりの時間が経ち、ビンツ家の人々も去り、クロエはプラザの中央にある噴水の脇に座っている。粗削りの金属で作られた彫刻に、そして照明に輝く青緑色のプールに、水が降り落ちていく。風にはためくテントの入り口から、宴会係がテーブルクロスを外し、テーブルを解体し、椅子を積み上げ、バーを壊しているのが見える。朝にはクラスがあるから、自分も帰ったほうがいいのだが、どうも気が重い。どこか行くところがあればこの体も動くのだが、実際のところ、行く当てもない。もう二人の女の子たちとシェアしている小さなアパートに帰るしかない。朝が来たらクラスに向かう。それから、どうする？　コール・ド・バレエの団員として雇われる可能性がないのは明らかだ。イレインは親切心から研修生にしてくれた。しかし誰の目にもクロエがバレエ団に不向きなのは明らかだ。テクニックは優れているが、どの作品で踊るにもクロエのヒップは横に張り過ぎている。体重ではなく、骨格、変えることのできない骨組が災いしているのだ。舞台での佇まいも問題のひとつだ。イレインも言っていたが、クロエにはハリーのパートナーで恋人でもあるヴェロニカのような華奢な体つき、絹の羽のような軽さ、物に動じない冷静さがない。「それがあるように見せかけることはできるかもしれないわ」イレインは言った。「可愛らしい仕草なんかでね。でもそうすると何かが失われてしまうのよ。何かが欠けていることが観客にはわかってしまう。でも見せかけをしないと、あなたは踊りと格闘しているみたいに見えて、そうすると観客に不安感を与えてしまう。あなたには才能があるわ——独特な才能よ——でもそれをどう使えばいいのかが私にはわからないの」

今夜のレセプションで、クロエとジョアンは涙を流して抱き合い、その涙を隠すために世間話に興じた。

ハリーとヴェロニカが皆から祝福されながら会場を巡っている間、自分は嫉妬に燃えたり、少なくとも辛く感じたりするだろうと思っていたが、クロエの嫉妬心はもう尽き果てて、漂流者のように疲れ切って、身も心も動かない極点に到達していた。イレインには研修生を続けられないかと訊いてみた。それはもう、懇願同然だった。踊ること以外に何をしたらいいのかわからなかったのだ――他のバレエ団のオーディションは上手くいかない、これから大学に進むべき理由も見いだせない――それにある部分では、ハリーの近くにいて、子供の頃からずっと愛してくれていたのに、こんな風にあたしを簡単に捨てることはできないのだと、なんとしてでも気付かせたかった。

ハリーは何回かクロエを立てて、酔った勢いで彼女のアパートに連れて行かれたが、いざとなると拒絶し、自分を制御した。「どのくらいの確率なんだろう?」いつだったか彼がそんなことを話し出した。「ぼくたち二人ともが成功する確率だよ。隣近所の幼馴染だった二人が成長して、そろってプロになれるものだろうか?」

「その可能性の問題が、あたしたちがこういうことになった原因なわけ?」クロエは詰問した。「あたしがあんたの可能性を壊すんじゃないかと、それが怖いわけ?」

「ぼくたちには別々の運命がある、ということを言ってるんだ」

蝶ネクタイの歪んだ、タキシード姿の男がテントからひょいと現れる。グラスを手に、クロエのほうに向かって、ふらつく足取りで小さなステップを踏んで踊っているみたいになりながら、もう倒れるというくらいまで右に左によろめいて、かと思うと敏捷に跳ねて体を立て直し、また反対側によろよろする。噴水までたどり着くと、一陣の風に吹かれたチャーリー・チャップリンみたいに踵でぎごちなくピルエットをしてから、きらきら輝く水にもんどり打って落ちそうになりながら、クロエの横にドスンと座り込む。

「やだ、ここにピエロがいたなんて知らなかったわ」クロエが思ったままを口にする。

「ハロー、クロエちゃん」アースランが言う。

彼女は彼の手からグラスを取るが、匂いを嗅いでみようとはしない。ロシア人のお決まりで、いつも飲んでいるのはウォッカなのだ。

アースランがウィンクをする。「きみも飲みますか？」

クロエは噴水のなかに中味を捨ててしまう。「ふざけないでよ」

「おふざけは嫌いですか？」

「酔っぱらいの老人とふざけるのはね」

「ぼくが幾つだと思っていますか？」

「五十？」

アースランは肩をすくめてうんざりした顔をする。「ブー、まだです。あと二、三年したらです。今夜のお嬢ちゃんは人を苦しめて楽しんでいるのですね」

「あたしは毎晩こういう風に残酷なのかもよ」クロエがアースランと会うのはこれで十二回かそこいらで、だいたい手短に、いつもハリーと一緒のときで、しかもハリーは自分の有力な指導者と彼女を接触させないようにしているようだった。

「そうかもしれませんね。でもそれにはそれなりの理由があるのでしょう」この巨匠の頭のなかである思いが浮かび、水に映る照明のきらめきを受け、彼の顔の表情が悲しみにほぐれていくのをクロエは見つめている。

「違うわ、時にはただ面白いからそうするのよ」クロエは応える。

「ここで何をしているのですか？　誰かを待っているのですか？　ハリーは自分が間違いを犯したと気付いたのですか？」

「そんなこと知るもんですか。もう追及するのは止めたの。先生こそ、ここで何をしているわけ？　デートの相手はどうしたの？」

「ぼくが女の子と一緒だったと気付いていたのですね。それなら、きみはぼくに無関心というわけではありません」

「でも先生はあの子に関心があるんだから」

「彼女のほうは無関心です」

「ちょっと、止めてよ」

「はい、止めます。あの子は風船みたいにふわふわとどこにでもいる若い女の子のひとりです。ぼくが手を放すと、どこかに漂って行きます。バイバイです。何も言わないで、空の彼方に昇っていきます。ステキに軽いです」

「そうじゃなくて、先生が彼女を追い出すのでしょ」

「そうしてくれと彼女が貞淑に頼めば、です」クロエは思わず吹き出し、それを見てアースランが喜ぶ。

「きみはハリーに振られてとても悲しいのですか？」

革の作業手袋をした男二人がバレリーナの氷の彫刻の残骸をひっくり返してゴムの袋に入れている。

「悲しかったけど、いまはただもう疲れているだけ」

「家に帰るには疲れ過ぎていると思います。タクシーでぼくのアパートに一緒に来たほうがいいです。お互い、仲間になれます」

「アースラン、あんたなんかと寝ないわよ」

暗いものが巨匠の顔をよぎり、それを隠そうとして彼は顔を背ける。「ぼくが年寄り過ぎると思っているのですか?」

その暗いものは、サッと飛翔していくコウモリのように現れた死の影だった。「そうじゃないわ。ハリーに仕返しをしてると思われたくないの。先生にもそう思ってもらいたくない」

「思いませんよ」もの悲し気な言葉が返ってくる。「それにぼくは誰と寝たなんてハリーに話しません」

「それもあたしが断る理由のひとつなのよ。先生の女の一人なんかになりたくないの。そんなの馬鹿みたいだから」

「オー、クロエ」そう言ってアースランは彼女の肩に腕を回す。摑まれた感触は優しいのに、強さが感じられる。「きみはぼくを悲しくさせます。今夜は二人とも悲しいです。オーケー。とにかくぼくと一緒にいらっしゃい。二人とも仲間が必要です。ぼくの家にはゲストルームがあります。ミルクもクッキーもあります」

クロエはノーと言って、そんな自分を誇りに思いたい。少なくとも、なぜこの大御所が自分に突然眼を付けたのかを訊いてみたい、でも彼の答えが納得いくものでなかったら(納得できる答えが何であるかもわからないけど?)、シェアしているアパートの、窓のない側のコーナーに、仕切りを置いただけの狭い寝室に敷いた安っぽいフトンだけのねぐらに帰るしかない。だから、ノーと言う代わりに、クロエは鎌をかけてみる。「でも訊くけど、先生はどうして悲しいの?」

「ぼくは年寄りになりました、誰も一緒に寝てくれません、だから悲しいのです。それにぼくはロシア人ですから例に洩れず、夜が更けるといつも悲しくなるのです」

2000年8月——ニューヨーク州北部

草地をゆっくり歩き回る二人をイレインは二階の窓から眺めている。体は触れ合わせず、ときに肩をぶつけ合いながら、決まった方向にではなく、クロエとアースランはそれぞれの道を辿っている。そんな二人が羨ましく思えるときもあるが、イレインは男女の関係にはもううんざりしている。自分の人生から人間同士のごたごたはきれいさっぱり捨て去った。ボーイフレンドはいても長続きしないし、自分に都合がいいから付き合っているだけで、このダーチャ（ロシア語で別荘の意）に招いたこともない。実際、アースランとクロエがここでもてなす初めてのゲストで、それも二人のほうから訪問を申し出てきたからなのだが、彼らの滞在に違和感を持たず、むしろこの客人たちを嬉しがっている自分にイレインは驚いている。二人には何か話したいことがあるようだ。

この建物は普通の家屋に改造してしまったが、イレインはここをいまだにダーチャと呼んでいる。羽目板は全部白に塗り替えてしまい、ミスターKのお気に入りだったレースのカーテンは取り外し、彼のものだったロシアの骨董品もほとんど処分した。トロイカもなくなった。金ピカの後光の下でしかつめらしい顔をしてこちらを見ていた聖人像も消えた。あのサモワールは思い出になるし、ミスターKとの歳月のあいだにイレイン自身が退っ引きならぬ紅茶中毒になってしまったので、廃棄されずに済んでいる。バラライカは以前のまま、暖炉の傍に立て掛けられている。アースランはこの弦楽器を覚えていた。手に取って弾き始め、最初のうちはほろ苦い民族音楽の旋律だったのが、いつのまにか映画「ドクトル・ジバゴ（一九六五

年の米伊合作映画。原作はロシアの作家、ボリス・パステルナークによる同名小説。モーリス・ジャールによる挿入曲「ラーラのテーマ」が有名）」のテーマ曲になっていた。アースランがこれを弾けると誰が思っていただろう？　クロエの方を向いて彼が話しかけた。「トーニャ、きみはバラライカが弾けるかい？」

若いクロエにこの古い映画のラストシーンに出てくる台詞は馬の耳に念仏だろうとイレインは思ったが、ちゃんとした反応が返ってきた。「彼女が弾けるかって？　プロも顔負けの名手ですよ！」

「ああ、それは才能だな」アースランが受けて返した。

そして二人して笑った。クロエ以前に、アースランを笑わせることのできる女性がいただろうか、とイレインは頭を巡らせた。彼が映画の台詞を自分から口にしてみせたのも、これが初めてだ。

アースランとクロエは不思議なカップルだ。表面的には、嘲笑を込めて言うならば、完璧な組み合わせだ。年上の、有名な、金持ちの男、対するは若くて、すらっとした、美しいブロンドガール。それなのにクロエは三十近くも年上のアースランの母親のように振る舞い、彼のことを叱ったり、からかったり、酒量を控えるように、もっと慎重に運転するようにと説教をし、「たまには独りで出かけてあたしに平穏と静寂をちょうだい」などと要求もする（イレインは、他人の言いなりになっているアースランをいままで見たことがない）。クロエには所有欲というものがないが、アースランが女性に対してこんなに献身的になっている姿を見るのも初めてのことだ。公の場に一緒に出たいとき、アースランは彼女を宥めるように説得している。クロエは彼からのプレゼントをほとんど返してしまうような女性なのだ。メイン州にあるアースランの別荘で二人だけで何週間も過ごすこともあるが、ニューヨーク市内では、彼の住居から十ブロック離れたチェルシーにある、自分だけの小さな１ＤＫのアパートに住んでいる。再婚する気はないと公言しているアースランに対して、結婚相手とでなければ一緒には暮らさないと、クロエは断言している。

本人にしてみれば、自分にはたくさんの時間があるから、別に焦ることはないのだろう。時間とともに気持ちが変ったら彼と同居してもいいし、あるいは彼と別れるかもしれない。

　クロエとアースランの仲についてジョアンに伝えるのはイレインの仕事になってしまった。楽しい会話になるはずがなかった。最初、ジョアンは気が狂ったようにくすくすと笑い続けていた。それが終わると、クロエに伝えてくれと言って、一連の皮肉っぽい注意事項を、加えてまっとうな忠告をイレインに託した。ジョアンはハリーのことを心配した。アースランに腹を立てた。それが済むと押し黙ってしまった。**あの父と息子のことは信じられないくらい奇妙だわ。**現在進行形のこの叙事詩的に異様な出来事を、ハリーはともあれ、自分は何とか理解しようとしていることをジョアンに知ってもらいたくて、イレインはそう口にしてみた。**ハリーの父親はジェイコブよ。**それがジョアンの反応だった。**あなた、よく言ってたじゃない、コントロールこそがすべてだ、って。**ジョアンがそう続けた。それを聞いてイレインは言葉を失った。**そうだったわね。**イレインは認めざるを得なかった。

　ともあれ、時が皆の気持ちを和らげていった。内部崩壊することなく二年をやり過ごしたアースランとクロエには、自分たちがどうすべきかがはっきりしてきたようだ。

「クロエとのことはハリーとは無関係よね?」当初、イレインはアースランに問いただした。「つまり、ジョアンのこととも関係ないわよね?」当初とは言っても、彼に確かめたのは二人の交際が始まって優に一年が経過してからだった。クロエがアースランとベッドを共にするのを六ヵ月間拒み、その後の六ヵ月間は公の場で一緒にいるところを見られたくないと言い張っていたので、イレインも含めて誰も二人のロマンスに気付かなかったのだ。

「関係しているのはクロエへの愛だけです」アースランはそう応えた。「でも、その点について自分でも

はっきりさせたかったので、クロエにはハリーのことを打ち明けました」

「何てこと！」イレインは仰天した。「本当に？」アースランが自分で言い出さなければ、彼女のほうから言うつもりはなかった。ジョアンが決して語ろうとしなかったからだ。ジョアンが妊娠した時点で怪しいとは思ったし、ハリーに初めて会った瞬間に確信した。六歳の時点でも明白だったのだ。イレインに真実を気づかれている、ジョアンが以前からそう思っていたということをイレインは感じていた。二人とも、事実を知りながら互いに探り合っているスパイみたいだったのだ。

「ぼくがすべてを打ち明けたので、クロエがぼくと寝るまでに半年もかかりました」アースランが客観的な口調で言う。「でもいま、ぼくたちは信頼し合っています」

「半年も待っているなんて、あなたがそんなに我慢強い人とは知らなかったわ」

「それは」彼が口ごもる。「待っている間、時々会えるフレンドが数人いましたからね」

「そりゃそうでしょうよ」

「でも、もうそんなことはしていません」

「感心なことですこと。心からの褒め言葉よ」

「老人になりたい、というのがぼくの口癖でした。ほんとです。ずっとそう思ってきました。でも、思っていたほどに精力が弱くならないのです。神の思し召しでしょうか」

「そのうち弱くなるわよ」イレインがからかう。「あなた、まだまだ老人じゃないわよ。若い時よりも年取っただけだわよ」

　イレインは、これ以上バレエ団の研修生として置いておけないと判断した段階で、クロエにルサコフ・ダンス・プロジェクトのオーディションを受けるようにと薦めた。そのときアースランとクロエの仲はす

でに進行していたにもかかわらず、二人はイレインの提案に説得された風を装っていたのだ。とはいえ、アースランはクロエと恋愛関係になくても、自分のカンパニーに入るよう彼女を誘っていたに違いない。芸術監督としてのイレインの優れた点はその目利きの良さにある。その能力は、踊ることを止めてから芽生えて来たものだ。自分は才能ある振付家ではないが、優れた能力を持つ人材を育て、バレエ団で仕事をさせ、自由に創作をさせ、大きな舞台を用意し、効果抜群のポスターを制作してプロモーションを行い、良い批評記事を書いてもらうチャンスを逃さない。一緒に仕事ができるアーティストを見いだす眼を持っているのだ。だからこそ、クロエはアースランの振り付ける作品にぴったりだと見抜いていた。高度なテクニックをダンサーに要求するアースランの作品は、バレエの訓練を十分に受けた者でないと踊れない。しかも現代的でユニークな感覚の作品なので、男であれ女であれ、彼を満足させる洗練度を持つダンサーを見つけるのが難しい。ところがアースランは、クロエが踊るときに彼女の内から発散される凶暴性を気に入り、二人して試行錯誤を重ね、様々な身体の角度、動かし方を駆使し、それが怒り、悲しみ、時には情欲、歓喜、あるいは静寂を内包する作品を創り上げていった。イレインが決して真似することのできないことだ。二人の共同振付となった新作『エマ・リヴリー』では、クロエ自身が霊妙なバレリーナ、稲妻、そして怨霊へと変身しながら踊る。死相の浮かんだ顔に慎み深さを湛えつつ、衣装の上着を胸までたくし上げるクロエの動きのなかに、観客は燃え上がる炎を見る。アースランはこの作品を通してクロエに「許す」ということを教えたのだ——イレインはそう解釈している。

二人は野原の端のどん詰まりまで行って、イレインの家の方にまた戻って来る。滞在しているこの二日間、何を話しに来たのか明かさず、世間話をしたり、お茶を飲んだり、ちょっとマリファナを吸ったり、プールで泳いだりしている。プールは、体のいろいろな関節の痛みが耐えられないほど酷くなってきたの

で、やむなく三年前にイレインが自分のために作ったものだ。最近、アースランはこれまでよりも踊る頻度が増えているようで、朝、イレインが座ってクロスワードをやっている間、彼はクロエと一緒にストレッチをしたり、バー・エクササイズをしている。

二人が戻ってくると、イレインは一階に下り、ポーチに出て、お気に入りの椅子に座って脚を組み、両手の指先を合わせて待っている。アースランがクロエのために網戸を開いて押さえている。「オーケー」イレインが声をかける。「もういいんじゃないの。話しなさいよ」

二人は立ち止まり、見つめ合う。「ほんのアイデアなんですけど」クロエが慎重に言葉を選んで話し始める。

「バレエ作品のこと?」

「はい。全幕物で、抽象的で、でも物語性があります」

「それに私のバレエ団を使いたいというわけ?」

「劇場も、オーケストラもです」話を明確にするためにアースランが口を挟む。「いくらか資金も援助してもらいたい。でも、ぼくたちがしたいようにさせてくれるなら、出資してくれた分は戻ってくるし、多少の利益も得られます」

イレインは左手の指で右手の親指と人差し指を触って骨を優しくつまんでいる。「その作品のキャッチ、売りは何なの?」

「ハリーです」クロエが言う。

「彼がどうしたっていうの? ハリーは踊らせるんでしょ? 踊らせないと駄目よ。彼だから切符が売れるんだから」

アースランは両膝で両手を挟んだ格好で、イレインと向かい合って椅子に座っている。「いや、ハリーはぜひ使いたい。本当のところ、彼を使わなくてはならない。絶対に必要です」

イレインは困惑し、何だか不吉なものを感じて訊く。「それで？」

クロエはアースランから一メートルほど離れたところに立ち、イレインに死の宣告をするような雰囲気を漂わせている。「ハリーは事実を知るべきなんです」

イレインは笑いながらも唖然としている。「やだ、だめよ。そんなの絶対にあり得ない」

アースランが身を乗り出してくる。「知る権利があると思いませんか？　きみがハリーと同じ立場だったら知りたいでしょう？　あの子はもう子供じゃない」

「でもジョアンはどうなの。ジェイコブはどうなるのよ。そんなことしたらジェイコブを殺すのと同じだわ。家庭を崩壊させることになるのよ。それに、なぜ？　どうしてハリーが知らなくちゃならないわけ？　一体全体、どういうバレエなの？」

アースランとクロエが説明を始めると、当初イレインは何も言えずにただ二人を見つめている。それからややあって、また笑いだす。

アースランが椅子に座り直す。「そんな笑われるような話ではありません。真面目に考えてください」

「あのね、言っておくけど、今朝、野原にいるあなたたちを眺めながら思ったのよ、これでこの人はやっと大人になった、クロエがアースランを一人前にした、時を経て、ようやくアースラン・ルサコフは男になったとね。ところが、今の申し出は利己主義の最たるもので、迷惑だわ、ものすごく秩序を乱すということをあなたがわかっていないなんて、とんでもないわ。**わかりきってるじゃないの、人としての基本というものがあるのよ。**私の主義は他者を利させることではないし、その私が不穏を感じるぐらいだから、

何かが本当に間違っているわよ」

「これはあたしのアイデアなんです」そう言うクロエにアースランが手を差し出すと、すぐにクロエが近寄ってきて、ゆっくりと彼にもたれかかる。

イレインは尚もアースランに話し続ける。「あなた、ハリーやジョアンには関係ないと言ったわよね」

「何がですか？」

イレインは両手でカメラのフレームのような形を作り、アースランとクロエに当てる。「これ！　あなたたち二人！　クロエとのことはハリーやジョアンとは関係ないと言ったじゃないの」

アースランが怒りだす。「関係ないです！　ぼくはクロエを愛しているからクロエを愛しているのです。ぼくたちは踊ることの意味を語っているのですよ」

「さっきイレイン先生がなぜ笑ったのか、わたしにはわかります」クロエが言う。「理解できます。でも、ちょっと落ち着いて考えてみてください。この作品が何を表現しているか、想像してみてください。他にこんな作品はありえません」

イレインは気持ちを鎮める。この二人の企画を純粋にダンス作品として考えれば、確かに、それはジョアンやジェイコブやハリーとは無関係なのだ。舞台があり、そこで人間が動く。「バレエについてのバレエはこれまでにも作られたわね」彼女はつぶやく。「『ル・コンサーヴァトア』とか」

アースランがパチンと指を鳴らす。「それとはスケールが違います。いまきみが言ったのはボードビル、歌や踊りをはさんだ軽喜劇みたいなもので、人間を表現していません」

「イレイン先生、考えてみてください」――そう言ってからクロエはしばし口ごもり、また話し始める
――「観客に受ける可能性があることも考えてください。これは物凄い話なんです。壮大な物語の一翼を

担っている人間についてのバレエなんです。いまの人々は冷戦の時代に郷愁を感じています。このバレエは歴史であり、ひとりの人間のドラマでもあるんです。マスコミが群がってくること間違いありません。アースランはいまだに有名人なのですから」

三人のあいだに沈黙が流れる。聞こえるのは木々のなかの蟬の声だけだ。「全公演にハリーを出させるわけにはいかないわ」イレインが最初に口を開く。「クロエ、あなただって全公演は無理でしょ。他のダンサーでもやっていけるわけ？　その作品であなたはサーカスみたいなことをするの？」

「お客は入ります」クロエが断固として言う。「素晴らしいバレエにします。それはおわかりのはずです」

「全公演が売り切れになるに違いないです」アースランも同意見だ。

「じゃあ、あなたはハリーに電話でもして、すべてをばらすわけ？　彼はあなたを嫌うわよ。あなたがあの子の家庭をめちゃめちゃにした後で、あなたの作品に出るわけがないでしょ？」

見つめ合うアースランとクロエの顔には、互いへの愛と共謀から生まれるある種の連帯意識が漲っている。その愛と共謀は独立した個々の要素で、愛ゆえの共謀ではないようだ。イレインには、ハリーの家の問題についての解決策をすでに二人が用意していることがわかってくる。

翌月のある火曜日、早朝四時、ニューヨークのアパートで寝ているハリーが電話の音で叩き起こされ、寝ぼけまなこで受話器をとる。その五分後、カリフォルニアでジェイコブが、息子に何かあったのではないかと緊張した声で自宅の家の電話に出る。女性の声が息子と父親に同じ話を伝え、両者から「あなたは一体誰ですか？」と訊かれると、彼女は嬉々として、太々しい口調で自分の素性を明かす。お二人は

知っておくべきだと思いましたの、そう言って彼女は電話を切り、重たい、古めかしい白とゴールドの電話機を床に下ろすと、あちこちにタバコの焦げ跡が付いた緑のベルベットのソファーに横たわり、あの若者も見ているだろう夜明け前の都会の薄明に目をやる。息子も父親も眠れずに、しばらくそのままでいるだろう、とルドミラは確信する。数日はそんな風だろう。足元のダックスフントが起き上がり、唸る。受話器を置いたあと、息子と父親は互いに電話で話し合っただろうか、と彼女は考える。もしかしたら父親のほうはあの魔女を叩き起こし、ぶちのめしているかもしれない。とにかくあの二人は真実を知るべきなのだ。息子も父親も笑いはしなかった。父親は、まさか、と言ったが、信じられないといった風ではなく、当然受け取るべきものが扉の下からこっそり差し入れられるのを見ているという感じの声だった。

哀れなのは、あの愛しいアースランだ。ここに訪ねてきたときは憔悴しきっていた。そう、あのとき彼女は怒り心頭に発して怒鳴りまくり、いつだったか彼の浮気がばれ、そのお詫びにとプレゼントされた高価な中国の壺を叩き割った。しかし、本音ではアースランのことを気の毒に思ったのだ。あの女は魔女だ、コール・ド・バレエの、頭の悪い、ボーッとした女、人の男を誘惑して、騙した盗人、売女。アースランは、このルドミラと一緒になりたくて自分のほうから来たのだ。結婚しようと言い出したのも彼のほうからだった。カナダから彼を車で運んで感動を呼んだあのバカ女から彼を引き寄せるのに、ルドミラは魔術を使う必要はなかった。車の運転はできたでしょうよ、あの女は。だから何なのよ。ルドミラにはアースランの浮気性は初めからわかっていたし、行き過ぎた彼をおとなしくさせるには、そこら辺のモノを床に叩きつけて壊せばそれで済んだ。あの人は息子のことを知らなかったのだ、知るわけがない――あの魔女にはそれも計算済み――あの人はいつも子供を欲しがっていた、哀れな、騙されやすい仔羊よ。

アースランが電話を寄こし、会って話したいことがある、ぼくの苦しみが分かるのはきみだけだから、

と頼んできた。その子には事実を話すべきよ、ルドミラはまさにいま自分が座っているこのソファーで彼の両手を握りながら、その子は実の父親はあなただと知るべきなのよ、と諭した。でもアースランはここに埋もれるように座り、くたびれ果て、めっきり老け込み、落ち込んで、自分の口からはとても言えないと打ちひしがれていた。自分にはできないと。だったら、とルドミラは彼の手を優しく叩き、心配しないで、すべてうまくいくようにするから、と慰めたのだった。久しぶりだから、ついでにセックスもしたかったが、アースランはずっと悲嘆に暮れている振りをしていた。本当はあの尻の大きいブロンドの小娘、新顔の小悪魔が邪魔をしていたというわけだ。

ルドミラは何かをめちゃめちゃに壊したい、でも後片付けはしたくない、いまではメイドは一週間おきにしか来ないのだ。部屋にはこれまでの複数の夫や愛人からのプレゼント、それと自分で買った、ピカピカ光る、高価な、壊れやすい品々が乱雑に置かれている。叩き壊すのではなく、売ってしまえばいいものを、それをしてくれる人が見つかればというのを言い訳にしている。ソファーから立ち上がり、ショールを肩に掛け、部屋を横切り、象眼模様で装飾された白いベビーグランドピアノに向かう。その下で、もう二匹のダックスフントがペダルの後ろに置いたクッションの上で身を寄せ合い眠っている。そのピアノは、母国との行き来が自由になったのでしばらくサンクトペテルブルクに帰っていたとき、彼女の崇拝者で、彼女を口説こうとした、愛国心の塊のような、ピアノをアメリカまで運ばなくてはならない面倒を考慮もしない男からのプレゼントだった。ルドミラは自分がすっかりアメリカ人化しているのに気付いてニューヨークに逃げ帰ったあと、（ニッケルだったたか、タングステンだったかで）その男は大金持ちになった。ピアノに添えられてきた手紙には、もう一度ロシアでやり直してみないかと説得しようとする旨が書かれていた。輸送が困難な楽器を誘惑の餌にして、住む場所を変えろと言う男の気が知れない。

高さが床から天井まである大窓のそばに置いたピアノの椅子に座ると、自分が外のビル群の屋上に居並ぶ水タンクと同じレベルにいることがわかる。オレンジがかった紫色に染まり、静まり返った街が眼下に広がっている。ルドミラは煙草に火をつけ、長い、白いホルダーを歯で嚙みしめる。しばらくそこに座ったまま煙草をふかし、何を弾こうかしらと考える。夜明けまであと一時間ほどある。ご近所はまだ眠っている。そんなことにお構いなく、両手を高く上げ、鍵盤に強く振り下ろし、ルドミラはラフマニノフの激しく迸るような曲を弾き始める。

2002年4月――ニューヨークシティ

朝はバレエ団のクラスレッスンがある。そのあとにリハーサルはなく、夜は公演の初日だ。皆の準備は整っている、とアースランが激励する。出演者には元気に生き生きと舞台に立ってもらいたいのだ。クロエはアースランの後ろに立ってバーに付き、ちらほら見える彼の白髪、首筋の皺、耳朶の縁のそばかす、灰色のマリインスキー・バレエ団（一九三五〜一九九一年のソビエト連邦時代に「キーロフ・バレエ団」と改称されていた）のTシャツに滲む蝶々の形をした汗を眺めている。昨年、クロエは漸く彼を説得し、ルサコフ・ダンス・プロジェクトを率いてサンクトペテルブルクに帰郷させた。二人で運河のボートツアーを楽しみ、靴のまま不格好なスリッパを履いてエルミタージュ美術館を見学し、ペーター＆パウル大聖堂の蠟燭に火を灯した。アースランは昔住んでいたアパートメントの大きな建物、バレエを学んだワガノワ・アカデミー、席を陣取って大胆にもジョアンに何通もの手紙を書いた元カフェ、いまでは洒落たブティックになっているそのショップにクロエを連れて行った。マリインスキー劇場で、彼はひとりで舞台の上を歩き、誰もいない客席や皇帝のボックス席を見つめていた。それからクロエの方を振り返り、両腕を差し出したのだった。

「アンド、バック、バック、バック、プリエ、リバース」団員たちの間を歩き回りながらイレインが声を上げる。

クロエにはアースランの体が自分自身の幻影のように思える。姿勢は崩さずに目線を彼の足元に送り、黒いスウェットパンツの脚がアウト、イン、アウト、インと床を滑るように動いているのを目尻で見てい

る。反対向きになると、自分の後ろに彼の呼吸や、シューズが床を擦る音が聞こえる。肩越しに見やる鏡に映るアースランの顔で彼が動きに集中しているのがわかる。彼がクロエの心の内を知るはずもない。踊っているときの彼のなかに他のことが入り込む余地はない。男は妊娠しないからラッキーだ。何かが育っていくスペースを体内に作らなくていいのだから。

タイミングが悪すぎる、でも三週間続く予定の『ロディナ』で踊り通すことはできる、とクロエは考えている。妊娠はまだ五週目だが、いままで経験したことがないほど自分の体に対して自己防衛本能が働いてしまう。ジョアンは以前、妊娠中に一番ベストな踊りができた、お腹に子供がいることで自分が解放されたと話していたが、クロエは自分のなかの新しい細胞と共に踊るのではなく、その細胞の周囲を自分がぐるぐる回っているように感じる。自分のなかで育っているものが、壊れやすい小さな海の泡のように思える。

「ハリー、もっと伸ばして」イレインの注意が飛ぶ。「そう、いいわよ。そこで思いっきり、ステイ、ステイ、ステイして、5番に入れて」

クロエは鏡のなかのハリーを見る。頭にバンダナを巻いている。集中している視線が宙に穴を穿（うが）っている。今回の公演でハリーと踊らなかったら、彼との付き合いはもうなかっただろう。いま自分たちが置かれている状況は、まぎれもなく常軌を逸している。クロエがアースランと付き合うようになると、ハリーは二人に嫉妬して、何か仕返しを考えていたのは確かだ。

ルドミラが真実を伝えると、そしてクロエとアースランが結婚すると、しばらくクロエと距離を置いていたが、また戻ってきた。クロエの顔など二度と見たくないとハリーが思ったことがあるのをクロエは知っている。以前、クロエも、ハリーなんか消えてしまえと願ったことがあった。それでも二人は互いが絆

で結ばれていることを自覚していた。妊娠のことをハリーに打ち明けたのはドレスリハーサルのときで、もうハリーは出演を拒むことができない段階に来ていた。じっと耐え、すべてを受け入れることを彼は強いられたのだ。振付には、二人が初めてセックスをした夜の地下スタジオでの、あのギクシャクしながら試みた命知らずのフィッシュ・ダイブも含まれている。だから絶対にあたしを落とさないで、怖がったりもしないで、それが観客に伝わってしまうからね、とクロエはハリーに念を押した。自分たち二人は子供時代を共に過ごし、村娘が悲しみのあまりに死んだり、乙女が鳥に変身したりする、愛と破滅と魔力の奇怪な物語を聞かされながら一緒に大人になってきたからこそ、現実に生きる自分たちの入り組んだ状況に立ち向かうことができる、今回のバレエがある種のセラピーになっているのではないかとクロエは思っている。

クロエとハリーがスタジオのセンターに出ると、アースランは後ろに引き下がる。クラスを最後まで、特に速い動きのアレグロまで受けるつもりはないのだろう。年齢が彼を控えめにさせている、とクロエは推測する。彼が若い頃に知り合いになっていなくて良かったと思う。

ペットボトルの水を飲み、顔の汗を拭いてから、ハリーが前面に立つ。クロエが彼の目をとらえ、何かに心を奪われているのだと見抜く。おそらく父親のことを考えているのだ、ジェイコブは公演を観に来ると約束したが、乗る予定のフライトは今日の午後にしか到着しない。わざと乗り遅れるのだ、そうすれば問題が発生して観に来れなかったと言い訳ができる、ハリーはそう勘ぐっている。だが、ジェイコブが公演を観て、その後もハリーを息子として愛してくれるなら、ハリーはこの役を踊る自分を許せるだろう。

「……アンド・ワン、クロワゼ。アンド・ツー、オープン」イレインの指示が飛ぶ。「上げてスリー、後ろにフル・ロン・デ・ジャンブ、プロムナード、シックス、セブン。エイトでホールドして。こうよ。大

丈夫？　わかる？　そしてプレパレーション」
横並びになって鏡に映ったクロエとハリーは、脚を5番に入れて、両腕を上げる。

ボクサーパンツにTシャツ姿のジェイコブがテレビに向かって座っている。漸く夜が明けようとしている。朝のトークショーが始まっている。番組はガラスの金魚鉢みたいな野外スタジオからのオンエアで、ホストたちの後ろには、春の緑に色づくニューヨークが映っている。ジェイコブは立ち上がり、仮住まいしているタウンハウスのドライブウェイ側の窓から外を眺め、反対側の窓外も眺め、冷蔵庫のなかを覗き、指を鳴らし、両腕をスウィングさせ、再び元の椅子に座る。行かないことに決めたのだ。空港に出かける時間が来ては去りしている。いま出かければフライトには間に合う。本当に間に合わなくなったら気も休まるだろう。いや、嫌な気分になるかもしれない。どうだか彼にもわからない。どうして連中はこんな仕打ちをジェイコブにするのか？　ああしろだの、こうしろだのとなぜ言えるのか？　しかし、進言してくるのは実のところあの連中ではない。ジョアンはもう何ヵ月も彼には連絡をしていない。ハリーが連絡してくるのだ。でもジョアンもジェイコブに来て欲しいと思っている、ということをジェイコブはわかっている。

ジェイコブはテレビ画面を凝視し、そこから何らかのサインが送られてくるのを待っている。冷凍ピザのコマーシャルが始まる。ジェイコブはテレビを消す。あれはサインではない、だがサインを待つのは一回で十分だ。荷物はまだスーツケースに詰めていない。タキシードが収まっている衣装バッグをクロゼットから取り出し、その他の雑多な衣類、歯ブラシをスーツケースに投げ入れ、もうひとつのバッグに本を

一冊入れる。他に必要なものは買えばいい。

それまでずっと何とかやり過ごそうとしていたフライトなのに、空港に着くと、乗り遅れるのではないかとジェイコブは大慌てする。その狼狽振りと荷物の少なさが警備員の注意を引いてしまう。結果的には、緊急事態だという本人の説明を聞いた係員が、上から下へとゆっくり彼の全身をチェックし、「よろしい、無害のようだ」と言う。**無害ね**、ジェイコブはそう心のなかで繰り返し、気力を失いそうになりながら、眩暈を覚えながら、ターミナルを急ぐ。**僕は無害なんだとさ**。機体が浮上し、旋回して一旦太平洋に出て、加速できたところで長い弧を描いて再びアメリカ大陸に戻ると、またもや大きな不安がジェイコブを襲う。楕円形に広がる蒼白い空と朝の太陽を凝視して、自分のなかの不安に立ち向かう。ハリーを失望させるわけにはいかない、その代償として自分はひそひそ話と憐れみを浴びることになる。

機体のエンジン音が刻一刻と過ぎる時間と一丸となって聞こえ、どんなに抗おうともジェイコブをニューヨークへと押しやっていく。考えるのはやめて、果たすべき責任に身を任せよう、とジェイコブは努める。反対側に座っているので、消滅したツインタワーは見えない。ロッカウェイズと海は見える。そうこうするうち、空港を出て、タクシーに乗り込み、劣化した万国博覧会の空飛ぶ円盤を眺め、ジェイコブには何の意味を持たない家並み、墓地、都市計画区域を横目に走り、外部の目をシャットアウトして走行する車体の長いタウンカーが行き交うクィーンズボロ・ブリッジを渡って行くと、弱い者いじめのガキ大将みたいなミッドタウンが待ってましたとばかりに姿を現す。ホテルに着くや、急いでシャワーを浴び、不器用な指と流れる汗に悪態を吐きながら、鏡に映る惨めな自分の顔を眺め、ジョアンが手伝ってくれないかと願い、いや、彼女のことなど考えるなと自分に言い聞かせ、三度も失敗してようやく蝶ネクタイを結ぶ。ミニバーのジム・ビームをひっかける。道行く人、皆が急いでいるこの街を、ジェイコブも足早に歩

き、広場を横切り、もぎり係にチケットを渡し、ハリーとクロエとアースランが載っているポスターを見ないように、知っている人に遭わないように、下を向いて階段を上る。衆人環視のなかにありながら、独りぼっち、しかしこうしてなんとかたどり着き、席につく。

この劇場のどこかにジョアンもいる。彼女の姿は見えない、ジェイコブは探そうともしない。ハリーには、できる限り席を離してくれるようにと頼んだので、それが聞き入れられたようだ。スパンコール輝くイブニングドレスを着た映画女優が前列近くの席に座ると、観客のお喋りが一層高まる。他にも政治家、ポップスター、一流のプロデューサーなど、アースランのまばゆいばかりの人間関係が窺える著名人たちが集まっている。エメラルド色の波紋模様の絹のドレスを着たサンディ・ウィーロックが、白髪頭の男の腕にぶら下がって通路を進んでいく。

ジェイコブは当初、自分の人生を、足元の安物カーペットから引きずり出すようにしたあの男についての、あの男の自己顕示欲がバレエ作品になった『ロディナ』の初日公演など観に行かない、ノーだ、とハリーに伝えた。ところがハリーは、パパは来ないとその晩、独りで飲んだくれて過ごすことになるから、そんなことなら観に来て、息子の応援をするべきだよ、と至極当然なことを言った。**息子**。このところハリーはこの言葉を必要以上に頻繁に使うので、父親であることを故意に言い含められているようで、それがなんとも苛立たしいのだが、おのずから自分でもそう再認識するしかなくなっている。

首を伸ばして有名人を探すのにも飽きて、そんな連中が大勢集まっていることに感動なんかしてどうするんだと思い直し、ジェイコブはプログラムを開く。バレエプログラムの広告はいつも時計や高級ホテルなど贅沢な物ばかりで、後ろのページは私立校やダンスアカデミー、ドナウ川の船旅などの広告と決まっている。いつもなら、その夜の出演者が列記された色つきの紙が差し込まれているのだが、今夜は初日で、

アースランが世界的に重要な人物であることの証しに、厚手の紙に浮き出し加工で名前を記したものを、案内係が入場者にいちいち手渡ししていた。最上部に『ロディナ』とタイトルが浮き出しにされ、その下に日付、下段にダンサーたちの名前、各幕と各場面がリストアップされ、その間のスペースには次のように記されている。

若きダンサー……ハロルド・ビンツ
アメリカ人……クロエ・ルサコフ
ロシア人……タチアナ・ニクリナ
夫……ジョルジュ・ラザレスコ
老ダンサー……アースラン・ルサコフ

ハリーの名前は、思春期のあいだずっと本人がぶつぶつ文句を言っていたように、確かにダンサー名としては酷すぎるが、そこにそのまま浮き彫りされているのを見ると、自分でも意外なことに、不条理にも、ジェイコブは感動で涙ぐんでしまう。芸名にして名を変えることもできたはずだ、身震いしてしまうがルサコフを名乗ることだってできたはずだ、それなのにハリーはジェイコブが与えた名をそのまま使っている。**名前はあなたに付けてもらいたいの、**そうジョアンは言った。**わたしには決められないもの。**ストーリー概要を読まずにジェイコブはプログラムを閉じる。アースランの人生のバレエ化だとわかっている(「でも抽象的な作品だよ」とハリーは言っているが)、説明はそれだけで十分だ。

そんなことをつらつら考えていると、遠慮がちに笑っている女性の小さな声が聞こえ、見上げるとそこ

にジョアンの顔がある。ジェイコブの左隣の長身の男性の前できまり悪そうな表情をして立っている。その男性は彼女を通すために、座ったままの姿勢で、案内係のサーチライトの光を除けるようにして上半身を後ろにのけぞらせ、思いきり膝を横にずらしている。ジョアンはジェイコブの隣の空席を指差し、すいませんと恐縮している。二人は一年ほど顔を合わせていない。ジェイコブは電話でもジョアンと話さないし、彼女からのメールにも返信をしない、ハリーが提案してくる仲直りのディナーや休日の家族会も拒否している。しかし、弁護士に相談しようともしていない。気乗りがしないまま数人の女性とデートはしてみた。ジョアンは以前より痩せて、顔にやつれが見え、透ける黒いシフォンのぴったりした袖のなかの腕に皺が寄っているが、こうしてまた彼女に会うのは不快ではない。見知らぬ男が除けてくれている向う脛と前列の椅子のあいだに挟まれて立ち往生している彼女に、思わず笑いかけそうになるほどだ。場内の照明が落ち始める。

「ジェイコブ?」彼女が囁く。「他に空いてないのよ」

彼も足をサイドに除けて彼女を通してあげる。白ネクタイを付け、髪をなびかせた指揮者が、アジア系ベートーベンの胸像みたいに、きどった顔と黒い上着の肩までをオーケストラピットから覗かせる。拍手に応えてうなずき、またピットに消える。それからは指揮棒の先端と彼の波打つ髪の頭頂部しか見えない。指揮棒がもう一度サーッと上がる。序曲の始まりだ。胸の鼓動が速くなり過ぎて耐えられず、ジェイコブは意識がぼんやりとしてくる。今夜、心臓発作を起こさずに済めば、それは〝勝利〟としておこう。ポケットに手を入れると、ミニバーから持ってきたもう一瓶のジム・ビームが手に触れる。栓をひねり、半分飲む。ジョアンにもあげようかとちょっと考えるが、残りも飲んでしまう。ジョアンが手で彼の前腕に触れ、コオロギが跳ねるように動かしている。「ただのバレエよ」彼女が囁く。「最悪の事態は過ぎ去った

わ」

それでジェイコブの気持ちが少しは治まる。たぶん彼女が正しいのだ。実際、これから舞台で繰り広げられるのは、すでに起こったことなのだ。パフォーマンスは幻影であり、過ぎ去った二十四年もまたひとつの幻影にすぎないのだ。ルドミラの電話のあと、ジェイコブはベッドに戻り、寝ぼけ眼のジョアンには、間違い電話だった、と伝えた。それから五時間半、体が麻痺状態になり、ずっと自分の殻に閉じこもり考えていたので、思考そのものに呑みこまれ、心が体から離脱してしまった。一連の黙示が、いままで見えていなかった、拷問にかけられたような、殆ど恍惚に近い苦しみと共に一気に噴き出した。夜が明けると、トランス状態は治まったものの、ブンブンと耳鳴りがして、これまでの人生がプロジェクターで映し出されるように出ては消えた。愚か者の人生だ。目覚まし時計が鳴り、ようやくジェイコブは解放された。職場に電話をして、具合が悪いので欠勤すると伝えた。次にバレエスタジオに連絡し、ジョアンのレッスンは休講とのメッセージを留守電に残し、ジョアンがシャワーを浴びているあいだ、キッチンのテーブルに座り、糾弾の方法を練り、考え得る罪状を順番に並べ、上手く述べ立てることができるよう考えを磨き上げた。

「君がなぜ僕と結婚したかがわかったよ」夫婦間の応酬のあと、二階に上がっていくジョアンを追いかけながらジェイコブが言い放った。「僕の目が黒いからだ。僕の背が高くないからだ。彼の息子を僕のだと見せかけることができるからだ」

ジョアンはゆっくり、落ち着いた様子で立ち止まり、細いうなじの優雅な頭部を回して振り返った。妻のその上品な仕草はずっとジェイコブの自慢だったのに、いまとなってはその美しい脚ごと乱暴にすくって葬り去りたいとまで思わせた。「わたしがあなたと結婚したのは」ジョアンが言った。「あなたと一緒に

暮らしたかったからよ」

「それはあり得ない。君はスタジオでちゃらちゃらと教えながら、バレエの天才を培養する場所として僕の家庭を利用し、自分が産んだフランケンシュタインの化け物に磨きをかけてきたんだからな。君はあの子供を作った。僕は君にそのための時間と金を貢いでいたお人よしだったにすぎない」

「ハリーは、**あなたの息子よ**」

この時点で、二人はルドミラがハリーにも電話をしたことを知らなかった。

「あの子は君の**実験台**だったんだ」ジェイコブは興奮して吐き出すように喋っていた。「チャンピオンの血統を育てるための、君の科学的プロジェクトさ」

ジョアンは二階に上がり、ハリーの部屋を通り越し、廊下を進んだ。「そんなことをしたかったんじゃないわ。そんなことをしてたんじゃない」

「じゃあ、君は何をしてたんだ？　何をしていたのかを言えよ。君がしていたことを説明してくれよ。聴く耳は持っている。言ってくれ。言えよ。さあ、説明してくれよ」

ジェイコブはジョアンの後を追って二人の寝室に入り、ベッドを挟んで彼女と向かい合った。まるで夫婦で芝居をしているみたいだった。「あなたが欲しかったのよ！」彼女が言った。「家庭が欲しかった。大切な存在になりたかった。それまでは、満足するということの意味が分からなかったの。わたしはずっと、自分には成し遂げることができないことのために人生を費やしてきたけど、あなたとの家庭を築くことはできた」

「僕たちの家庭は虚妄だ」

「違うわ。こんな秘密は、わたしたちの家庭にとっては何でもない。問題を阻止するための秘密は許され

るべきだわ」

「ああ、そうだろう。その通り。ナチの戦犯が逃亡先のブエノスアイレスで、雑用係をしたり、学童たちの送り迎えの仕事をしながら生き延びるようなものだ。過去に意味はない、重要なのは現在、経歴に汚点はない、というわけだ。過去にしでかしたことは気にしない、君がほざいているのはそういうことだ。でも、そうは問屋が卸さない」

「物事は、本当には真実ではなくとも、真実になり得る、そう言ったのはあなたじゃないの。ジェイコブ、わたしの言っていることは真実なのよ。あなたはわたしに人生を与えてくれた。ここにいるわたしたちという存在は真実なのよ。本当のわたしをわかってくれているのは、あなたよ。二十二年も一緒だった。あなたのようにわたしをわかってくれている人はいない。本当のわたしを知っているのは、あなただけなのよ」

「そうなのかい？　そいつはお目出度い——他人の真実をこの僕が知ってるなんて嬉しいよ。それなのに、自分自身の真実については何も知らないときてるんだ」

「あなたはハリーの、**父親よ！**」

ジェイコブは否定したかった、否定するのと同じくらいの勢いで、そうだ、と肯定したかった。「君はもう子供を欲しがらなかった。あの男の子供は欲しかったのに、僕の子供は欲しがらなかった。『ハリーがいることを幸いと思いましょうよ』とかなんとかほざいてね」かつてジョアンが口にしたことを真似てジェイコブは彼女を責めた。「あいつの子供は欲しかったくせに、僕には育てさせることだけを強いたんだ。ジョアン、僕には自分の子供がひとりもいない。君がそのチャンスを奪ったんだ。僕に生殖能力がないのなら仕方がないが、まあ、今考えればその可能性はあるにしても、それは知る由もなかったのだし。

もしそうだとしたら、ジョアン、僕は君に礼を言うべきかもしれないな。僕に息子を貸してくれて、ありがとう、とね。しかし、こういう事態になったからには、僕は道を譲るべきだな。一番扉の向こうには誰がいる？　アースラン・ルサコフ！　君がいつも夢見ていた、ハリーの父親！　世界一のバレエダンサーにして——君の秘密が暴露されたから付け足すけど——有意義な遺伝子を提供する男だ」

「そんな言い方はやめて」泣きながらジョアンは訴えた。「お願いだから」

「あいつに孕ませてもらってなかったとしても、君はシカゴに来たのか？」ジェイコブは執拗に迫った。

「それでも僕と結婚したか？」

ジョアンの顔に当惑しきった表情が浮かび、それが二人のあいだの沈黙の呼び水となった。その時からすぐに喋らなくなったわけではない——言い争いはなおも続いた——しかし真実を知ってしまったジェイコブは最後にぶっきらぼうにうなずき、妻をそこに置いたまま、自分たちのベッドに背を向けて部屋を出て、それ以後、その日は口を利かなかった。それから徐々に会話がなくなっていく日が二日ほど続き、何週間もだんまりの日が続き、ついには彼が家を出て、勤務先の学校に近いタウンハウスを借りた。ハリーは両親よりも早く電話によるショックから立ち直った、というよりも自分の本心をジェイコブには見せないよう努めていた。アースランは、実際に出会う前からずっと自分が大切に思ってきた人物で、それ以外の存在としての意味を彼には感じない、とハリーはジェイコブに説明した。アースランと血の繋がりがあるのではないか、無意識にそんな感じを抱いてはいたかもしれないが、そんな状態には慣れっこになっていた、などとも話した。「何も変っちゃいないんだよ」ハリーはジェイコブに何千回もくどくどと言い続けていた。「だから、お願いだから、パパ、すべてが変ったなんて決めつけないで。パパ以外の人を父親だなんて思えないんだから」

「お願いだから、ずっとぼくのことを自慢に思っていてよ」ハリーはそう懇願し続けた。「お願いだから」と。

その懇願ゆえにジェイコブは、アースランとハリーが一緒にテレビの「シクスティーミニッツ」に出演し、自分たちのことを語ると耳にしても耐えることができた。ハリーが今回のバレエ作品に参加することになっても打ちのめされなかった。クロエとアースランが結婚した後、ハリーをバハマ諸島に連れて行き、彼が黙ってじっと海を見つめている間、傍にいてあげたのも、ニューヨークへの便になんとか間に合うようにしたのも、着飾った人たちと一緒にこの席に座り、自分の人生をジョルジュ・ラザレスコなる男が踊り演じるのをこうして暗闇のなかで待っているのも、それがあったからなのだ。状況は変わってきた。できることなら、ハリーの姿を見た途端にこの子は自分の本当の息子ではないと思わないようになりたい。ハリーのことを誇りに思ってはいるが、それは以前と違う感じ方だ。自己のなかに自然に芽生えているプライドではなく、自分から切り離され、それ自体が外部で起立しているプライドなのだ。

音楽の冒頭部分は元気よく賑やかで現代的だが、やがてメロディが膨らみ、強くなりながらも哀愁を帯び、ロシア風になってくる。映画「レッド・オクトーバーを追え」に触発されて、ハリーがロシア音楽を愛好するようになったことをジェイコブは思い出す。ジョアンの香水が匂ってくる。これまでにも何度となくこの香りに包まれ、暗い劇場で隣に座り、ハリーが登場するのを待っていたものだ。彼はジョアンの方に体を傾け、囁く。「僕たちの役どころは、罠に嵌った子煩悩な親ってとこかな」何ヵ月も話さずにきて、彼女に初めて口にする言葉が冗談になるとは意外だが、衝動的に非難めいた言葉を吐かなかった自分が嬉しい。幕が上がり、何もない舞台の中央に、5番ポジションで両腕を下にして、バレエの生徒のような黒タイツと白いTシャツ姿のハリーが現れたとき、隣にジョアンがいてくれることに感謝している自分

に驚いてしまう。ハリーは普段より伸ばした髪を明るく染め、七〇年代風に毛先にシャギーを入れて軽くしている。誰の目にもルサコフそっくりなのは間違いない。会場にさざ波のようにざわめきが起こる。

第一幕はロシアでの生活とキーロフ・バレエ団時代、第二幕は亡命してアメリカに入国、そして名声を得るまで、第三幕は老いと若さについて、という流れになっている。ストーリーはあるが、複雑ではない。ハリーは若きダンサーを踊りで表現するのだが、アースランの振付はハリーの体を解放し、手に自由な動きを与え、緩やかなオフバランスを入れて、時にはクラシックバレエ的には正しくないターンインしたステップで踊らせている。ハリーは、クロエが踊る第二幕の始めのシーンを袖から見ている。最初はコール・ド・バレエと一緒に踊っているが、彼女の動きは徐々にコール・ドの動きに対抗するような神秘的なものに変わる。アースランとイレインを除き、クロエが妊娠しているのを知っているのはハリーだけだ。お腹はいつものように完全にぺたんこで、胸もまだほとんどないが、目に見えない変化がハリーにはわかる。

第一幕はハリーとクロエのパ・ド・ドゥで終わった。それはアースランの意図通り、見知らぬ同士の男女が強い意志と運命的な感覚に衝き動かされ、愛情ではなく、純粋に肉欲で結ばれることを表現していた。パリ・オペラ座の天井画の映像、シャガールの天使と山羊が二人の後ろの白い垂れ幕に映し出された。**あなたはどうしてぼくのママを選んだの？**　いつだったかハリーはそうアースランに問うたことがある。返事はなかった。母親にも訊ねたが、わからないのよ、ずっと答えを探していたけど、結局、別に理由はなかったみたい、というのが彼女の回答だった。

クロエがハリーに向かって飛び込み、彼はフィッシュ・ダイブの彼女をキャッチした。片腕が彼女の腹部、そのなかで育っているものを抱きかかえた。この踊りの内容について深く考えると、ハリーは自分の生物学的な父親の役で、母親の役は以前の恋人、その彼女は実生活ではハリーと半分血を分けた弟を身籠っているわけで、何が何だか分からなくなり混乱してしまう。だからハリーは考えるのは止め、ただ役に没頭するようにしている。

最近のハリーは、この没頭するという作業を頻繁に行っている。昔からやっていることだが、両目を閉じてすべてを追い払い、それから自分の肉体に戻るのだ。思考を持たず、肉体だけの自分になれたらどんなにいいだろう、肉体だけのほうが幸せだ、と思う。ところがイレインは、肉体のなかに自己と、心と、周りで起きている現実を同時に住まわせなければ完全とは言えない、と語っている。いまハリーの肉体に住み込んでいるのは、アースランが自分の父親で、両親は互いに口も利かない、クロエは驚くべき、素晴らしいダンサーなのに、彼女を捨てた自分は盲目の、自惚れた馬鹿野郎だったという現実だ。袖から見ていると、クロエは恐ろしく難しいダブルピルエットに入っている。軸脚が宙に浮き、動足もほとんど床を擦（こす）らず、まるで雪の上で円を描いているみたいだ。クロエが何者であるかに気付き、彼女の不可解な才能をパワーに変えたのはアースランだった。ハリーは後悔を肉体に仕舞い込んだ。

トゥシューズの音をカタカタ言わせてコール・ドのダンサーたちが分散し、散り散りに袖に入ってくる。舞台にいるのはクロエだけだ。ハリーは両腕を上げ、気持ちを整え、彼女と踊るために出て行く。二人は目的を達成して勝ち誇り、自由の喜びに満たされ踊っているが、次第にきまり悪そうに、互いを誤解して、ぶつかり合いながら、嚙み合わないテンポで動きだす。ダンスが崩壊してしまう。他のダンサーたちが二人の周りに現れては消える。ロシア人の女性がいつも二人のあいだに滑り込んでくる。優美だが意地悪な

彼女は、洗練されていないアメリカ人を鼻であしらい、自分のテクニックを見せつけようと無理をして、どうということのない平凡な踊りを披露する。ハリーは次々とダンサーをリフトし、そうするうちに彼女たちの存在はただの肉体、単に重さのある動く物体としてしか感じなくなる。ハリーにとってこの作品は、幕ごとの、場面ごとの、振りのコンビネーションごとの、ステップごとの、数えられないほど、果てしなく繰り返してきたリハーサルが結実したものなのだ。ステップそのものは、これまでに数千回、もしかしたら何百万回も、いろいろな稽古場で、さまざまな舞台で、幾人ものパートナーとやってきた動きの繰り返しに過ぎない。繰り返しの混在のなかでハリーは踊り続ける。繰り返しの繰り返し——入れ替わる人々、変遷する踊り場、人生、時間、居場所の移り変わりが反響し合う。増幅し跳ね返る記憶の波紋に明確さを失わないよう、ハリーはその木霊（こだま）を追い払おうとする。

　その幕の最後になると、ハリーはソロで踊り、ステップは徐々にスピードと難易度が増していく。集中力は極限に達し、体力は限界ぎりぎりで、彼の意識に暗闇が迫ってくる。自分の外側には何も存在しない。会場後部にある赤い照明をスポットにして、舞台の真ん中でグランピルエット・ア・ラ・セゴンド（動脚を横に九十度上げたままの姿勢で複数回行う難易度の高い大きな回転）をする。観客席のどこかに両親がいて、ハリーを見ている。赤い照明から目を外さず、頭で鞭打つように回転を続ける。全身から噴水のように汗が飛び散る。もう回れない、それでも回り続け、胃や背中に痛みが走り、軸脚が燃える。肺に負担が行かないよう気を配り続けるが、もうそろそろだ——整えないと——呼吸をして空気を体内に送り込み、それでも足りないからもう一度息を吸う。いつの日か、神の摂理と強烈な興奮が如何なる混乱状態を来し、彼の心臓に止まれと命じるのだろう？　意志の力で人は永遠に生きることができるのだろうか？　ハリーは回り続け、もう限界だと思った途端に脚が萎え、それでも最後に二回転入れてから床に倒れ、両膝をつき、それと同時に照明が落ちる。倒れるのは

振付の一部だが、そうでなくても彼の脚はもう立っていられない。ひと呼吸したところで、幕が下り始め、それとともに背中に割れんばかりの拍手喝采が落ちてくる。どうにかして立ち上がる。幕が上がり、彼はお辞儀をする。指揮者の姿が目に入る。二、三列目までは観客の顔を確認できる。それより向こうは何も見えない。拍手の轟く虚ろな空間が広がっている。ハリーはもう一度頭を下げる。

場内照明が点き、休憩時間になるが、ジョアンとジェイコブは二人ともショックを受けたように着席したままでいる。一度竜巻に巻き上げられ、再び席に落ちてきたような表情をしている。ジェイコブが何か言っているが、ジョアンにはよく聞こえない。「な〜に？」彼女が訊ねる。

「この後はどうなるのか？　と訊いたんだよ」

ジョアンが所在無げにプログラムをぱらぱらめくる。「次はほとんどアースランとクロエの出ずっぱりになっている。凄いよ、とハリーが言ってたけど。老いをダンスで表現し、肉体の限界と、愛が如何に人を変えるかということらしいわ」――青臭いわね、とでもいうようにジョアンが手の指で何かを弾くような仕草をする――「つまり、自由ということね」

「自由ね」ジェイコブも言う。「違うだろう、自由にはなれないさ」二人は座ったまま、膝を捩じって席を立つ人たちを通してあげる。「君はそこにも出てくるの？」

「いいえ、三幕で〝アメリカ人〟となっているのはクロエのことよ。クロエを演じるクロエ」ジョアンはドレスリハーサルを見学したので知っているのだ。

「ハリーは出てくるのかな？」

「一番最後に、ハリーとアースランとクロエでパ・ド・トロワを踊るわ」

ジェイコブがフーッと息を吐く。「僕はもうここから出たほうがいいみたいだな」

空席の隣に座って残りの舞台を観なくてはならないのかと、ジョアンは悲しくなってしまう。あれからずっと独りぼっちだったから、隣に誰もいないのには慣れてきたはずだが、指でえくぼを触る振りをして、手で顔を塞いでジェイコブに泣き顔を見られないようにする。

「また他の日に観に来るよ」彼が優しく話しかける。「始めから終わりまで全部観る、とハリーに約束したからね」

ティッシュを探してハンドバッグのなかをかき回しながら、ジョアンはうなずき、手の甲で垂れてくる鼻水を拭う。彼に、ここにいてくれとは頼まない。話すべきことはすべて話した。

「ジョアン」彼女の肩にジェイコブの手が触れる。「泣くなよ」

「ごめんなさい。泣かないようにしてるんだけど。あなたが行ってしまうかと思うと」

ジェイコブの指に力が入る。見上げるジョアン。意味ありげに彼が見つめている。「君も一緒に出ればいいじゃないか。どっかで飲もう」

堅く閉ざされていた、小さな希望の蔓が、きまり悪そうにほぐれていく。

「ここにいて」ジョアンがジェイコブに懇願する。「終わりまで一緒にいてよ」

V

1973年2月——パリ

化粧台の前でアースランは照明の点いた三面鏡を覗き込んでいる。さっきの女の子はここを出て行くとき、紙きれにアイライナーペンシルで名前と住所を書いていった。ヴァージニア州って、どんなところだろう？　アースランはその紙切れを丁寧に折りたたみ、アイシャドウコンパクトのなかにしまい、そのコンパクトを化粧バッグの奥底に押し入れる。彼女は凄いダンサーに違いない。あの太々しさ、あの強欲さ、あの刹那的な存在感。これまでにも大勢の女の子たちがぼくと寝たがったけど、皆遊び半分で、浅はかだった。でもさっきの女の子の情欲は自分で自分の背中を鞭打っているみたいだった。欲望に我が身を苛まれ、苦しんでいるのが見ていてわかった。その瞬間、ぼくたちは互いを理解した。（Tu m'étonnes）と彼女は言った。あなたにはびっくりさせられる、と。

　そうか、アメリカにはああいう本物のダンサーがいるんだ。知らなかった。それなら行ってみよう。行って、あの娘を探し出し、一緒に踊るのだ。ホームシックになったり、どうしていいかわからなくなったら、彼女が思い出させてくれる、このぼくが決断した、この瞬間を。

謝辞

最初に感謝の言葉を述べなくてはならないのは、私の一番目の読者、私のエージェントでもあるレベッカ・グラディンガーです。レベッカはたくさんの霊感を通して辛抱強く執筆作業の道案内をしてくれました。それだからこそ、そして常に想像力に溢れている人だからこそ、彼女は私が常に感謝の念を忘れてはならない存在なのです。

ジョーダン・パヴリンは一流の編集者にして、素晴らしい人です。何が欠けていて、何が過剰であるかを常に読み解き、その眼識を、洗練された態度と思いやりをもって私と分かち合ってくれました。ジョーダンより読解力のある読者はいないでしょう。

クノップ社とヴィンテージ社においては、ケイト・ランデ、ビズ・リンゼイ、アンドリア・ロビンソン、キャロライン・ブリーク、そしてアレックス・ヒューストンにお世話になりました。御礼申し上げます。

私の広範囲にわたる出版関係者はロンドン在住で、ブルー・ドア社とハーパーコリンズ社で仕事をしています。パトリック・ジョンソン＝スミス、ローラ・ディーコン、ルイーズ・スワンネル、そしてスチュアート・バシェに感謝しております。

フレッチャー＆カンパニーのグラーニア・フォックス、メリッサ・チンチロス、シルヴィー・グリーンバーグ、そしてラケル・クロフォードと共に仕事をする恩恵に浴しました。皆様の豊かな経験に助けられ、協力と温かい励ましをいただきました。また、フレッチャー社の元社員、ミンク・チョイにも謝意を表し

ます。

この本の大半は、私がパリ市立国際アートセンターに居留させていただいた間に書かれました。アーティストたちに生活と仕事のための空間を提供するこの施設と、ここに滞在する機会を与えてくれたスタンフォード大学を有り難く思っております。

リリー・ストックマン、親切に忍耐強く、あなたの審美眼的な知恵を私に分け与えてくださり、そして篤い心で応援をしてくださり、ありがとうございました。

思慮深く、ステキなニーナ・シュローサー、あなたは私と二人でロスアルトスで犬の散歩をしながら、私の短編小説「Battements」をどうすればもっと長い作品にできるかと話し合ったことを憶えていないでしょうが、私ははっきりと記憶しています。あのときのやりとりが決定的な閃きになったのです。あなたにひとつ借りができたわ、ニーナ。

最後に、私のママに、ありがとう。私がおしゃまな子供だった頃からバレエを観に連れて行ってくれましたね。ママの生涯にわたる、ダンスへのなりふり構わない愛がなかったら、この小説が書かれることはありませんでした。

訳者あとがき――〝それほどではない〟者の幸せ

子供のときからバレエを習い、勉強や遊びの時間を削ってでも巧くなりたいと練習に励む若者たちの多くは、修行時代を終えると、さて、これからどうやって生きていこう、と先の見えない岐路に立つ。うまく行けばプロのバレエ団に入り、才能ある者はコール・ド・バレエからランクを上げていき、〝それほどではない〟者は相応のランクに甘んじ、ある時点で見切りをつけて次の人生を選ぶ。

本書の主人公ジョアンは四歳からバレエを習い、高校を修了し、縁あってパリ・オペラ座バレエ団の群舞、カドリーユとして採用される。〝それほどではない〟ダンサーの彼女は、鬱々とした日々を送るが、バレエへの強い愛が思いがけない方向に爆発し、尋常ではないハプニングを経験してしまう。その一過性の激情が、のちに自分の運命を左右する黒い秘密の核になることを、当時の彼女は知る由もない。

バレエ界は過酷な競争社会だ。才能があり、心身共に強靭で、しかも幸運の女神の前髪を摑んだ者が生き残る。我らがジョアンはパリを離れてニューヨークの一流バレエ団に入団するが、ランクはここでもコール・ド止まり。かたやルームメイトで、夜の巷で一緒に遊び歩くイレインは順調に昇進していく。

パリでの尋常ではないハプニングを引きずるようにして、ジョアンはロシア人の天才的バレエダンサーと関わりを続けるようになるが、そんなせっかくの幸運の女神の前髪を彼女は摑めない。〝それほどではない〟ダンサーの宿命だ。困惑、動揺、緊張、不安のなかで彼女は自己嫌悪に陥る。「わたしにバレエの才能がもっとあったら、いまの生活は数千倍も刺激的で、彼と踊ることだってできただろうし、彼だって

わたしのことを真剣に考えてくれただろうとつくづく思うの。この世界にはわたしのために用意されたスペースがあるのに、中に入れない」

そんな八方塞がりの苦しみを振り払い、ジョアンはバレエ団を辞め、心優しい幼馴染と結婚して、一児の母になる。生き馬の目を抜くニューヨークとは違い、ゆったりと時間の流れる南カリフォルニアで家庭を築き、バレエ教師になり、大人の女性へと成長していく。ところが、その幸せを揺るがす残酷な事実が発覚する。ジョアンはこの事態にどう対処していくのか。読者はその行く末を読み辿ることになる。

この小説のタイムスパンは三十年に及ぶ。その間、ストーリーの舞台となる場所と時間は縦横無尽に変わる。第Ⅰ章は１９７７～８５年まで、ニューヨーク、シカゴ、南カリフォルニアと移動する。第Ⅱ章になると時間が遡り、１９７３年のパリ、１９７４年のニューヨーク、１９７５年のトロント、そして１９７６年のパリになるので、読者は思わず第Ⅰ章冒頭の１９７７年に戻って話の流れを確認したくなる。この手法は別に目新しいものではないが、『びっくりさせてよ』では効いている。時間を追って読み進んできた読者に突如、ジョアンの過去を突きつけ、また元に戻しては、先を読み進ませる。そうすることでジョアンの行動と心の動きが謎解きのように明らかになっていくが、それでもまだ謎が残り、読者はどんどん物語にのめり込んでいく。ストーリー全体が四次元的で立体的になっているのだ。

第Ⅲ章に来ると、オーソドックスな流れになるが、第Ⅳ章で今度はニューヨークの１９７７年７月、すなわち第Ⅰ章冒頭の時間より二ヵ月前に戻り、そこでジョアンにまたもやハプニングが起きていたことが明かされる。そうしてから１９９５、１９９８、２０００、２００２年とページを捲っていくと、第Ⅴ章で１９７３年２月のパリ、すなわち第Ⅱ章の冒頭と同じ場所と時間に飛び戻り、ラストに着地。ああ、そういうことだったのか、と読者は合点が行く。と同時に、〝それほどではない〟ダンサーだったジョアン

の気持ちをつい慮(おもんぱか)る。ところが、著者の筆は優しくない（あるいは、優しいのかもしれない）。ジョアンが三十年近くずっと疑問に思っていたことへの答えが、本人には知らされないのだ。知らぬが仏、ではあるが、ジョアンが真相を知ったら一体どう反応するだろう。読者は言外のストーリーを考えてしまう。

ストーリー構成が四次元的、立体的、ということで言えば、主要人物が対をなし、ミラーイメージ的であるのもこの小説の面白さだ。母親との関係や才能のことで葛藤するジョアンvs.彼女の生徒クロエ、少年時代の初恋で悩み翻弄されるジョアンの夫ジェイコブvs.息子ハリー、才能に恵まれたハリーvs.ジョアンの元ルームメイトのイレインの組み合わせだ。ダンサーは常に鏡を見つめて理想の自分を捜す、現在は過去の反映である、という事象を著者はうまく使っている。

また、実在の人物と登場人物のイメージが重なるのも興味深い。小説と謳っているからには、これを取沙汰するのは本筋ではないが、頭のなかで想像するのは個人の自由だろう。ミスターKがジョージ・バランシン（1904〜1983　愛称ミスターB。1924年に小さなバレエ団を率いてソ連を離れたまま西欧に滞在、1933年に渡米した）、アースラン・ルサコフがミハイル・バリシニコフ（1948〜　カナダ巡演中の1974年に失踪し、米国に政治亡命した）という具合だ。ミスターKにルドルフ・ヌレエフ（1938〜1993　ソ連生まれ。キーロフ・バレエ団のソリストだった一九六一年、海外公演の途中に亡命。英国ロイヤル・バレエ団で二十歳近く年上のマーゴ・フォンテインとペアを組んだ。一九八〇年代にパリ・オペラ座芸術監督に就任。エイズのため、五十四歳で死去）を少しだけダブらせることもできるだろう。しかし、このような類似性は本書とは無関係。ミスターKもアースランも独立した、オリジナルなキャラクターを持っている。小説をバレエ作品になぞらえるなら、著者は芸術監督兼振付家。登場人物を巧みに踊らせている。

とは言え、シプステッドはバレエを専門に題材としている作家ではない。バレエの動きや振付、ダンサーたちの心情やバレエ団の内部を詳細に活写できるのは、バレエファンの母親からの助言があったり、子供の頃から一緒に公演を観ているからだろう。取材、リサーチのためにパリにも長期滞在している。まる

でバレエを観ているような、バレエを体験しているような気分に読者がさせられるのは、その成果の顕れと、卓越した表現力によるものだ。『びっくりさせてよ』はバレエ小説ではない。バレエという特殊な社会で生きる人間が、挫折を乗り越え、新たな生き方に幸せを見い出していく、自己救済の物語なのだ。

ちなみに著者は二〇一二年刊の第一作“SEATING ARRANGEMENTS”でディラン・トマス賞並びにロサンゼルス・タイムズ処女小説賞を受賞。こちらの作品では、アメリカ東部の避暑地を舞台に、富裕な中産階級に属するＷＡＳＰ（英国から初期に米国へ移民した者の子孫であるアングロサクソン系白人新教徒）一族の血統の秘密をモチーフとして、家族の微妙なバランス構造を描いている。主人公がやはり衝撃的な秘密を抱えている点や、読後に柔らかい余韻が残るところは第二作『びっくりさせてよ』に共通している。そういった観点からすると、今後については未知だが、シプステッドは、危機に直面する家族の愛と絆のゆくえを見つめる作家と言えるだろう。

尚、本書に出てくるパ・ド・ドゥに関するダンサーの動き、手の位置などの表現を訳出するにあたり、都内のバレエスタジオ「エンジェルＲ」でパ・ド・ドゥを教えていらっしゃる佐々木淳史先生からご助言をいただいた。御礼申し上げます。

秋月鵝子

二〇一八年九月九日

【著者紹介】
マギー・シプステッド（Maggie Shipstead）
2005年にハーバード大学を卒業。その後、
アイオワ大学・大学院の創作研究課程にて芸術系修士号（MFA）を取得。
デビュー作 “Seating Arrangements”（2013）はニューヨーク・タイムズの
ベストセラー・リストに入り、ディラン・トマス賞ならびに
ロサンゼルス・タイムズ処女小説賞を受賞。
本作 “Astonish Me”（2014）は第二作にあたる。ロサンゼルス在住。

【訳者紹介】
秋月鵺子（あきづきぬえこ）
アメリカのニュース週刊誌の東京支局勤務後、日本の
出版社で週刊誌、月刊誌、文庫本、書籍の編集に携わり、
退職後、バレエに関する出版社、（株）チャイコの専属プランナー、
翻訳者、編集者として働いている。ペンネーム「鵺子」名義の翻訳書に
『ミスター・Bの女神』（2014）がある。
http://nuekoballet.jugem.jp にて随筆を配信中。

びっくりさせてよ

2018年11月28日　初版第１刷発行

著者　マギー・シプステッド
訳　者　秋月鵺子
発行者　田中久子
発行所　株式会社チャイコ
東京都港区南青山6-1-13-102（郵便番号107-0062）
電話(03)3406-3449　または(03)6427-4446
https://tchaiko.co.jp/
印刷・製本　錦明印刷株式会社

ISBN978-4-9907661-9-1 C0097

ミスター・Bの女神
―バランシン、最後の妻の告白―

ヴァーレー・オコナー
鶴子 訳

天才バレエ振付家バランシン。彼の最後の妻で、バレリーナとして開花した矢先の二十七歳でポリオに感染したタナキル。芸術、愛欲、下半身不随と闘った二人のドラマを事実に基づき再現した迫真のリアル・ノベル。　本体二二五〇円

赤毛のアンセム・シリーズⅠ
秘密の心臓

アメリア・カヘーニ
法村里絵 訳

一度死に、世界最強の心臓で蘇生した十七歳のバレリーナが、麻薬と犯罪の街で悪と闘う！稽古に励み、恋に苦悩しながらも、夜には空を飛び、弾丸のように走る「スーパーガール」。傑作アクション・ファンタジー。本体一八五〇円

赤毛のアンセム・シリーズⅡ
悪の道化師

アメリア・カヘーニ
法村里絵 訳

バイオニック心臓に身体が慣れ、超能力がますます強化されたアンセムは、テロ集団「インヴィジブル」の挑戦を受けて立つ。発電所が爆破され、地面が崩れ、ビルが沈む。スーパーバレリーナはシティを救えるのか？　本体一七五〇円

日本バレエを変える
―コーイチ・クボの挑戦

久保紘一
田中久子 編

ニューヨーク・タイムズから絶賛され、アメリカで20年踊り続けた達人が、いま日本で闘っている。バレエ団で踊るプロのダンサーが、欧米のように職業人として生計を立てていけるようにするためだ。（DVD付）　本体二七五〇円